DER SCHEIK VON AACHEN

Brigitte Kronauer

Roman

Klett-Cotta

Klett-Cotta

www.klett-cotta.de

© 2016 by J. G. Cotta'sche Buchhandlung
Nachfolger GmbH, gegr. 1659, Stuttgart
Alle Rechte vorbehalten
Printed in Germany
Cover: ANZINGER | WÜSCHNER | RASP, München
unter Verwendung des Bildes »Charles-ii-1993« von
Johannes Müller-Franken / VG Bild-Kunst, Bonn 2016
Vorsatz unter Verwendung des Bildes »Stillleben mit Teekanne«
von Johannes Müller-Franken / VG Bild-Kunst, Bonn 2016
Gesetzt von Dörlemann Satz, Lemförde
Gedruckt und gebunden von Friedrich Pustet GmbH & Co. KG,
Regensburg
ISBN 978-3-608-98314-2

Zweite Auflage, 2017

Für Armin

1.
DER 15. APRIL 1981

Die Frau fürchtet sich.

Springt das sofort ins Auge, weil sie schlank, weiß- und dünnhäutig ist, bis hin zu den nackten Füßen, also ihren Gemütszustand nicht unter purer Fleischesbehaglichkeit verbergen kann? Sie also, in lose übergeworfener Holzfällerbluse überm naiven Unterhemdchen, trägt eine Sonnenbrille mit roten Bügeln, extra breit, zum Schutz vor seitlich einfallendem Sonnenlicht und: fürchtet sich. Aus der Hosentasche hängt zur Hälfte ein gebrauchtes Männertaschentuch. Eventuell wurde es von jemandem benutzt, der Nasenbluten hatte. Vom Zimmerfenster aus ahnt man die Hügel der nördlichen Eifel oder Ostbelgiens. Vermutlich handelt es sich nur um den Aachener Wald, ein im Halbkreis schwingender, graublauer Horizont, jedenfalls um das Bild klassischer Ferne, das für die Zukunft schöne Wolkenschauspiele in Aussicht stellt und die allmorgendliche Vorspiegelung eines immerwährenden, reglosen Friedens. Die diesseitige Gegend wird es nicht weniger für die andere Seite tun. Jetzt, im ungewöhnlich heißen Vorfrühling, versperrt das Laub hoher Straßenbäume noch nicht den Blick.

Da öffnet sie auch schon den Mund und sagt (unter uns, ein bewährter Trick, mit dem sie sich gern beruhigt), das Wort »damals«. Ihr anderes Lieblingswort ist »plötzlich«.

Dieses zweite benötigt sie natürlich nicht zum Beschwichtigen, sondern zum Eigen- oder wenigstens Fremd-Erschrecken. Sie liebt ja von Kindesbeinen an das Dramatische, sofern sie es, kein Wunder, in eigener Regie bewerkstelligen darf. Im Augenblick wäre es fehl am Platze. Die Stunde des elektrischen, des Blitz- und Donnerworts »plötzlich« wird aber nicht allzu lange auf sich warten lassen.

Stellen Sie sich diese fast magere Frau, die Anita heißt, Anita Jannemann, und an deren Ohrläppchen winzige Brillanten zucken, nun allerdings nicht als allzu ängstliches Geschöpf vor. Anita ist lediglich nervös und raucht eine Zigarette, obschon sie gleichzeitig ein großes Stück Rindfleisch resolut in Stücke schneidet, nachdem sie die Sehnen entfernt und sich dabei eine kleine Wunde zugefügt hat. Erst jetzt bemerkt sie, daß die extravagante Sonnenbrille im Zimmer unsinnig ist, sogar stört. Daher die Verletzung. Sie muß die Brille vergessen haben und schiebt sie nach oben ins Haar, in das einige feurige Höhepunkte gefärbt sind. Ihre Stimme klingt angenehm heiser, nicht etwa rechthaberisch näselnd wie bei manchen TV-Ansagerinnen. Sie ahnen das Richtige. Anita konnte beim Fernsehen nicht landen, früher mal, ist lange her.

»Daamals ...«, sagt sie, horcht dem Wort wohlgefällig nach, es muß sich wie ein Gähnen, Dehnen, Sich Sehnen anhören. Nach einer Pause, die niemand unterbricht, es ist ja kein anderer da in der noch etwas kahlen Wohnung, setzt sie neu an: »Damals, bei den großen Festen, trat Emmi als unsere anerkannte Kleinkönigin, ja Feistkaiserin auf, im Sommer in Seide, im Winter in Pelz, das Urbild einer beleibten Tante. Aber dann diese Augen! Grüne Steine, grün, als würde ihr Inneres, der ganze Körper unter der Haut, nur aus Jade bestehen, aus nilgrüner Jade durch und durch.«

Schon drängen sich drei Fragen auf. Vor wem fürchtet sich Anita? Vor Emmi.

Zu wem spricht sie? Zunächst zu sich, dann zu Ihnen, jawohl, zu Ihnen, auch wenn Sie für Anita noch viel fiktiver sind als umgekehrt.

Für wen schneidet sie das Fleisch? Für ein Gulasch. Für Abendgäste. Es soll ein Fiaker Gulasch werden. Sie will, um die Gäste, vor allem einen unter ihnen, zu foppen, bei der Garnitur zwar an die obligatorischen Essiggurken und Spiegeleier denken, aber die Würstchen weglassen. Mal sehen, ob es jemand merkt.

Vielleicht übt sie aber in Wirklichkeit mit ihrem palliativischen »Daamals« für die morgen zur Einweihung ihrer neuen Wohnung erwarteten Leute? Legt sich schon heute beim Fleischschneiden (weil sie alles beim Dessert aus frivolen Geselligkeitsgründen berichten will), die Einzelheiten der düsteren Vorgeschichte ihres anstehenden Emmi-Besuchs zurecht? Sie wird Emmi spanische Veilchenschokolade mitbringen, Emmis uralten Trost in der Todtraurigkeit als hoffentlich einschmeichelnde Aufmerksamkeit. Anita persönlich findet den Geschmack leicht ekelerregend. Aroma: Parfümierte Milchkuh. Muffig wie der Tod, jedoch für Emmi, wer weiß, eine noch nicht komplett verblichene Liebeserinnerung aus sehr frühen Tagen. Anita lächelt zum ersten Mal, wenn auch nur zaghaft, nur ganz flüchtig. Das liegt an der ein wenig unstatthaften Unterstellung, da es sich jetzt doch um Emmi und ihren einstigen Kummer dreht, jenseits jeder Liebesleichtfertigkeit.

Sie werden bemerken, der Satzanfang »Daamals ...«, versetzt die Gegenwart in eine Schläfrigkeit, ist der reinste Schlummertrunk. Er rückt sogar Katastrophen in die Nähe des Unzerstörbaren, denn die Welt hat nach jedem »damals«

zwangsläufig weiterbestanden, ist insofern ein, unter allen, auch widrigsten Umständen, optimistisches Gebilde. Ein Beispiel. »Dort liegt das Messer. Es blinkt, zum Ergreifen und Zustechen nah.« Nun vergleichen Sie: »Damals lag dort das Messer. Es blinkte zum Ergreifen und Zustechen nah.« Was für eine Friedlichkeit im Fall Nummer zwei! Es geht hier jedoch vorerst nicht um ein Messer, sondern um Emmi, um Anita, und natürlich um Wolf. Aber fällt durch die Entfernung in die Vergangenheit nicht ein warmer Goldglanz auf das Messer, das eben noch mordlustig blitzte? Ebenso wäre ein hoher Baum mit flimmerndem Laub denkbar, eine Birke etwa, als Alternative oder zusätzlich, wie das Schicksal es will.

Man kann es auch umkehren, kann alles wieder in die Gegenwart springen lassen, alles retour, beziehungsweise vorwärts ins Heute: »Dort liegt ... usw.« Plötzlich wachen sie gefährlich auf, Messer und Baum, reißen, die unmittelbare Zukunft betreffend, aktuelle Raubtieraugen auf. Gutmütiges »damals«, bösartiges »plötzlich«, in speziellen Fällen aber auch: rechtschaffenes »plötzlich«, unter der Oberfläche schwelendes »damals«.

Von Anita geht etwas Konfuses aus. Genau deshalb raucht sie doch! Sie will das Fahrige bekämpfen. Will sich, wie angekündigt, genau das vorgaukeln, was ihr fehlt: Gemächlichkeit. Das müßte nun also klar sein. Komisch, daß sie sich ausgerechnet vor einer mütterlich korpulenten Tante Emmi ängstigt, ja, vor Emmi, deren eigene Üppigkeit sie niemals daran hinderte, die Figur ihres Mannes streng zu überwachen. Anita, als würde sie unsere Gedanken erraten, hebt den Kopf und sagt zu den Hügeln in der Ferne hin: »Das Mütterliche machte es nur schlimmer. Konnte man ihr denn trauen, wenn sie aus diesen verfluchten Jadeaugen starrte? Andererseits: Wie war das noch, Jahre nach dem Unglück, mit Emmi und dem Eurogress hier in Aachen? Udo Jürgens sang. Er muß zu der Zeit wohl der King des Schlagers gewesen sein. Zum King Kong machte ihn dann sein Lied vom ›Blut der Erde‹. Emmi war beim Konzert und mußte zum Klo. Auf einmal stürzte ihre Freundin in den Vorraum und schrie: ›Der Udo singt ›Griechischer Wein‹ und du bist pinkeln!‹ Da ist Emmi, ganz heilige Einfalt, richtig in Panik geraten.«

Anita weiß das von Emmis Schwestern Wilma und Lucy, die als Tanten für sie nie zählten, beide mit stets rot geschwollenen Händen, die sie ab und zu bestimmt als angewachsene Wischlappen einsetzten. Sie selbst, Anita, hat Emmi lange Zeit nicht gesehen. Seit zwei Wochen aber ist sie aus dem morgenfrischen Zürich in die schwüle Luft der Stadt Karls des Großen zurückgekehrt. »Aus Liebe«, behauptet sie still für sich. Hier ließe sich natürlich fragen: Zur Heimat? Zu den eigenen Anfängen? Oder etwa zu einem –? Der Ordnung halber muß sie bei Emmi vorbeischauen, die zufällig ganz in der Nähe und nach wie vor seit »damals« hier wohnt. Aus keinem anderen Grund geht Anita hin. Aus Anstand, familiärer Schicklichkeit wegen, jawohl. Also sucht sie sich in Bruchstücken Einschlägiges zusammen. Das klappt nur, wenn sie es vor sich hinspricht. Die Brillantsplitter in den Ohrläppchen trägt sie, um sich in Stimmung zu bringen. Emmi hat sie ihr geschenkt, als sie zehn Jahre alt war.

Kurz gefaßt, aber wo nötig ergänzt, während sie das Fleisch in den Kühlschrank packt, sich dann schnell herrichtet für das Wiedersehen mit der Tante und sich kaum trennen kann, also noch eine Zigarette anzündet, von der schönen, für sie eigentlich zu teuren Wohnung, kommt durch ihr Erinnerungsgestammel folgendes zum Vorschein:

1981, um ein paar schwere Geschütze aufzufahren, vor 33 Jahren, als nicht nur im März der Präsident der USA, Ronald Reagan, in Washington durch einen Schuß verletzt wurde, sondern im Mai auch Papst Johannes Paul II. in Rom, wobei beide Opfer die Attentate überlebten, der ägyptische Staatspräsident Anwar al Sadat dagegen erst im Oktober unter den Maschinengewehrkugeln von fünf Islamisten auf der rotumkleideten Ehrentribüne vor den Augen der Welt, da man die Jubiläumsfeierlichkeiten im Fernsehen übertrug, tödlich getroffen zusammenbrach, wollte man, völlig unabhängig von diesen Ereignissen, am 15. April, also genau zwischen Reagan- und Papstattacke, bei Hugo Jannemann in Aachen wie jedes Jahr, nur noch heiterer und imposanter, den Geburtstag des alten Herrn und Familienoberhaupts feiern. Genau Mitte April also. Der März hatte die ersten Frühlingshöhepunkte in Einzelschritten treulich erledigt. Diesmal war es Jannemanns Achtzigster. Leonardo da Vinci, der, wie es hieß, Maler der schönsten Frau oder, egal, des schönsten Bildes der Welt, wurde »am selben Tag« geboren, nur rund 450 Jahre früher. Anita hörte schon am frühen Morgen davon und dann noch einige Male, bis am Nachmittag plötzlich das Unglück in die Familie fuhr. Eingeladen waren Jannemanns drei Töchter samt Männern und Kindern. Der einzige Sohn lebte mit seiner Frau, der neunjährigen Anita und deren jüngerem Bruder im selben Haus.

Das Interesse Anitas galt hauptsächlich ihrem zwei Jahre älteren Vetter Wolfgang, der streng und um den Preis ihrer Freundschaft von ihr verlangte, daß sie ihn »Wolf« nannte. »Wer ›Wolfgang‹ sagt, ist mein Feind«, behauptete er. Der

Vetter, ein bitter ersehntes Einzelkind, und seine Eltern, Emmi und Uwe Geidel, waren noch nicht eingetroffen. Uwe Geidel leitete eine erfolgreiche Anwaltskanzlei in Aachen. Auf dringenden Wunsch Emmis wohnte man jedoch in Monschau, der »Perle der Eifel« (Falls es Sie interessiert: Früher eine besonders arme Gegend wie viele Landstriche in dem kargen Gebiet, heute fest eingebunden in die »Erlebnisregion Naturpark Eifel«, unter dem Stichwort »Familie aktiv«, samt »Erlebnismuseum«, früher »Heimatmuseum« genannt, mit »Schubladenmemory«« und »Erlebnistisch«), trotz oder eventuell auch gerade wegen ihrer ein wenig orientalisch-landpomeranzenhaften Neigung zu Gepränge, zu Turbanhüten, Teppichen und Mokkatäßchen. Geidel besaß für Notfälle eine Dachwohnung in der Nähe des Doms. Sein Sohn Wolfgang besuchte schon das Gymnasium. Geidel nahm ihn am Morgen mit in die Stadt, mittags fuhr der Junge mit dem Bus zurück, bei ungünstigen Verkehrsbedingungen brachte ihn ein Fahrer nach Haus. Das selbstverständlich Verhätschelte, das prinzliche Brimborium um den Jungen stieß Anita ein bißchen ab, gerade so viel, daß es sie auch anzog. Von diesem tief verborgenen Hochmut ahnte Wolf, der sich schrankenlos von dem Mädchen bewundert glaubte, natürlich nichts. Manchmal machten sie sich irgendwo eine kleine Feuersglut, rösteten Kartoffeln darin und stellten sich vor, es wären zum Flammentod Verurteilte.

Die drei Geidels wollten heute in der Dachwohnung übernachten, ankommen würden sie direkt aus der Eifel, hatten also durchaus nicht den längsten Weg. Die anderen beiden Familien waren schließlich aus München und Paris angereist. Im Wohnzimmer wartete man immer ungeduldiger auf die Nachzügler. Der Großvater geriet in Zorn und bekräftigte mehrmals seinen Wunsch, man solle auf keinen Fall zu seinen Ehren das idiotische Lied »Happy Birthday« singen. Die Schwestern behalfen sich mit Spott, indem sie vermuteten, Emmi habe sich zwischen den Juwelen zur Dekoration ihres grandiosen Busens nicht entscheiden können oder sei in Schwierigkeiten geraten bei der Wahl des vorteilhaftesten Korsetts, das den Bauch zugunsten der Brüste nach oben zwänge. Eine Stimme sagte: »Aber sie will doch trotz ihrer Jahre immer noch wie guter Hoffnung wirken. Sie hört eben nicht auf, sich zu genieren, daß es in ihrer Ehe beim Einzelkind geblieben ist.« Eine andere fuhr dazwischen: »Wieviel Torte sie heute wohl ihrem Mann gestatten wird? Ein halbes Stück? Etwa ein ganzes?«

Die Kinder der Schwestern Emmis lärmten im Garten. Telefonisch hatte man die Geidels in Monschau nicht erreichen können. Auf Beschluß der anwesenden Familienmitglieder wurde jedoch das festliche Kaffeetrinken als Auftakt für eine Weile verschoben. Man tröstete die Kleinen mit Eis aus der Kühltruhe, die Älteren mit Apéritifs, was für eine gereizte, allerdings auch ausgelassene Atmosphäre sorgte. Alle anwesenden Männer bis auf das alte Geburtstagskind hielten fast seit einer Stunde ihre Fotoapparate bereit. Es sollten schöne Familienbilder entstehen vom Festtagsglück. »Für später«, hieß es, »da werden wir froh sein. Wer weiß denn, wie lange noch –« Wie lange noch was?

Anita befand sich, bei aller Vorfreude auf den Vetter, in einer ernsteren Gefühls-Zwickmühle. Über die Verspätung des Freundes ärgerte sie sich, gleichzeitig bot sich ihr dadurch die Gelegenheit, in ihrem Zimmer, weit weg von den draußen krakeelenden kleinen Kusinen und Vettern, ein besonders langes Märchen weiter- und vielleicht noch zu Ende zu lesen. Sie hatte es am Morgen begonnen und von da an verschlungen. Einem reichen Mann, Scheik in Ägypten, war sein einziger Sohn Kairam als Kind von den Franken verschleppt worden. Der Vater stürzte darüber in tiefe Verzweiflung, wobei Anita sein Schicksal zwischendurch beinahe vergaß, da ihm einige seiner Sklaven, die er jeweils am Jahrestag der Entführung, um seinen Gott Allah günstig zu stimmen, freiließ, zum Abschied Geschichten erzählen mußten.

Hinzu kam, daß sie sich bisher sehr gewünscht hatte, vom Vetter als Gegengabe zu »Wolf« »Mimi« genannt zu werden, nach einer Oper, über die jemand geschrieben hatte, darin sei es, als würde es süße Bonbons regnen. Der Vetter jedoch war nur gegen Abgabe ihres Wellensittichs dazu bereit gewesen. In dem Buch hatte sie nun von einer klugen verhexten Gans namens »Minnie« erfahren. Das gefiel ihr noch besser. Sie wollte den Vetter heute mit einer bescheidenen Anzahlung dazu bewegen, sie wenigstens heimlich so anzureden. »Minnie«, probte sie vor sich hin. Man kroch unter den neuen Namen und wurde verwandelt in ein anderes Wesen, schneeweiß und verzaubert.

Auch die erwachsene Anita, umgezogen für die Tante und schon auf dem Weg zu ihr, sagt es jetzt lächelnd nach so langer Zeit: »Minnie«, »Minnie«.

Mittlerweile bewegte sich die Neunjährige auf das Ende der Erzählung des letzten Sklaven zu. Er hieß Almansor. Daß sich unter dem Namen »petit corporal« Napoleon verbarg, mit dem Almansor wichtige Begegnungen in Ägypten und Paris hatte, wurde Anita erst viel später klar. Die Geschichte ließ von Satz zu Satz deutlicher ahnen, daß es eine gewaltige Erregung geben würde, eine noch größere Traurigkeit des Scheiks oder ein übergroßes Glück. Anitas Herz klopfte in zweierlei Aufregung, wurde gepreßt und auseinandergezerrt von zwei gegensätzlichen Kräften, von der Sorge, ob sie das Ende noch schaffen würde bis zum hoffentlich solange ausbleibenden Klingeln, andererseits von der Vorfreude auf das nun überfällige Eintreffen des Vetters. Eilig, ruckhaft leckte ihre Zunge das Eis, als könnte sie so die Vorgänge im Buch beschleunigen, aber auch die Zeit mit kleinen Gattern aufhalten.

Sie hörte irgendwann bis in ihr Zimmer ein-, zweimal den Satz »Es wird doch nichts passiert sein?« und »Ob was passiert ist?« Schnee und Eis mußte man im April auf den kurvenreichen Eifelstraßen nicht mehr befürchten, aber es gab gerade im Frühling oft schwere Unglücke mit außer Rand und Band geratenen Motorradfahrern. Immerhin spürte sie das allgemeine Aufatmen und wie man sich aus Erleichterung zu scherzhaften Vorwürfen rüstete, als endlich geläutet wurde. Klang es anders als sonst? Offenbar hatte nicht der Vetter auf den Knopf gedrückt. Der Ton wäre stürmischer ausgefallen. Wie auch immer: Für das Märchen bedeutete es, daß der Wettkampf des Scheiks von Alessandria und seines Sohnes Kairam gegen das leibhaftige Leben zunächst verloren war. Anita schlug das Buch zu, rannte als erste zur Tür und stolperte mitten hinein in einen Schrei, in ein Röcheln und Aufstöhnen, in ein gewaltiges Saugen, das aus dem Flur kommend sich sofort der Wohnung bemächtigte durch eine unmögliche, unabänderliche Botschaft.

Sie stammte nicht von der wimmernden Tante. Sie drang aus einer männlichen Kehle, aus der des noch unsichtbaren Mannes, der ihr folgte. Alle hörten sie. Die Nachricht dröhnte durch das ganze Haus, ein Urteils- und Schuldspruch, niemand wußte, warum. Der Satz packte Anita und trieb sie in ihr Zimmer zurück. Sie versteckte sich unter dem Bett vor dem Tod, damit er nach dem Vetter nicht auch sie einschlürfte. Etwas Falsches, Verkehrtes, eine fremde Materie war eingebrochen, niemand leistete ihr Widerstand, etwas Ansteckendes, eine Gewalt, die alle, aber am schlimmsten sie, Anita, überwalzte. Vielleicht starb sie gerade? Man vermißte sie ja überhaupt nicht und vergaß sie schon.

»Ich werde das morgen lieber nicht erzählen«, sagt Anita und merkt, daß sie die Orientierung verloren hat. Sie ist bei dem Bauerngehöft, wo früher der brummende Schwachsinnige wohnte, statt nach rechts zum Eberburgweg nach links um den Stauweiher abgebogen. Will sie denn etwa im Kreis wieder in ihre Wohnung zurück?

Wahrscheinlich gab es Schreie und Schluchzer in den Zimmern. Sie erinnert sich nicht daran. Um sie her existierte nur eine Lautlosigkeit. Der Großvater fand Anita unter dem Bett. Er hatte nach ihr gerufen, sie war stumm geblieben. Da stocherte er mit seinem Stock, holte sie hervor, als wäre sie eine Katze, als wäre er selbst der Tod, und nahm sie mit nassem Gesicht, das noch nie so alt gewesen war, in seine wurzelhaft knorrigen, durch den Jackenstoff hindurch harten Arme. »Dabei bin doch ich an der Reihe«, flüsterte er einige Male vor sich hin und ließ sie zittern, aber nicht los. Er wußte ja nicht, daß sie nicht aus Trauer um den Vetter oder Mitleid mit dessen Eltern bebte. Es war einzig die Angst vor dem schwarzen Todesmaul, das auch sie verschlingen, vor dem Riesenmantel, der sie zudecken wollte. Denn der Tod hatte in Wirklichkeit sie, Anita, gemeint und sich nur beim Hinlangen vertan. Ach sterben, sterben, tot, tot.

»Kann der Tod jetzt auch zu mir?« hatte sie endlich den Großvater gefragt, der daraufhin mit der Krawatte seine Tränen abwischte und den Kopf schüttelte. Als er sie verließ, schloß er kräftig die Tür. »Dreh von innen den Schlüssel rum, dann kommt er nicht rein.« Sie glaubte ihm nicht, aber es gelang ihr endlich zu weinen und das Märchen von der glücklichen Heimkehr des verlorenen Sohns Kairam, der sich als verschleppter Sklave Almansor nannte, zu seinem Vater, dem Scheik, in einem Zug zu Ende zu lesen. Selbst nachdem Almansor endlich seinen wahren Namen genannt hatte, konnte der Vater vor Erschütterung, weil seine Augen von Tränen verschleiert waren, Kairam nicht erkennen.

Dann war das Märchen aus. »Verzage ich jetzt?« fragte sie sich, denn sie hatte das Wort erst vor kurzem gelernt und noch nicht ganz verstanden, rechnete auch nach, wer wohl um sie trauern würde, wenn sie heute stürbe, sieben bis zehn Menschen. Ach sterben, ach tot! Das Grauen war stärker als jeder Trost. Fünf Menschen, vielleicht zwölf? Sie aß kleine grüne, rote, gelbe Lastwagen und Werkzeuge in sich rein, weich und mit Waldmeister-, Himbeer-, Zitronengeschmack.

»Müssen wir jetzt verzagen?« fragte sie sich wieder, als sie einige Tage später im Auto des Onkels mit ihrem Bruder zu dem toten Vetter nach Monschau gefahren wurde. In der Zwischenzeit war zu Hause oft das erregende Wort »blutüberströmt«, auch »tränenüberströmt« gefallen. Sie sollten ihn aufgebahrt noch ein letztes Mal sehen. Die Geschwister hatten stumm im Wagen gesessen hinter dem schweigenden Onkel, und auf einmal kam ihr, weil Frühling war, auch wenn die Reise nicht ins Blaue ging, das Lied »Hörst du die Landstraße, wie sie lockt und ruft«, laut schmetternd über die Lippen. Sie war doch Pfadfinderin. Wolf hatte sie deshalb oft verspottet. Sie sang, die Augen auf die wenigen Haare am Hinterkopf des Onkels gerichtet, die Zeile mit

Schwung, trompetete sie, draußen schien ja so feurig die Sonne, in den Wagen hinein. Sobald das geschehen war, nein, noch währenddessen, sicher schon bei den ersten Tönen, zuckte der Onkel wortlos zusammen und bremste zur Strafe so scharf, daß es sie gefährlich schüttelte. Anita brach, über sich selbst entsetzt, sofort ihren unbegreiflichen Gesang ab.

Das Gefühl hatte angehalten, bis man sie vor den Vetter führte, der tot in seinem Bett oder Sarg lauerte und nun, als würde er sich verstellen, in seiner Blässe nur einen kleinen Fleck an der Schläfe aufwies.

»Die dunkle Stelle«, sagt Anita. »Ich dachte, der Tod, der tote Tod hätte dort einen Eingang in ihn entdeckt und Einzug gehalten. Vieles konnte beim Tod damals gleichzeitig wahr sein.«

Der Vetter lag unverletzt da, bis ans Kinn zugedeckt, ohne inneres Blut, ohne Seele, nicht wie ein Schlafender, niemals wie ein Schlafender, dem Vetter nur ein bißchen ähnlich, eigentlich nicht wiederzuerkennen, auch wenn man sagte: »Nehmt Abschied von Wolfgang, seht Wolfgang ein letztes Mal an!« Er war es nicht länger, war auch nicht ihr Freund, er war von nun an der Tod, ein Ableger, ein Keimling von ihm. Der Tod war kein Knochenmann, sondern geformt zu einem etwas dicken menschlichen Kind, das sich nicht rührte, dabei aber großmächtig, ein Kind, das den Tag und den Frühling erstickte und für immer den lebendigen Vetter geschluckt hatte. Weil das Wesen nicht atmete, schien auch ihr und dem Bruder kein Luftholen in der Kammer mit den drohend duftenden Lilien gegönnt zu sein. Selbst die Kerzenflammen, obschon sie leicht flackerten, standen auf seiten des Todes.

Er war nicht schauerlich und nicht feierlich. Er war dumpf

und enttäuschte. Durch das Fenster grüßte flötend der Unglücksbaum, der den Vetter umgebracht hatte. Bloß nicht hinsehen! Anita tat es aber unwillkürlich doch, schon riß der Onkel die Vorhänge zu. Wo mochte die Tante sein? Hielt sie sich verborgen oder hatte man sie versteckt? Zu Hause redeten sie nur im Flüsterton von ihr. »Leiche?« sagte plötzlich ihr kleiner, ganz steif dastehender Bruder, der genau wie sie nicht wußte, wie lange sie hier in der Starre aushalten mußten. Da hörte Anita wieder das Stöhnen, wie an dem Tag im Hausflur. Der Onkel schob sie schnell aus dem Zimmer, stieß sie beinahe hinaus. Er fuhr sie nach Hause, wo alle lebten, die Eltern und der Großvater, alle lebendig. Die gesamte Fahrt über blieb es vollkommen still im Auto. Man spürte, daß es eine Schuld gab, aber welche? Hatte sie etwas Schlimmes getan? Etwas Gutes unterlassen?

Anita dachte nicht an den Vetter, der sie niemals »Minnie« nennen würde, glaubte nur, wegen ihrer Beschämung vor Lachen gleich platzen zu müssen. Sie wollte so gern weinen. Der Onkel hätte sich über ihr Mitleid gefreut.

Fest stand damals, daß Wolfgang Geidel kurz vor dem Aufbruch zu der geplanten Familienfeier in Aachen auf eine Birke, die dicht beim Haus wuchs, bevor das Gelände rasch anstieg, geklettert und aus beträchtlicher Höhe abgestürzt war. Ach, das schöne Haus, auf das die Tante so stolz gewesen war! Wie es da direkt an der Rur, die ohne zu pausieren lärmend zwischen den bemoosten Steinen hin- und hersprang, prunkte mit seinen weißen Fensterkreuzen und roten Rahmen und grünen Schlagläden! Manchmal blieben Touristen stehen und versuchten, die Fenster zu zählen. Außerdem befand es sich schräg gegenüber dem »Roten Haus«, von einem Tuchmacher, der bis an den Zarenhof geliefert hatte, im 18. Jahrhundert erbaut. Die vielen Motorradfahrer kamen wegen der kurvenreichen Strecke, die anderen Besucher wegen dieses Bürgerpalastes nach »Montjoie«. Als entscheidend für den noch vor Eintreffen des Arztes eingetretenen Tod des Vetters stellte sich nicht die stark blutende Schädelverletzung heraus, sondern der unselige Umstand, daß er ein sogenanntes Fahrtenmesser, von dem niemand wußte, wie es in den Besitz des Elfjährigen gekommen war, fest um das Handgelenk gebunden und sich damit beim Aufprall und unglücklichen Abknicken des Arms einen tiefen Stich ins Herz oder, Anita hätte es nicht mehr sagen können, in die Lunge zugefügt hatte. Ein Onkel meinte am Tag der Beerdigung, ohne daß die verlassenen Eltern es hören konnten, bedächtig: »Gut so. Glück im Unglück. Wenn der Junge überlebt hätte, wäre er ein Schwachsinniger geworden.« Das sagte er aber wegen der Kopfverletzung.

Als Begründung für den fatalen Ausflug Richtung Baumspitze gab man an, der gute Junge habe für den Großvater, der kürzlich bei einem Besuch in Monschau seine Freude auf den bald im jungen Laub flimmernden Baum geäußert hatte, einen Strauß zum Geburtstag abschneiden wollen. Hatte der Großvater nicht behauptet, die demnächst im sachten Wind wehenden Zweige erinnerten ihn jedes Jahr an das Haar der Loreley? Anita sagte nichts dazu, wußte es jedoch, angstvoll, besser.

In ihrem brütenden, dann wieder rasenden Schmerz wollte Emmi später mit lodernden Blicken dem Großvater aus seiner Bemerkung einen Strick drehen. Er ließ sie wüten, aber seine strahlenden Augen füllten sich mit Tränen. Anita beobachtete es durch einen Türspalt. Deshalb erzählte sie ihm, wie es »wirklich mit dem Messer war«. Es blieb für immer ein Geheimnis zwischen ihnen. Sie mußte es hoch und heilig versprechen.

Wie lange das her ist, alles lange vergessen. Nun mit einem Ruck vor sie hingestellt. Auf einer Bank über dem Stauweiher sitzt ein Mann. Es ist der Herr Brammertz, der hier in der Nähe, damals, im geheimnisvollen Efeuschlößchen wohnte, ein weißes Haus, dem das Grün aus Nase und Ohren zu wachsen schien. Nein, doch nicht der Herr Brammertz, er müßte jetzt ja viel älter sein.

Die Haushälterin von Emmi, eine freundliche Polin, hatte um Pünktlichkeit gebeten, als Anita mit ihr telefonierte. Trotzdem setzt sie sich einen Augenblick neben den Mann. Warum? Wie soll sie das wissen. Sie hat extra flache Sandalen zum Laufen an, also wird es mit dem rechtzeitigen Antrittsbesuch schon hinhauen. Der falsche Herr Brammertz sieht sie von der Seite an und sagt: »Ich kenne Sie! Glückwunsch zu dem Profil. Eine solche Nase ist eine Rarität, ein Lichtblick. Sie verkaufen Postkarten, Lakritz und fromme Scherzartikel in dem Lädchen am Dom?« Anita ist überrumpelt von der Kleinheit der provinziellen Welt. Am liebsten würde sie antworten, er könne ja schon deshalb nicht der Herr Brammertz sein, weil der sich vor vielen Jahren erhängt habe. Ach nein, das war ja nur der Herr Schratt. Stattdessen erzählt sie, warum sie am Domplatz vorübergehend arbeitet, fast aus Gefälligkeit bloß, und daß sie davor in Zürich an der ETH beim interdisziplinären Collegium Helveticum »Brückenbauerin« war und aus privaten Gründen nach Aachen gekommen ist, in der Hoffnung, hier einen ähnlichen Job durch gute Beziehungen an der TH zu finden.

Sie denkt einen Moment, noch stärker als sonst, an den »privaten Grund«, auch an das Fiaker Gulasch. Als sie die Augen wieder öffnet, ist der Mann verschwunden. Zehn Minuten später steht sie vor dem Haus am Eberburgweg, nur noch durch undurchsichtige Mauern von Emmi getrennt. Sie erkennt den Bungalow, in den Fünfzigern erbaut, jetzt ein typisches Witwen-Anwesen, pflichtgemäß und herzlos gepflegt, um das Vermoosen in Schach zu halten. Der Onkel hatte das Haus nach dem Tod des Vetters in großer Eile gekauft. Onkel und Tante waren schon im Herbst 81 aus Monschau, dem Unglücksort, geflohen.

Bevor sie läutet, raucht sie, um Kräfte zu sammeln, schnell wie der Wind noch eine Zigarette, seitlich, neben einem Hartlaubgebüsch.

Man konnte damals, als die Tante aus der Klinik von den Kuren und Massagen kam, nicht über sie sprechen, ohne sich sofort an den wachsbleichen Wolfgang mit seinem heuchlerischen Schläfenfleck zu erinnern. Emmi schien regungslos in einem düsteren Kasten zu warten, war ein grollendes Gewitterunheil, ein Vorwurf an alle, die lebten und womöglich manchmal über irgendwas lachten, ohne daß sie kontrollieren konnte, ob sie die Trauer unterbrachen, wenn sie es nicht sah. Jede Fröhlichkeit war Verrat. Der Onkel aber verblaßte im Hintergrund, bis er wenige Jahre später starb. Die Tante, die nicht dünner, eher noch dicker und mächtiger wurde, klaffte als hohler Riesenleib, in dessen Finsternis alles Lustige versank.

Der Name »Wolfgang« war das verbotene Wort, das niemals in ihrer Gegenwart fallen durfte. Passierte es versehentlich doch einmal, stellte es sich als schweres, tief beschämendes Vergehen heraus. Man hatte immer Angst, es könnte dem Mund entschlüpfen, und dachte deshalb ständig daran. Kaum tauchte die Tante auf, brannte das Wort in der Brust, auf der Zunge und wollte heraus. Emmi kam ja oft, um sich trösten zu lassen. Aber man mußte den Namen verschweigen. Alles, was sie von ihrem Sohn besaß, hatte sie weggeräumt, alles weg aus ihren Augen. Nur ab und zu hörte Anita durch eine angelehnte Tür, wie es aus ihr herausbrach: »Er war doch der Beste von allen, der Allerbeste.« Niemand wagte, ihr zu widersprechen. Durch das Verbot war Wolfgang noch anwesender. Er schwoll im ausdrücklichen Verschweigen an und füllte fordernd jeden Raum, in dem sich Emmi aufhielt.

Einmal rief draußen ein Kind nach seinem Bruder: »Wolfgang, Wolfgang!« Sofort wurde das Zimmerfenster geschlossen. Die Tante preßte böse den Mund zusammen und bedrohte alle im Zimmer mit ihrem Blick. Es war doch nur Zufall und nicht gegen sie gerichtet gewesen! Ein anderes Mal hieß es: »Goran, Goran, Essen kommen, Goran, Goran!« Auch da hörte die Tante aus dem o und a den Namen ihres Sohnes heraus und nichts als das. Manchmal mußte Anita aus dem Zimmer laufen und unter der Bettdecke »Wolfgang, Wolfgang!« rufen, um es auszuhalten. Schon bei dem Wort »Hofgang«, sogar bei »Walfang« wurde man rot vor Schreck.

Dabei meinte es die Tante nach einiger Zeit gut mit Anita. Das Mädchen wurde jeden Sonntag mitgenommen in irgendeinen Ausflugsort zum Kaffeetrinken. Man hatte Anita gesagt, es sei ihre Aufgabe und doch auch ein Glück, obschon es eine Qual für sie war, die Autofahrt und das Schwitzen und Sitzen wie auf glühenden Kohlen vor den Kuchenstücken, immer auf der Hut, daß ein bestimmtes Wort unter keinen Umständen über ihre Lippen kam. Onkel und Tante sprachen sehr selten miteinander, seufzten und lallten nur, sie aber sollte aus dem Stand ein lebhaftes Kind sein und wußte nicht, was man da machte. Emmi starrte sie an, ihre grünen Augen waren trotz der Schwarzwälder Kirschtorte nicht freundlich. Sie sagte: »Laß es dir schmecken, Anita!«

Doch die Augen drückten etwas aus, was sie nicht begriff, etwas Gegensätzliches. Was malte sich die Tante, die sich ja an niemandem rächen konnte, vielleicht heimlich aus? Auf der anderen Seite mußte Anita immerzu an ihr Geheimnis denken, von dem sie dem Großvater geschworen hatte, es um Gottes willen nicht auszuplaudern.

Sie sagt jetzt hinter dem Gebüsch, muß es unbedingt aussprechen: »Er hat eines Tages gehört, daß seine Mutter zu einer Nachbarin in Monschau lachend über ihren Sohn meinte, es sei ja so leicht zu lenken, das brave Kerlchen. Dieser eine Satz war es, der ihn mit Haß auf Emmi erfüllte. ›Hahaha! Leicht zu lenken! Die Alte wird sich verdammt wundern!‹ fluchte er ein paar Tage vor dem Unglück am Telefon. Kurz darauf kletterte er auf den Baum, um mit dem Messer Vögel in ihrem Nest umzubringen. Er hat mir ja den Plan verraten. Da ist es dann passiert.«

Sie drückt die Zigarette aus, Gnadenfrist vorbei. Die Haustür ist schon geöffnet. Dort steht eine kleine zarte Frau mit Stock in karierten Hausschuhen. Aus der Nähe sieht Anita, daß ihre Augen durch das Alter zu einer diffusen Mütterlichkeit verschwiemelt sind. Es ist trotzdem Emmi. Ihre weißen Haare sind schematisch zu vielen winzigen Löckchen gerollt, ein Persianerköpfchen. Vielleicht fabriziert das jetzt diese Polin? Durch den Augenschleier versucht die Frau Anita zu erkennen. »Du bist Anita?« Dazu stößt sie mit dem Stock auf. (Sie wird ihn im Laufe des Nachmittags ohne Unterbrechung fest umklammern, aber dreimal fallen lassen. Jedes Mal, wenn Anita sich bückt und ihn ihr zurückgibt, lächelt das trostlose Gesichtchen für zwei, drei Sekunden zufrieden. Man könnte auch meinen: triumphierend.)

Die Wohnung hat sich offenbar in den über dreißig Jahren nicht verändert, kein Bild von Wolfgang an der Wand. Luft und Zeit sind in tiefem Schlaf versunken. Nur ist sie, wie die Tante, geschrumpft. Wird man von ihm sprechen dürfen? Wie hat sich Anita nur fürchten können vor diesem Besuch! Oder fürchtete sie sich genau davor, es könnte so sein, wie es jetzt ist, Emmi mit verblichenen Jadeaugen, ohne zweideutig sprühendes Feuer darin?

Es gibt Sherry und Eiswaffeln. »Ich weiß alles. Dein Bruder hat eine Friseuse geheiratet«, sagt Emmi gleich zu Beginn. »Ich kannte sie, Jasmin oder so. Mit langen silbernen Fingernägeln strich sie einem auf dem Kopf herum. Dann vertrug sie die Farben und das alles nicht mehr. Sie mußte in der Eifel sechs Wochen in eine Antiallergieklinik.« Emmi kraust die Stirn, es strengt sie an, sich alles zurechtzulegen, aber sie schafft es, sie will es: »Dann hat sie asiatisches Boxen, sogar mit Tritten mitten ins Gesicht gelernt. Die Folge waren abscheuliche Nackenmuskeln. Und Schultern, solche Pakete, wie bei einem Ringer. Sie fand das plötzlich schön. Einige Zeit lebte sie dann mit ihrem Lehrer in Thailand zusammen. Anita, der soll so gut geküßt haben, daß sie dachte: ›Hallo, was ist jetzt los!‹ In ihrem Beruf fand sie dort keine Stellung. Frisieren wollen die Thailänderinnen selbst. Statt dessen arbeitete sie in einem Hundesalon für Touristen. Bis dein Bruder sie nach ihrer Rückkehr kennenlernte und zur Frau nahm. War wohl sein Geschmack.«

»Nein, Emmi«, sagt Anita so sanft wie möglich und streichelt die alte Hand auf dem Stockgriff. »Emmi« ist ihr so rausgerutscht. Die Tante zuckt nicht mit der Wimper. »Alexander, mein Bruder, lebt seit dem Tod unserer Eltern in Paris. Er hat dort die Firma seines Onkels, deines Schwagers Heinrich, übernommen und ist seit langem mit einer Französin verheiratet.«

»So? Dann spreche ich von einem anderen Neffen. Es sind

ja alles Neffen von mir. Neffen an jeder Ecke. Ich hoffe, du bist wirklich Anita, die kleine Anita von früher. Immer mehr Leute kommen jetzt zu mir und behaupten: ›Ich bin Ihre Nachbarin‹, ›Ich bin deine alte Freundin‹, ›Aber Emmi, ich bin doch deine Schwester!‹ Man hält mich zum Narren. Und wie ist es mir dir? Hast du denn einen Mann? Das wirst du ja wohl, in diesem flatterigen Kleidchen! Erzähl du ruhig alles von dir, jetzt, wo du schon mal da bist. Was für einer ist er? Taugt er was?«

Was hat Emmi eigentlich an? Schlecht zu erkennen, eine Hose, eine Weste mit einer doppelten vertikalen Schmucksträhne über die kaum noch konturierten Brüste hinweg. Palmen? Tempeltänzerinnen, artistisch übereinandergestapelt? Eine Prozession von Krokodilen? Und diese uralten karierten Filzpantoffeln, schon eine Seltenheit, als Anita noch ein Kind war! Will Emmi als Inbild eines alten Mütterchens erscheinen? Nein, sagt sich Anita, sie lebt jenseits solcher Spekulationen. Oder nicht? Mein Gott, sie ist bald achtzig! Dabei hat Anita schon begonnen (sie behauptet vor sich selbst: um die Zeit zu überbrücken), das zu erzählen, wovon sie am liebsten sprechen möchte.

Ausgerechnet zur Tante? Ja! Sie wundern sich? Anita wundert sich auch, aber nur flüchtig. Emmi dagegen, die meist geduldig zuhört oder so tut, als ob (den Stock später vielleicht nur fallen läßt, um sich durch den Krach wach zu halten), stößt zu Beginn kräftig auf den Boden. Anita kommt es vor wie ein im Voraus geleisteter Karnevalstusch.

»Ich glaube, er taugt was! Er taugt so sehr, daß mir unheimlich wird. Ich frage mich: Wie komme ich dazu, jetzt, nach dem beträchtlichen Pech, das mir bisher doch ziemlich treu war, in der Liebe, meine ich. Obschon ich immer gern verliebt war, schrecklich gern, beinahe ununterbrochen. Es gab da immer was, hintereinanderweg, und sei es auf Biegen und Brechen, ich konnte nie ohne das leben. Ich bin ja zweiundvierzig. Das ist, was diese Dinge, ich meine, die Männer betrifft, keine Kleinigkeit.« Erschrocken denkt Anita: Rund drei Jahre später hatte sie, Emmi, schon das ganze schöne Leben für immer abgeschlossen.

»Mit Mario ...« Ah, nun ist der Name endlich heraus. Selbst ein Halbtauber müßte Anitas Verliebtheit heraushören. Die Tante stößt mit dem Stock auf. Tusch!

»Ich habe damals in Zürich gelebt. Vom See aus sieht man die Berge. Am schönsten ist es, wenn der Schnee auf den hohen Schrägflächen gipfelauf- und abwärts schimmert. Viele Zugvögel finden es dort so angenehm, daß sie gar nicht mehr über die Alpen nach Süden wollen und sich lieber am Wasser füttern lassen. Leider ist alles zu teuer. Wenn ich was zum Anziehen brauchte, habe ich mir zuerst eine Weile an den unerschwinglichen Modellen in den Schaufenstern der Boutiquen Lust gemacht, dann bin ich mit dem richtigen Fieber zu den Imitationen in die billigen Läden gegangen. Es gibt sie ja in allen Städten Europas, mit primitiven Kabinen zum Anprobieren nebeneinander, die Seitenwände nicht bis zum Boden durchgehend, wie bei Schulklos, Schwingtüren wie in den Saloons im Wilden Westen.«

»Mario! Mario!« ruft die Tante.

Anita horcht dem Wort aus dem Mund der alten Emmi einen Augenblick nach. Verwechselt die Tante die Wirklichkeit mit der Oper »Tosca«, aus der sie bei Familienfesten, vor dem Unglück, versteht sich, nach dem Tortenessen so gern zwei, drei Zeilen sang?

»Ich befand mich an dem Tag in einem meiner harmlosen Kaufrausch-Anfälle, Mann, Tante Emmi, ich fühlte mich so richtig obenauf! Jedenfalls lag meine Tasche offen auf dem

Kabinenboden, während ich, wie immer gespannt auf die fällige Verwandlung, ein Kleid über den Kopf zog. Sie lag da auch weiterhin, das schon. Dann aber die Bescherung an der Kasse!«

»Was denn, Bescherung? Was? Bescherung? Beschämung?« Emmi knistert mit dem Silberpapier der Veilchenschokolade.

»Meine Geldbörse war mit dem üblichen Inhalt samt Handy verschwunden, so ungläubig ich auch suchte und wühlte. Ich hatte es dem Dieb oder der Diebin in der Nachbarkabine verführerisch leicht gemacht. Man mußte nur unten durch den Kabinenspalt seine fremde Hand in meine hochpersönliche, streng private Tasche schieben. Das Interesse der gestylten Kassenmädchen an meinem Mißgeschick war dementsprechend gering. Augenrollen, herzliches Schulterzucken für das Nervenbündel, nächste Kundin, bitte.«

Emmi beißt in die Schokolade wie in ein Butterbrot, kaut kurz und spuckt unverhohlen in ihre Serviette. Kein Hauch von Liebeserinnerung.

»Zumindest hielt man mich wegen meiner Blässe, vielleicht auch Weinerlichkeit, nicht für eine Betrügerin. Das half mir wenig. Glücklicherweise waren mir keine wichtigen Schlüssel gestohlen worden, keine Papiere, keine Scheckkarten. Wenn mich die kleine Kauflust überfällt, lasse ich dieses Zeug bis auf den Wohnungsschlüssel zu Hause. Aber alles Bargeld und der Rückfahrschein von der Stadt in meinen Vorort waren futsch. Man hatte mich vorübergehend bettelarm gemacht.«

»Beklaut. Ist mir viermal im Leben passiert.«

»Für den Weg zu Fuß würde man Stunden brauchen. Auch der Schalterbeamte am Bahnhof zeigte kein Erbarmen. Er hob nur träge die Hände bis zu den Ohren und summte, die fette Stubenfliege. Kein Mitleid weit und breit. Plötzlich ist man, so geplündert, auch ausgestoßen, der ungeliebte Schwachpunkt in der Herde, der Pechvogel, ruckzuck halb beschmunzelt, halb verachtet. Du siehst, der Boden für meinen Retter war hervorragend bereitet.«

(Die Frage ist allerdings, ob Anita nicht unterschwellig, vielleicht sogar ihr kommendes Glück erwitternd, das Pathos des Beraubtseins genießen wollte. Sie hätte doch wohl die paar Schritte zu ihrem Arbeitsplatz an der ETH trotz zitternder Knie geschafft und dort Hilfe erhalten! Oder will sie im Erzählen den Auftritt ihres Ritters – na, Sie begreifen schon.)

Emmi stößt, erleichtert, daß es nun wirklich losgehen soll, mit dem Stock auf. Anita soll gefälligst ihre Zuhörerin nicht vergessen, die weniger Geständnisse als Unterhaltung verlangt. Der Nebel in den Augen der Tante lichtet sich nicht. Müßte Anita, um den Altersdunst aufzuhellen, vielleicht nur einen gewissen verbotenen Namen nennen? Es reißt sie längst in eine andere Richtung fort.

»Boden bereitet!« Emmi macht Tempo. Die Kolonnen, die über ihren dekonstruierten Busen pilgern, stellen sich als Zwillingskarawane von Kamelen heraus.

»Wie soll ich sagen, Tante Emmi, ich –«

»Nun laß doch die blödsinnige ›Tante‹ weg, bist schließlich alt genug.«

»Ich stand ziemlich kopflos in meiner Verlassenheit vor dem Schalter, als jemand sacht meine Schulter berührte, mich von der Seite ansah, den Fahrpreis großzügig berechnet vor mich hinlegte und bloß sagte: ›Darf ich aushelfen?‹ Noch bevor ich danken konnte, zog sich der Mensch zurück.«

»Mario!« ruft die Tante und schleudert zum ersten Mal den Stock von sich. Anita apportiert.

»Hätte ich den Namen nur erfahren! Ich wußte ja überhaupt nichts von dem diskreten Kerl. Und doch das Wichtigste: Diese Augen, Tante, die kannte ich von viel früher, vom Großvater Jannemann, diese strahlenden Augen, als hätte er elektrische Lämpchen dahinter und könnte sogar im Dunkeln damit leuchten. Jetzt sah ich sie wieder, und ich sah auch wieder den See im Salzkammergut, den blau zuckenden Wasserspiegel. Ich war vier Wochen im Juli dort gewesen, vier Wochen, gegenüber dem ›Weißen Rößl‹, nichts als blau funkelndes Glück, und ich hörte die Operettenmelodie von damals. Jetzt hieß das Libretto ›Darf ich aushelfen?‹ Ein leicht über mein kleines Mißgeschick amüsierter Singsang war das.«

»Die taugt nichts. So eine Schnapsidee: Veilchenschokolade!« sagt Emmi.

»Mehr hatte ich nicht. Nur das. Nur die Stimme und die Augen. Man kann davon durchaus eine Weile leben, wenn man weiß, daß irgendwann Nachschub kommt. Damit ließ sich hier nicht im geringsten rechnen. Allerdings habe ich von klein auf trainiert, mir aus solchen Bestandteilen phantastische Stunden zu machen und mich dann, wenn die Erinnerung verbraucht ist, bescheiden geschlagen zu geben. Meine Genügsamkeit war diesmal aber unnötig.«

»Aha, dann also: Hallo, was ist jetzt los!« lacht die Tante.

»Nicht so schnell. Ich war einige Tage später in einem Konzert. Es ging wohl um die Streichquartette von Beethoven. Ich müßte es auf der Eintrittskarte nachlesen, denn ich bin ihm ja wiederbegegnet! Was kümmerten mich da noch Opus 18 oder 131. Wir sind in der Pause vor dem Buffet fast zusammengestoßen. Jetzt kriegte ich erst mit, wie der

Mann insgesamt aussah. Kein Stubenhocker, kein Banker, kein regelmäßiger Konzertbesucher, keiner der üblichen Wissenschaftler. Er strömte Bergluft, würzigste Bergluft aus und starrte mich bei gerunzelter Stirn, auf der ich eine schräg vom Haaransatz zur Nasenwurzel verlaufende Narbe entdeckte, mit seinen oberösterreichischen Seeaugen an.«

Noch so eben schafft es Anita in ihrer Emphase, den Namen »Wolfgangsee« in sich zurückzuzwängen. Kindisches Herzklopfen ein paar Schrecksekunden lang.

»Ich war im ersten Moment gar nicht sicher, ob er mich wiedererkannte. ›Ich schulde Ihnen noch was‹, sagte ich etwas mühsam, auch nicht ohne Verlegenheit. ›Weiß ich. Ich hätte Sie schon aufgespürt, um die Auslagen einzutreiben‹, lautete diesmal der Text zur Melodie.«

Die Tante spendiert einen Tusch.

»Natürlich saßen wir auf verschiedenen Plätzen und entdeckten nach der Pause einander auch nicht im Publikum vor dem Eintreten der Musiker, während sich Leute zwischen den Rängen und dem Parkett zuwinkten. Er hätte sich von unten den Hals verrenken müssen, ich meinerseits war außerstande, mir vorzustellen, wie sein Kopf von oben aussehen mochte. Vor mir saß ein Paar, das sich erbittert stritt bis zum ersten Ton des Quartetts. Als es zum Schluß mit den Ovationen losging, klatschten sie besessen, als wollten die beiden Unglücklichen die gefeierten Streicher jeweils gegen den elenden Partner an ihrer Seite ausspielen. Begeisterung aus Gehässigkeit. Diesmal hatten wir vorgesorgt. Also trafen wir uns wie verabredet am Ausgang und saßen nach wenigen Minuten einer dem anderen in einer Bar gegenüber.«

»Irgendjemand hat mir diese abscheuliche Veilchenschokolade geschenkt. So ein Quatsch!«

»Das war ich«, sagt Anita zerstreut und zum Teil nur für sich: »Wir dachten wohl, wir hätten viel Zeit. Es stellte sich heraus, daß wir beide nur zufällig im Konzert gewesen waren, jeder von uns hatte die Karte geschenkt gekriegt. Verlegenheitsbesucher er wie ich. Alles war richtig, keine Abstriche, alles hundertprozentig richtig, so, wie es sein mußte. Man wurde aufgeregt, aber auch schläfrig, und überließ sich vollkommen dem Gefühl. Ich habe ein bißchen von meiner Arbeit erzählt, er von seiner als Naturwissenschaftler an der TH, ausgerechnet in Aachen. Irgendwas müssen wir geredet haben, es kam ja nicht darauf an.«

Anita für sich: Das strahlend Heimatliche, das Vielversprechende in den Augen rührte nicht von der TH in Aachen her, sondern von diesem alten sommerlichen See in Österreich. Seine Aussprache war der Beweis.

»Ist doch klar, daß die TH in Aachen ist, das war schon immer so. Mit jedem Jahr verwüsten sie die schöne alte Landschaft an der Hörn mehr mit neuen Gebäuden. Eine richtige Stadt setzen sie dahin, wo es Äcker und Kühe und auch die dunkelroten Gehöfte und Mohnfelder gab. Alles, alles jetzt TH.«

Emmi wirft den Stock, Anita bückt sich. Sie verspürt den Reflex, sich wegzuducken und den Stock so an Emmi zurückzugeben, daß die ihr nicht damit auf den Kopf schlagen kann.

»Etwas verstand ich nicht. Warum sollte dieser Mann bloß keine Krawatte tragen, wenn er in ein Konzert ging, eine blau schimmernde Krawatte mit kaum erkennbaren grauen Streifen darin? Sie paßte nicht zu dem wetterfesten Gesicht, stand ihm zwar gut, aber sie widersprach der würzigen Bergluft. Kürzlich hat er mir übrigens ziemlich stolz erzählt, daß er einmal dem berühmtesten Bergsteiger der

Welt begegnet ist. Im Foyer eines Tiroler Restaurants sah er beim Eintreten zwei Beine von den Deckenbalken herunterhängen. Als er hochschaute, war es, ungelogen, Reinhold Messner persönlich, wahrhaftig dieser halb diabolische Messner, ein sehr viel besserer Bergsteiger als Trenker und noch ausgefuchsterer Vermarkter als der. Messner hielt sich lediglich mit den Fingerspitzen an den Balken fest, um zwischen Hauptgang und Dessert die Kraft seiner Hände zu trainieren. Offenbar habe ich damals immerzu auf die Krawatte an seinem Hals gesehen, so daß er endlich fragte, ob mit dem Knoten etwas nicht stimme. Was sollte ich antworten? Ich behauptete ohne Hintergedanken einfach ins Blaue hinein, ich hätte mich schon immer gefragt, wie man so einen Schlips eigentlich bindet. Er fing den arglos geworfenen Ball unverzüglich auf, band die Krawatte ab und führte mir vor, wie man's macht. Schon das Lockern des Knotens gehört ja zum Repertoire, jetzt aber wurde, nun ja, die Attacke zielgerichtet. Er setzte sich neben mich und führte mir an meinem eigenen Hals, und das war dicht am Ausschnitt, in übertriebener Sachlichkeit das Binden vor. Die Vorführung erzwang natürlich eine Nähe, auch ein Berühren.«

Emmi stößt zweimal applaudierend mit dem Stock auf und lacht herzlich dazu: »Jaja, die Männer! Diese Schlawiner!«

»Ich konzentrierte mich auf seine Fingerspitzen, nicht auf die Gebrauchsanweisung, nur auf den betäubenden Klang der Erklärungen.«

Anita bestaunt ihre Freimütigkeit gegenüber der Tante, kann aber nicht anders, als fortzufahren:

»Ich spürte seinen Atem hinter meinem Ohr, eine vertrauliche Mitteilung ohne Worte, ein Flüstern, ach Emmi, das alte Lied eben, du wirst das doch alles kennen. Ich hatte es eine Weile nicht gehört. Plötzlich klingelte sein Telefon. Er entschuldigte sich höflich bei mir, vollkommen ruhig, hörte kurz zu und sprang dann totenbleich auf. Ich konnte sein Glas noch so eben auffangen, bin aber nicht sicher, ob jetzt die Reihenfolge stimmt. Er schrieb schnell etwas auf eine Papierserviette, bezahlte an der Theke, nahm kurz mein Gesicht zwischen die Hände und verschwand.«

»Ein Krimineller, aha!« entscheidet Emmi zufrieden.

»Wir wußten nicht mal die Namen voneinander! Selbstverständlich hatten wir uns vorgestellt, aber das merkt man sich doch nicht gleich! Wie gesagt, wir dachten, wir hätten einen langen Abend vor uns. Ich wäre gern mit ihm nach draußen gerannt. Statt dessen saß ich, abrupt verlassen wie nach einem Streit, angenagelt auf meinen Platz und hatte Angst, aufzustehen, weil ich vielleicht nicht manierlich, nicht zivilisiert genug für die Schweiz bis zum Ausgang käme, noch dazu auf den hohen Absätzen.«

»Was stand auf dem Zettel?«

»›Mario Schleifelder‹ stand drauf, auch eine Telefonnummer, allerdings auf der Serviette nicht bis zu Ende lesbar. Sonst nichts. Meine Sammlung von Schätzen hatte sich immerhin um ein handfestes Bruchstück erweitert. Daß der Mann in die Bar zurückkommen würde, war ausgeschlossen. Ich nahm also ein Taxi und schaffte es ganz vernünftig zu meiner Wohnung. Die Zeit danach verlief nach außen hin ruhig, in mir drinnen nicht. Ich will dich nicht langweilen mit all den Vermutungen, die mir durch den Kopf gingen, auch nicht mit den heimlichen Hoffnungen. Sagen wir so, Emmi, die Person –«

»Oder klingt ›Tante Emmi‹ doch besser aus deinem Mund, Kind, als bloß ›Emmi‹? Ich bin ja deine reguläre Tante.«

»Die Person war durch die Barszene nicht gerade uninteressanter für mich geworden. Die Frage, die sich stellte, hieß: Was fange ich mit dem Namen und dem Umstand an, daß er an der TH in Aachen arbeitet? Die andere Frage lautete natürlich, abgesehen von dem, was er an dem Abend erfahren hatte, andersrum: Was macht er mit der Auskunft über meinen Arbeitsplatz und meinem allenfalls undeutlich zu verstehenden, weil hingemurmelten Namen? Schwierige Gefühlszeiten, Emmi, überbrücke ich meist, indem ich neben der Zeitungslektüre, besonders den Wirtschaftsseiten, die mir die wahren Verhältnisse der Welt erklären, Bücher über Astronomie und Maler früherer Jahrhunderte lese, um die Abende nicht untätig zu verdösen und mein dann etwas taumeliges Gehirn mit Einzelheiten aus vergangenen Zeiten auszustatten. Diesmal half es nicht.«

Emmi wirft eindeutig gelangweilt den Stock. Anita darf sich also bei ihren ausführlichen Zweifeln, damals in Zürich, ob sie die Initiative hätte ergreifen sollen, nicht aufhalten, nichts erzählen vom vergeblichen Warten, von ihrem Kampf gegen die Versuchung, ein bißchen nachzuforschen, und von der zornigen Überlegung, daß er, wenn er nur wollte, das ebensogut tun könnte.

»Alle Geschichten sind in Wahrheit doch Lügen, alle!« sagt Emmi in die Stille hinein, »nun mach du nur schon weiter mit irgendwas, ob es stimmt oder nicht!«

Anita kann sich nicht so rasch losreißen vom Vergegenwärtigen ihres Zustands, als das Erinnern sich allmählich verbraucht hatte und sie immer vergeblicher mit krampfhaftem Beschwören gegen das Verschleißen der verbliebenen Reste anging. Dann stand auf einmal wieder für mehr als eine Stunde alles frisch, morgenfrisch vor ihr wie die Stadt Zürich insgesamt, als sie die Stimme eines Wiener

Dozenten in ihrem Büro hörte. Sie versuchte sofort, ihm durch Umständlichkeit das Leben schwerzumachen, um den schönen Klang so lange wie möglich festzuhalten.

»Beim Binden des Krawattenknotens entdeckte ich auch Narben an seinen Händen.«

»Ein Krimineller! So was spüre ich, das rieche ich instinktiv!«

»Dann kam, noch eben zur rechten Zeit, ein Brief aus Wien.«

»Wien«, ruft die Tante, »Wien, Wien! Die Stadt der herrlichen Süßspeisen.«

Dabei glättet sie, unversehens andächtig, die zerknitterte Verpackung der Schokolade.

»Als mir der Brief überreicht wurde, war er geöffnet. ›Mario Schleifelder‹ stand eindeutig als Absender hintendrauf, aber die Adresse ging an die ETH, zu Händen einer Frau Hanema, mit einem Fragezeichen dahinter. Das erklärte die Verzögerung. Der Mann hielt sich zu der Zeit wieder in Aachen auf, hatte auch seine dortige Anschrift angegeben, den Brief aber noch in Wien eingesteckt. Es gab bei uns eine Anke Hanema. Nicht direkt unsympathisch, nur wenn sie die Wissenschaftspriesterin spielte, wurde ein Truthahn aus ihr. Eine von der Sorte, die gern den Satz im Munde führt: ›Das ist nicht mein Fachgebiet, da kenne ich mich nicht aus.‹ Soll bescheiden klingen. Nicht drauf reinfallen, Tante! Man wird dadurch an die hohe Professionalität ihres Spezialwissens gemahnt. Von dieser Person erhielt ich den Umschlag, überreicht mit kunstvoll ironischer Grimasse, für die ich sie aber nicht verklagen konnte: Sie streckte ihre ordinäre Zungenspitze raus und ließ sie vom rechten Mundwinkel ein paarmal zum linken wandern.«

Das muß Emmi sofort ausprobieren. Da, jetzt hat sie das Gefühl durch Nachahmung und freut sich daran wie die dreiste Hanema. Anita spricht erst weiter, als die Tante ihre Zunge wieder eingeholt hat.

»Also kannte sie den Inhalt bis zum Schluß. ›Tut mir leid, Frau Jannemann. Das geht wohl an Sie.‹ Das ging weiß Gott an mich, und nichts anderes auf der Welt interessierte mich weiter an dem Tag. Weder Indiskretion, weder Grinsen noch Kollegengeschwätz. Der Brief machte alles wieder gut, Emmi, meinetwegen Tante Emmi. Erst beim ungefähr fünften Lesen habe ich den Inhalt richtig begriffen. Zuerst hörte ich nur die Stimme, und mit den Augen genoß ich die Ausführlichkeit, einfach nur die Satzgebilde, die über zwei Seiten gingen. Die las ich als die entscheidende Mitteilung. Da war noch lange nicht in meinem Kopf die Nachricht über den Motorradunfall seines Bruders eingetroffen. Jetzt standen wieder die schrecklichen Bilder von früher, aus den Frühlingstagen in der Eifel vor mir. Eine lebensgefährliche Sache, auch für seine Mutter in Wien, die sich dem Unglück hilflos ausgesetzt fühlte. Etwas Ernstes, Dringendes also! Sehr beruhigend für mich. Es rechtfertigte ja vollständig seinen Aufbruch in der Bar.«

Anita erschrickt über die Unglücksparallele. Verdüstert sich das Gesicht der Tante durch ein Wiedererkennen? Zeigt es Mitgefühl? Emmi verzieht keine Miene. In ihren Augen ist jedoch blitzschnell und erstmals ein grünes Flackern, so kurz, daß es Einbildung sein könnte.

»Und? Und? Wie ist es ausgegangen mit dem Bruder?«

»Am Ende unverhofft glimpflich für alle.«

Da preßt Emmi verächtlich die Lippen in die Breite und nach unten. Der schmächtig gewordenen Tante dämmert, daß sie im Leid Festkönigin und Feistkaiserin ist und bleibt.

Genießt sie es womöglich? Anita schämt sich sofort wegen des Gedankens, kann ihn aber nicht unterdrücken. Ab vierzig, sagt sie sich, brauchen die meisten Menschen eine Brille. Ob die Kamele auf Emmis Weste nicht doch heuchlerisch schlafende Krokodile sind? Die Tante hat inzwischen vier Gläschen gekippt, erst genippt, dann ab Nummer zwei gekippt. Das gefällt ihr jetzt besser, als mit dem Stock zu klopfen oder ihn gar in die Gegend zu pfeffern. Die roten Bäckchen, das Resultat, stehen ihr prächtig und täuschen animiertes Zuhören vor. Anita wird vom puren, verjüngenden Augenschein angefeuert.

»Es überrascht dich sicher nicht, daß es jetzt kein Halten mehr gab, Emmi. Die Anlage zur Koketterie fehlte mir schon immer.«

»Ein schwerer Fehler, eine Dummheit.«

»Kurzum, wir haben uns nach einigen Telefonaten in fliegender Hast, in Windeseile getroffen und, wie soll ich sagen, reinen Tisch gemacht, in Zürich, in Basel, in Frankfurt, in Köln.«

Emmi nickt ausgiebig. Sie malt sich was aus: »Immer feste ran an den Speck! Wenn mir das mal einer erklären könnte, was die Leute ständig mit dem bißchen Sex haben, so viel Theater um die paar Minuten. Ist doch Quark und Wichtigtuerei. Die machen sich alle was vor. Sex, Sex, Sex, heißt es überall, in der ganzen Welt und landauf, landab, weil es Mode ist, und das soll man glauben!«

Anita bleibt eisern. »Du merkst, Emmi, in Siebenmeilenstiefeln ging es mit mir auf Aachen zu. Und da bin ich nun mit unklaren Berufsaussichten endgültig gelandet. In gewisser Weise nicht freiwillig, sondern gewaltsam hierhergestrudelt. Mein alter Heimatort wurde von Tag zu Tag, schon als ich noch einige Monate in Zürich arbeitete, so anziehend wie niemals vorher. Das muß jetzt die große, na ja, die Großliebe sein, da gibt's kein Vertun. Es muß, und es stimmt: Eine Offenbarung, eine glänzende Abrundung nach den frühen, manchmal lustlosen Jahren mit meiner Familie hier.«

»Lustlos! So! Aachen, die Familie. Lustlos!« wiederholt Emmi. Mit empörter Nuance? Mit wehmütiger?

Auch Anita errät es nicht. Auch Anita weiß nicht, ob die Tränensäcke vom vielen Weinen oder einfach vom Altwerden herrühren. Hat sie die Tante zum Schluß doch noch in ihrer unkontrollierten Emphase gekränkt? Wenn ja, liegt es daran, daß Anita plötzlich, vielleicht eine Wirkung der Sherries, insgeheim und zum ersten Mal eine Bangigkeit überfällt, ganz unerwartet. Ihr schwant, wie leichtfertig, ohne Rückversicherung, sie sich in die Hände dieser Stadt in Gestalt des Mannes aus Wien begeben und sich selbst dabei über Bord geworfen hat. Ein Anflug von Kleinmut? Schon wieder vorbei.

Zum Abschied sagt die Tante: »Ende gut, alles gut. Komm nur bald wieder, Anita! Meine Frau Bartosz sorgt dann für Kuchen und eine schöne Tischdecke. Ich habe sie aus dem Internet. Ein Neffe hat es neulich für mich gemacht. Sie spricht ein tadelloses Deutsch, wie hier geboren, ohne Fehler, ohne Dialekt.« Und weiter im ruhigen Redefluß (nicht abwegig ist der Verdacht: aus dem Hinterhalt): »Wie alt warst du damals? Damals, meine ich.«

»Neun.« Anita gehorcht geistesgegenwärtig und auf der Stelle.

»Als ich neun war, ging der Krieg zu Ende. Kaum zu glauben, aber mitten im Krieg habe ich in meiner dösigen Kindheit die glücklichste Zeit meines Lebens verbracht. Und doch kannte ich den Tod schon besser als du in dem Alter,

Liebes. Hier an der Grenze haben sie täglich Lastwagen voll toter Soldaten von den Schlachten, geschlachtete Soldaten, vorbeigefahren, einfach auf die Ladeflächen geschmissen, wie matschiges Obst auf den Kompost, wie Abfall auf die Müllhalde, so viele waren es, die sie rüberholten. Damals, als ich neun war, hat eine Kommandotruppe der Nazis auch den mutigen Oberbürgermeister von Aachen, Oppenhoff, Dr. Franz Oppenhoff wie die Oppenhoffallee, ermordet, im März 45, als ich neun war.«

Manches weiß Anita selbst. Ein alter Mann hat es ihr an einem schönen Sommerabend nahe der Grenze erzählt. Er saß am Straßenrand unter einem Obstbaum, kurz bevor sie mit ihrer Familie nach Göttingen zog. Viele Schwalben jagten ganz irrsinnig in der warmen Luft. Seine Schuhe standen neben ihm, die treuen Kameraden. Er träume heute noch davon, lauter junge Männer, beinahe Halbwüchsige nur, ununterbrochen wie aus einer Fabrik angeliefert. Ihre Arme, Beine und Köpfe hätten baumelnd über die Ränder der Ladeflächen gehangen. Wenn er heute diese Landstraße entlangsehe, sehe er nicht die leere Straße, sondern die Transporte, nach wie vor. Kolonnen mit blutjungen Toten.

»Wie ... wie ...« Er schlug sich mit der rissigen Hand, in deren Furchenrinnen sich alte Farbe gesammelt hatte, gegen seinen schweißglänzenden Schädel. Anita, aufrecht vor ihm stehend, sah von oben auf dessen von der Sonne verbrannte Haut. »Wie Fische aus dem Netz geschüttelt, wie Massen von Altmetallstücken, für die dir der Händler etwas Geld bezahlt«, hatte er in die Sommerluft geflüstert und daraufhin seine schweren Schuhe angezogen, deren Oberfläche der seiner Hände sehr ähnelte.

Die Tante winkt an der Haustür mit dem Stock: »Bis bald! Zieh dann Schuhe mit richtigen Absätzen an, ich höre das

Klappern so gern. Es erinnert mich an meine liebe Mutter. Dieses Klap, klap, Kind. Klap, klap. An deine liebe Großmutter, du hast sie nicht mehr gekannt. Sie war sehr jähzornig, hat aber hinterher aus Reue immer alles, was nicht niet- und nagelfest war, in die Waschmaschine gesteckt. Klap, klap ging es immer.«

Dann hört Anita sie murmeln: »Vierundvierzig Jahre! Vierundvierzig Jahre alt!«

Sie versteht sofort. Emmi würde jetzt, wenn das Unglück nicht geschehen wäre, ihre verdorrten Großmutterhände am plustrig zarten Fleisch von Enkelkindern wärmen. Plötzlich erscheint neben der Tante eine zweite Frau. Sie muß etwas älter als Anita sein, ist aber größer und stämmiger. Auch sie winkt. Frau Bartosz, das ist sicher Frau Bartosz. Sie präsentiert sich, so machtvoll hinter Emmi im Dämmern des Flurs aufragend, als deren athletische Wärterin. Jederzeit könnte sie die verwitterte Tante mit einem einzigen Faustschlag zertrümmern, so wie es ehemals das Schicksal mit der noch molligen machte.

Anita rennt an den Hartlaubgebüschen vorbei ins Freie. Das Verwandtschaftliche steht ihr, bei aller Bewunderung für Emmis lang anhaltende Trauerkraft, nach dem familienlosen Leben würgend bis zum Hals. Noch im Laufen, in Höhe des Stauweihers, stellt sie sich vor, die stockschwingende Tante im Türrahmen hätte ihr im Abschiednehmen das letzte Bild vor ihrem Sterben geboten. Was für ein großartig sprechender Anblick!

Und: Was ist man mit seiner Phantasie doch für ein Ungeheuer!

2.
MORDWINIEN, BASCHKORTOSTAN, INGUSCHETIEN

»Jeden Morgen, auf seinem Weg zur Schule vermutlich, steht ein Mädchen vor dem Schaufenster. Es kuckt nicht die Heiligenbilder an, nur die noch altmodischeren Scherzartikel. Ich beobachte von innen an der Lippenstellung, wie es sich was ausmalt. Zum Beispiel, den Onkeln und Tanten mit den tückischen Angeboten einen Streich zu spielen. Was paßt am besten zu wem? Kennt ihr so was noch? Jeden Schulmorgen steht das Geschöpfchen da, spindeldürr wie ich damals. Es stimmt sich unter Selbstgesprächen, manchmal Tränen lachend neben dem Dom, in den Vormittag ein, hochgradig entzückt über die ewig gleichen Plastikfliegen in Zuckerstücken und Hundehaufen aus Gips, rüstet sich für die Stunden voller Zahlen, Grammatik und Vokabeln.«

Als Anita das beim Fiaker Gulasch erzählte, teilten sich die paar Gäste in zwei Parteien. Die einen stießen ein joviales »Toll« aus, die anderen sagten schnöde »Alles klar!« Vor einem Sonnenuntergang hätten sie wahrscheinlich ähnlich reagiert. Anita kennt es zur Genüge. Schematik auf seiten der Jubler und der Abwiegler. Also fing sie mit Emmis Geschichte gar nicht erst an. Aber dann, was für ein stolzes Sich-Erheben der Gäste über das Übliche beim Nennen ihrer Reiseziele: »Bei uns ist endlich Grönland an der Reihe, steht seit Jahren ganz oben auf der Liste«, »Wir werden uns Bhutan vorknöpfen!«, »Als Hobbyfotograf reizen mich die Krisengebiete.«

Der Wiener, für den sie eigentlich gekocht hatte, beugte sich währenddessen gutmütig über seinen Teller: »Und wir einfallslosen Gesellen hatten mit ›Zürcher Geschnetzeltem‹ gerechnet. So eine Überraschung!« Gelungen war leider nur die, das Essen nicht. In der Küche hörte sie, wie jemand sagte: »Dafür haben die Fiaker früher ihre ausgedienten Gäule gebraucht. Das viele Traben der greisen Gesellen übers Wiener Pflaster gab dem Fleisch den besonderen, subtil fiesen Geschmack.«

Was waren das eigentlich für Leute gewesen, zwei, drei aus uralten Zeiten eilig zusammengeklaubt, zwei, drei neue Bekannte, und nur dazu da, eine Weile zwischen Anita und den einen, den einzigartigen Mann geschoben zu sein als erwünschte Hindernisse, da die Entfernung Zürich-Aachen geschwunden war. Die beiden kosteten das aus. Die erregende, wechselseitige Annäherung in Gegenwart dieser Fremden schritt im Verlauf des Abends nach außen zögernd, insgeheim zügig voran. Bis die Gäste fortgingen und die Berührungen, endlich der kulinarische Teil, körperlich werden durften, auch da noch nicht gleich drauflos, jeder Hautkontakt zu Anfang einzeln für sich. Obschon sie sich genausogut die Kleider vom Leib hätten reißen mögen, o doch. So oder so, die Sonnenbrille immer zuletzt.

Als Anita am nächsten Morgen allein war, selbst seinen Daumenabdruck in der Ellenbogenbeuge noch spürte, allmählich aber zu Tagesverstand kam, sah sie die Leute wieder vor sich, auch die elegante Innenarchitektin, die an allem bloß nippte, nachdem sie sich vermutlich zu Hause vollgestopft hatte; irgendein Paar, das sie angeblich von früher kannte und das sich dauernd durch geheime Zeichen verständigte, bei dem sich Anita fragte, ob der kümmerliche Mann, mit dem fade geistesabwesenden Gesichtsausdruck eines Jagdhundes im Ruhezustand, der Beherrscher oder Bedienstete der ungeheuren Fleischmassen seiner Begleiterin war; der augenzwinkernde junge Chemiker mit dem feuerwehrroten Kopf, der dreimal behauptet hatte: »Essen, Trinken, Poppen. Damit sind alle Männer unserer Familie über neunzig geworden.« Als allerdings der üppigen Frau ein bißchen Sauce übers Kinn lief, sehr wenig nur, da wischte es ihr der Schmächtige sofort wie nebenbei weg, und die Frau schloß dazu die Augen in der zärtlichsten Hingebung. Es stimmte Anita sofort wieder weich. Ihr gefiel auch, daß er erzählte, in seiner Kindheit hätten sie an den Elektrozäunen der Weiden Sechserketten gebildet. Der Mutigste stand vorn und kriegte den stärksten Schlag ab, der Feigste hinten spürte nur noch ein bißchen. Keiner am Tisch fragte, aus Takt oder Desinteresse, nach seiner eigenen Position dabei.

Jeden Morgen, wenn sie zu ihrem Laden radelt, sieht sie noch einen Moment lang auf dem ersten Streckenabschnitt das Aufglühen der gewölbten Wiesen unter grauem Himmel, dann verlöschen sie im Trüben, dann kommt wieder das Licht. Eine großmütige Beleuchtung spendet den Gegenständen schwarze Schatten, die sie wichtig und wuchtig machen. Manchmal denkt sie, daß es gar nicht schöner werden kann. Und doch stichelt fordernd etwas Unsichtbares, ein Durst, den die schönen Oberflächen nicht stillen. Und schon ist das Gefühl wieder vorbei und war sicher nur ein Einfall.

Sie läßt etwas Zeit vergehen, bis sie Emmi, wie versprochen, ein zweites Mal besucht. Die blühenden Kirschbäume verschwimmen kurzfristig mit dem warmen Nebel. Sie bilden Nebelnester, auch Mehlklümpchen in einer hellen Sauce. Aber sie entdeckt diesmal doch das »Efeuschlößchen« von früher, in dem der Architekt Brammertz mit seiner Frau wohnte und sicher glücklich war. Es steht da, wunderbar berankt und überwuchert und noch verwunschener als früher.

Vor der letzten Biegung wechselt sie die Laufschuhe gegen hochhackige aus. Frau Bartosz, die kolossale Gestalt, richtet sich im Vorgarten aus dem Bücken auf. Sie hat angeblich welkes Laub aus den Hecken entfernt, aber Anita spürt gleich, daß die Polin sie erwartet. Sie wolle sie vor der Tante warnen. Schon seit Ankündigung ihres ersten Besuchs habe sie angefangen, verstärkt von diesem Wolfgang zu sprechen. Heute, am Todestag ihres Sohnes, sei es ganz besonders schlimm mit Frau Geidel, die plötzlich den Stock weggelegt und ein festliches Kleid verlangt habe. Sie selbst, Frau Bartosz, sei eine geduldige Person, aber wie oft sie heute, noch viel öfter als sonst schon, den Namen habe anhören müssen! Das sei wohl ein Wunderkind und obendrein ein Heiliger gewesen? Er hänge ihr zum Hals heraus, dieser Sohn. Ob es ihn überhaupt gegeben habe?

Anita ihrerseits würde dem östlichen Klang ihrer Stimme, sanft trotz der augenblicklich unwirschen Note, noch gern lange lauschen.

Sie, die Nichte, solle sich da auf was gefaßt machen. Bestimmt habe sie es schon letztes Mal deswegen kaum ausgehalten. Ihre eigene Mutter, so alt wie die Tante, in Polen, in der alten Weichsel-Stadt Torun, auch Torunia, hier sage man Thorn dazu, lebe noch hundertprozentig in der Gegenwart und arbeite zehn Stunden täglich als Krankenschwester. Da sei gar keine Zeit übrig zum Trauern um irgendwas.

Grund dafür, haha, gebe es immer. Frau Bartosz schnaubt vor Mißbilligung durch die ungeheure Nase.

Wie konnte Anita das passieren! Sie hat nicht aufs Datum geachtet. Ausgerechnet am 15. April geht sie nun in dieses aus der »Perle der Eifel« in den Eberburgweg versetzte Trauerhaus. Etwas wird ihr auf einen Schlag klar: Wenn Emmi so freigiebig mit der Namensnennung gegenüber Frau Bartosz ist, dann gönnt sie sich diese Herzenserleichterung nur, weil die Haushälterin nicht unter dem Bann der Vergangenheit steht. Emmis Strategie würde ins Leere laufen. Bei Anita weiß sie zu gut, daß die Gewalt und das Gesetz des unerbittlichen Schweigens den Vetter mehr verherrlicht als jede Redseligkeit. Ein bißchen tückisch wird Anita zumute in der Neugier, ob sich Emmi von ihr heute aufs Glatteis führen läßt.

Sie steht schon oben im Türrahmen. Durch das Treppchen, für Anita deutlicher als beim ersten Besuch, wirkt sie diesmal größer. An Emmis unerwartete Zartheit ist die Nichte inzwischen gewöhnt, aber nicht an eine so aufgedonnerte und aufgekratzte Tante.

»Da bist du also wiedergekommen. Und nicht nur das. Du hast auch, wie versprochen, Schuhe mit Absätzen an! Brich dir nicht die Knochen. Und ich? Ebenfalls todchic? In gesunden Turnschuhen, immerhin nicht in Pantoffeln. Wir haben leckere ›Donauwellen‹ und frische Veilchen auf dem Tisch. Dir zu Ehren, Larita, ich meine: Ranita, Anita natürlich.«

Emmi trägt ein schwarzes Spitzenkostüm. Durch die Jacke schimmert eine feuerrote Satinbluse im Ton des mit theatralischem Schwung über die Schultern geworfenen Fransentuchs. Anita hat die kleinen Diamantohrringe diesmal vergessen, dafür blitzen viel größere an Emmis Ohren.

»Der helle Wahnsinn!« lacht die Tante. Über die Augen hat sie die eulenhafte Nickhaut gezogen.

Was liegt statt der Servietten auf den Kuchentellern? Zwei Todesanzeigen aus der Zeitung. »Lies dir das durch. Ich habe mich königlich amüsiert«, befiehlt Emmi.

»Hil Michael Ropalli.« Anita spricht die fettgedruckte Überschrift zum Vergnügen der Tante laut aus. Darunter in Anführungsstrichen: »›Mike‹, ›Pali‹.«

»Siehst du, Liebes, die Kosenamen oder Spitznamen werden mit beerdigt. Und die Trauernden heißen neuerdings Felsi, Bimi, Backi, Kussi, Maki, Domi. Ist das nicht beschissen? Meinen Namen würden sie aber sicher rausschmeißen. Zu altmodisch.« Emmi schmunzelt ohne Respekt: »Und nun die zweite!«

»›Friedrich Hermann Ochsenschild. Prof. Dr. med, Dr. lit. h.c., Dr. phil. h.c. et Dr. med. h.c. mult. Insgesamt zwanzig Ehrendoktorwürden und vierzig weitere hohe Ehrungen.‹«

»Ist das nicht zum Schießen, mein Schatz? Fehlt nur noch, daß sie die Liste der Medikamente, die er zum Schluß einnehmen mußte, dranhängen. Wie viele Auszeichnungen oder Titel hat denn dein Liebster bisher geschafft? Ich frage nur, damit ich beruhigt sein kann. Du mußt im Fall seines Ablebens ja auch so eine Liste parat haben. Wie macht er sich, dein Lover, inzwischen? Wollt ihr Kinder? Dann bitte Beeilung, das Ergebnis wird nicht besser durch Warten. Sag's mir ruhig, ich weiß kaum noch, wie das Kindermachen geht. Oder hast du irgendwo längst einen Nachwuchs versteckt? Sohn oder Tochter? Raus mit der Sprache!«

Emmi schiebt den Kaffee beiseite. Sie verlangt, daß Anita den Champagner öffnet: »Man muß die Feste feiern, wie sie fallen, Kind!«

»Keine Kinder. Als Titel nur den Doktor. Er hat früher mal

in einer Druckerei für Karl Lagerfeld und Josef Beuys gearbeitet, sogar isolierenden Lack auf Staubfilter oder Staubfänger für die russische Weltraumbehörde gedruckt. Deshalb war er eine Weile in Moskau.«

Emmi preßt argwöhnisch die Lippen zusammen. Hat sie etwa »Monschau« verstanden?

Dann riskiert es Anita: »Allerdings, liebe Tante: Fest? Welches Fest meinst du denn?«

Emmi stutzt. Blitzschnell zuckt jetzt das alte böse Grün aus den Augen hervor und verschwindet. Sie verschluckt sich ein wenig, ein wenig verschüttet sie von dem Champagner und fordert herrisch Nachschub. Neues Lächeln, schlau, unbesiegt: »Das Fest? Die Feier? Daß du wirklich zurückgekommen bist, Larita, das ist das Fest. Nur das! Daß du dir nicht gesagt hast: ›Was soll ich mit der alten Tante, wo ich doch einen Liebhaber besitze, der obendrein nach Bergluft riecht, schon beim Hinsehen, erst recht, wenn man an ihm schnuppert, und wo doch überhaupt für mich noch alles drin ist, wenn ich nur will.‹ Daß du dir das alles nicht sagst und so tapfer die alte Tante Emmi besuchst. Prost, Rarita! Und nun erzähl weiter. Was ist an ihm dran, außer dem Geruch und der Physik oder, was weiß ich, Chemie. Heißt er nicht Mario?«

»Die Gebirgsluft und die Naturwissenschaft sind doch eigentlich nur Abkürzungen, Tante!«

Selbst die strahlenden Augen, mit denen er jedes Augenduell gewinnen würde, sind es ja. Schon als Kind hat Anita, hochmütig und furchtsam, die Tante für ein bißchen dumm gehalten. Vielleicht, weil auf diese Weise zu Hause über sie gesprochen wurde. Deren Neigung zur Indiskretion ist ihr aber neu. Ob die von Emmis Alter herrührt, das sich Umwege nicht mehr zu leisten gedenkt? Da Anita kein verführerischeres Thema einfällt, wird sie parieren. Emmi lächelt fein, Emmi schenkt sich ein.

»Los, los. Erzähl von der Liebe! Nebenbei: Wie findest du die ›Donauwellen‹? Frau Bartosz hat sie gemacht. Sie ist eine polnische Perle.«

»Frau Bartosz, die Perle des Eberburgwegs.« Anita kann sich die Analogie zum noch immer unverjährten Monschau nicht verkneifen.

Wieder ist die Tante eine Sekunde finster verdutzt. »Perle wovon? Meinetwegen. Ihre Vorgängerin hatte ein Gesicht wie die Scheidentrockenheit in Person. Wie diese Frau in der Reklame, du kennst sie bestimmt, die für ein Mittel dagegen wirbt. Allerdings habe ich meine polnische Mimose heute gekränkt, fürchte ich, nur, weil ich gesagt habe: ›Sie riechen so vertraut. So roch es auf den Trümmergrundstücken meiner Kindheit‹ War doch freundlich gemeint. Aber jetzt die Liebe, jetzt dieser Mario, bitte.«

Wie deutlich heute ihre Tränensäcke sind! Hat sie so viel geweint in den Morgenstunden dieses Jahrestages?

»Dein guter Mario, Nanita, mit seinem tollen Gebirgsaroma! Eins laß dir gesagt sein: Männer sind ja so leicht zu lenken und so anfällig gegenüber den Stimmungen von uns Frauen! Das ist unsere Chance. Man muß sie durch Loben und Muffeln im Wechsel dirigieren. Früher sagte man: durch Schmollen. Das klappt natürlich nur, wenn sie zu den treuen Schluffen gehören.«

Emmi ahnt nicht, wie verhängnisvoll ausgerechnet dieser Satz vom »leichten Lenken« in ihrem Leben war. Anita muß jetzt mehr an Wolf denken als an Mario, von dem sie sprechen soll, weil sie es vom Vetter nicht darf. Haben sie und er nicht einmal beobachtet, wie ein Bauer ein schwarzweißes Kälbchen an den Beinen aus der im Schatten unter blühendem Weißdorn stehenden, nur leise brummenden Mutter zog, bis es wie ein feuchtes Bündel Kleider unter dem Schwanz hervor zu Boden stürzte, und sagte der Vetter nicht am nächsten Morgen. »Ich habe für das Kälbchen gebetet?«

Da tritt aber richtig forsch, im Rücken von Anita, Frau Bartosz ins Zimmer und ruft im Verschwörerton: »Frau Geidel, draußen ist wieder der kleine Architekt vorbeigegangen.«

Anita sieht die Frau nicht direkt, sondern nur als formatfüllende Figur im Spiegel, der in den Schrank hinter Emmi eingelassen ist. Vielleicht handelt es sich diesmal um den Herrn Brammertz aus dem Efeuschlößchen.

Die Tante erkundigt sich, wer das sei, was das überhaupt solle, sie erwarte hier eine glühende Liebesgeschichte. »Da kommen Sie uns mit einem kleinen Architekten dazwischen! So klein, wie Sie ihn als Riesin machen, ist er auch gar nicht.« Irgend etwas stimmt an ihrem Tonfall nicht.

»Frau Geidel! Sie wollten ihn gezeigt kriegen von mir. Das alte Kerlchen, Herr Brammertz in der grünen Jacke, von dem man in der Nachbarschaft sagt, daß er sich jeden Abend mit seiner Lebensgefährtin betrinkt. Tagsüber betrügt er sie. Das alles stimmt. Stimmt Tag für Tag. Sie wollten darüber informiert werden. Was kann ich dazu, wenn Sie es vergessen haben!«

Die bärenstarke Mimose, die Anita im Spiegel heftig erröten sieht, entschwindet, offenbar schon wieder bitter gekränkt.

Das scheint Emmi zu erschrecken. Sie hebt – wie schüchtern die mächtige Tante von damals auf einmal wirken kann! – die schwarz-rot geschmückten Schultern, als hätte sie was angestellt. »Oh! Oh Gott! Dabei haben wir noch gestern zusammen zwei große Schokoladenosterhasen verputzt, in Goldpapier mit einem Glöckchen am roten Band um den Hasenhals, klingeling«, murmelt sie, sagt: »Also immer noch die alte grüne Jacke!« und schreit dann aber, vielleicht um sich Mut zu machen: »Mario!«, so, wie man im Rumoren eines volkstümlichen Restaurants ein Getränk ordert: »Einmal Mario, bitte!«

»Du mußt schon gestatten, daß ich etwas ausf hole, daß ich es ein bißchen umkreise.« Anita, gereizt von den vielen Unterbrechungen ihrer Herzensangelegenheit, nimmt sich vor, aus Rache extra weitschweifig zu werden. Auch hat Emmi kein Recht, den teuren Namen derart inflationär zu benutzen. Die Tante in ihrer prächtigen orientalischen Trauer zuckt die Achseln. Man weiß nicht, was es bedeutet, sie selbst wahrscheinlich auch nicht, während sie das Champagnerglas streichelt. Das Streicheln könnte auch ein Zittern der Hand sein. »Kleiner Architekt, grüne Jacke, so ein Quatsch!« murmelt sie dabei.

»Tante Emmi, Du mußt zuerst wissen, was es mit der Gebirgsluft auf sich hat. Ich will versuchen, es dir zu erklären.«

»Ist gut, ich höre zu wie ein Schaf. Aber vorher sag mir eines: Ist er ein guter Liebhaber?«

»Hätte ich sonst das schöne Zürich und alles Drum und Dran aufgegeben?«

»Natürlich, natürlich nicht. Wegen deiner alten Tante bist du bestimmt nicht umgezogen. Aber es könnte sich ja schon nach ein paar Wochen etwas als Irrtum, als Fehler erweisen.«

Anita weiß nicht, ob sich ihrer beider Vorstellungen von einem »guten Liebhaber« ähneln und was sich die Tante im Laufe ihrer langen Witwenschaft darüber zurechtphantasiert, ahnt aber, zu welchen indiskreten Bettgeständnissen Emmi sie verlocken will. Sie antwortet mit einem Lächeln, von dem sie hofft, es möge wegen Vieldeutigkeit die Tante ruhigstellen.

Und jetzt: »Als ich ein Kind war, damals« – Anita stockt kurz der Atem, sieht Emmi sie nicht wachsam an, huscht ihr nicht ein kleines, von ihrem erschrockenen Zögern merkwürdig befriedigtes Lächeln übers Gesicht? – »gab es für mich nichts Schöneres, als an einem eisigen Tag mit warmen Füßen im Bett zu sitzen, heiße Schokolade zu trinken und dabei im Buch *Meine Berge* aus dem Jahr 1936 von Louis Trenker zu lesen, Satz für Satz. Seine zehn Gebote des Bergsteigens habe ich auswendig gelernt und mir vorgenommen, sie stets zu beherzigen, wenn es einmal soweit wäre. Ich malte mir auch aus, später, als alte Frau, mit meinem alten Mann auf einer Schaukel zu sitzen, und abwechselnd würden wir uns die zehn Regeln abfragen beim sachten Hin und Her. Auch gefielen mir die vielen Fachausdrücke in dem Buch, Wörter aus einer mir bisher völlig unbekannten Welt, in der sie kleine Fackeln anzündeten, verstehst du?«

»Nein«, sagt Emmi, »aber das macht nichts, rede du nur ruhig weiter und weiter.«

Stur überhört Anita den Unterton. »Es existierte nichts außer dieser begrenzten, aber auch unendlichen Welt der Berge und Bergwörter. Am besten gefiel mir ein Satz, den ich bis heute im Kopf habe. Er stammt aus dem Bericht über ein schweres Lawinenunglück mit 77 Toten und 300 Stück Vieh: ›Nur ein Kind, eine Bibel und einen Korb Eier ließ die Lawine unbeschädigt.‹ In einem andern Buch las ich vom Abschurf, ich meine Absturz« (War das schon zuviel für Emmi? Es hilft aber nichts, das Wort ist raus, schnell weiter also) »der vier jungen Männer beim Versuch, zum ersten Mal die Eigernordwand ganz zu durchsteigen. Auch im Jahr 1936. Eine Woche lang habe ich den schauerlichen Berg, auch ›Mordwand‹ genannt, jeden Abend vor dem Schlafengehen angesehen, habe ihn betrachtet wie ein Heiligenbildchen, mehr als eine halbe Stunde. Dann erst merkte ich, daß es sich bei dem Foto um einen ganz anderen, also eigentlich wertlosen Berg handelte, in dessen Wänden noch niemand gestorben war. Mir ist auch oft passiert, daß ich mich in tiefes Mitleid steigerte mit einem verkrüppelten Menschen oder leidenden Tier, und dann war es nur ein Stück Baum oder Felsen, das sich lustig über mich machte.«

Die Tante hat bald damit begonnen, ihren feurigen Schal auf den Schultern um und um zu drapieren. Jetzt sagt sie: »Daß du eine solche Schwärmerin bist! Gefällt das denn deinem Mario? Und nun schon zweimal 1936. Da kann ich ein drittes Mal beisteuern. In dem Jahr bin ich ja nämlich geboren, oder etwa nicht? Anita, liebes Kind, aber wirst du nun endlich, endlich zur Sache kommen?«

»Anita, liebes Kind«: So versucht sie, ihre Ungeduld beim Zuhören zu beschwichtigen. Anita kümmert sich nicht darum. Gerade als sie weitersprechen will, erscheint Frau Bartosz im Spiegel mit erhobenen Händen, wobei sie rechts und links die Daumen gleichzeitig einige Male nach innen, vor die Handflächen klappt. Es muß ein Signal sein, eine stillschweigende Verabredung wie bei dem Ehepaar über das Fiaker Gulasch hinweg, aber Emmi schüttelt den Kopf und winkt die Frau an den Tisch. Sie solle ein Gläschen Champagner mit ihnen trinken. Da mag Frau Bartosz nicht nein sagen. Einen Stuhl bietet Emmi ihr nicht an, sie denkt vielleicht nicht dran. Jedenfalls trinkt die Frau im

Stehen, nachdem Emmi mit zitternder Hand eingeschenkt hat, trinkt in zwei ihrer großen Körperkraft angemessenen Zügen und verläßt den Raum. Anita sieht im Spiegel, daß sie von der Tür aus, in ihrem Rücken, der Tante wieder die Morsezeichen mit den eingeklappten Daumen macht.

Emmi schließt daraufhin einfach die Augen und sagt: »Weiter im Text! Berge, Gebirgsluft, Marion, Verzeihung, Mario. Im Buch von diesem Filmschauspieler Trenker, ich erinnere mich an seine schneeweißen Zähne, immerzu diese Zähne im Gesicht, in diesem sagenhaften Buch wird dein Mario ja noch nicht als grinsender Bergfex, so heißt es doch wohl, vorgekommen sein!«

Sie lacht, fast ein bißchen unverschämt ausführlich, findet Anita und schiebt es versöhnlich aufs Todestagtrinken. »Bergfex!« So generös zu sein, fällt ihr nicht ganz leicht. »Grinsender Bergfex!« Ihr kommt der Gedanke, sie könnte Emmi ungestraft beim Erzählen nach Lust und Laune einen Bären aufbinden, verwirft ihn aber schnell. Warum? Sie will zu gern die wirkliche, die herrliche Wahrheit loswerden und holt tief Luft:

»Später, als ich im echten Hochgebirge nachts am Fenster stand, sah ich statt der Leere in der schwarzen Nacht die nahen Bergkörper, mächtige Gewalten, die bei Bewölkung ständig ihr Aussehen wechselten, Kräfte, die riesenhaft das Dunkel füllten. Emmi, Tante Emmi. Wie ich mich früher an den speziellen Gebirgswörtern bei Trenker begeisterte, so standen sie nun als massige Objekte vor mir, eigentlich auch in mir drin.«

»Es ist doch nicht zu fassen!« ruft die Tante.

Sie weiß ja nicht, was Anita aus Rücksicht und trainiert im Verschweigen unterschlägt: Sie hat die Berge immer lieber von unten, an den Wänden raufsehend, wahrgenommen und den Blick von Gipfeln und Aussichtsplattformen als nichtssagend empfunden. Im Traum fliegt sie über alles hinweg, sieht Türme, Statuen, Paläste, von Menschen Erbautes, das gigantische Landschaftsformen in Konkurrenzneid und Ehrgeiz nachahmt. Alles ist aber tatsächlich nur flüchtig, flüstert ihr dann eine lästige Stimme zu. Immer stellt sich die schreckliche, destruktive Frage ein: Wozu die Mühe, da der Tod doch jedes Ding und jedermann erwartet, auch die heroischen, von der Verwitterung herausgemeißelten Felstürme, und warum versuchen die Menschen überhaupt, feste Sätze, Sprichwörter, große Namen laut in die Welt zu posaunen, um sie dann doch nur hinein in die Vergänglichkeit verwehen zu sehen. »Sich vorzustellen, daß auf der ganzen Erde Leute vor Naturschauspielen, Standbildern, touristischen Sehenswürdigkeiten zur befohlenen, jedenfalls nahegelegten Bewunderung Schlange stehen!«

»Nicht zu fassen!« ruft die Tante mit einem winzigen Rülpser, den Anita kaum bemerkt hätte, wenn sich Emmi nicht so übertrieben und zeitraubend entschuldigen würde, geradezu verliebt ins protestierende Entschuldigen. Dann hat sie plötzlich eine Lupe in der Hand, studiert zunächst ihre Fingernägel, dann Anitas Gesicht. Aus einer Entfernung, die Augen, Nase, Mund unklarer machen muß als ohne Vergrößerungsglas: »Nicht zu fassen!«

»Ein Tiefblau zwischen Nebelschwaden. Über den Gipfeln Schneebärte. Überhaupt sehen die Berge bei leichtem Flokkenfall und grauem Bewuchs zwischen den Flanken aus wie unrasierte Männer, wie zornige Greise. Und dann das wunderbare Bergauf und Bergab! Schon als Kind habe ich so schrecklich gern geschaukelt, so hoch, wie es ging, und so tief, wie es ging.«

Emmi ballt die Fäuste. »Ein Ungeheuer!«

»Ab und zu sieht man über den Balkonbrüstungen der Holzhäuser lange Reihen von Fuchsfellen zum Trocknen aufgehängt. Dann wünscht man sich, es würde ununterbrochen schneien auf die Welt, vierzig Tage lang, und dann aber müßte gleißend die Sonne herauskommen. Das wäre die Rettung, alle Scheußlichkeiten zugeschneit. Ein anderes Mal begegnet einem eine Gruppe von fünf zarten Chinesen mit einem rüstigen Bergführer. Die Asiaten sehen aus wie Psychoanalytiker, nur eben gelblich. Der einheimische Führer trägt den schwächsten von ihnen wie ein Kindchen in den Armen. Der geniert sich nicht, sondern lacht. Im Schnee, mußt du wissen, bedeutet das alles was.«

Genauso, denkt Anita, könnte die riesige Frau Bartosz die schmächtig gewordene Emmi durch die Welt tragen.

Die Tante sagt heiter: »Bis er das chinesische Kindchen ruckzuck in eine Gletscherspalte wirft.«

Sie holt aus der Tischschublade einen Taschenspiegel und prüft ihre Tränensäcke. Dann steckt sie ihn rasch wieder weg, wegen der Unhöflichkeit schuldbewußt geduckt. »Meine Hände«, sagt sie, »zittern und sind gleichzeitig steif wie die von deinem Großvater, als er aus der Kriegsgefangenschaft kam, aus Asien, nein Rußland, im April 48. Ob es in Wirklichkeit sein Lagergeruch war, nicht der andere, von dem ich sprach, der mich heute an Frau Bartosz erinnerte oder eigentlich ja umgekehrt?«

Anita aber kämpft entschlossen weiter: »Wie soll ich dir ohne Vorgeschichten erklären, was für mich das Gebirgsluftaroma bedeutet. Es geht schließlich nicht um den Duft von Speick-Rasierwasser dabei!«

»Gebirgsluft! Immer hoch hinaus! Bei meinem ersten Kuß, als ich fünf war, im Garten, roch es nach Veilchen.

Nach meiner geplatzten Verlobung bin ich aus Wut zum Rheinfall von Schaffhausen gefahren, nur, um es ordentlich donnern zu hören«, sagt Emmi.

(Vielleicht sind Sie längst der Meinung, Anita könnte der Sache mit der alten Furcht vor Emmi und ihren grünen Augen mit Verstand beikommen? Aber wenn ihr nun schwant, daß sie momentan mehr davon hat, wenn sie bei der Furcht bleibt? Und falls Sie sich wundern sollten, daß sie der alten Frau das alles berichtet, dann bedenken Sie bitte, daß sie, außer dem einen, für den die Berge nichts Neues sind, noch keine richtigen Freunde in Aachen hat. Vor allem muß sie, da sie schon mal hier ist, gegen Emmis alten Kummer anreden).

»Ein Ungeheuer«, flüstert Emmi in ihr Glas, »das soll Liebe sein! Ein Ungeheuer. Das soll Unterhaltung sein. Ein Ungeheuer, die Kleine!«

Anita hört nicht hin. »Oft begegnet man dort oben auf den leichteren Wegen wandernden Frauen, offenbar vertieft in Erinnerungen an Gänge mit ihren verstorbenen Männern. Ihre Großmütter pilgerten wahrscheinlich noch so die Kreuzwegstationen ab und beteten die Rosenkränze Gesetz um Gesetz. Es ist auch bei mir gar nicht so, daß ich die Gebirgswelt in allen Einzelheiten sehe, wie sie ist und dasteht. In Wirklichkeit sieht man etwas aus der Kindheit wieder, auch wenn man sie gar nicht in einer solchen Gegend verbracht hat, Tante.«

»Häh?« Emmi tut, als hätte Anita sie mit der Anrede aus dem Schlaf aufgeschreckt.

Und ob man sich erinnert oder in der Gegenwart zugange ist, sagt sich Anita, es ist doch immer ein Schmerz dabei. Den wird man nicht los. Als hätte man sich einmal an ein gewisses Stechen im Herzen zu sehr gewöhnt und kann nicht mehr davon lassen. Man bildet sich doch nur ein, man hätte solche Augenblicke vollkommen erlebt, sie jemals ohne Sehnsucht genossen. Wie man sich täuscht!

»Wie sieht er eigentlich aus, ich meine rein äußerlich?«

Anita ist beschwipst, jedoch noch ein bißchen bei Trost und spricht ihre Gedanken nicht aus, während Emmi beginnt, die Fingerbewegungen von Frau Bartosz nachzuahmen. Sie klappt rhythmisch die Daumen unter die Handflächen und spreizt sie rechtwinklig ab, vergißt dabei nicht, weiter Champagner zu trinken, Anita stumm zuzuprosten und, wie Frau Bartosz an sie, Emmi, mit einer Hand in der Luft das geheime Zeichen an ihre Nichte weiterzugeben, die aber Emmis vorige Meuterei gegenüber der Polin imitiert, indem sie einfach die Augen schließt. Die entstandene Stille scheint zunächst beide nicht zu stören. Allerdings verkündet die Tante plötzlich: »Du liebst ihn gar nicht!« und schlägt, da sie für ihren endgültigen Urteilsspruch keinen Hammer parat hat, mit der Faust auf den Tisch.

Da blitzt Anita sie an: »Dabei rede ich die ganze Zeit von nichts anderem als von ihm! Man ist dort oben von lauter steinernen Zielen umgeben. So mußt du dir das vorstellen, Emmi. Jeder Gipfel verkörpert diesen waghalsigen Kletterern was. Die Verrückten unter ihnen sagen: ›Lieber tot, als Zweiter!‹ Das sind die fanatischen Erstbesteiger. Es ist ein dauerndes Übertrumpfen. Und selbst wenn einer mit achtzig, der die Gebühren bezahlen kann, auf einen Achttausender steigt, marschiert im nächsten Jahr ein Fünfundachtzigjähriger oder ein Blinder los, um über ihn zu triumphieren. Bei Mario ist es gottlob anders. Das ist ja das Großartige und das, was ich dir erzählen will, Tante. Ich ihn nicht lieben! Ich ihn nicht lieben! Übrigens stecken diese Höhen und Schluchten an. Ich denke, wenn ich dort herumgehe, an die Menschen immer in Übertreibungen: der Gutmütigste, der Hinterhältigste, der Schönste, der Widerlichste, bergauf und bergab. Herrliche Kontraste! Besonders im Schnee. Wenn alles weiß ist, braucht man das.« Sie lauscht dem Tremolo in ihrer Stimme nach. Es ist ihr peinlich, aber nicht sehr.

Gerade in diesem Augenblick hören sie aus der Diele einen Knall. Eine Titanin hat ihre Zunge vom Monstergaumen schnacken lassen. Stille. Dann stößt Frau Bartosz einen rauhen, nicht unmelodischen Schrei aus. Wieder Stille.

»Hat jemand geschossen?« erkundigt sich die Tante schließlich gelassen. »Hat die Gute etwa polnisch gegähnt? Kind, sieh nach, ob es sich um einen Überfall handelt!«

Aber schon steht Frau Bartosz, wieder mit erhobenen, diesmal nicht Zeichen gebenden, sondern blutigen Händen, bleich, jedoch in patriarchalischer, auch matriarchalischer Würde hoch aufgerichtet in der Tür. »Wir Polen sind ein gläubiges Volk«, ruft sie den Ahnungslosen zu. »Ihr Deutschen seid es vielleicht nicht, aber wir Polen sind ein tiefgläubiges Volk.«

»Die Frau ist unheimlich«, flüstert die noch immer verblüffend ruhige Tante.

Da fährt sich Frau Bartosz, man weiß nicht warum, mit der Hand durchs Gesicht. Sofort ist es fratzenhaft blutverschmiert. Vor dem schauerlichen Anblick reißt Emmi entsetzt die Augen auf. Nicht nur ihre Hände beben jetzt, die ganze zarte Person tut es. Panisch zieht sie sich in ihrer Not den Schal über den Kopf. »Ausgerechnet heute, heute, an diesem Tag«, wimmert sie unter der prächtigen Verhüllung. Anita, in einem Anflug von Tücke oder lauerndem Mitgefühl, sie weiß es nicht, fragt: »Was meinst du denn, Tante? Wieso ›ausgerechnet‹?«

»Nichts, nichts«, kommt es schluchzend unter dem Tuch hervor.

Obschon Anita fasziniert ist von der dramatischen Konfrontation der beiden Frauen, der sich verbergenden und der wie anklagend blutigen, stellt sie endlich, sich aufraffend, die fällige Frage, was denn passiert sei, um Gottes willen, da draußen im Flur.

»Wir Polen sind ein gläubiges Volk!« antwortet Frau Bartosz. »Meine Mutter kann noch alle drei Rosenkränze auswendig beten.« Anita ist verblüfft. Rosenkränze? Liest die Frau Gedanken? Hat sie gelauscht?

»Die Dielenlampe ist von der Decke gefallen, Frau Geidel, Frau Jannemann, ganz von allein, senkrecht abgestürzt mit ihrem eisernen Zapfen unter der Laterne. Eine halbe Sekunde vorher bin ich darunter hergegangen. Die Metallspitze hätte mich umbringen können, wenn sie mit ihrem Gewicht auf meinen Kopf gesaust wäre. Wir Polen sind ein gläubiges Volk.«

Emmi ist halb unter ihrem Zelt hervorgekommen und will wissen, woher denn das Blut sei.

»Von den Scherben. Ich habe mich daran verletzt.« Da schnaubt Emmi verächtlich und wirft den Schal ab: »Nur an den Händen geschnitten, herrje! Bloß ein bißchen geschnitten wie beim Kartoffelschälen. Nun waschen Sie sich aber fix die falschen Wunden aus dem Gesicht. Sie sehen ja furchtbar aus, ist doch gar nichts passiert!« Zu Anita sagt sie, als Frau Bartosz gegangen ist: »Ich traue ihr nicht. Seit über dreißig Jahre hängt das Ding da oben und muckst sich nicht. Und dann plötzlich das, nur weil sie in der Nähe und gläubig ist. Nimm du die Stola, Anita, Seide und Kaschmir, was will man mehr. Nimm sie als Andenken an deine Tante. Jetzt noch nicht. Nee, nee, erst wenn ich tot bin.

Frau Bartosz kann nämlich alles gebrauchen, die nimmt sie sonst. Ihre Familie ist groß, ist uferlos. Ich stecke ihr ältere Sachen zu. Aber Vorsicht. Man darf nicht ihren Stolz verletzen. So sind die Polen. Sie packen, was sie kriegen können, und sind allerdings stolz und gläubig dabei.« Emmi kichert. Sie glaubt vermutlich, der horchenden Frau Bartosz einen Streich zu spielen.

Wischt sie sich etwa Tränen ab?

»Meine Mutter übrigens, deine Großmutter, obschon sie nur eine Deutsche war, konnte trotz ihrer hohen Absätze den schmerzensreichen, den freudenreichen und den glorreichen Rosenkranz dahersagen. Als eine Tante von mir unverheiratet schwanger wurde, hat deren Mutter, um die Schande abzuwehren, eine Wallfahrt zur Mutter Gottes gemacht. Das Kindchen sollte sich in Luft auflösen durch die Fürsprache Marias. Hat allerdings nicht geklappt. Und mein Vater, dein Großvater, den du damals so gut leiden mochtest –«

Für einen Moment gerät Emmi in ein heikles Grübeln, dann rappelt sie sich eilig auf: »Und mein Vater, auch ein gläubiger Deutscher, hat am Abend vor seinem Tod, als er schon sehr schwach war, noch die Fußballergebnisse wissen wollen, an einem Samstag nämlich. Am frühen Sonntagmorgen aber sah er die Jungfrau Maria auf sich zukommen. Er begrüßte sie mit ausgestreckten Armen und starb.«

Frau Bartosz kehrt mit sauberem Gesicht und erneuerter Weltlichkeit zurück. »Scherben bringen Glück«, sagt sie. »So hieß es immer in unserer Familie. Ein urpolnisches Sprichwort.« Bevor sie die Lampenreste wegschafft, soll sie ein weiteres Gläschen mit den beiden Frauen trinken.

Anita bietet an, draußen aufzuräumen, Emmi hält sie fest: »Hiergeblieben, Kind! Hiergeblieben, Frau Bartosz! Meine

Nichte, liebe Frau Bartosz, hat Beziehungen zur Technischen Hochschule.«

Frau Bartosz: »›RWH Aachen University‹ heißt das jetzt.«

Emmi: »In meiner Jugend studierten dort fast nur Männer, auch Araber, viele Perser, alles angehende Naturwissenschaftler, durchweg sehr schöne Menschen. In ihrer Heimat waren sie orientalische Prinzen oder Söhne von Scheiks, hier aber für ein Mädchen lediglich dritte Wahl. Die Perser vergötterten ihre Eroberungen, möglichst blonde natürlich, und versprachen ihnen das Blaue vom Himmel. Trotzdem: Nur wer nichts Besseres abkriegte, mußte sich mit einem Perser begnügen. Jaja, auf mein Wort. Das war jahrelang eisernes Gesetz. Für Emmi Jannemann bestand da nie die geringste Gefahr, kann ich euch sagen! Bitterernst wurde es, wenn die Orientalen ihre deutsche Beute mit zu ihrer Familie nehmen wollten, ins Reich von Tausendundeine Nacht. Da kam es nicht selten zu echten Liebestragödien. Die Eltern der Mädchen versuchten alles, um ihre Töchter zurückzuhalten, die liebesblinden Mädchen aber folgten ihrem exotischen Mann dorthin, wo er ihnen die Welt zu Füßen legen wollte. Und wißt ihr was? Alles Illusion, ganz schnell aus der Traum! Auf die heiße Liebe in Aachen folgte der Katzenjammer in Teheran und diesen Scheichtümern. Jawohl, so ging es ständig. Die jungen Frauen wachten neben plötzlich kleinlauten Ehemännern in den Klauen einer fremden Sippe auf. Keine Gnade für die Ausländerin. Fast alle kamen in ziemlich kurzer Zeit reumütig allein zurück, rissen aus, wie es Vater und Mutter prophezeit hatten. Nur mit Glück gelang es ihnen, ihr Kind, falls sie schon eins hatten, bei der Flucht über die Grenze zu schmuggeln. Die Zerknirschung war groß, aber wenigstens befanden sie sich wieder in Sicherheit, im tröstlichen Schoß der eigenen Familie.«

Emmi hat während des Erzählens, das sie kaum anstrengt, bei Frau Bartosz stumm eine zweite Flasche in Auftrag gegeben. Alle drei Frauen langen kräftig zu, die geröteten Wangen stehen jeder gut. »Wir Polen«, sagt die Polin, die möglicherweise in Emmis Bericht einen vagen Angriff wittert und sich zurückzieht: »Wir Polen aber sind und waren immer ein stolzes Volk!«

»Nichts dagegen«, flüstert Emmi hinter ihr her. »Was summt und hustet die jetzt da draußen? Ist das die polnische Nationalhymne?« Dann wendet sie sich Anita zu: »Also los: Wie sieht er aus?«

Überrascht stellt Anita fest, daß sie es im ersten Moment gar nicht weiß. »Ein zivilisierter Hunne«, sagt sie zögernd und spürt voller Ärger, daß sie sich zur Genugtuung der Tante verfärbt. »Hunnisch, nur viel größer. Breite Backenknochen, korrekt geschnittenes, nackenlanges Haar, bis hierhin, so etwa, eine Art Schnurrbart, der an den Spitzen etwas nach unten hängt, vor allem immer leicht durchfroren im Gesicht, wie bei fast allen Bergsteigern. Und das Wichtigste, Tante: die strahlenden Augen.«

»Jaja, das weiß ich nun schon«, mault Emmi mit erprobt putzigem Kinderschnütchen. »Und? Bist du dahintergekommen, weshalb er so strahlt? Ich hoffe deinetwegen.«

»Eben nicht! Es handelt sich um etwas Unwillkürliches, ein Naturfeuer vielleicht, vielleicht ohne direkten Grund und gerade eben nicht glutvoll. Er sieht mich mit diesen kühlen, hellen Augen an, und es tut mir gut, wirklich gut, jedesmal bis in den Grund tut es gut. Aber es hat nichts mit mir zu schaffen. Es gibt immer eine leichte Abwesenheit in seinem Blick und, Tante, gerade das, ich spüre es und weiß nicht warum, ist das Allerschönste.«

»Kein Ungeheuer«, lacht Emmi, »statt dessen eine Verrückte!« Sie beginnt wieder mit dem Abspreizen des Daumens, erst langsam, dann immer schneller, obschon die Kontrollinstanz Bartosz sich nicht blicken läßt. »Bring ihn doch bei deinem nächsten Besuch einfach mal mit hierher! Dann kann ich den Wundermann in Augenschein nehmen. Aber nein, warte, nein, lieber doch nicht. So umwerfend, wie ich ihn mir jetzt vorstelle, kann er in Wirklichkeit gar nicht sein.«

»Wer weiß, ob er dir überhaupt gefallen würde. So ist es doch immer: Bei dem einen Mann ist man schon ganz hin durch seine Art, wie er, während man harmlos nebeneinander sitzt, einen nicht-harmlosen Blick auf deine Beine wirft. Den anderen verabscheut man bereits, weil er einem aus erschlichener Nähe was ins Ohr flüstert.«

Emmi betrachtet ihre Finger mit dem zitternden Glas. Sie spricht schwerfälliger als eben: »Da siehst du es und sagst es. So ist es immer. Was man liebt, das liebt man eben und hört nie wieder damit auf. So ist es, dagegen ist kein Kraut gewachsen.« Sie trinkt mit geschlossenen Augen, die vorher kurz grün aufblitzen. Nach wortlos langer Pause richtet sie sich auf zu ein bißchen Munterkeit: »Da, ich glaube, meine Hand ist auch schon angesäuselt, liebe Kleine.«

Anita nimmt es zum Anlaß aufzubrechen, sagt aber noch: »Wenn er nicht mit seinen, glaube ich, ›Intelligenten Oberflächen‹ im Institut beschäftigt ist, reist er in ganz Europa herum und besteigt dort die Berge. Er tröstet mich, wenn ich Angst habe, er könnte abstürzen, so: ›Mein Kalender ist zu voll, kein Platz fürs Sterben ist frei, beim besten Willen nicht.‹ Er treibt sich in den wunderlichsten Ländern herum, zum Beispiel in Inguschetien, Mordwinien, Baschkortostan.«

»Das kann doch keiner nachprüfen«, ruft die Tante. »Der

veräppelt dich. Alles erfunden! Mordingsien, Baschkortisonien! Ich lach mich tot. Wie einem das über die Zunge holpert! Soll so was sein. Phantasien aus dem Morgenland.«

»Nein Tante, ich zweifle nicht daran. Außerdem habe ich im Atlas nachgesehen. Vielleicht fesselt mich das am meisten an ihm: ein Geheimnis, von dem er besessen ist, mehr als von allem anderen.«

»Was man liebt, das liebt man eben und hört nie auf damit«, sagt die Tante. Diesmal ist es ihre Stimme, die schwankt, »hört nie damit auf im Leben. Und du, laß mich nicht zu lange allein mit dieser Frau hier.« Ohne Stock verzichtet sie lieber darauf, Anita bis zur Haustür zu begleiten. »Meine polnische Perle hat ihn verkramt. Und bring ihn lieber doch nicht mit, den Mann. Ist besser so.«

Im Vorgarten wartet die stattliche Person bereits. Sie, die Nichte, ahne ja wohl überhaupt nicht, wie sich Frau Geidel verstelle bei ihren Besuchen. Vielleicht habe sie, die Nichte, aber heute bei dem Theater mit dem Verstecken unter dem Schal, bloß weil sie, Frau Bartosz, sich das Gesicht aus Versehen blutig verschmiert habe, etwas gemerkt, ja wohl aus Versehen, so etwas tue sie bestimmt nicht mit Absicht und um jemanden, der sich leicht erschrecken lasse, noch mehr zu ängstigen, erst recht nicht die furchtsame Frau Geidel, nein, keinesfalls, sie stamme aus einer frommen Familie, einer christlichen Familie. Immer rede die Tante von dem Sohn Wolfgang, aber nie, wenn sie, die Nichte, komme, dann spiele sie eine andere Rolle. Heute Vormittag habe es schon ein Drama gegeben, schlimmer als vorhin. Sie, Frau Bartosz, habe aufgeräumt und sei dabei in einem Abstellraum auf ein wunderschönes Bild gestoßen, eine Holztafel, ziemlich dunkel mit viel Rot. Das Dunkle sei ein Christuskopf gewesen, das Rot sein Blut, das wegen der Stacheln der

Dornenkrone aus seinem Kopf in Strömen über sein schönes Gesicht geflossen sei. Sie, Frau Bartosz, sei mit dem Porträt, froh über ihre Entdeckung, sogleich zur Tante gelaufen, um ihr den Fund zu zeigen. Frau Geidel habe aber nach kurzem Blick auf das Bild zu weinen und zu schreien angefangen: »Wolfgang, weg, weg damit, Wolfgang, Wolfgang!« Sie, die hier ja nur angestellt sei, habe schließlich die Frau Geidel wie ein Kindchen in die Arme genommen, gewiegt und endlich beruhigen können. »Ich mag sie gut leiden, habe sie wirklich von Herzen gern, auch wenn sie schwierig ist, Ihre Tante, weiß Gott, sehr schwierig! Das kann man nicht in Geld aufrechnen.«

Sie habe ihr auch bei unserem Heiland versprochen, das Bild nie wieder hervorzuholen. Ob sie, die Nichte, wohl meine, daß sie, Frau Bartosz, die Verantwortung für die Tante trage, den Christus besser mit zu sich nach Hause nehmen solle? Sie habe ihn schon für alle Fälle gut eingepackt und hier im Gebüsch in der Aldi-Kühltasche versteckt, denn da passe er vom Format her rein wie bestellt.

»Tun Sie das nur«, sagt Anita, und es gelingt ihr, ein Lächeln zu unterdrücken. »Aber verraten Sie mir doch eins. Was haben Sie sich mit meiner Tante für merkwürdige Zeichen gegeben?«

Vergnügt hebt die Polin beide Hände und spreizt rhythmisch die Daumen ab. »Ganz einfach, Frau Jannemann, das sind gymnastische Übungen, um die Hände gelenkig zu halten. Ich muß Frau Geidel ab und zu daran erinnern. Mehr ist damit nicht. Und danke für den Christus.«

Sobald sie sich außer Sichtweite befindet, wechselt Anita die Schuhe und läuft ein Stück, um die Frauen loszuwerden. Schon ist sie am verwunschenen »Schlößchen« von Brammertz vorbei. Die Kirschbäume blühen weiterhin, aber jetzt in einem brausenden Champagnernebel. Um so größer ist Anitas Lust, im zielgerichteten Gerenne endlich ohne Rücksicht ihr Herz in seinem Durcheinander zu erleichtern:

»Verliebt! Wenn ich früher verliebt war, habe ich als Erstes neue Unterwäsche gekauft, nur dann hatte ich dafür den richtigen Schwung. Wenn ich neue Unterwäsche brauchte, mußte ich vorher für ein kleines Verliebtsein sorgen.«

»Bin ich zu oft treulos gewesen? Nein, ich bin ja nur immer meinem Stern gefolgt, also meinem Gewissen. Denn jedesmal gab es schon bald etwas Quälendes. Was ich so brennend wünschte, wurde nicht erfüllt. Deshalb mußte ich weiter.«

»Familie? Kinder? Bloß das nicht. Den Wunsch hat mir von Anfang an Emmis Tragödie ausgetrieben. Auch sind Familien animalisch wie Tiere. Katzenartig rollen sie sich ohne Vorwarnung zusammen, verfallen rücksichtslos in Tiefschlaf gegenüber der Restwelt. Selbst die sonst zerstrittenen Glieder kennen dann keine Gnade für Außenstehende.«

»Ich habe mich anfangs aus der Entfernung fast in jeden verliebt, der mir auf der Straße entgegenkam. Später erfand ich die Technik, auf geeignete Männer, die vor mir gingen, diejenigen zu projizieren, in die ich verliebt war. Ich habe die Rückseiten ihrer fremden Körper benutzt, und sie merkten es nicht. Die reine Wonne!«

Der Abend mit seinen Volksliedwiesen hört ihrem beschwipsten Gestammel zu. Da ist schon der Stauweiher. Anita keucht ein bißchen und setzt sich für einige Augenblicke auf die Bank, auf der vor dem ersten Tantenbesuch der falsche Herr Brammertz saß. Eigentlich ist es ein winziger Garten, der um 21 Uhr, steht auf dem Schild, verschlossen wird. Die Vögel wiehern wie sehr kleine Pferde, flöten wie Ganoven in den alten Schwarz-Weiß-Filmen und als trügen sie karierte Schlägermützen auf dem Kopf. Haben die etwa auch ein Gläschen zu viel getrunken und warten nun darauf, daß der Rausch verfliegt, ohne dabei die Klappe halten zu können?

Einmal, sagt sich Anita und stützt nach Denkerart das Kinn in die Hand, kannte ich jemanden, der es immer so einrichtete, daß wir, scheinbar hochanimiert, Wäschegeschäfte und Auslagen mit mondäner Bettwäsche ansahen. Und jedesmal hat er sich unmittelbar danach mit irgendwelchen Ausreden für den restlichen Tag verdrückt. Ich brauchte eine ganze Weile, um die Taktik seiner erotischen Fopperei zu begreifen. Er wollte mich meiner Phantasie überlassen ohne die ernüchternden Tatsachen. Weil sich, weil sich was? Weil sich auch ein Parfum erst im Abstand unwiderstehlich entfaltet, und man muß geübt sein, um sich der Lockung zu immer größerer Nähe klug zu verweigern. Zur Strafe fällt mir sein Name nicht mehr ein. Wie war es denn bei ihrem Bruder Alexander in Paris wirklich? Wo dampfte das konzentriert Pariserische aus dem Straßenpflaster, wo stieg es wenigstens ein einziges Mal auf? Wo denn bitte?

»Die wilde Liebe, haha, die wilde Liebe«, sagt sie laut, es ist ja keiner in der Nähe, nicht mal der falsche Brammertz taucht als Störenfried auf aus dem Abenddunst und dem Nebel in ihrem Hirn, »kann jemanden so weit bringen, daß er, im bekannten Desinteresse an Nahrungsaufnahme, nicht mal mehr den Durst erkennt. Dadurch wird es immer ärger. Er verwechselt den Durst mit Sehnsucht und Leidenschaft. Es brennt in ihm und ist zum Sterben. Das weiß keiner aus Erfahrung so gut wie ich. Andererseits, ich meine im Gegenteil oder Gegensatz dazu, habe ich einen Roman gelesen, doch, ich meine, daß ich's gelesen oder geträumt habe, in dem ein Geistesarbeiter nur in Knoten denkt, in sturen Terminen vom Zähneputzen zur Zeitung, zu Schreibtisch, Zwischenmahlzeit, Mittagsruhe, Spaziergang, Arbeit am Schreibtisch mit Tee bis zum Insbettgehen, ein Pelztierchen im Laufrad. Seine schwer vernachlässigte, deshalb verfressene Frau hat sich ihrerseits den Tagesverlauf in Etappen zur Vertilgung von Leckerbissen eingerichtet. Derjenige aber, der die beiden amüsiert beobachtet, kriegt nicht mit, wie er selbst fanatisch von einem Treffen mit seiner verheirateten Geliebten zum nächsten lebt. Blind gegenüber der eigenen Macke. Habe ich mir vielleicht auch selbst ausgedacht.«

Jemand lacht. Anita dreht sich um. Da ist keiner.

Sie springt auf. Zeit zum Telefonieren. Es wartet ja jemand in ihrer Wohnung. Jetzt läuft und stolpert sie. Was sie die ganze Zeit beschäftigte, als sie die brave Nichte spielte, läßt sich nicht mehr zurückstauen. Während sie seine Stimme hört, rennt sie über Stock und Stein auf ihn zu, kichert dumm in den Apparat, kommt näher und näher diesem Mann und seinen Körperkräften, die Berge nicht versetzen, aber erobern können und die Macht besitzen, die Eberburgfrauen samt Champagnerdunst und bitteren Schwaden zu besiegen. Und plötzlich dahinten das wirkliche Leben, die Gestalt, die nicht länger abwarten wollte und sich auf sie zubewegt, aber viel größere Schritt macht und genau wie sie die Hand ans Ohr hält, während der freie Arm winkt. Anita wirft ihm auf den letzten Metern nacheinander, es hätte nicht viel gefehlt, und ihre Kleider wären hinterhergeflogen, die hochhackigen Schuhe zu. Selbstentwaffnung, Wollust der Wehrlosigkeit. Wie von ihr insgeheim verlangt, fängt er sie beide mit einer Hand auf. Weg ist Emmi, weg Frau Bartosz. Anita ist wiederhergestellt.

3.
DIE ASTRONOMIN

Das Mädchen vor dem Schaufenster hatte sich endlich ein Herz gefaßt. Da sein Unterricht heute offenbar später begann, stand die Ladentür schon offen. Anita war neugierig, wie es sich zwischen den Verlockungen der Scherzartikel entscheiden würde.

Es zeigte auf einen winzigen Marienaltar, der in eine Hand paßte. Um die gemalte Jungfrau mit dem Kind herum war ein feines Spitzengitter angebracht, das man auf- und zuklappen konnte, nicht aus Elfenbein, es sah aber danach aus.

»Für meinen Mai-Altar«, erklärte die Kleine, »es ist zwar schon Mitte des Monats, nur hatte ich bisher nicht das Geld.« Anita bemerkte eine breite Spalte zwischen den Schneidezähnen, denn das Kind lächelte sie zutraulich an. »Ich war mit meinen Eltern im letzten Sommer in Einsiedeln, in der Schweiz. Da kamen plötzlich die Mönche in den Kirchengang und sangen ›Salve Regina‹. Deshalb! ›Salve, salve, salve Regina.‹ Manchen Leuten traten die Tränen in die Augen, manche summten ganz leise mit, auch mein Vater. Er sagte hinterher, daß er nicht anders konnte. Ich habe alles genau beobachtet.«

Als Anita dem Mädchen die Madonna gut verpackt überreichte, etwas billiger, weil ein Seitenflügelchen halb abgebrochen war, legte sie ein Zuckerstück mit Plastikspinne im Inneren dazu. Das Kind feixte und blinzelte sie von unten herauf an. »Umsonst? Mein Onkel Andreas wird die Motten kriegen.«

An diesem Morgen hatte Anita unter ihren Sachen in der Wohnung, die immer noch nicht alle ausgepackt waren, ein quadratisches Etui gefunden. Die Unordnung schien eine skeptische Instanz zu sein. Ob sie Anita das Provisorische ihres Aufenthalts in Aachen vor Augen halten wollte? Wenn ihr dieser Gedanke kommt, schämt sie sich sofort und räumt zumindest eine der Schachteln schleunigst aus. An den hartschaligen Behälter konnte sie sich nicht erinnern. Was mochte darin verborgen sein? Fünf Minuten lang versuchte sie, ihn zu öffnen. Es gelang nicht. Kurz bevor sie ihn zerschlagen wollte, brach sie den Versuch ab. Es interessierte sie nicht mehr. Sie war noch nie eine gute Kämpferin.

Viel verkauft Anita nicht, trotzdem gefällt ihr der Übergangsberuf. Mit der universitären Brückenbauerei tut sich noch nichts. Eventuell ist es überhaupt eine Illusion, sie könnte hier für diese luxuriöse Art technischer und sozialer Vermittlung zwischen den Fachbereichen benötigt werden. Fast hätte sie Lust, das Geschäft weiterzuführen, obschon die Leute meist nur Kunstpostkarten oder niederländische und italienische Lakritzspezialitäten von ihr verlangen. Es kränkt sie nicht, wenn manche Touristen außerdem nach Sicherheitsnadeln und Tempotaschentüchern fragen, weil man sie für die Direktrice einer Ramschboutique hält. Ebenfalls eine Art Brückenbauerei, sagt sich Anita belustigt. Wenn das die hochgemuten Akademiker in der Schweiz erfahren würden! Ein Mensch, der wie ein in der Wolle gefärbter Professor aussah, wollte sich gestern nicht mehr einkriegen, als er sah, daß sie »Madame Bovary« vor sich aufgeschlagen liegen hatte. Und dazu noch in der Neuübersetzung! »Gefällt es Ihnen?« erkundigte sich der Herr jovial gerührt. »Dergleichen liest man also tatsächlich im Volke«, räsonierte der ungeniert kopfschüttelnde Kerl im Rausgehen. »Es wird etwas zu viel Tamtam um dergleichen gemacht«, rief Anita ihm nach.

Ihr liegt von Kind an das Verkaufen als vernünftigere Form des Theaterspielens. Mit sich selbst Verkaufsgespräche führen, das Anpreisen von Gegenständen und Abraten, daß den Kunden Hören und Sehen vergeht, das alles bereitet ihr zur Zeit Vergnügen. Wenn Sie Anita hätten sehen können, würden Sie bemerkt haben, daß sie, wieder allein in ihrem Laden, genauso breit lächelte wie das Schulkind auf seinem unterbrochenen Weg zu Mathematik und Latein.

Richtig, Mitte Mai schon. Sogar etwas darüber. Das Wetter ist in dieser Woche fast zu prächtig, als wollte es bereits der unwandelbare Höhepunkt sein, Sommer, nicht Spitze, sondern Hochebene. Stillstellung aller Sehnsucht. Das erzeugt in Anita immer Anflüge von Traurigkeit. Sie war nicht wieder bei Emmi, weil sie die Zeit mit Mario auskosten wollte. Jetzt ist er für ein paar Wochen auf und davon. Als er es ihr ankündigte, hat sie gleich am nächsten Tag ihre Sonnenbrille verloren, allerdings im Treppenhaus neben einem Kinderwagen wiedergefunden. Noch immer spürt sie den Abdruck seines Körpers an allen Stellen. Aber sie muß sich mit großer Mühe darauf konzentrieren, die Empfindung festzuhalten und brennen zu lassen. Das Fleisch erholt sich nach und nach wie die Kerbe einer Schlafmaske unter den Augen. Die Erinnerung an seine letzten Bewegungen in ihr, der allerletzten zum Abschied, muß sie aufs Schärfste hüten: ein noch unverschlissenes Mittel. Nur im Notfall benutzen! Übrigens ist sie ein bißchen stolz, daß sie es schafft, auf die ihr unzugängliche Ferne, in die er entschwunden ist, nicht eifersüchtig zu sein. Nur manchmal schwillt ein Schrecken in ihr an, höhlt ein Grauen sie fast aus. Das sind maßlose Übertreibungen, aber sie fühlt sich dann ohne Grund verloren, und das heimlich Verzweifelte der scheinbar gemütlich schweifenden Wolken über ihrem Kopf entgeht ihr nicht.

Inzwischen ist sie vorbei am roten Bauerngehöft mit dem brummenden Schwachsinnigen, der mittlerweile ein brummender Greis sein würde, falls er nicht, wie die meisten Idioten, nur kurz gelebt hat. Keiner würde ihn mehr fürchten wegen seiner ungefügen Muskelstärke.

Aber das Brammertz-Schlößchen?

Was ist mit dem Haus? Was ist mit dem Schlößchen, dem grün verzärtelten Haus? Wo ist es hin? Anita reißt der Anblick, niemand sieht es, für einen Moment die Seele ein. Ein giftiges Wunder ist geschehen. Da steht sie mit aufgesperrtem Mund. Als hätte sie selbst mit dem Loch im Gesicht das versponnene Haus und sein vieles Grün drum herum soeben geschluckt.

Wer hat es entführt, das komplette Schlößchen des Architekten in seiner Efeu-Verwunschenheit? Fort, spurlos verschwunden zwischen Mitte April und Mitte Mai. An seiner Stelle klafft ein leerer Platz, der vor Blödheit starrt. Ein Mann sitzt seitlich auf dem Boden und trinkt aus einer Dose Bier. Man könnte sich einbilden, daß er weint. Man sieht ja, daß ihm die Schultern zucken. Er schlägt sich mit den Fäusten gegen den Kopf. Sie hört ein schweres Seufzen, ein Schluchzen aus seiner Richtung. Sonst läßt sich niemand blicken, aber es ist ein Schild angebracht mit einer optimistischen Ankündigung des neuen Bauherrn für die baldige Zukunft.

»Was ist passiert?« fragt Anita beim Eintreten Frau Bartosz und meint das »Schlößchen«. »Sehen Sie selbst!« sagt die Polin und meint Emmi.

Wie schwach, wie blaß die Tante heute ist! Sie liegt auf dem Sofa, zur Hälfte unter einer Decke. Mit einer Hand hält sie den Stock umklammert, mit der anderen versucht sie hastig ein großes Blatt Papier vor Anita zu verstecken. »Heute gibt es nur Pfefferminztee und trockenen Zwieback«, sagt sie, »zum Zeichen, daß es mir schlechtgeht. Nun setz dich zu deiner Tante. Ich beiße ja nicht. Nette Blumen hast du da.«

Anita gehorcht.

»Rauch du nur. Ich rieche, daß du rauchst. Früher war ich dagegen, hier im Haus jedenfalls. Aber die Polin tut's schließlich auch, vorläufig noch heimlich. Warum dann nicht du? Vieles wird mir egal. Warum sagst du nichts, Kind?«

Sie läßt den Stock zu Boden fallen und zeigt Anita ihre beiden Hände: »Das erste Mal ist es mir in München aufgefallen, als ich meine Schwester Lucy dort besuchte, damals, als sie noch dort wohnte, wie Wilma in Paris. Sind dann beide nach dem Tod ihrer Männer hierher zurückgekommen. Ich wunderte mich über die Kellnerinnen, die gutgelaunt schwerbeladene Tabletts stemmten. Mir schien das unmöglich zu sein. An meinem Staunen merkte ich, wie jämmerlich die Kraft meiner eigenen Hände war. Und jetzt? Steif, steif, untauglich. Ich war beim Neurologen, der mich gestochen hat und elektrifiziert, na, soll ein Witz sein, du weißt, was ich meine. Beim Radiologen haben sie mich in die große Brottrommel gesteckt. Ach was, ist nichts bei rausbekommen, nur seitenlange Behauptungen über mein Rückgrat. Und jetzt, am Ende, bin ich wieder angelangt bei meiner Gymnastik.« Sie ballt die Hände zu Fäusten und spreizt mit einem Ruck die Finger. Dabei zählt sie bis zehn. »Das reicht für heute. Mir ist schwindlig im Kopf. Deshalb kann ich dich nicht herzlich begrüßen, wie es sich gehört.«

Und das soll die ehemalige Emmi mit dem Wetterleuchten in den Augen sein, die fett drohende Kummerkröte? Abgerissen das mächtige Bauwerk wie das Efeu-Schlößchen!

Anita zündet sich nun wirklich zum Trost eine Zigarette an. Der Rauch lockt Frau Bartosz herbei. Ganz plötzlich taucht sie auf. Die Tante fährt theatralisch zusammen, als träfe sie der Schlag. Frau Bartosz bringt aber nur, über das angebliche Erschrecken Emmis keineswegs unzufrieden, ja geradezu behaglich vor sich hin lächelnd, Kräutertee. Sie hätte, meint sie, gern etwas anderes für den lieben Besuch vorbereitet, aber die Tante habe es heute zur Abwechslung kärglich gewollt. Ob sie einen Augenblick mitrauchen dürfe? Sie stellt mit listiger Miene kleine Baisers hin. Emmi greift augenblicklich danach, probiert gierig, aber mit einer Grimasse, als würde sie dabei ihr Leben riskieren.

»Was ist mit dem Haus des Herrn Brammertz passiert?« fragt Anita bang. Da fängt die Polin, die angesichts von Emmis Schwäche noch gigantischer wirkt, an zu husten. Echt klingt es nicht. Keiner sagt etwas. Offenbar weiß Frau Bartosz Bescheid, ist aber der Meinung, es sei Emmis Sache, darüber zu sprechen. Die tut es schließlich auch: »Der Besitzer, Herr Brammertz, ist bankrott. Mußte verkaufen. Ihm gehört nichts mehr, kein Pfennig, nichts, hoch verschuldet.«

Das ist der Startschuß für Frau Bartosz: »Bruder Leichtfuß in der grünen Jacke! Die Lebensgefährtin hat sich aus dem Staub gemacht. Zum Betrügen hätte er sowieso kein Geld mehr gehabt. Das reicht jetzt nur noch, um sich von einer Dose Bier täglich zu ernähren. Wenn die Bauarbeiten beginnen, wird man ihn mit Hunden vom Grundstück jagen, passen Sie nur auf, Frau Geidel, so wird es kommen. Und wie soll der überhaupt in seinem Alter noch groß eine Frau betrügen! Der ist doch ein Wrack.«

Will sie der Tante mit dieser Prophezeiung eine Freude machen? Emmi verzieht keine Miene, bittet aber um ein Glas Wasser und äußert ihre Verblüffung darüber, wie viele Wörter ihre Haushälterin inzwischen weiß. Kaum hat die Polin, die nicht verrät, ob sie die Ironie des Lobes versteht, das Zimmer verlassen, nachdem sie allerdings ein bißchen zu heftig die Zigarette ausgedrückt hat, schiebt Emmi mit der Miene einer Schwerverbrecherin Anita zwei Hunderteuroscheine aus ihrer Strickjackentasche in die Hand und flüstert: »Mit Hunden verjagen! Er treibt sich auf dem Bauplatz rum. Du wirst ihn erkennen, grüne Jacke. Gib es ihm von mir, von Emmi Geidel. Dann nimmt er es.« Als die Polin mit dem Wasser kommt, schnuppert sie überdeutlich in alle Richtungen. Sie riecht die Verschwörerluft.

»Das geheimnisvolle Schlößchen!« sagt Anita traurig. Sie versucht, die Scheine unauffällig bei sich unterzubringen. »Immer wenn ich damals«, sie zuckt leicht erschrocken über sich selbst zusammen, fährt aber entschlossen fort, »damals, als Kind, bei euch war, bei dir, Tante Emmi und deinem Mann, habe ich es andächtig bewundert. Daß darin normale Menschen wohnten, aus dem gleichen Material wie wir anderen! Die Besitzer sah ich nur selten. Es genügte mir. Ich stellte sie mir als sehr glückliche und vielleicht gute, stolze Leute, fast als König und Königin vor. Manchmal hörte man Festgeräusche, Melodien, Gläserklingeln, Gelächter, das alles, was die Zaungäste immer so sehnsüchtig macht. ›Dort herrscht der Architekt Brammertz mit seiner Frau‹, hieß es oft.«

Sie spürt an der Stimmungsänderung im Raum, daß es besser ist, nicht weiter davon zu sprechen. »Was macht dein Freund, was macht die Liebe?« fragt Emmi zusammenhanglos und doch ein wenig konventionell, aber ausschließlich Anita zugewandt. Frau Bartosz begreift: Abtreten!

»Er hat Urlaub. Jetzt ist die beste Zeit für die Bergsteigerei. Da er nicht lehrt, bleibt er unabhängig von Semesterferien. Er arbeitet ja nur an seinem Institut.«

»Wo werdet ihr beide hinreisen?«

»Ach Tante, er ist schon weg! Es handelt sich um lang geschmiedete Männerpläne. Er will auf den höchsten Berg im Kaukasus.«

(Falls Sie es nicht parat haben: Die Bergkette erstreckt sich über tausend Kilometer von der Bucht von Noworossijsk am Schwarzen Meer bis Baku am Kaspischen Meer. Natürliche Barriere zwischen den großen russischen Steppen und den Hochländern Georgiens, Armeniens und Aserbaidschans. Der Elbrus ist 5642 Meter hoch und überragt damit den Mont Blanc in den Westalpen um 835 Meter).

»Anita, Anita! Vor dir ausgerissen in den Kaukasus? Warte mal, der ist mir seit meiner Kindheit geläufig. Als dein Großvater in russischer Kriegsgefangenschaft war und jahrelang nicht wußte, ob Frau und Kinder noch lebten, weil Briefe zwar rausgelassen, aber nicht an die Gefangenen weitergereicht wurden, erst recht die Päckchen nicht, zu Hause zusammengespart, im Lager kassiert, da träumte er Tag und Nacht davon, mit seinen zwei Schachfreunden über den Kaukasus in die Freiheit zu fliehen. Immer wieder Kaukasus, Kaukasus! Sonst hat er fast nichts erzählt aus der

Zeit. Aber: Kaukasus, Kaukasus! Gut, daß er von dem Plan abgekommen ist. Wer die Flucht versuchte, wurde erschossen oder erfror. Noch im hohen Alter, an jedem Geburtstag« – Anita wird wachsam, sie hört das sehr kurze Stolpern in Emmis Stimme – »fiel das Zauberwort: Kaukasus, Kaukasus.«

Frau Bartosz erscheint und fragt, ob sie noch mehr Pfefferminztee oder was Besseres bringen soll. »Passen Sie auf«, sagt die Tante. »Anitas Freund Mario ist im Kaukasus zugange, und wir führen interessante Gespräche zum 2. Weltkrieg. Sherry.«

Frau Bartosz: »Aus dem Kaukasus dringen jetzt Söldner über die russisch-ukrainische Grenze. Die kennen sich im blutigen Kämpfen aus. Kriege wird es immer geben, mal hier, mal dort. Egal, was schon alles passiert ist, die Lust am Krieg ist zu groß. Immer wieder und neu. Und wissen Sie warum? Raten Sie!«

Anita: »Aus Gier nach Rohstoffen, Bodenschätzen, Rüstungsgeschäften, Druck der militärischen Forschung.«

Emmi: »In den jungen Männern ist zuviel Kraft und Wut, Zertrümmerungswut. Sie wollen das irgendwie loswerden und Uniformen tragen, die den Frauen gefallen, sie wollen sich austoben, zertrümmern, herumschießen. Sie wollen die Mächtigen sein, die töten, plündern, verwüsten und vergewaltigen nach Lust und Laune. Das ist mein Tip.«

Frau Bartosz: »Stimmt zum Teil. Aber der Hauptgrund ist ein anderer. In den jungen Männern ist Kraft und Wut, richtig. In den alten Männern ist keine Kraft und um so mehr Wut. Sie schicken die dummen Jungen in die Schlachten, um sich an der Jugend zu rächen. Die Machthaber sind neidische Greise, die jetzt nur noch auf Knöpfe und Tasten drücken müssen. Sie lassen die jungen Soldaten sterben oder zu Krüppeln machen. Das ist die Potenz der Alten.«

Emmi ist beeindruckt, das hatte sie von der Frau nicht erwartet. Deshalb fragt sie spitz: »Ist das auch im gläubigen Polen so?«

»Wir Polen sind immer Opfer gewesen«, antwortet Frau Bartosz unanfechtbar in ihrer melodischen Artikulation, die Anita so sehr gefällt.

Was würde sie antworten, fragt sich Anita, wenn man sich nach den CIA-Foltergefängnissen auf polnischem Boden erkundigte? Unschuldige Opfer auch hier, nämlich die der dankbaren Freundschaft ohne Verfallsdatum zum Befreier Amerika?

Emmi, gefährlich mit dem Feuer spielend: »Mein Vater kehrte als gebrochener Mann aus dem Krieg zurück. Ich war bei Kriegsende neun, nein, doch, doch neun, wie du ja auch mal, Anita, bei anderer Gelegenheit. Oder war ich in Wahrheit zwölf?«

Frau Bartosz: »Nur die Allerübelsten werden vom Krieg nicht zerbrochen. Trotzdem wird er ewig herrschen und verführen in seiner Gewalt. Auch wenn die Waffen heute andere sind und die Todesarten vielleicht auch. Bald gibt es autonome Waffensysteme, sagt mein Sohn. Wie Reinigungsroboter.«

Emmi: »Die Großmutter meines Mannes hat zwei Söhne vor Stalingrad verloren. Sie selbst starb unter den Trümmern ihres Hauses. Meine jüngere Freundin Katrina von Elz verlor ihren Vater bei der ersten Schlacht, als sie noch gar nicht geboren war. Sie kannte ihn nur von Fotos und dem, was die Mutter erzählte. Er war für sie zeitlebens ein blondlockiger Held, ein heiliger St. Georg. Nicht dran zu rütteln.«

Frau Bartosz (vielsagend zu Anita hin): »So geht es manchen, Frau Geidel! Bei uns in Torun weiß man: ›Die Erinnerung vergoldet.‹ Vielleicht gut, daß sie den schönen Helden nicht an einem Bauchschuß krepuren sah.«

»Krepieren«, korrigiert Emmi, »ein besonders scheußliches Wort. Das mit der Erinnerung sagt man überall, nicht nur in Thorn.«

Frau Bartosz: »In unserer Familie sind zwei auf diese Art gestorben, ein Bauchschuß für jeden. So jung, daß sie nicht mal Zeit hatten, Väter zu werden.«

»Wir haben als Kriegsgrund die Vaterlandsliebe vergessen«, unterbricht Anita, der plötzlich das Patriotische einfällt.

Emmi, Frau Bartosz, Anita stutzen. Dann stimmen die drei in diesem glasklaren Augenblick ein harmonisches Hohngelächter an. Auch Anitas Lachen klingt, sie selbst überraschend, schamlos krächzend wie das einer uralten Hexe. Sie will noch weiter zum Vergnügen beitragen: »Kürzlich wurde unsere Verteidigungsministerin in einer Kabarettsendung als ›hyperaktives Frettchen‹ bezeichnet!« Ob Frau Bartosz das Wort »Frettchen« überhaupt kennt? »Wieso sprechen Sie so gut deutsch?«, erkundigt sie sich bei der Polin, die sicher schon lange auf diese Frage gewartet hat.

»In meiner Familientradition«, antwortet die Haushälterin mit schönem, östlichem Klang, »wurde immer mal wieder Deutsch gesprochen. Mein Sohn studiert in Torun Germanistik, früher nannte man das bei uns ›Hitleristik‹. Meine Tochter besitzt in Berlin ihre eigene kleine Firma. Da staunen Sie! Das hätten Sie nicht gedacht. Ich sehe es Ihnen an. Sie ist viel strenger als ich und vermittelt polnische Arbeitskräfte. Deshalb kennt sie genau die Tarife. Ich habe die Kinder sehr früh bekommen.«

Emmi scheint die Auskunft zu mißfallen. Sie gähnt ostentativ mit einiger Anstrengung: »Wir kennen Ihren Nachwuchs nicht.« Das heißt so viel wie: Wir können es nicht überprüfen.

»Wenn man mich fragt, antworte ich«, gibt die Perle stolz zurück. »Das ist Sitte bei uns.«

Zwischendurch aber schweift Anita ab zum nächtlichen TH-Neubaugebiet. Kürzlich war sie aus Sehnsucht nach dem Fortgereisten in der Dämmerung losgegangen, den langen Weg von ihrer Wohnung, um zwischen Baugruben, Rohbauten und fertigen Gebäudetürmen mit lackschwarz spiegelnden Glasfronten allein herumzustreichen, zwischen den strengen, notwendigen, hochmütigen, in rasender Eile errichteten Blöcken allein herumzugehen. Kein Mensch ließ sich blicken, nur ein Hund mit Leuchthalsband sauste wie ein verrückt gewordenes Glühwürmchen in der todernsten Steingesellschaft von hier nach da. Für diese hohen Herrschaften aus Beton und Besserem bestand kein Unterschied zwischen dem winzigen Hund und der winzigen Frau, und doch kam es Anita so vor, als würde sie durch ein geräumiges Kinderzimmer tappen und könnte die fragilen Klötze, weniger durch Fußtritte als durch Gedankenkräfte, jederzeit umstürzen. Obwohl momentan eher lichtscheu, schien alles auf Treu und Glauben errichtet, es würde schon gutgehen, senkrecht stehen und halten. Aber – sie sieht es in diesem Augenblick in Gesellschaft der alten Tante und der Polin noch schärfer als vor wenigen Tage im Taxi auf dem Heimweg – sie hat die ganze Zeit über das Wort »Zerstörung« gedacht, hat es nicht als Wunsch gespürt, sondern als drohende Konsequenz. Eine dunkle Macht würde das Provozierende der Anlage und ihrer Höhenflüge bemerken und die unwiderstehliche Herausforderung zur Destruktion annehmen wie tagtäglich die minderjährigen Krieger in immer größeren Teilen der Welt es taten, bevor sie selbst zum Teufel gingen.

»Wie heißt er denn, der Berg dort hinten, in dem gefährlichen Gebiet?« fragt Emmi und gähnt ein bißchen im voraus.

»Elbrus, der höchste Berg Europas.« Unwillkürlich hat Anitas es heraustrompetet, als wäre sie an dieser Tatsache beteiligt. »Selbst in den Westalpen kann ihm keiner das Wasser reichen. Der einzige europäische Fünftausender.«

»Das soll wirklich noch zu Europa gehören? Das ist doch schon Asien«, protestiert die Polin.

Anita, von oben herab in Besitzerstolz: »Sonst wäre der Mann nicht dahin gefahren. Er hat sich auf europäische Berge spezialisiert. Der Elbrus ist höhenmäßig das Maximum, aber natürlich nicht zwangsläufig der schwierigste Berg. Gefährlich sind seine Gletscher, politisch ist die ganze Gegend heikel.«

Emmi: »Hm! Kannst du mir sagen, was das Geklettere und womöglich Abstürzen soll?«

Anita: »Geduld! Ich werde dahinterkommen, jedenfalls wenn ich es will. Was dir gefallen wird, Tante: Der Name ist persisch und setzt sich zusammen aus ›Elena‹, der schönsten Frau der Welt in der Antike, und aus ›brust‹, denn er hat eine Doppelspitze. Für die Einheimischen ist er heilig. Sie haben eine andere Bezeichnung für den Berg.«

Emmi: »Aber Kind, dafür kann doch ich mir nichts kaufen! Immerhin bin ich froh, daß der Mensch nicht dich solchen Gefahren aussetzt, Rarita, wenn er schon so ein Geheimnis daraus macht, was ihn in dermaßen wilde Gegenden treibt.«

(Anita, das sei Ihnen ausdrücklich versichert, bisse sich

lieber die Zunge ab, anstatt zu verraten, daß es ja gerade sie ist, die das Bestehen dieses Geheimnisses liebt und erträgt als etwas, von dem sie vermutet, es müsse noch erregender sein als das körperliche Beisammensein. Wie könnte sie denn den Satz eines lange aus ihrem Herzen entschwundenen Mannes vergessen, mit dem sie ein einziges, von ihr heißersehntes Mal nach einer aufwühlenden Opernaufführung im Bett lag, als er zwischen hinhaltenden Küssen und den Glockenschlägen einer Kirchturmuhr beinahe drohend sagte: »Aber die Musik war das Wichtigere, Frau Jannemann!«)

Frau Bartosz zeigt diesmal beträchtliche Ausdauer im Dableiben. Anita fragt sich, ob wohl eines Tages aus der stattlichen Polin auch so eine schmächtige alte Frau werden wird und Emmi also die Staffel des Üppigen an Frau Bartosz weitergegeben hat, damit sie bei der nächsten Runde die Schmächtigkeit übernimmt, oder ob sie, Anita, die mächtige Fleischlichkeit der ehemaligen Tante in der Kindheitserinnerung überhaupt stark übertreibt?

Emmi möchte Frau Bartosz los sein, ohne sie direkt zu beleidigen. Da hat sie einen Einfall und singt mit dünnem Stimmchen: »Zu jeder, jeder, jeder Stund', denk ich an meines Liebchens Mund. Noch mehr jedoch, nehmt's nicht als Witz, denk ich an meines Liebchens ... hahaha!«

Die Polin erhebt sich prompt, entweder entrüstet über die Unanständigkeit der alten Dame oder weil sie deren Absicht bemerkt.

»Ich bin so schwach, mir ist so elend zumute«, kichert Emmi daraufhin in ihre Decke. Dabei verrutscht das vorhin beim Eintreten ihrer Nichte versteckte großformatige Foto, so daß dessen rechte Hälfte einen Augenblick sichtbar wird. Eine junge, mollige Frau sitzt in gekrümmter, weit vorgebeugter Haltung an einem Küchentisch. Sie scheint etwas in der linken Bildhälfte, jetzt also nicht Sichtbares, gespannt zu beobachten. Da bemerkt Emmi den kleinen Unfall und entzieht, rührend bemüht, es unauffällig zu tun, das Foto Anitas Blicken, der die Frau vage bekannt vorkommt.

»Sie darf nicht merken, wie schwach ich bin, sonst nimmt sie sich zuviel raus, aber du sollst es wissen. Ich bin ja nur noch ein Häufchen Haut und Knochen. Ich brauche keinen Arzt, ich weiß von allein, daß ich bald sterben muß, Lalita, Rarita. Sie hält deinen lieben Mario, weil ich ihr ein bißchen erzählt habe, für einen Spion oder einen Terroristen. ›Ein Chemiker oder Physiker, der schon für die Russen gearbeitet hat und sich in solch merkwürdigen östlichen Staaten herumtreibt, das sagt doch alles‹, meint sie. Und nun die Sache mit dem Kaukasus! Anzeigen wird sie ihn aber nicht bei der Polizei, ganz sicher nicht. Sie ist ja nur begeistert, daß man ihr als Polin nichts vormachen kann. Wahrscheinlich hält sie dich für ein wenig dumm. Mach dir nichts draus, Kleines. Sieh dir die vielen Tabletten an auf dem Tisch, heute gibt es statt ›Donauwellen‹ Medikamente. Sie hat sie alle für mich hier aufgebaut. Wie soll ich da nicht krank sein. Bitte, wenn du mal davon naschen willst!«

Ist die Tante eigentlich harmlos oder ein Rabenaas?

»Ich bin elend dran und tapere nutzlos dem Grab entgegen, lach nicht, Anita, ich wanke, auch wenn ich auf dem Sofa liege. Mein Leben ist vorbei. Ein einziges Wanken nur noch. Gib du dem Herrn Brammertz in der grünen Jacke, der auf seinem Eigentum, ich meine Grundstück sitzt und weint, noch das Geld, egal, was es ist, tausend oder hundert Euro, und dann laß mich in Ruhe sterben, egal wer erbt. Es geht zu Ende mit mir. Die Uhr ist abgelaufen. Was meinst du, ob ich schon in den letzten Zügen liege?«

Tatsächlich nimmt Emmi die Haltung einer Sterbenden ein. Sie umklammert die Hand ihrer Nichte, aber schon lassen ihre Kräfte wieder nach. Da faßt Anita einen Entschluß, um sich selbst, die nun einige Wochen allein in ihren vier Wänden in einer fremd gewordenen Stadt zubringen muß, unter die ein wenig baumelnden Arme zu greifen, vor allem aber, um der heute so weinerlichen Emmi ins Gewissen zu reden. Sie wird sich mit dem ganzen Sternenhimmel gegen das Alterslamento der Tante stemmen:

»Weißt du, wer den Uranus entdeckt hat?«

»Den Uranus? Mein Gott, den Uranus! Willst du mich auf den zu den Engeln schicken? Ich tippe auf deinen Mario. Hat er es telefonisch vom Kaukasus durchgegeben?«

»Wir telefonieren nicht. Übers Internet geht es besser, falls es klappt«, sagt Anita mit fester Stimme. »Der Uranus wurde schon 1781 entdeckt.« Genau zweihundert Jahre vor dem Monschauer Unglück, fährt ihr durch den Kopf. Die Tante merkt jedoch nichts.

»Schön und gut, aber Liebes, was hat dieser Uranus mit meinem Tod zu tun? Und was ist das überhaupt? Irgendein Ding am Himmel, sicher, das weiß ich selbst. Eine Art Sternschnuppe? Ein Planet? Ein Komet?«

»Die Frau, die acht Kometen im uferlosen Himmelsraum erspäht hat, hieß Caroline Herschel, Schwester des königlichen Hofastronomen Wilhelm Herschel, der den Uranus, einen der äußeren Riesenplaneten mit schwach grünlicher Oberfläche entdeckte. Herschel stammte wie seine Schwester aus Hannover, hat in England gearbeitet und das dort von den Fachleuten Europas bestaunte vierzigfüßige Spiegelteleskop gebaut.«

»Aber kein Mittel gegen das hohe Alter und das Sterben erfunden? Wäre besser gewesen.«

»Tante Emmi, du hast früher manchmal so feurig grüne Augen gehabt. Es müßte dir imponieren, was ich dir jetzt erzählen werde. Unterbrich mich nicht. Es wäre nutzlos. Ich rede trotzdem weiter. Es ist meine spezielle Medizin für dich. Ich verschreibe sie dir, und auch wenn du wieder mit der Handgymnastik anfängst, du mußt mein Medikament durch Zuhören einnehmen, basta!«

»Okay«, lacht Emmi überraschend, »Okay, okay!« Sie freut sich über ihre einfallsreiche Antwort. »Und was ist ein Komet nun wirklich? Belehre mich, neunmalschlaue Nichte!«

»Ein Schweifstern, weil er einen Schwanz von geringer Dichte hat, ein Irrstern, weil er das Sonnensystem durchwandert. Manche Kometen tun es nur ein einziges Mal und zerfallen in Sternschnuppenschwärme, andere kommen regelmäßig wieder. Der bekannteste ist der Halleysche Komet. Er ist bei seiner Wiederkehr alle 76 Jahre mit bloßem Auge sichtbar.«

»Dann hätte ich ihn ja zweimal in meinem Leben sehen können, wenn er rechtzeitig zum Anfang und zum Schluß aufgekreuzt wäre. Während ich aber mein Schicksal, mein hartes Schicksal erleiden mußte, ist der da oben durch nichts als Leere gekurvt, der Taugenichts und auch Luftikus.«

Anita, weiterhin wild entschlossen: »Ich werde dir jetzt von Caroline Herschel berichten, Emmi. Die hatte auch ein Schicksal. Selbst heute, wo man Computerprogramme schreibt für die digitale Version des Universums, ist ihr Leben als erste Astronomin noch interessant. Bevor sie mit dem Kometensucher in Südengland den Himmel durchforschte, lebte sie mit den Brüdern, als kleines Mädchen ohne Schulbildung und als weibliches Wesen nur für niedere Näharbeiten bestimmt, unter der Fuchtel der Mutter. Ihre auffällige Wißbegierde wurde von der Anhängerin klarer Rollenverteilungen bei den Geschlechtern, mütterlich engstirnig und gut gemeint, unterdrückt. Nur der Vater förderte zum Trost ein bißchen ihre musikalischen Anlagen. 1772 änderte sich alles für Caroline. Es gibt einen sehr hübschen Scherenschnitt von ihr aus der Zeit. Reizendes Profil, Springbrunnenlocken. Ihr Bruder Wilhelm nahm die Zweiundzwanzigjährige mit ins englische Bath. Damals blieben dort für jemanden, der nicht mit der Postkutsche, sondern zu Fuß reiste, in Gasthöfen Küche und Schlafkammer verschlossen. Er galt von vornherein als verdächtig, Emmi, und es war bedenklich, auf den Landstraßen zu wandern. Jede Begegnung stellte eine Gefahr dar. Es gab die umherstreifenden Bettler, die dem Wanderer abnahmen, was sie kriegen konnten, wenn er sich nicht wehrte. Weniger sanftmütig waren die Räuber, die das, was sie haben wollten, mit Gewalt in ihren Besitz brachten. Im schlimmsten Fall geriet man an die dritte Kategorie. Das waren die, die unbedenklich und ohne Umstände drauflosmordeten. Vielleicht sagten sie sich: Lieber irgendwann am Galgen enden, als sofort verhungern? Caroline kam gar nicht in solche Situationen, weil sie Tag und Nacht mit den Aufträgen ihres Bruders beschäftigt war. Sie war nicht auf der Erde, sie war im Himmelsgewölbe daheim und erwies sich bald als äußerst fähige, wissenschaftlich begabte Schülerin in der Kunde von den Sternen, deren Positionen sie zu erkennen und professionell zu bezeichnen lernte. Sie diente der Arbeit ihres Bruders in selbstloser Hingabe und mit Feuereifer.«

Anita spricht schnell, um jeder Störung zuvorzukommen, hat aber das Gefühl, daß die Tante sich bemüht, während sie die artige Zuhörerin spielt, unter der angehobenen Decke nach dem Foto zu schielen. Will Anita mit ihrer Geschichte in Wahrheit und erster Linie aus dem Zimmerdunst zu den Sternen entschlüpfen?

»Die Arbeit an den Teleskopen war kompliziert, auch körperlich eine Anstrengung, und erforderte großes Fingerspitzengefühl. Für anderes als das Belauern des Wetters und des Nachthimmels, um ja keine günstige Gelegenheit zu verpassen, blieb keine Zeit. Im August des Jahres 1786, sechs Tage, bevor der Gipfel des Mont Blanc zum ersten Mal, bestaunt und gefeiert von aller Welt, durch den Kristallsucher Balmat und den Arzt Paccard betreten wurde, kam die Belohnung für ihre Arbeit, die ausschließlich im Observieren und Durchmustern des Himmels dem Werk und Ruhm des Bruders gewidmete war. Sie entdeckte allein, in der Stille und Schwärze der Nacht, ihren ersten Kometen!«

(Falls es Sie interessiert: Am 1. August notierte sie in einem privaten Brief: ›Ich habe einhundert Nebulae berechnet und diesen Abend erblickte ich ein Object, das sich, glaube ich, morgen Nacht als Komet ausweisen wird. – 2. August: Heute berechnete ich 150 Nebulae. Ich fürchte, es wird heute Abend nicht klar sein, Es hat den ganzen Tag geregnet, scheint sich aber jetzt ein wenig aufzuhellen. – 1 Uhr. Das Object ist ein K o m e t.‹ Die Nachricht an den Fachmann Dr. Blagdon klingt so: 1. August 1786. 9 h 50'. Fig.1. Das Oject im Centrum gleicht einem Sterne außerhalb der Brennweite, während das Uebrige vollständig klar ist. Ich vermuthe, es ist ein Komet. 10h 33'. Fig.2. Der muthmaßliche Komet bildet jetzt ein vollständig gleichschenkliges Dreieck mit den Sternen a. und b. 11h 8'. Ich glaube, die Stellung des Kometen entspricht jetzt der Fig.3, aber es ist so neblig, daß ich den kleinen Stern b nicht deutlich genug sehen kann, um der Bewegung gewiß zu sein. Mit unbewaffnetem Auge erblickt man den Kometen zwischen den Sternen 54 und 53 Ursae Majoris und 14, 15 und 16 Comae Berenices. Er bildet mit ihnen ein stumpfwinkeliges Dreieck, dessen Scheitel nach Süden gerichtet ist. 2. August. 10h 9'. Der Komet befindet sich jetzt zu den Sternen a und b in der Stellung, welche Fig.4 zeigt. Dadurch ist seine Bewegung seit vergangener Nacht erwiesen.‹)

»Die astronomische Fachwelt, alles Männer, gratulierte zu der irdischen und extraterrestrischen Sensation. Sie mußte Caroline Herschel noch häufig gratulieren und tat es offenbar mit ungebrochener, nein, stetig wachsender Begeisterung. Caroline aber duckte sich, damit ihr Bruder Wilhelm um so heller strahlte. Niemand hätte eifersüchtiger über seine Karriere wachen können als sie.«

»Ich tue jetzt mal ein Weilchen die Augen zu. Rede du nur ruhig in einem fort«, seufzt Emmi und streckt sich unter die Decke. Als es dort verdächtig raschelt, hört sie schnell damit auf.

Anita macht unerschütterlich weiter. Sie kennt die neue Tante inzwischen besser: »1788 kommt es in ihrem Leben mit dem Bruder zu einem für sie schmerzlichen Einschnitt. Er heiratet eine wohlhabende Frau. Der Tag der Hochzeit ist für sie der Moment, in dem sie sich aus aller Haushaltsführung und dem Haus des Bruders zurückzieht. Da sie ihre Tagebuchaufzeichnung über diese Zeit später vernichtet hat, läßt sich aus der radikalen Tilgung vermuten, Tante, welche Verbitterung und weibliches Gekränktsein darin zum Ausdruck gekommen sein müssen. Sie ist 38 Jahre alt, eine demütige und zugleich sehr stolze Person. Auch wenn sie sich selbst nur als gelehriges Hündchen ihres Bruders bezeichnet hat, als sein Werkzeug, und zornig wird, wenn man von seinem Glanz etwas für sie abzweigen will, wird sie als erste Frau in der Astronomie geehrt. Sie nimmt bescheiden sowohl an den Besuchen der vielen adligen Gäste und Wissenschaftler teil wie an der mühseligen Arbeit, den vierzigfüßigen Spiegel, den alle sehen wollen, zu polieren. Wie schon gesagt, sie entdeckte insgesamt acht Kometen.«

Frau Bartosz betritt das Zimmer. Sie trägt etwas in der Höhlung ihrer Hände, diesmal keinen Kuchen, und hält es der Tante dicht vor die Augen: »Sehen Sie nur, Frau Geidel, was ich hier bringe! So ein schöner Vogel, leider tot.« Auf den ersten Blick ist deutlich, daß es sich um einen Mittelspecht mit seinem auffälligen Federkleid handelt. Verstört fährt die Tante zurück. Frau Bartosz schmunzelt: »Ich bin es doch nicht, die ihn umgebracht hat. Der Tod selbst war es. Ich habe ihn gerade gefunden, und zwar im Geranienkübel. Er hat sich zum Sterben unter Blüten und Blätter zurückgezogen! Das mußten Sie schließlich unbedingt sehen! Jetzt gehe ich und begrabe ihn. Ist doch recht?«

»Sie ist mir unheimlich, diese Bartosz. Sie schnüffelt außerdem«, flüstert die Tante in glaubwürdiger Ängstlichkeit. »Doch, doch. Ich habe das Gefühl, daß sie rumspioniert. Was die alles schon weiß und sieht! Tüchtig, aber unheimlich. Was soll das jetzt mit dem Specht? Was hat sie sich dabei gedacht? Warum tut sie mir das an? Habe ich es nicht schon schwer genug?«

Warum tut sie das der Tante an? Anita weiß es auch nicht. Sie spricht einfach weiter, obschon sie sich selbst dabei hartherzig vorkommt: »Als der von ihr vergötterte Bruder nach langem Kränkeln und wohl vor allem an Überarbeitung zu ihrem großen Kummer stirbt, beginnt sie sich in England fremd zu fühlen. Sie kehrt noch im selben Jahr ins heimatliche Hannover zu ihrer Familie zurück. 72 ist sie nun und erwartet familiäre Wärme, besonders auch Interesse für das Werk des weltberühmten Bruders, das sie weiterhin wissenschaftlich betreut. Auf beides hofft sie vergebens. Obwohl sie Briefe von Astronomen und Besuche vom königlichen Hof sowie hohe Auszeichnungen von Akademien erhält, verwandelt sich die souveräne Gelehrte in eine unter ihren Gebrechen leidende Frau, vereinsamt, vielleicht auch ungerecht, mißtrauisch, kratzbürstig, ein Mensch, der davon überzeugt ist, demnächst, bald, sehr bald sterben zu müssen, und alle Gedanken danach ausrichtet. Und das ist es nun, Tante, paß gut auf: Diese ungewöhnliche Frau, die über die Materie im Universum präzise Berichte zu schreiben versteht, glaubt tagtäglich, Stunde um Stunde, der Tod klopfe an ihre Tür! Als ihr der Sternenhimmel mit dem Leuchtendsten auf der Erde, dem Bruder, schwindet, es werden ja auch ihre Augen schlechter, breiten sich die Kleinlichkeiten des Mitmenschlichen rapide in ihr aus. Sie bezeichnet ihr gegenwärtiges Leben als sinnlos, steigert sich immer weiter ins Schwarzsehen und hält es für einen großen Fehler, die fünfzig nun verklärten Jahre in England mit den ihr zugewandten Menschen aufgegeben zu haben. Ihr Ziel und Fixstern wird der nahe Tod, von morgens bis abends, und jetzt kommt es, Achtung: fünfundzwanzig Jahre lang! Ein Vierteljahrhundert! Sie wurde, trotz der Verdüsterungen, achtundneunzig! Fast hundert Jahre, Emmi! Ein Leben von der Mitte des einen Jahrhunderts bis fast zur Mitte des nächsten. Für die damalige Zeit ein beinahe monströses Alter. Heute stehen die Chancen sehr viel besser. Mach es also nicht wie Caroline Herschel, Tante. Freu dich doch deines Lebens, bitte, genieße es mit allen Kräften!«

Je törichter Anita ihre Predigt erscheint, desto verbissener redet sie. Ab und zu knistert es unter Emmis Decke. Das versteckte Foto kommt nun deutlicher, von Emmi unbemerkt, zum Vorschein. Anita erkennt mittlerweile die vorgebeugte Frau. Es ist die junge Emmi, die mit einem vor Zärtlichkeit fast entgleisenden Gesicht einen kleinen Jungen betrachtet, der wie sie am Küchentisch sitzt, über Eck zu ihr. Dieser Junge ist zweifellos ihr Sohn Wolfgang.

»Etwas Entscheidendes habe ich allerdings bisher ausgelassen, Tante.«

»Das macht nichts, das macht wirklich nichts, Kind. Es genügt wahrhaftig auch so schon.« Ist Emmi inzwischen derart erschöpft, daß ihr nicht auffällt, wie deutlich sichtbar das verheimlichte Foto wird?

»Es gibt in ihrem Leben außer dem Bruder Wilhelm noch einen zweiten Mann.«

Emmi reißt kurz die Augen auf.

»Es gibt einen jungen Mann, dessen Entwicklung sie mit Inbrunst verfolgt, auch wenn er fern von ihr in England lebt. Die ganze unterschlagene Glut ihrer Gefühle ist ihm gewidmet, wieder mit der Ausschließlichkeit, wie sie es bei Wilhelm tat. Jetzt aber spricht sie es in ihren schriftlichen Äußerungen unverhohlen aus. Es handelt sich um dessen Sohn, ihren Neffen John, der ebenfalls Astronom wird. Die vielen Briefe geben Zeugnis von diesem zweiten Riesenstern in ihrem Leben, wiederum wacht sie eifersüchtig über jede seiner Entdeckungen, seine Karriereschritte sowie über die Etappen seines privaten Glücks. Er heiratet eine kluge Frau und hat in seiner sehr glücklichen Ehe einen Haufen Kinder mit ihr. Diese Frau Margaret Herschel ist es, der wir die Herausgabe der Memoiren und des Briefwechsels von Caroline verdanken.«

Da schreit Emmi plötzlich: »Neffen, immer und überall nur Neffen. Neffen, Neffen und Nichten!«

Hat Anita unbedacht eine Ungeschicklichkeit begangen? Sie kann nicht mehr zurück. »Ein Jahr vor ihrem Tod schreibt eine treue Freundin aus Hannover nach England, höre nur, Emmi, ist es nicht wunderschön und macht alles gut? Caroline, auf ihr Sofa gebettet, genau wie du, Tante, nur viel, viel älter, habe gesagt, sie habe mit ihren geistigen Augen ein ganzes Sonnensystem in einer Ecke ihres Zimmers eingerichtet. Jedem neu entdeckten Stern weise sie darin seinen Platz an.«

Emmi antwortet nicht, aber sie tut etwas Erstaunliches. Sie schiebt, wie unabsichtlich, das Foto noch ein Stück auf Anita zu. Der kleine Vetter sitzt schräg auf einem Kinderstuhl. Er erwidert den zärtlichen Blick der Mutter nicht, kriegt ihn gar nicht mit, da er in viel Interessanteres versunken ist. Sein äußerst konzentriertes Gesichtchen leuchtet, die Augen funkeln in diebischen Vorfreude: Vor ihm auf dem Tisch steht ein Spielzeuglöwe, der einen scharfen Schlagschatten wirft. Ihn beäugt der Junge mit größter Erwartung. In seiner rechten Hand nämlich hält er einen Plüschbären unterhalb der Tischplatte so, daß der Löwe, der ihm ohnehin nur Hinterteil und Schwanz zeigt, ihn nicht sehen kann. Offenbar plant der Vetter eine Attacke des Teddys hinterrücks auf die keinen Verdacht schöpfende Großkatze. Dieser Überraschungscoup steht unmittelbar bevor. Die in Muttergefühlen schwelgende Frau wiederum ahnt nicht das Geringste vom Dreieck der Erregung. Das ist, vermutet Anita, auch heute nicht anders, wenn Emmi das alte Foto ansieht. Sie nimmt nur das Doppelporträt familiärer Seligkeit wahr, nichts schwant ihr vom schwelenden Jagdfieber des Söhnchens. Emmi hat den Schnappschuß Anita gewissermaßen unter der Decke und unterhalb ihres Bewußtseins vorgeführt. Denn schnell, wie gerade erst von ihr in seiner Entblößung bemerkt, verbirgt sie das Bild wieder und starrt an ihr vorbei in die Luft.

Anita spielt mit. Auch sie schweigt. Ihr ist eine Szene mit dem Vetter eingefallen. Er wird vielleicht acht Jahre gewesen sein, späht auf einer kleinen Anhöhe im Garten ins Weite, sieht geduckt um sich und sagt todernst, zum letzten Gefecht und Sterben entschlossen: »Männer, wir sind umzingelt!« Da war aber niemand, alles Einbildung, kein Kamerad und kein Feind, nur sie, Anita, im Gebüsch versteckt, die sich die Faust in den zum Gelächter schon geöffneten Mund steckte, um sich nicht zu verraten. Damals besaß sie das Fahrtenmesser noch nicht.

Als sie sich leise verabschiedet, gibt Emmi ihr etwas mit auf den Weg: »Auch beim nächsten Mal kannst du die Pumps zu Hause lassen, wie heute. Und denk gleich draußen an die Sache, von der wir sprachen!«

Richtig, Anita hatte im Schrecken über das eingeebnete Schlößchen vergessen, die Schuhe zu wechseln. Sie will die Tür hinter sich schließen, da ruft die Tante sie zurück: »Kind, Kind, es soll so schöne Frauen dort hinten im Kaukasus geben, armes Kind!« Anita sieht ihr nicht mehr in die Augen, aber stellt sich auf deren Grund ein grünes Irrlichtern vor.

Draußen wartet Frau Bartosz auf sie und beklagt sich über Emmis Wehleidigkeit. Auch sie habe es nicht leicht, gar nicht leicht, sondern verdammt schwer. Nur ein Beispiel: In den letzten vier Wochen zwei Autounfälle, keine Verletzten und keine Schuld ihrerseits, aber die Lauferei, vor allem die Wertminderung! Für sie sei das nun mal ein wichtiger Punkt, wenn man aufs Geld sehen müsse, anders als die Tante. Das eine Mal sei sie von einem Bus gerammt worden, danach von einem Fahrer, der Fahrerflucht begangen habe. Ob so etwas nicht als Schicksal zähle? »Der Christuskopf mit dem vielen Blut«, schmettert sie an der Vorgartentür hinter der Reißaus nehmenden Anita her, »ist nun doch hiergeblieben. Er könnte in diesem Haus wieder gebraucht werden.«

Täuscht sich Anita? Kommt nicht ein Nebengeräusch, ein Grollen aus dem mächtigen Brustkorb der Frau, als sie so stürmisch in den Abend lacht?

Als Nächstes hört sie einen anderen Lärm. In der Nähe spielt jemand am offenen Fenster auf so gehässige Weise Klavier, als wollte er damit die Welt zertrümmern. Zerstört aber ist fürs erste nur das Schlößchen. Wie vorhergesagt von der Tante, hockt der alte Architekt, in seiner grünen Jacke in sich zusammengekrümmt, immer noch auf dem planierten Boden. Anita tritt zu ihm und streckt ihm die Geldscheine hin: »Für Sie, Herr Brammertz, ein Gruß von Frau Geidel.« Der Mann fährt mit dem Oberkörper hoch. Sie hat sich gefragt, ob sie Spuren des ehemaligen »Schloßherrn« in seinem Gesicht wiederfinden würde. Jetzt macht sie eher die Ähnlichkeit mit jenem Mann betroffen, der vor vielen Jahren an einem schwalbenreichen Sommerabend in Socken an einer Landstraße nahe der Grenze saß und ihr hochblickend von den Lastwagen voll toter junger Männer erzählte. Nicht die zerfurchte, unrasierte Haut trägt daran Schuld. Die roten, weit von den trüben Augäpfeln abstehenden Unterränder der fleischigen Lidtaschen sind es, die den Blick ins schutzlose Innere seines Körpers zu gewähren scheinen. Der starke Geruch, den er verströmt, ist nicht beißend, sondern von konzentrierter Muffigkeit.

War es nicht reine Bosheit von Emmi zu behaupten, Frau Bartosz röche nach Schutt?

»Sie sind bestimmt die Nichte«, sagt er endlich und steckt

die Scheine gleichgültig weg. »Ich denke die ganze Zeit immer nur: ›Wie konnte es dazu kommen!‹ Ich meine, ich denke gar nicht, ich wiederhole nur ständig diesen Satz. ›Wie konnte es dazu kommen!‹ ›Wie konnte es dazu kommen!‹ Und jetzt: ›Wie konnte es dazu kommen, daß ich mich vor Emmi Geidels Nichte schämen muß?‹«

Diese Sucht, immer denselben Satz zu wiederholen, ist Anita vertraut und erschreckt sie.

Seine Hose steht offen, er merkt es nicht, ein schlechtes Zeichen. In den Augen allerdings liegt neben dem unverbrüchlichen Casanova-Charme eine verwahrloste Treuherzigkeit, eine vertrauenerweckende Wärme und Nichtseriosität als Folge bedingungsloser Weltzuwendung und zuviel erfüllter Wünsche, auch wenn die Welt ihm zur Zeit den Rücken kehrt. »Emmi Geidel, geborene Jannemann, und Sie die Nichte! Was wissen Sie von mir und ich von Ihnen?«, murmelt er, seufzt er in den blanken Maiabend. Wahrscheinlich würde er gern erzählen, ›wie alles gekommen ist‹, aber Anita haben Neugier und die Kräfte zur Anteilnahme für heute endgültig verlassen. Sie läuft davon. Auch Brammertz ruft, wie Emmi und die Polin, etwas hinter ihr her: »Die Banken haben mich fallenlassen, die Banken und die Frauen!«

Sie hält erst bei dem winzigen, dreieckig vom Eigentümer umgitterten und nach Belieben verschließbaren Garten ein Stück oberhalb des Stauweihers an. Zum Glück ist die Bank frei, auch vom falschen Herrn Brammertz keine Spur. Dem Himmel beim Dösen zusehen! Erst jetzt nimmt Anita wahr, wie golden und grün der Maiabend in Erscheinung tritt, als wäre dem Wetter bekannt, daß in kurzer Zeit Pfingsten sein wird. Die zweite der drei großen Weißwellen steht in voller Blüte. Nach dem Weißdorn duftet es nun ringsum nach

Holunder, in einigen Wochen wird der Jasmin folgen. Früher empfand sie das Nichtgeheure der Blumen noch stärker: Das Unberechenbare, wenn sie plötzlich ihre Gestalt änderten, Knoten und Knospen bildeten, die sich wiederum schlagartig in eine Blüte verwandelten mit Mäulern, Lippen, Zähnen, Zungen. Dann: die Macht ihrer Gerüche! Ihr treuloser Verfall!

Die Landschaft verlangt eigentlich von ihr ein Liedchen, aber es kommt ihr keins über die Lippen. Was hat sie in den vier Wänden am Eberburgweg nur für einen zu Herzen gehenden Samstagnachmittag versäumt! Als wäre, versucht sie sich trocken zu sagen, das ein grundsätzliches Vergehen an dieser Pracht, als gäbe es nicht woanders ganz sicher stellvertretende Bewunderer! Das Wort »versäumt«, einmal gedacht, tut ihr aber nicht gut. Es werden ja noch viele versäumte Abend und Nächte folgen und für immer dahingehen ohne blau strahlende Gebirgssee-Augen, und das ist vielleicht zum Weinen. Montag will sie sich die Bluse mit den eisblauen, kaum sichtbaren Blitzen darin kaufen.

Schöne Frauen soll es am Kaukasus geben? Manche nennen die Liebe süß, manche bitter. Sie weiß es längst und besser: Nur durch ihren bitteren Geschmack wird die Liebe von Grund auf süß. Immer verlangte Anita ja, daß es zwischen den Menschen brennen soll, die Liebe trieb es auf die Spitze, jede südlich schwelgerische Nacht benötigte um ihrer selbst willen einen Liebhaber, um auf diesen Gipfel hochgejagt zu werden. Sie beschwört Gesicht und körperliche Gegenwart des im Kaukasus herumstapfenden, ihrem Willen scheinbar entzogenen Mann bis zum Schwindligwerden. Selbst seinen Geruch kann sie herbeizwingen, für Augenblicke, für ein paar Atemzüge bis zur Glücksstarre und Absence. Das Schwergewicht ihrer ganzen Existenz ist in diesem Moment hinüber in die kaukasische Gebirgskette gewandert. Ist nicht, in diesem Moment, der Mann selbst zum Kaukasus geworden in seiner Mächtigkeit? Wenn man doch in der Vereinigung für immer versteinerte! Und welches Grauen gleichzeitig, wenn die Durchästelung, Durchäderung, wenn der Blutkreislauf von der Erde bis zum Weltall aufhören würde durch das Ende der Liebe und alles wieder für sich stumm und kalt da wäre, nur so vor sich hin!

Trotzdem wird er ihr auch heute nicht telefonierend entgegenschlendern und danach langsam oder schnell die Welt auslöschen. Ein Weilchen später meldet sich ein angenehm eindeutiges Gefühl, eine Art hundsordinärer Bärenhunger. Mit ihm kehren Emmi, die Polin und der Architekt Brammertz in seinem Unglück zurück. Erst da gönnt sie sich endlich einen Blick auf den kleinen Apparat, den teuersten auf dem Markt, den Mario ihr zum Abschied geschenkt hat. Momentan keine Botschaft für sie.

Um Mitternacht aber doch noch. Bei einer letzten, ziemlich sehnsüchtigen (was sie niemandem verraten würde) Überprüfung erhält sie von ihm die Nachricht, daß es mit der Besteigung des Elbrus eine Verzögerung gibt. Mario ist durch Zufall in eine komplizierte Rettungsaktion verwikkelt, der er sich unmöglich entziehen kann. Die verunglückte Person stürzte in eine der berüchtigten Gletscherspalten in der vereisten Höhenregion des Berges. Beim Einschlafen fällt Anita der Ausdruck »Person« auf. Wenn es nun eine junge Frau ist, die nach glücklichem Abschluß vor Dankbarkeit nicht mehr ein noch aus weiß? Wie sollte die sich einem so glänzenden Retter versagen?

Sie ist plötzlich wieder hellwach. Daß die Tante sie so lächerlich leicht mit ihren altweibchenhaften Reflexen foppen konnte! Bedrückt über ihre Schwachheit steht sie auf und mischt sich ein Getränk aus Holunderblütensirup, Ginger Ale und Limette zusammen. Mit Prosecco wird es in diesem Sommer »Hugo« genannt. Man läßt ein Pfefferminzblatt darauf schwimmen und saugt es gut gekühlt durch einen Strohhalm aus großem Glas. Allerdings sollte man dann lieber zu zweit sein. Sternenhimmel heute? Maimond? Anita vergißt absichtlich nachzusehen, weiß aber, daß in den Wiesen, auf die belgische Grenze zu, Löwenzahn, Wiesenschaumkraut, Hahnenfuß geschlossen und geöffnet in Herden und Schwärmen blühen, millionenfach, lautlos die ganze Nacht hindurch, obschon niemand nachschaut, vom Erdboden aus zu den Sternen hoch, ohne Unterlaß und ganz ohne Geräusch. Und warum sollte die Stelle im Wald hier in der Nähe, wo sie als Kind oft lange versunken war in den Anblick der weißen Sauerkleesprenkelungen, seit damals verschwunden sein, nur weil sie in der Zwischenzeit nicht mehr nachgesehen hat? Auch ist plötzlich ein älteres Bild wieder da. Es stammt aus einem Mai vor ein oder zwei Jahren. Beim Blick aus dem Zugfenster war der Damm entlang der Strecke unregelmäßig von blühenden Weißdornhecken bedeckt. Dahinter ragte, kürzer, aber höher, ein zweiter Wall auf, den statt der großen und kleineren Büsche, nachahmend und Echo gebend, Schafe mit ihren Lämmern tüpfelten, kein einziges schwarzes dabei, alles reiner Zufall, bei dem man sich, fühlte sie deutlich, etwas denken sollte. In einer Doppelaktion das Weiden weißer Gegenstände. Aber was dabei denken? Sie weiß es bis heute nicht. Auch lenkt es sie nicht dauerhaft vom Elbrus und seinen verschiedenen Gefahren ab.

4.
DER ANTIQUITÄTENHÄNDLER MARZAHN

Am Morgen durchläuft Anita immer die gleichen drei Aggregatzustände, die chaotische, die liquide, die stabile Phase. Erst bei Erreichen der dritten verläßt sie die Wohnung. Neuerdings, wenn sie zu ihrem Laden radelt, freut sie sich schon auf das altmodische Mädchen an der Schaufensterscheibe. Nur ist es in der letzten Zeit nicht wieder dort aufgetaucht, genauer gesagt, seitdem sie ihm die Miniatur des Maialters verkauft hat. Wenn ihr beim Fahren einfällt, daß sie gespannt ist auf das Wiedererscheinen ihrer kleinen Kundin, tritt sie unwillkürlich sofort etwas schneller in die Pedale und stellt sich, immer im Kreis herum, vier Fragen: Ob die Kleine krank geworden ist? Hat man sie wegen des frommen Altärchens verspottet? Machte der humorlose Onkel, den das Insekt im Zuckerstück erschrecken sollte, Ärger, der ihr womöglich Hausverbot bei Anita eingebrockt hat? Oder, das wäre ein unabänderlicher Fall, ist sie über Nacht zu einem modernen Teenager geworden? Ich hänge ein bißchen an dem Geschöpfchen, so ähnlich wie an der Zeit, in der ich selbst so alt war und teilweise denselben Schulweg hatte, sagt sich Anita.

Auch heute läßt sich das Kind nicht blicken. An seiner Stelle tritt plötzlich der falsche Herr Brammertz vom Stauweiher ein. »Sehen Sie, es stimmt also, Sie verkaufen hier!

Schön, daß Sie noch nicht bei der TH arbeiten und für alle da sind«, sagt er. Da er längere Zeit die diversen Lakritzangebote auf ihren Silbertabletts studiert, hat Anita Gelegenheit, ihn näher zu betrachten. Es ist ein nur mittelgroßer, fast schmächtiger, beim besten Willen nicht interessanter Mann, durchgehend bleich, ohne irgendeine Rötung im Gesicht, mit struppigem schwarzem Haar und einzelnen grauen Strähnen darin, ein bißchen älter als sie, ein Mensch, der aussieht, als würde er gern allein im Freien auf Bänken sitzen, weil er sonst nicht viel nach draußen kommt. Er strahlt Gutmütigkeit aus, aber, das muß sie zugeben, ohne das normalerweise in solchen Fällen Diffuse, das die Welt unterschiedslos, und daher ziemlich wertlos, freundlich bestreicht.

»Dann bis zum nächsten Mal«, ruft der Mann, schon halb draußen, und ist fort. Er trägt einen grauen Anzug, der, man sieht es von hinten, lange nicht gebügelt wurde.

Die schönen Magnolien draußen vor den alten Dommauern sind schon verblüht, trotzdem erweisen sich die ehrwürdigen Steine für Fotos als überaus beliebter Hintergrund, vor allem bei Hochzeitspaaren. Heute, man erkennt es sogleich, ist es eine russische Gesellschaft mit einer Braut, die vorsichtig, in all ihren Spitzenauslegern ein fragiles Riesenbaiser, in die richtigen Positionen zum Ablichten geschoben wird. Das Aufsehenerregende aber sind die Begleiterinnen, aufgeputzte Brautjungfern, alle seit langem erfahren im Liebeskampf, sei's im täglichen, sei's im extravaganten. Das suggerieren jedenfalls die Gesichter, die feurigen Abendkleider, sehr kurz oder sehr lang und dann hoch geschlitzt, die stämmigen Beine, vor allem um die Kniekehlen herum, immer nackt. Angriffslustige Absätze und Wetteifern in der Fastentblößung der Brüste. Es ist ein eiliges Hin und Her, ein Knipsen, Befehlen und Lachen, bei dem die Männer kaum eine Rolle spielen, aber wissen, daß ihre Stunde noch kommt und ihnen hundertprozentig sicher ist. Sie tragen es mit einer fettigen Selbstzufriedenheit zur Schau. Das mag an den feuchten, sehr roten Lippen zwischen den dunklen Barthaaren liegen. Ein lebenslustiger Ansturm und Anblick vor dem vom Hauch vieler Jahrhunderte pausenlos bestrichenen, dennoch keusch gebliebenen Mauerwerk.

Am späten Abend eines Tages nicht weit weg von der Sommersonnenwende, unternimmt Anita wie öfter noch einen kleinen schnellen Gang, um Post zum Briefkasten zu bringen. Das ist nun beinahe schon eine Tätigkeit aus verschollenen Jahrzehnten, da sie einfach nur Fuß vor Fuß setzt, ohne Musik, ohne zu telefonieren, ohne Stöcke, ohne Joggingzeug. Und dann hält sie auch noch Briefe in der Hand statt einer Hundeleine. Briefe! Niemand ist unterwegs, sie hört nur plötzlich in der hellen Menschenleere, wie sich von hinten ein Fahrzeug offenbar mit hoher Geschwindigkeit nähert, in der Kurve nicht abbremst und um abzukürzen beim brutalen Schneiden ein Stück über den Bürgersteig rast, dabei nicht nur den Papierkorb halb abreißt, sondern Anita in die dornige Hecke schleudert, glücklicherweise ohne direkten Kontakt mit ihr, wohl nur durch den Luftdruck, und, von einem zweiten Auto verfolgt, in Richtung der belgischen Grenze jagt.

Entgeistert, ohne irgendeinen Gedanken zu fassen, bleibt sie eine Weile zusammengekrümmt in der Hocke. Als sie nicht mehr zittert, schiebt sie die fassongebende Sonnenbrille, von der sie sich auch abends ungern trennt, im Haar zurecht. Sie ist heil geblieben wie die gesamte Anita. Niemand da zum Trösten. Alles nicht so schlimm, sie wurde ja nicht umgebracht, bis auf ein paar Kratzer nicht mal verletzt.

Allerdings, es führt kein Weg daran vorbei: Sie ist, besonders in den letzten Tagen, doch ziemlich allein in dieser Stadt. Es wird langsam mühsam für sie, darauf stolz zu sein.

Und doch ist alles, alles wieder gut, als sie, kaum in der Wohnung angelangt, prompt aus dem Kaukasus angerufen wird, als gäbe es für Notfälle einen zuverlässigen telepathischen Kontakt. Die Verbindung läßt sehr zu wünschen übrig, aber der Transport des einzig Wesentlichen und Ersehnten klappt ausgezeichnet zwischen den Unterbrechungen. Auch die Rettung des jungen Bergsteigers wurde erfolgreich abgeschlossen. Plötzlich ist alles anders. Hoher Sternenhimmel. Erste Anflüge von Lindenduft, zwei Zigaretten rasch hintereinander auf dem Balkon unterm Junimond. Herrliche Absence, Glückswogen.

Sie jedoch werden sich mittlerweile gewiß fragen, ob Anita wirklich so kärglichen Umgang mit Menschen hat, eine anziehende Frau im neuerdings schönsten Alter, und dann den Frühling und Vorsommer so zu verschwenden! Ja, begreifen Sie denn nicht, jetzt, wo Sie Anita einigermaßen kennengelernt haben, daß sie die Stille braucht, damit Marios Bild und sein Aroma nicht verblassen, daß sie die Abwesenheit von irgendwelchen Freunden geradezu benötigt, um Gestalt und Stimme Marios um so zwingender als Solitär strahlen zu lassen?

Außerdem gibt es den imposanten Herrn Marzahn, den untersetzten, rundlichen Mann, dessen geringe Größe, wie die mancher kleinformatiger Gemälde, immer neu überrascht, wenn er vor einem steht oder wenn man gar von hinten beobachtet, wie er sich aus einer Gesellschaft als stets früh Aufbrechender entfernt. Er spürt diese Blicke und verachtet sie wahrscheinlich. Sie sind ihm verhaßt, aber, wenn er nicht rückwärts gehen will, um seine Feinde bis zu seinem Verschwinden im Auge zu behalten, unabänderlich. Umständehalber hat Anita öfter mit diesem eigenartigen Menschen zu tun. Ihr selbst ist noch unklar, ob notgedrungen oder erfreulicherweise.

Herr Marzahn, dem sie etwas später von dem Zwischenfall mit den zum Grenzübertritt Köpfchen jagenden Autos erzählt, weist sie auf einen Artikel in der Lokalpresse hin, der über einen schweren Unfall nahe der belgischen Grenze in ebenjener Nacht berichtet. Einer der Wagen, der erste nämlich, der flüchtende, ist gegen einen Baum geprallt. Der erheblich verletzte Fahrer zog, als die beiden Verfolger nach ihm sehen wollten, offenbar mit äußerster Kraftanstrengung die Schußwaffe, mit der er die beiden noch absolut professionell tötete, und starb dann selbst an der Unglücksstelle vor Eintreffen von Helfern und Polizei. Im Kofferraum seines Wagens fand man eine enorme Menge harter Drogen. Bei dem hohen Tempo der beiden Fahrzeuge und der Leere der Eupener Straße zu dieser Zeit, muß sich das Geschehen wenige Minuten nach Anitas Erlebnis abgespielt haben. Während ihr lediglich ein paar Dornenritzer von dem Abenteuer geblieben sind, haben die drei auf sehr blutige Weise ihr Leben gelassen.

»Solche Sachen kommen hier öfter vor«, sagt Herr Marzahn nachdenklich und fügte dann mit seltsamem, wie mit sich selbst spielendem Lächeln hinzu: »Ein bitteres Ende für Kuriere und Händler, aber nicht nur für die.« Über das Verschwinden einer Elf- oder Zwölfjährigen steht zum Glück nichts in der Zeitung.

Diesmal kann Anita den kommenden Samstag kaum erwarten. Sie braucht dringend etwas Geschwätz, verbunden mit der Vorstellung, dabei Gutes zu tun. Hoffentlich ist die Tante besser zuwege. Um schneller im Eberburgweg zu sein, nimmt sie das Fahrrad. Auf dem Grundstück des versunkenen, abgerissenen Brammertz-Schlößchen sind die restlichen Bäume und noch störenden Gebüsche entfernt worden. Die Anlage starrt nun blöde, ein schamloses Nichts, vor sich hin. Emmi aber ist in ausgezeichneter Stimmung. Vielleicht hat sie sich die Geschichte von Caroline Herschel zu Herzen genommen. Beschwingt tritt sie Anita, mit einiger Grazie auf ihren Stock gestützt, entgegen.

»Sieh dir das an«, sagt sie gleich zum Auftakt, »überall blaue Flecken«, führt sie auch vor, rollt Ärmel und Hosenbeine auf und zeigt sogar eine dunkle Partie ihrer bleichen Hüfte. »So springt Frau Bartosz mit mir um. Sie prügelt mich und lacht dabei.«

Frau Bartosz lehnt im Türrahmen. Sie lacht jetzt auch. »Glauben Sie das wirklich?« fragt sie Anita. »Sie machen so ein entsetztes Gesicht. Frau Geidel hat zu wenig rote Blutplättchen, in letzter Zeit noch etwas weniger als bisher. Schon beim leichtesten Anstoßen gibt es Blutergüsse. Wir waren beim Arzt. Keine Sorge, noch nicht gefährlich. Ihre Tante freut sich, daß sie so tätowiert aussieht und wie interessant die Farben wechseln. Es gibt ihr Lebensmut.«

Zum Beweis schließt sie die nicht widerstrebende Emmi in die Arme, dann baut sie sich vor Tante und Nichte auf und hebt ein Bein an. Sie steht auf dem linken, schwankt nicht, rührt sich nicht, sieht Anita aber erwartungsvoll an. »Na? Na, was sagen Sie? Nachmachen!« Dazu wechselt sie auf das andere Bein über. Es sind elegant geschwungene, schlanke Beine, zu Anitas Überraschung erotisch wohlgeformt, wie man es nicht oft sieht. Sie versucht, auf dem rechten Bein zu balancieren, schafft es aber nicht, in Konkurrenz zu der gelenkigen Polin zu treten, sondern fuchtelt vergeblich mit den Armen. »Frau Geidel und ich, wir trainieren so unsern Gleichgewichtssinn. Ärztliche Vorschrift. Sollten Sie auch tun.«

Emmi, in den karierten Filzpantoffeln vom ersten Mal, versucht es, hebt tatsächlich einen Fuß, taumelt und rudert, aber die Polin stützt sie zuverlässig, bis sie, alles in allem ein tapferes Stehaufmännchen, glucksend in deren Arme fällt. Die aber zwinkert Anita zu und macht hinter Emmis Rücken das Siegeszeichen. Dann serviert sie für alle drei Sherrys und zarte, von ihren starken Haushälterinnenhänden frischgebackene Waffeln.

Emmi sitzt am Tisch, als hätte sie niemals ihre Nichte auf dem Sofa liegend empfangen. Sie nutzt die wenigen Minuten, in denen Frau Bartosz Tee kocht, um Anita zu verraten, wie beeindruckt Herr Brammertz, mit dem sie also zwischendurch Kontakt aufgenommen haben muß, von Anitas Erscheinung war. »Und er ist ein Frauenkenner, ein gewesener Frauenliebling. Ja, doch, wohl immer noch, nach wie vor. War ein soignierter Herr. Du kannst dir was darauf einbilden, Kind. Auf seinem ehemaligen Grundstück sitzt er wohl nicht mehr rum? Und was treibt dein Liebling hinten in den wilden Bergen? Gibt es Neues?«

»Läuft alles nach Plan«, sagt Anita so knapp, daß die Tante sich nicht weiter zu fragen traut, nur nach kurzem forschendem Blick eine kleine Grimasse andeutet im Sinne von: Nanu? Oder: Oho! Oder: Aha! Anita ist fest entschlossen, sich diesmal ihr gar nicht so unverwüstliches Glück nicht durch Sabotage stören zu lassen.

Frau Bartosz schenkt den Tee sehr selbstverständlich für alle drei ein. Dann erkundigt sich Emmi trotz Anwesenheit der Polin in vertraulichem Ton: »Sag mal Liebes, wie kommst du eigentlich finanziell zurecht? Von dem bißchen Verkaufen in dem Laden kann man doch nicht leben.«

Die Frage ist für Anita weniger peinlich, als man vermuten könnte. Sie antwortet ohne Zögern und freimütig: »Nein, könnte ich wirklich nicht, auch wenn ich in Aachen weniger Geld benötige als in Zürich. Ich habe eine Art Schutzengel und Mäzen, den Herrn Marzahn!«

»Etwa Marzahn, den Antiquitätenhändler, Möbel, Porzellan, Jugendstilschmuck, Silber, Kacheln, Skulpturen, hölzerne Madonnen? Diesen Marzahn als Mäzen? Als Chef bei weiblichen und männlichen Angestellten, nein, hat nur männliche, verschrien. Ich weiß aber nicht, weshalb«, ruft Emmi und stößt nach früherer Sitte mit dem Stock auf.

Sie sei durch Vermittlung von Mario an Marzahn gekommen.

»Mario! Mario! Also doch wieder Mario!« unterbricht Emmi ausgelassen. Was ist bloß los mit ihr?

Er scheine ein ziemlich wohlhabender Mann zu sein, alteingesessener, erfolgreicher Geschäftsmann mit fester Klientel, weit über Aachen hinaus. Sie kenne ihn jetzt etwa ein Vierteljahr, nämlich solange sie in dem Laden verkaufe, der ihm gehöre. Jawohl, er sei jemand, habe sie begriffen, der durchaus eine seriöse Gerissenheit an den Tag lege in seinem Hauptgeschäft, aber mit rührender Innigkeit an den untergehenden, verschwindenden, vergessenen, scheinbar wertlosen Dingen hänge, zu denen auch die alten Scherzartikel und, davon abgetrennt, die Vielfalt der Lakritzsorten und gezuckerten, schön modellierten Geleefrüchte zählten. Da das Haus sich in seinem Besitz befinde, müsse er nicht eine in dieser Lage unerschwingliche Miete bezahlen, sondern gar keine. Der Rest sei reine Liebhaberei. Sie verwalte eigentlich nur seine kleinen Heiligtümer, halte sie durch gelegentlichen Verkauf am Leben und werde sehr großzügig von ihm bezahlt. Das Lädchen sei aus einer noch vor einigen Jahren bestehenden Trias das letzte im Umkreis des Domes. Ein Kurzwarengeschäft, von zwei greisen Schwestern geführt, das noch Nähseide, Knöpfe, Gummibänder wie einzelne Kostbarkeiten im Schaufenster ausgestellt habe, existiere nicht mehr, ebenso wie das Haushaltswarengeschäft nebenan mit seinen tausend kleinsten Artikeln des täglichen Bedarfs in einer sich ins Unendliche verlierenden schmalen Flucht von Räumen, in dem sie, Anita, noch mit ihrer Mutter eingekauft habe. Vorbei! Aus Widerstand gegen die Zeitströmung halte Marzahn den Handel mit Devotionalien und Scherzartikeln aufrecht, schwache Soldaten, mit denen er die Vergangenheit und Vergeßlichkeit bekriege. Sie, Anita, sei natürlich von seiner Gunst abhängig. Bis jetzt verstehe sie sich mit dem als schwierig berüchtigten Mann gut. So habe ihn kürzlich ihre Erzählung entzückt, daß sie mit Rührung, als sie an einer Baustelle vorbeigekommen sei, einen erwachsenen Arbeiter, der sich offenbar leicht verletzt hatte, nicht »Scheiße«, sondern das kindliche »Aua, aua« laut habe schreien hören. »Na, das gibt einem ja fast den Glauben an die Zukunft zurück!« habe er lachend dazu geäußert. Herzlich lache er nicht oft.

»Frau Bartosz hatte gestern Geburtstag, und jetzt sitzt sie hier bei uns und hört sich das alles so bescheiden an«, sagt plötzlich die Tante und macht, etwas unterhalb der Tischkante, nur für Anita sichtbar, mit Daumen und Zeigefinger das Zeichen für Geld, was offenbar heißen soll: Ich habe das ordentlich honoriert. »Dabei hat sie von ihrer Tochter, die schon in Berlin eine Firma leitet, ein wunderbares modernes Geschenk gekriegt und möchte es uns so gern vorführen.«

Sofort holt die Polin ein nagelneues Smartphone aus der Jackentasche und legt es behutsam vor sich neben die Teetasse. Es ähnelt nicht nur dem, das Mario Anita zum Abschied überreichte, es ist exakt das gleiche.

»Ein Superding. Kann alles, zig Apps! ›Irgendwann muß Schluß sein mit dem alten Plunder, man muß mit der Zeit gehen, Mutter‹, sagt meine Tochter, und sie hat recht. ›Nach vorn blicken, Mutter! Bald wird das meiste sowieso direkt in uns implantiert, wenn man es sich leisten kann. Man sieht dann den Leuten nicht mehr an, mit welchen großartigen Maschinensinnen sie ausgestattet sind, weil sie zu ihrem Körper gehören. Nicht der Zeit sentimental nachhinken, Mutter!‹«

Emmi wirkt kurzfristig erschrocken. Elektrisiert? Sie bemüht sich, unkompliziert zu nicken, sucht aber mit Blicken Schutz bei ihrer Nichte, der Mitwisserin aus lange vergangenen, so stark von Gefühlen getönten Tagen, bittet Anita, die Emmis Reflex begreift, um eine heimliche Auflehnung, um ein geheimes Einverständnis, ohne ein Wort darüber zu verlieren. (Hatte Anita nicht noch eben gedacht, wie schön es sein könnte, sich gemeinsam mit Emmi daran zu erinnern, wie deren sechsjähriger Sohn sich eines Nachmittags im Schneidersitz auf einem Kissen niedergelassen, einen von Emmis Turbanen auf dem Kopf, ein Küchenmesser als Dolch an der Seite, von ihr, Anita, mit Emmis kostbarstem Parfüm überschütten ließ, weil er der allerhöchste Sultan war und sie, Anita, seine allerliebste Sklavin aus einem arabischen Märchen, und wie schade es sei, das nicht hervorholen zu können und auferstehen zu lassen, indem man davon sprach, weil sie den Namen so unbedingt verschweigen muß?)

»Meine Tochter Elzbieta!« sagt Frau Bartosz. Auf dem Display erscheint das Gesicht einer jungen Blondine, eine starr blühende Seerose. Die Mutter lächelt das Bildchen an und scheint darüber ihre Umgebung zu vergessen. Stolz und Zärtlichkeit verfremden sie: »Man soll nicht denken, daß man ständig etwas verliert, wenn die Kinder heranwachsen, aus einer Altersstufe in die nächste. Darf man nicht. Mußt denken: Sie stoßen ein Tor nach dem anderen auf.«

Emmi: »Bis wann?«

Frau Bartosz: »Bis die Enkelchen kommen und es von vorn losgeht. Und jetzt ein Superfoto von Tante und Nichte.«

Zack, da wird nicht lange gefragt. Schon sind die beiden auf dem Display, die Münder zu einem mißmutigen Lächeln verzogen, im Besitz der Polin.

»Vierundvierzig Jahre«, murmelt Emmi, die unbeeindruckt die kleine Scheibe ansieht, für Anita kaum hörbar und gar nicht für Frau Bartosz.

»Und jetzt meine Heimatstadt Torun, aus der Nikolaus Kopernikus stammt, der alles umwarf und nach dem unsere Universität benannt ist. Ich frage: Welcher Astronom auf der Welt, ob Mann oder Frau, könnte wohl berühmter sein?«

Will sie auf diese Weise etwa Caroline Herschel aus Hannover erledigen?

Die Fotos wischen in rasanter Folge vorüber. Man sieht eine mittelalterliche Stadt aus rotem Backstein, dick und wehrhaft mit gut erhaltenen Resten der Stadtmauern und immer variierten Häuserfronten samt farbigen Maßwerkmustern, manchmal mit Fachwerk kombiniert. Ab und zu hängen rote Geranien von den Vorsprüngen, dazwischen erscheinen Pfefferkuchen. »Im 13. Jahrhundert aus einer Burg des Deutschritterordens hervorgegangen, schon bald Hansestadt. Sehen Sie nur die hohen alten Ziegelhäuser mit den vielen Fenstern für wenig Licht und viel frische Luft.

Es sind Speicher für die Produkte aus dem Fernhandel, die mußten dort alle gelagert werden, von Eisen und Kupfer bis zu wertvollen Tuchen aus Flandern ging es hin und her. Man konnte damit reich werden, darum bauten viele Bürger ihre Wohnhäuser zu Speichern um. Aus den hohen Gewinnen entstanden die prächtigen Bürgerpaläste, Sie sehen sowohl gotische Häuser wie barocke. Im Drittten Reich wurde gewaltsam germanisiert. Es gab einen starken polnischen Widerstand mit vielen Opfern. Ich habe meiner Tochter früher diese Daten abgefragt, weil sie eine Weile als Fremdenführerin für deutsche Touristen gearbeitet hat. Sie machte das mit großem Erfolg in handgenähten Kostümen aus vergangener Zeit. Die Brücken wurden vom Krieg beschädigt, die Altstadt aber kaum. Oft kann man einen Engel hoch oben auf den Häusern sehen. Er ist das Stadtwappen von Torun, unser Schutzengel, der guten Fremden die Stadt freundlich öffnet, den Feinden aber den Zutritt verwehrt. Meine Tochter mußte natürlich die alten Stadtlegenden parat haben. Die Leute verlangten das.«

»Da sehen Sie doch selbst, wie gut es ist, wenn das Alte bewahrt wird«, sagt Emmi halb störrisch, halb hinterlistig dazwischen.

Die Polin läßt sich nicht verwirren. Obschon sie sich für ihren wahrscheinlich vorbereiteten, fehlerlosen Vortrag sehr konzentriert hat und nun ein bißchen ermattet, führt sie sogleich Fotos einer gewaltigen, im Bau befindlichen Brücke über die Weichsel vor, Bilder neuer Stadtviertel, auch ein parabolisches Radioteleskop im Zentrum für Astronomie von über dreißig Metern Durchmesser, blitzblanke Modernität allenthalben: »Das ist die Zukunft von Torun!«

»Aber deshalb würde man nicht hinfahren«, gibt die Tante

so widerborstig zurück, als würde es um ihre eigene Vergangenheit gehen. Frau Bartosz schnaubt nur angesichts der Ahnungslosigkeit von Emmi. Dann sagt sie, ziemlich von oben herab: »Frau Geidel, wir Polen bringen das Alte und Neue großartig unter einen Hut.«

»Sie sind ja auch ein gläubiges Volk! Und dann die EU-Gelder, nicht wahr?« Um die Spöttelei umgehend wiedergutzumachen, hebt Emmi kindchenhaft quäkend und bettelnd die Hände. »Bitte, Frau Bartosz, bringen Sie ein Gläschen Prosecco für alle! Bittebitte!«

Kaum hat die Haushälterin den Raum verlassen, streckt ihr Emmi die Zunge raus als bescheidene Rache. »Sie hat schöne Beine«, bemerkt Anita aus Gerechtigkeitssinn. Emmi: »Das weiß ich wohl. Aber was sich unmittelbar darüber befindet, kann man nur als Monsterarsch bezeichnen.« Sie übertreibt ihr Flüstern, um die Information noch boshafter zu machen. »Jetzt was, Anita, nur für dich bestimmt, darum wollte ich den Prosecco, man kommt ja sonst nicht zum Reden, die Frau ist ja ständig anwesend: Du sollst wissen, warum ich mich um den Architekten Brammertz kümmere, nur ein bißchen, nur so, wie es mir möglich ist, ohne daß meine Anstandsdame, ich meine Aufsichtsperson, sich unbefugt einmischen kann. Sie ekelt sich geradezu vor ihm, gut, sie kennt ihn ja nicht von früher. Da war er, sagte ich das schon?, ein soignierter Herr, ein Herr, wie er im Buche steht, ein Frauenliebling über Gebühr. Sein Unglück letzten Endes. Er hat damals oft mit meinem Mann, deinem Onkel, bis zu dessen Tod Schach gespielt, immer nobel, immer korrekt, zu Cognac und Zigarren, wie es sich für bessere Herren schickt. Wie gesagt, deshalb kümmere ich mich von weitem um ihn, aus Respekt vor dem Brammertz von damals, und mehr noch aus Treue zu meinem

Mann. Ach traurig, traurig! Jetzt weißt du Bescheid. Hier noch mal 200, verwahre sie, bis du ihn wieder triffst.«

Anita könnte sich einbilden, die Tante würde an dem Streich, den sie Frau Bartosz damit zu spielen glaubt, mehr Vergnügen finden als an der Unterstützung selbst.

Als die Polin mit dem Prosecco zurückkommt, übernimmt sie aus dem Stand die Regie. »Frau Jannemann, Sie sind unterbrochen worden vorhin. Was gibt es zu berichten von ihrem Geldgeber Marzel, Marzel? Gut, Marzahn oder so ähnlich, sagten Sie wohl, der so selten lacht, ganz anders als wir beiden Frauen hier.«

Übermütig berührt sie Emmi in der Taille. Anita fürchtet, ohne sich dessen sicher zu sein, daß sie die Tante ein wenig gekniffen hat, denn Emmi, in diesem Fall garantiert mit einem neuen blauen Fleck, weicht ihr aus. Es könnte aber auch das nur zum Spaß gewesen sein. Immerhin lächelt Emmi folgsam zum Beweis ihrer Fröhlichkeit und hebt das Glas.

So viel Gehorsam ärgert Anita. Deshalb trödelt sie mit ihrer Antwort: »Langsam, langsam. Nicht ganz so flink, liebe Frau Bartosz.«

Bemerkt die Haushälterin Anitas versteckte Rüge? Ihre eher unempfindliche, ein wenig ins Graue spielende Haut scheint sich flüchtig ins Rosige zu verfärben. Falls das stimmt, wird die Stolze, immer Stolzere, der Nichte Emmis das durchaus nicht so leicht verzeihen.

Nur aus Protest legt Anita also Marios Geschenk auf den Tisch und führt den Frauen seine Fotos vom Elbrus vor, die sie selbst jeden Abend hungrig ansieht und die er regelmäßig (zu selten für sie, versteht sich) ergänzt. Sie freut sich über die Bewunderung der zwei Frauen für die grellweißen Grate unter dem Blau, die klaffenden Gletscherspalten, die

Wolkenungetüme über einer Biwakschachtel in der eisigen Einöde, die fern vor fast schwarzem Himmel aufragenden Doppelgipfel. Und doch empfindet sie es als Verrat, ihren kleinen, Abend für Abend aufleuchtenden Altar durch Veröffentlichung entweiht zu haben. So präsentiert, zum Imponieren gezwungen, verblaßt der Glanz der Bilder.

Längst aber hat Frau Bartosz, zum Wettkampf provoziert, auf ihrem Geburtstagsgeschenk eine kleine Kollektion von Elbrus-Fotos parat und demonstriert damit triumphierend Kenntnis und Tempo im Handhaben ihres neuen Instruments.

»Und der Mann selbst?« ruft Emmi. Sie betätigt ihren Stock, während sich Frau Bartosz hier ausdrucksvoll zurückhält. Also hat sie Anitas behutsame Zurechtweisung sehr wohl verstanden.

»Wer sollte ihn fotografieren? Er ist allein dort, trifft nur zufällig zwischen Fels und Eis auf andere Bergsteiger. Die haben dann Wichtigeres zu tun, als von sich und voneinander Fotos zu machen.«

Tapfere Anita, brave Anita! Sie antwortet gelassen, obwohl sie sich ertappt fühlt. Wenigstens ein einziges Bild von sich hätte er ihr schicken können, wenn er schon Fremde aus Abgründen rettet. Sie muß sich ausschließlich auf das scharf in sie Eingeprägte verlassen, das unsichtbar ist. Vielleicht ist das aber das Gute und Allerbeste.

Nun traut sich Frau Bartosz wieder vor. Ob sie nicht eifersüchtig sei auf den Berg, gerade an den schönen Sommerabenden?

Schöne Sommerabende. Anita hat jetzt öfter das Gefühl, mit feinen Spinnfäden überzogen zu sein. Noch ist die Sommersonnenwende nicht vorüber, aber das Grün beginnt normal zu werden ohne Himmelsbeleuchtung, eine Spur staubiger, stumpfer als im Mai. Vor kurzem drang auch bei trübem Wetter das Licht aus Büschen und Bäumen, aus eigener Kraft leuchteten Blüten und Laub sogar in der Nacht. Nett, hübsch! sagt sich Anita, extra respektlos gegenüber der Landschaft. Laut sagt sie: »Es ist eine besondere Verabredung zwischen uns. Alles läuft nach Plan. Keine Sorge.«

Aus einem anderen Raum, aus der Küche vermutlich, hört Anita Jonas Kaufmann, wer soll es sonst sein, mit einer unwiderstehlich gesungenen Liebesklage. (Was will denn ein so begehrter Mann, der sich auf Schritt und Tritt hingerissener Frauen erwehren muß, vom Leiden an Untreue oder unerwiderter Leidenschaft wissen! Was stellt sich denn so ein Tenor unter dieser Art von Schmerzen überhaupt vor? Für den bleiben es Fiktionen. Die passieren dem doch nie, selbst wenn der nach Herzoginnen, Kronprinzessinnen, Königinnen griffe. Aber die überläßt er in der Wirklichkeit aus Geschmacksgründen wohl lieber von vornherein Bodyguards, Fitnesstrainern, Reitlehrern. Er hat, um nicht allein Technik, sondern auch das vollkommene Gefühl zu liefern, nur die Möglichkeit, sich beim Singen in Erinnerungen aus viel früherer Zeit zu vertiefen.)

Die Frauen schweigen sie unbarmherzig vielsagend an. Das hat sie nun davon!

»Mein Wohltäter Marzahn ist ein furchterregend gebildeter Mann. Auf dem Gebiet der Kultur wohl kaum zu schlagen. Man wird ununterbrochen, wenn man sich mit ihm unterhält, gedemütigt durch die eigene Unwissenheit. Das freut ihn. Kaum fängt man an, ihm eine kleine Entdeckung zu schildern, sieht man ihn schon am Ziel mit einem Zitat winken. Während man noch nach Worten ringt, leuchtet er einem bereits mit seiner Taschenlampe entgegen. Er kennt nicht nur die historischen und kunstgeschichtlichen Hintergründe seiner Schätze im Laden, die er, wenn er gut gelaunt ist, sein ›ästhetisches Gerümpel‹ nennt. Aber wehe, es ließe sich ein anderer dazu hinreißen! Marzahn, ein erklärter Freund, ja Bewunderer der boshaften Nachrede, kann mit Blicken amputieren und mit Worten hinrichten. Auch die meisten Kulturdenkmäler europäischer Städte kennt er aus dem Effeff. Ich bin überzeugt, nichts Wesentliches aus Thorn ist ihm fremd. Dabei reist er kaum. Er muß ganze Stadtpläne, Grundrisse von Kirchen und Museen samt Inventar im Kopf gespeichert haben. Sein phänomenales Gedächtnis ist nur die Voraussetzung, nicht mehr. Man lernt enorm bei ihm, aber mit Heulen und Zähneklappern. Denn weil er kaum jemanden findet, der ihm auf seinen Interessensgebieten ebenbürtig ist, glaubt er, auch auf allen anderen Feldern zuständig zu sein. Unter seiner Höflichkeit steckt etwas gnadenlos Anmaßendes jenseits aller Schicklichkeit. Ein faszinierender Mensch, sehr anstrengend.«

Frau Bartosz: »Man kann doch heute alles auf jedem Smartphone im Handumdrehen präsent haben, mein Gott!«

Anita: »Aber er weiß, wie die Dinge zusammenhängen, das ist der Unterschied. Im übrigen muß ich wiederholen: Ein liebenswürdiger, zumindest formvollendeter Herr, wenn auch die Formen, die er beherrscht, immer wie eine Attacke auf die ungeschlachte Welt wirken. Wenn man sich von ihm verabschiedet hat – er besucht mich manchmal in meinem Laden, um die nostalgischen Scherzartikel zu betrachten, manchmal ruft er mich auch zu sich in sein Geschäft und belehrt mich über Jugendstilschmuck, chinesisches, japanisches, Meißner Porzellan und banausische Kunden –, wenn man ihm ›auf Wiedersehen‹ sagt, hat man jedesmal den Eindruck, eine Prüfung absolviert zu haben, ohne deren Ergebnis zu wissen.«

Emmi: »In seiner Privatwohnung in Burtscheid warst du noch nicht? Aus der wurde immer ein großes Mysterium gemacht. Das Grundstück ist von hohen Mauern mit alten Steinköpfen drauf umgeben.«

Anita entgeht nicht, daß Frau Bartosz und die ungetreue Tante sich zusammenrotten gegen ihren Vortrag und mit der Handgymnastik beginnen. Sie läßt sich nicht davon bremsen, sie ist ja inzwischen gegenüber solchen verschwörerischen Signalen und Nickeligkeiten zur Unterhaltung abgehärtet. Also was Psychologisches, das gefällt den beiden Frauen noch am ehesten:

»Er meidet Gesellschaften, obschon er es aus beruflichen Gründen anders halten müßte, weil er, wie er gesteht, die üblich gewordene ›Pest der Zwangsumarmungen‹ scheut. Gibt man ihm die Hand, streckt er die seine, groß, weich, dem anderen so weit entgegen, daß es wie ein Wegschieben, ein Vom-Hals-Halten wirkt, als reute ihn das Ganze schon vor der Berührung der fremden Handinnenfläche.«

»Das wundert mich nicht!« rufen Anitas Zuhörerinnen wie aus einem Munde.

Ohne nachzufragen, weil sie mit der Reaktion fest gerechnet hat, fährt Anita fort: »Kurzum, ein geheimnisvoller, äußerst wählerischer Mensch, charmant, dabei immer, fürchte ich, sarkastisch, der in seinem Geschäft und gegenüber dem eigenen Aussehen penibelste Sorgfalt walten läßt. Auch das schüchtert selbstverständlich sein Gegenüber ein. Um so lustiger war es für mich bei dem Abendessen, zu dem er mich ein einziges Mal eingeladen hat. Ich erinnere mich nicht mehr an die Gänge, aber wir beiden mußten zwischendurch mit langstieligem, gekochtem Gemüse fertig werden. In seinem Mundwinkel hatte sich ein Blättchen hartnäckig angesiedelt und bebte bei jedem Atemzug leise mit. Es imitierte sein Luftholen und Luftauspusten. Das ahnte er natürlich nicht, als er mir von einem Schriftsteller und dessen legendären Schilderungen des Lago Maggiore erzählte, die gerade deshalb so exorbitant gelungen seien, weil der Dichter die reale Landschaft nie gesehen habe. Wie hätte ich da einen Hinweis auf das nervöse Blättchen wagen können! Ich wollte ihn ja nicht beleidigen und außerdem, ehrlich gesagt, am nächsten Tag weiterhin Lakritz verkaufen. Aber während er so hochgemut und mit Tränen in den Augen, was mir nicht entging, von den Bedingungen der Literatur sprach, schnitt er doch merkwürdige Grimassen, mir unverständliche Gesichtsverrenkungen, die ich erst mit beträchtlicher Verzögerung als stummen Hinweis auf ein ebensolches Gemüserestchen an meinen Schneidezähnen begriff. Zwei diskrete Affen, ich meine: Affen aus lauter Diskretion.«

»Stör dich nicht daran«, sagt die Tante, »wir machen jetzt nur noch schnell das Balancieren auf einem Bein, hören dir aber andächtig zu.«

Anita läßt sich von Emmi allerhand bieten. Sie hätte für alle Fälle das Donnerwort »Wolfgang« in petto, so wie die Polin, wenn es ihr zu bunt wird, jederzeit den blutigen Christuskopf aus der Kiste holen kann.

Die aber sagt, noch verschmitzter als die Tante: »Wir spitzen die Ohren wie die Luchse.«

Da treibt Anita das Spiel ein Stückchen weiter. Mit irgendwem muß sie schließlich hin und wieder sprechen: »Das Auffälligste an diesem Menschen ist etwas anderes, in dieser krassen Form habe ich das nie vorher erlebt. Zuerst sah ich nur, was für schöne junge Männer in gutsitzenden

Anzügen zwischen den Vitrinen, Spiegeln, Uhren herumstanden, ich meine nicht alle auf einmal, aber immer andere. Jedesmal hatte Herr Marzahn mir vorher von einem ausgezeichneten neuen Verkäufer, seinen Manieren, seiner Lernbegierde, seiner strategischen Begabung gegenüber den Kunden mit Leidenschaft erzählt. Inbrünstiger konnte er kaum ein Gemälde, ein Werk der Weltliteratur anpreisen und als seine Entdeckung eigenmächtig kraft seiner Autorität fest installieren. Ich tauchte anfangs, davon angelockt, oft bei ihm im Hauptgeschäft auf, um die wechselnden Wunder anzustaunen. Und ich bewunderte aufrichtig die erlesenen Exemplare, vielmehr Marzahns Geschick und Geschmack, sie lückenlos aufzutreiben. Mit schrecklicher Regelmäßigkeit kam es nämlich zu irgendeinem falschen Verhalten des Angestellten, das ich selbst nicht bemerkt hatte, eine wahrscheinlich an den Haaren herbeigezogene Kleinigkeit, die das Opfer, von Marzahn eben noch hofiert, seiner ungezähmten Wut aussetzte.«

Sie sieht die beiden Frauen extra nicht an, weil sie durch deren Ungeduld, mit der sie rechnen muß, nicht gestört werden will. Also ohne Schonung weiter mit den Offenbarungen:

»Anfangs hielt ich ihn einfach für einen besonders ausgeprägten Choleriker, der ohne Mitgefühl, ohne Rücksicht auf fremde und eigene Verluste, wenn es ihn überfällt, seine Untergebenen demontiert, sogar bis zur Vernichtung. ›Es muß im mitmenschlichen Verkehr Stufungen geben zwischen den Ritualen der Höflichkeit und denen der Entgleisung. Auch die Entgleisung hat ihre Gesetze‹, sagt Marzahn. In diesen vielen Wochen hat sich in mir ein Verdacht gebildet, denn er tobt ja nicht wie ein Heißsporn los. Sein Zorn ist kalt, seine Tobsuchtsanfälle sind frostige Vulkanausbrüche, ein spöttisches Sezieren der Person, die er aus heiterem Himmel in ihre Einzelteile zerlegt. Und ebendas ist seine böse eisige Lust, daran zweifle ich nicht länger: Er hebt sie kurz in den Himmel, diese jungen Burschen, die nicht wissen, wie ihnen geschieht während der kurzen Phase der Vergötterung, und vermuten, nehme ich an, der alte Herr sei ihnen verfallen. Wie sehr sie sich täuschen! Er tut es, um sie bald darauf stürzen zu sehen, die gefallenen Engel nach seiner, Marzahns umspringender Laune. Ihn interessiert nicht das Normale, sondern das Hohe und das Tiefe, die Schönheit und das Kaputtmachen.«

Anita ist nicht mehr sicher, ob die Frauen ihr noch folgen können oder wollen. Macht nichts, gar nicht erst hinsehen:

»Für ihn erlangt das Schöne seinen Hautgout, wenn es eins auf den Deckel kriegt. Ich bin einige Male Augenzeugin dieser Dramen gewesen. Er läßt sie lukullisch über die Stationen von ein paar Wortwechseln heranreifen. Ich hätte mich am liebsten in einer seiner wertvollen Standuhren verkrochen. Er kann Männern, jedenfalls dieser Art von Männern, das Rückgrat brechen, nur durch Worte, und ich fürchte, er weidet sich daran.«

Emmi: »So viel verstehe ich, auch wenn du dich zu kompliziert ausdrückst, Kind: Ein Arschloch!«

Frau Bartosz: »Aber seine teuren Möbel läßt er heil?«

Anita: »Die Dinge, die Kunstwerke, liebt er offenbar dauerhaft und grämt sich nur, daß er sie nicht genug beschützen kann.«

Emmi: »Und mit dem kommst du zurecht, arme Kleine? Wie konnte dich dein Freund einem solchen Teufel ausliefern!«

Frau Bartosz: »Einem solchen Satan ans Messer liefern!«

Anita: »Wißt ihr, der Mann ist bis in die Haar- und Fußspitzen durchdrungen von Kultur. Ich bin es viel, viel weniger, höre ihm aber, für ihn gut sichtbar, aufmerksam zu, eine nie abgelenkte Schülerin, sauge alles auf wie verlangt, stelle naive, aber nicht dämliche Fragen, wenn er mich mit seinem Wissen triezt und überschüttet. Ich fordere ihn nicht heraus durch Schläfrigkeit, ich entwaffne ihn lieber, hoffe ich, noch ein Weilchen durch meine dickfellige Unschuld.«

Da lachen alle drei Frauen herzlich, anscheinend eines Sinnes.

(Was Anita lieber für sich behält, wohl auch nur undeutlich ahnt: Marzahns härtestes Urteil über einen Menschen ist das Wort »unbös«. In Anita, genauer, als sie es bis zu diesem Moment begriffen hat, wittert er, das sei ausnahmsweise schon jetzt verraten, ohne daß er bisher wirklich Beweise hätte, etwas Verwandtes zumindest als Fähigkeit und in sanfter Version etwas, dessen üblicher Mangel ihn in einer allzu beschwichtigenden Welt manchmal rasend macht. Es ist eine amoralische Flexibilität, beziehungsweise Sprunghaftigkeit: Genuß eines schrankenlosen Verehrens und, keineswegs geringer, ein auf der Lauer liegender Dämon der Destruktion.)

»Kind, meine liebe Rarita«, sagt Emmi mit Hilfe ihres Stocks mühelos aufstehend, »jeder weiß doch in gewissen Kreisen, daß Marzahn früher, als er noch seinen dunkelgrünen Jaguar fuhr und ihm jeder Tag eine Schramme einbrachte, mit einer Tänzerin verheiratet war. Er gehört zu einer Generation, die ihre homosexuellen Neigungen möglichst verheimlichte, was ihnen natürlich für kundige Augen nie gelang. Marzahn, raunt man, war sich selbst lange Zeit nicht darüber im Klaren, als es die Spatzen schon von den Dächern pfiffen. Der Fall ist insgesamt weniger geheimnisvoll, meine Kleine, als du glaubst.«

»Und was ist mit seinem angeblich sagenumwobenen Haus hinter den Steinköpfen?«

»Nun nimm das doch nicht wörtlich! Ich wollte was Interessantes beisteuern, Lalita.«

»Hauptsache, man hat es nicht wie das Waldschlößchen dem Erdboden gleichgemacht.«

Die beiden Frauen stehen zum Abschied noch einmal, halbwegs aneinandergeklammert, auf einem Bein und lachen Anita an. Draußen sagt Frau Bartosz: »Wir wollten Sie heute durch unsere Scherze in Ihrer Einsamkeit aufheitern. Sie sehen, Ihre Tante ist zur Zeit gut drauf.«

Marzahn würde sie wegen des Ausdrucks entlassen, denkt Anita.

»Aber Frau Geidel sollte diesem lumpigen Architekten nicht heimlich Geld zustecken! Das macht mir Sorgen. Sonst geht es uns gut. Sie müßten uns erleben, wenn wir abends vor dem Fernsehen sitzen, ich etwas hinter ihr, um ihr den Nacken zu massieren, und dabei sehe ich auf dem Smartphone, ohne daß sie es merkt, das, was mich interessiert. Gut gefällt uns beiden, wenn sie dort Mißstände anprangern, vor allem ihrer Tante: ›Das Fernsehen soll Mißstände anprangern‹, sagt sie gern. Das hat sie am liebsten.«

Der Mund von Frau Bartosz schmunzelt unter der Herrschernase: »Das nächste Mal gibt es für uns drei wieder was Gutes! Aber, Frau Jannemann, wo Sie doch die Nichte sind, dem Architekten sollte sie nichts zustecken.«

Anita radelt los, erbitterter, als sie bei klarem Verstand sein möchte. Was nehmen sich diese beiden Weiber mit- und gegeneinander bloß raus! Die haben nicht die leiseste Idee von ihrer Liebe zu Mario und davon, daß sie, Anita, beispielsweise die Tatsache alltäglicher, von morgens bis abends und durch die ganze Nacht hindurch andauernder Gegenwart des gleißenden Mont-Blanc-Gletschers über Chamonix verdrängen muß, damit er ein Wunder für sie bleibt! Die 200 Euro wird sie heute nicht los, und schon ist sie beim verschließbaren Gärtchen über dem Stauweiher angelangt und steigt ohne zu überlegen vom Rad.

Da sitzt sie nun, atmet tief durch und ergötzt sich trotzig an der »Einsamkeit«. Irgendwann will sie ihren Bergsteiger auf diese Bank über dem Weiher unter der kugelrunden Kastanie schleppen. Manchmal ahnt man in der Natur innerste Kammern, auch öffnen sich plötzlich Löcher, in die man stürzen könnte, ohne daß sich äußerlich etwas ändert, schrecklich und prächtig, bei Dämmerung. Bevor es ihr aber gelingt, einen schärferen Gedanken zu fassen, tritt der falsche Herr Brammertz durch die offenstehende Gittertür hinzu und fragt höflich, wenn auch, so kommt es ihr vor, weiß der Teufel warum, ironisch, ob er denn wohl bei ihr Platz nehmen dürfe. Anitas Antwort fällt mürrisch aus. Sie will dem Kerl nicht unterstellen, daß er sie verfolgt, willkommen ist er jedoch nicht, nicht schon wieder.

Natürlich könne er. Das hier sei öffentlich, wenn auch verblüffenderweise abzuschließen. Sie jedenfalls besitze den Schlüssel nicht.

Der falsche Brammertz lächelt vor sich hin. »Es existiert ja auch nur ein einziger, und den habe ausgerechnet ich.«

Er holt ihn aus der Hosentasche und schließt beweiskräftig einmal zu und wieder auf. »Strenggenommen gehört dieser hortus conclusus nämlich mir. Nein, bleiben Sie bitte! Ich stelle ihn ja ausdrücklich der Allgemeinheit zur Verfügung. Wenn die Bank besetzt ist, gehe ich daran vorbei. Heute habe ich eine Ausnahme gemacht, weil Sie mir so liebenswürdig Lakritz verkaufen, das ich sonst nirgendwo kriege. Aber ein halbprivater Zustand soll andeutungsweise gewahrt bleiben. Nachts schließe ich nach Möglichkeit ab, damit hier keine Besäufnisse mit Abfall am nächsten Morgen stattfinden. So ein Gärtchen ist eine Lockspeise für schräge Vögel, die nichts wegfressen, leider nur was zurücklassen.«

Er mustert sie ruhig, vielleicht sollte man es sogar taxieren nennen, und zündet sich eine Zigarette an, erkundigt sich vorher, ob es sie belästigt, und die wegen ihrer voreiligen Ruppigkeit verlegene Anita macht sofort beim Rauchen mit. Man muß dann nicht, geeint durch eine winzige Schwäche, unbedingt reden und wird seine Gereiztheit am schnellsten los.

»Diese kleine Anlage wurde vor einigen Jahren von mir gekauft zum Andenken an meine verstorbene Frau«, sagt der falsche Brammertz nach einer Weile.

»Sie haben hier oft mit ihr zusammen gesessen?« Anita, die sofort ein Paar als biedermeierlichen Scherenschnitt vor sich sieht, empfindet sich nun noch deplazierter auf der Andachtsbank.

»Ich habe die Stelle erst nach ihrem Tod entdeckt. Aber es hätte ihr hier vielleicht gefallen. Bitte gehen Sie nun bloß nicht weg! Ich halte hier keine Totenwache.«

Der falsche Brammertz bläst ein Insekt von seinem Handrücken, kratzt sich im Nacken. Anita sieht genau zwischen seinen Schuhen eine Zigarettenkippe und fragt sich, von wem und von wann sie wohl stammt, dann entdeckt sie ein Würmchen, das sich qualvoll unter dem Biß oder Stich eines Insekts bäumt, und tritt nebenbei im Auftrag des Schicksals beide tot, um die Pein zu beenden.

»Nein, ich bin nicht sicher, ob sie es hier wirklich ausgehalten hätte. Irgendwann hat sie damit angefangen, unter allen Oberflächen den Tod zu wittern. Ein glatter Wasserspiegel wäre für sie bloß eine Grabplatte gewesen.« Er sieht sie gutmütig, kaum spöttisch an. »Sie wohnen hier in der Nähe?«

»Nicht direkt. Ich mache Verwandtenbesuch.« Anita antwortet knapper, als sie eigentlich will.

Er betrachtet ohne Hast seine Zigarettenschachtel und sagt schließlich. »Na gut!« Anita möchte lieber ablehnen, greift aber ein zweites Mal zu.

»Und Sie? Wohnen Sie hier nahebei? Ich frage, weil ich früher, als Kind, das sogenannte Waldschlößchen vom Architekten Brammertz sehr bewunderte, wenn ich meine Tante und meinen Onkel im Eberburgweg besuchte. Es stand so lange hier, ganz überrankt von Efeu, und ist dann von heute auf morgen verschwunden, wie entführt. Wissen Sie Genaueres?« Sie sagt das mehr wegen der guten Manieren als aus Interesse.

»Das kann man so sagen. Ich bin ein etwas entfernter Neffe des ehemaligen Besitzers und heiße, um mich gleich vorzustellen, ebenfalls Brammertz, Konrad Brammertz. Kennen Sie ihn persönlich?«

»Minnie Jannemann. Besonders ähnlich sehen Sie ihm aber wirklich nicht.« Minnie! Ohne eine Sekunde Überlegung ist es aus Anita herausgeschossen, vermutlich deshalb, weil sie sich in Wahrheit mit ihren Gedanken viel stärker im Kaukasus als am Stauweiher aufhält.

Ihr Zuhörer läßt sich nicht anmerken, ob er ihr Urteil für Lob oder Tadel hält. »Wie gesagt: Nur entfernt verwandt. Die Frauen mochten ihn immer sehr«, fährt er endlich fort. Also fühlt er sich wegen der mangelnden Ähnlichkeit wohl eher kritisiert, ohne jedoch davon beeindruckt, gar gekränkt zu sein. Anita erzählt, durch die Verbindung zum alten Waldschlößchen zutraulich gestimmt, von ihrer Begegnung mit dem Architekten in seinem Jammer. Die Spende der Tante verschweigt sie.

Das falsche Herr Brammertz schüttelt lächelnd den Kopf: »Lassen Sie sich von seinem Ruin nicht zu stark beeindrukken. Er stellt die Dinge gern theatralisch dar. Richtig, er ist ein bißchen verarmt durch fahrlässige Immobilienspekulation, Spielschulden, Frauengeschichten in Verbindung mit Alkohol. Das Übliche eben, nur für den, der es erleidet, originell. Immerhin hat er aber den Verkauf und damit auch Abriß des Hauses akzeptiert. Er ist ja nicht entmündigt und weder obdachlos noch ein bettelarmer Mensch. Auf Spenden ist er nicht angewiesen. Er gefällt sich in der Rolle, sagen wir so. Ich glaube, er hat sein Leben lang davon geträumt, ein paar Wochen Clochard zu sein. Bei meinem eigenen Vater war das so, Clochard unter den Brücken von Paris, auch wenn er es nicht geschafft hat, sich den Traum zu erfüllen.«

Anita für sich: So wie nicht wenige Frauen davon phantasieren, für den Beruf der Hure geboren zu sein, während sie trotz dieses Lieblingsticks dann lieber bürgerlich abgesicherte Familienmütter geworden sind.

Aber, wenn sie ihm die Neugier nachsehen wolle, wie denn ihre Verwandten im Eberburgweg hießen? Anita fühlt sich durch die Frage zu Recht in die Enge getrieben, kann jedoch nicht ausweichen. So dicht, persönlich, privat wollte sie das Gespräch keinesfalls. »Es handelt sich nur noch um meine Tante, Emmi Geidel«, sagt sie und steht, Eile andeutend, vorsorglich auf.

Er betrachtet sie verdutzt, stößt aber lediglich ein kurzes. »Ach!« aus.

»Ist sie Ihnen etwa bekannt?« fragt sie so schroff sie kann.

»In dieser Gegend stehen nicht viele Häuser, und in den wenigen wohnt manchmal nur ein einziger Mensch. Das hat etwas Dörfliches.«

»Warum das ›Ach‹?« Anita hakt fast zornig nach.

»Nichts, nichts«, versucht ihr Banknachbar zu beschwichtigen, es gelingt ihm allerdings nicht, ein bestimmtes Lächeln, ein inneres Auf-die-Lippe-Beißen vollständig zu unterdrücken, was Anita regelrecht erbost. Er studiert jetzt ihre Gesichtszüge ohne Zurückhaltung und sagt schließlich: »Die unmittelbare Nichte? Verzeihen Sie die Retourkutsche: Besonders ähnlich sehen Sie ihr aber wirklich nicht, der Frau Emmi Geidel. Vor allem Ihre Nase scheint nicht aus demselben Haus zu stammen.«

Hört Anita es noch? Sie ist bereits leicht schnaubend losgefahren und widersteht der Versuchung, nach einem gewissen Lebenszeichen zu forschen, das eventuell in ihrer Tasche längst eingetroffen ist.

Jetzt, beim schnellen Radeln, sagt sie laut: »Er hat eine diagonale Narbe auf der Stirn.« Sagt den Satz immer wieder und weiß nicht warum, ohne damit aufhören zu können. Für ihre eigenen Ohren klingt das wie die Antwort auf eine Frage des falschen Brammertz, von dessen genauem Aussehen sie wenig Ahnung hat und der vermutlich über eine sehr unauffällige Nase verfügt, da ihm ihre so bemerkenswert erscheint. Verrückt, als hätte sich jemand nach einem unveränderlichen Kennzeichen für eine Suchmeldung erkundigt: »Er hat eine diagonale Narbe auf der Stirn.« Wiederholungsmanie wie beim echten Brammertz.

Ihre Wohnung erwartet sie. Anita spürt schon beim Eintreten, daß etwas in der Luft liegt, daß sie Tisch und Stuhl, Teppich und Bett etwas mitzuteilen hat, etwas, das durch sie in die vier Wände eingetreten ist. Sie holt den kleinen Apparat aus der Tasche, für alle Fälle so gut wie möglich gewappnet gegenüber einer Enttäuschung, mit der sie allerdings nicht rechnet. Durch einen, liest sie, um diese Jahreszeit eher unerwarteten Kälteeinbruch habe sich die Arbeit an diesem nicht besonders schwierigen Berg, der, wenn sie sich erinnere, ein nicht-aktiver Vulkan sei, noch einmal verzögert. Nun sei aber alles geschafft. Dann kommt der Anruf. Seine Stimme ist kaum zu erkennen. Den häufig unterbrochenen Abschnitten entnimmt sie, daß er nur noch einige wenige Abstecher in hochgelegene Kaukasusregionen plant. Sie solle deshalb sehr, sehr bald mit ihm rechnen. Ihn rufe nicht nur seine Arbeit. Es treibe ihn etwas übermächtig zurück, das allein mit ihr, Anita, Anita, Anita zu tun habe.

Sie weiß sich nicht anders zu lassen, als wild ihr Kopfkissen zu küssen und dann eine Weile mit ausgestreckten Gliedmaßen auf dem Boden zu liegen, bis alles an ihr lächelt vor Glück.

(Großereignisse, das ist uns allen klar, gehorchen meist gewissen Spielregeln. Sie verhalten sich zuvorkommend beim Schlangestehen. Der Tod eines verhaßten, plötzlich über den grünen Klee gelobten, ja in den Himmel gehobenen Chef-Journalisten, die Rettung eines Höhlenforschers aus einer Tiefe von über tausend Metern, die Fußballweltmeisterschaft, selbst Seuchen benehmen sich manierlich und warten ab, wann sie an die Reihe kommen. Nur die kriegerischen Auseinandersetzungen kennen keinen diesbezüglichen Anstand. Sie bedürfen, mehr als andere Vorkommnisse, der redaktionellen Züchtigung. Keine Sorge: Man versteht sich in den Medien auf eine unserem Gefühlsstoffwechsel – einschließlich notwendiger Schocks – entsprechende ästhetische Orchestrierung.) Anita probiert es spätabends vor dem Fernseher aus:

Wie meist, präsentiert auch dieser Sprecher die Schrekkensnachrichten der Stimme nach mit sonorem Stolz darauf, daß er dem Zuschauer Derartiges, unerhörte Juwelen im strengen Glanz des Faktischen, zur Unterhaltung präsentieren kann. Das alles kommt nicht an gegen Anitas strahlend hartherziges Glücksgefühl, schafft es nicht, sie zu erschüttern, nicht mal zu stören. Sie hält sich von Kopf bis Fuß auf in ihrer eigenen Zentralzone, keine Wünsche, keine Furcht, animalischer wie spiritueller Stillstand zwischen Sehnsucht und Befürchten, zwei Gefühlen, die sie sonst dringend für die Inganghaltung der Lebensströmung benötigt. Die restliche, nicht mitgerissene Welt, ob schön oder grausig, weicht zurück ins Diesige.

Gestern übrigens mußte sie einmal lachen, als die Sprecherin sich mit der Verkündigungsgrimasse vertat und ausgerechnet zum Attentat auf eine Moschee ein Schmollschnütchen zog. Gewöhnlich nämlich, meint Anita, reden die weiblichen TV-Kräfte zu uns, den pauschal Schuldigen, als Organe eines Gottesgerichts, für das sie in unserem säkularen Zeitalter als frostige Vestalinnen eingesprungen sind. Oder wenn sie eine Talkshow leiten, beugen sie sich sehr unkeusch vor und zeigen ihre Brüste, sobald von Krieg, Konzentrationslagern, Katastrophen gesprochen wird, schlagen zu strengster Miene kalkuliert die Beine übereinander, fest darauf vertrauend, daß ihr geahnter Schambereich einen Ausgleich zum trüben Thema bietet und die Zuschauer fesselt als noch attraktiveres Substitut.

Wie gesagt: Gestern. Heute, wie gesagt, strahlend hartherziges Glücksgefühl.

5.
DIE SCHWESTERN

Nach einer Woche zwischen den folkloristischen Wunderlichkeiten ihres Ladens aus Zucker, Holz, Papier beginnt sie gezielt zu warten. Das heißt, bei jedem Klingeln an der Tür fängt ihr Herz an zu klopfen, alle paar Minuten sieht sie auf Marios Apparat, der so viel kann, was sie gleichgültig läßt. Sie hat ihn ausschließlich für das Privateste reserviert, Geschäftliches erledigt sie auf dem PC, der zum Laden gehört. Es hilft nichts, daß das geschenkte Gerät zur Zeit das beste auf dem Markt ist. Zwischendurch fällt ihr ein, an wen sie der falsche Brammertz erinnert: an einen kleinen Schweizer Fußballfachmann aus dem Fernsehen. Ob er eventuell das Lakritz nur im Andenken an seine Frau konsumiert, weil die es gern gegessen hat? Von der TH hat Anita bisher nichts Verbindliches gehört. Sie fragt auch nicht besonders eifrig nach. Es wird sich finden, darauf vertraut sie fest, sobald Mario zurück ist. Weitere Botschaften oder Anrufe von ihm sind nicht mehr eingetroffen.

Nach zehn Tagen versucht sie von sich aus, den Kontakt herzustellen, ohne Erfolg. Das kleine Mädchen läßt sich auch nicht wieder blicken. Anita hat Marzahn von dem Kind erzählt, von den Schneidezähnen, der vorwitzigen runden Brille, den morgendlichen Blicken durchs Schaufenster, dem Kauf des Marienaltärchens. Marzahn kennt die Kleine nicht bloß zufällig, es handelt sich um die Tochter einer Nachbarsfamilie in Burtscheid. Er nannte sie lächelnd »meine Verbündete, der kleine Erzengel Gabriele«, wohl wegen ihrer gemeinsamen Vorliebe für Krimskrams. Seinen Blick, als sie von dem Ausbleiben des Mädchens berichtete, verstand Anita nicht. Wäre es nicht so undenkbar, hätte sie ihn »schuldbewußt« genannt. Er aber zog nur wortlos die Schultern hoch.

Fürchtet sich Anita noch vor Emmi? Nein, lediglich vor dem, was eines Tages passieren könnte. Man weiß nicht recht, was.

Am Elbrus sterben jährlich zwanzig bis dreißig Bergsteiger, erfährt sie auf eigene Faust. Dagegen steht ihr übermütiger Schwur bei Marios Abreise, keine Angst um ihn zu haben. »Er hat eine diagonale Narbe auf der Stirn«, flüstert sie manchmal vor sich hin. »Die treulose Kleine hat eine Lücke zwischen den Schneidezähnen, und sie trägt eine von den runden altklugen Brillen.« Sie sagt sich, ohne sie annehmen zu wollen, Ratschläge von Marzahn auf, so gut, wie sie die behalten hat:

»»Man muß die anderen nicht verstehen wollen, Frau Jannemann. Wie soll man sonst zu einem scharfen Urteil kommen! Das sogenannte behutsame Abwägen ist fatal, ist vor allem eine Illusion. Man beurteile die Wirklichkeit mit Gesetzesstrenge, aber mit der eigenen!'«

»Die Welt mit kühlem Kopf für schlecht zu halten, macht geistreicher als das Gegenteil.«

»Es gibt wenige Menschen, die begreifen, daß für persönliche Annäherungen und periodische Entfernungen Spielregeln existieren. Sehen Sie sich meine unermüdlichen Versuche mit jungen Verkäufern an! Wenn denen der Instinkt dafür fehlt, ist ihnen nicht zu helfen. Sie werden jede Bestrafung für einen Willkürakt von mir halten.«

»Die meisten Leute kann man durch Lob eine Weile ruhigstellen. Es läßt sie aufblühen und geradezu verblöden vor Vertrauen. Werden sie frech, genügt eine geringfügige Lobentziehung, und sie verlieren die Fassung. Ein atemberaubendes, eigentlich langweiliges Schauspiel. Ein Machtinstrument erster Klasse, Frau Jannemann! Man muß natürlich damit umgehen können.«

»Ich bin kein Menschenfreund. Die vielgepriesene Menschenliebe ist mir im Grunde unbegreiflich. Ich sehe nämlich, was die Menschen sein könnten, und erhoffe es unbelehrbar, aber sie erreichen nie die Ziellinie, werden es nie tun. Es erbittert mich, wenn sie in ihrer Einfalt als Gerechte thronen, bloß wegen eines miesen Häppchens sogenannter Güte, zu der sie sich mit Mühe für Sekunden durchgerungen haben. Dabei sind sie nicht mal scheinheilig. Die glauben sogar dran! Was ist dagegen die Vollkommenheit einer weißen Kaffeekanne aus Böttgerporzellan und die makellose Reinheit dieser schwarzen Flaschenvase aus Böttgersteinzeug!«

Marzahns schallend knatterndes Verkaufslachen dazu kann Anita nicht imitieren.

Sie verfällt zunehmend in kurze, alles Wirkliche verwischende Tagträume. Kleine Vorkommnisse sind wie ein Zittern in der Luft, wie der Vorüberflug eines Vogels, den sie nur aus dem Augenwinkel als flüchtiges Beben im Unsichtbaren wahrgenommen hat. Ist etwas tatsächlich gesagt worden von ihr, von anderen, oder hört sie nur das Echo des Vorgestellten im Kopf? Einmal kriegt sie mit, wie eine Frau in Emmis Alter in ihr Handy kichert: »Heute wäre mein Vater hundertzwölf Jahre alt geworden.« Eine kleine

Person, das finstere Gesicht in ihr Kopftuch eingeschnürt, schiebt mit vier Kindern, das jüngste im Wagen, das fünfte im Bauch, am Dom durch eine Menge, die sie offensichtlich für eine aus lauter Feinden hält. Wie praktisch: Das gibt ihr eine Entschlossenheit, mit der sie schneller durch die lästige Masse vorankommt.

Aus Sehnsucht wandert Anita an einem windigen Tag durch das menschenleere Forschungsgebiet, das sie vom eigentlichen Campus gar nicht trennen kann. In der Ferne wogen ernste, echte Bäume unter den Wolken. Zittern sie nicht vor dem Voranschreiten des Monsters, vor der umwandelnden Künstlichkeit a tempo aus Menschenhand? Der Beton wächst vermutlich sogar über Nacht weiter in Höhe und Breite zu eleganten Zuchthäusern oder arroganten Anzuchthäusern heran, mal ohne Fenster, mal nur aus Fenstern bestehend. Hier und da in der Gräue leerer Parkplatzwüsten ein sonnengelber Schriftzug. Manches wird wegen Pfusch am Bau ohne Reue wieder von den Fassaden abgerissen. Zwischen den Ritzen der Pisten wächst erstes Unkraut und klettert an den schwarzen Glaswänden hoch. Plötzlich steht sie vor einer zur Besänftigung angelegten kleinen Schlucht mit prächtigster Ruderalflora, derart vielfältig, daß man ahnt: Die vorübergehende Urwüchsigkeit (aufgeschoben ist nicht aufgehoben) ist extra geplant in spezieller, geradezu rührselig stimmender Mischung. Beschwichtigungssaaten. Auch Weißer Steinklee ist dabei, dessen Wirkstoff Cumarin, unter feuchtes Heu gemischt, eine chemische Verbindung bewirkt, die Blutgerinnung verhindert und auch nur leicht verletzte Kälber, die davon fressen, verbluten läßt. Richtig, es sind für Anita, wie vielleicht für viele ratlose Spaziergänger, Grüße aus der Kindheit, auch wenn sie viele

Namen der einzelnen Pflanzen in diesen täuschenden Unkrautfluren vergessen hat. Sie versucht, darauf hereinzufallen, und lächelt sich, wie rundum glücklich, etwas vor.

Einmal ist der falsche Brammertz wieder im Laden vorbeigekommen. Er zeigte geistesabwesend auf die salzigsten Lakritze aus den Niederlanden und meinte wie nebenbei, nach einem kurzen Blick in ihr Gesicht: »Sind Sie es wirklich noch, Minnie Jannemann?« Sie selbst wußte seinen Vornamen nicht mehr, hatte ihn sich wohl gar nicht erst gemerkt. Die Tüte mit Lakritz blieb auf der Theke liegen und wurde auch nicht später von ihm abgeholt. Bereits am Morgen desselben Tages war auf dem Bürgersteig Gabriele aufgetaucht und hatte einen kurzen, traurigen Blick ins Schaufenster geworfen, ohne stehenzubleiben.

Jetzt aber, an diesem hellen Abend im späten Juni, klingelt es so stürmisch, ja siegesgewiß an der Wohnungstür, daß es keinen Zweifel über den Besucher gibt. Anita zwingt sich, langsam zu gehen, Schritt vor Schritt, vergißt auch den Blick in den Spiegel nicht, und schwankt, ob es Zornes- oder Freudentränen sind, die ihr übers Gesicht laufen. Da klingelt es schon wieder, noch dringlicher. Anita, die sich so oft ausmalte, wie sie losrennen würde, setzt sich auf einen Stuhl, sieht erstaunt ihre geballten Fäuste an. Dann wischt sie mit den Handrücken die Tränen ab und reißt die Tür auf.

Zwei fremde Frauen, die zusammen ein unordentliches Quadrat bilden, stechen mit Blicken auf sie ein, brechen in ein Jauchzen aus, das der Mürbheit ihrer von den Jahren durch und durch gewalkten Gesichter widerspricht. Es ist ein grobschlächtiges (eigentlich denkt Anita: grobscholliges) Gebrüll, ein wahrer Lachradau. Sie wollen bersten vor Herzlichkeit, versuchen Anita wechselweise an ihre korpulenten Brüste zu reißen, selbst wenn die dünne Gestalt zwischen ihnen zerquetscht würde. Während der Überrumpelung durch die Anita weit überlegenen Körperkräfte der triumphierenden Frauen im Doppelpack hört sie deren hervorgestoßene Behauptungen: »Das hättest du dir nicht träumen lassen!« »Sind wir dir doch auf die Schliche gekommen!« »Du erkennst uns doch, verstell dich nicht!« »Wir sind deine Tanten, auch wenn Emmi dich vor uns verstecken will, deine Tanten sind wir von Geburt an, die Tanten Wilma und Lucy, früher Paris und München, jetzt schon lange wieder nach den Großstädten, den Weltstädten im trauten Kaff Aachen. Ja, das sind wir, die Lucy und die Wilma, und du bist die Anita, immer noch mager, immer noch knochig, ein Strich in der Landschaft.«

Emmis Schwestern? Tatsächlich, sagt sich Anita, sie werden wohl recht haben, denn sie sehen jetzt insgesamt aus, wie schon ihre Hände es früher taten, nur mit lauter Ringen geschmückt, ja, wie die Wischlappenhände von früher, aber aufgedonnert wie Tante Emmi, als sie noch dick und orientalisch war. Es sind die Schwestern ihres Vaters, deren blutsverwandte – kein Weglaufen, kein Leugnen hilft – Nichte sie ist.

Und nun die Parade oder Revue der scherzhaften Vorwürfe! Weshalb sie sich nicht auch bei ihnen gemeldet habe? Böses, pflichtvergessenes Kind! Schließlich wohnten sie, die Tanten, wie Emmi in der Nähe, hätten wie sie den Beruf von vornherein der Familie geopfert, seien auch Witwe wie sie, es herrsche eine hohe Männersterblichkeit bei allen Jannemanns und Anverwandten, wenn auch, allerdings – hier puffen die wiederauferstandenen Tanten einander in die Seiten, daß sie fast ins Trudeln geraten –, anders als Emmi mit reichem Kindersegen. Alles gelungen, alles gesund.

»Ich war noch nicht soweit, ich mußte mich erst eingewöhnen«, sagt Anita betreten. Sie hat die beiden einfach vergessen. Nun aber heißt es, Tante Lucy und Tante Wilma herzlich etwas anzubieten. Einen Kaffee, ein Glas Wein? Nur Wasser wollen die beiden (Anita nimmt das wortwörtlich) und Fotos ihrer Kinder auf den mitgebrachten Tablets zeigen. Lachende Vettern und Kusinen zunächst und dann die Meute der Enkelchen. Zum Entzücken. Das Präsentieren all der Nachkommen erleichtert Anita. Sie fragt, sie ist verblüfft, sie bewundert Anekdoten und Eigenarten. Der kleine Connie, eigentlich Konrad (ach ja, so lautete der Vorname des falschen Brammertz!) sagte beispielsweise statt »Emmi« »Memmi« und statt »Mamma« »Emma«. Ist ja unglaublich. Wenn Anita tüchtig staunt, dann erkundigen sich die Tanten wenigstens nicht weiter nach ihr selbst.

Plötzlich sehen sich die beiden, auf dem Sofa nebeneinandersitzend, wobei eine immer die Bilder der anderen neckisch, aber zäh beiseiteschiebt, aus ihrem familiären Rausch erwachend, aufseufzend an.

Rein zum Vergnügen seien sie nun leider aber nicht aufgetaucht, wenn schon sie, die Nichte, den Weg zu ihnen, den Tanten, nicht gefunden habe. Die schreckliche Sache mit Emmis Sohn Wolfgang damals, an die sich Anita vielleicht gar nicht mehr erinnere, sei sicher ein schweres Kreuz gewesen, allerdings nicht nur für Emmi, wie die Schwester glaube, sondern für den Rest der Familie kaum weniger. Nachdem sie in der ersten Zeit ein strenges Schweigegebot verhängt habe, sei irgendwann der Damm gebrochen, es sei ins Gegenteil umgeschlagen und halte bis auf den heutigen Tag an. Emmi vergesse völlig, daß das Leben für die anderen weitergehe und wachse. Sie verlange, daß ständig von ihrem Kind gesprochen und sich erinnert werde an dieses Goldsöhnchen, alles vergleiche sie mit ihm, immer gehe das zu seinen Gunsten aus, ja es werde noch schlimmer damit. Sie versuche, die Familie regelrecht zu versklaven. Man habe ihr Frau Bartosz verschafft, die eine couragierte, intelligente Person sei und das Nötigste für Emmi in jeder Hinsicht besorge. Aber auch die sei schon schwer genervt, auch ihr hänge der dreimal heilige Name Wolfgang inzwischen zum Hals heraus. Anita habe das bestimmt bei ihren Besuchen, von denen die Polin sie, Lucy und Wilma, unterrichte, schon erfahren. Kaum auszuhalten sicher auch für sie, die damals noch zu jung gewesen sei, um alles zu begreifen!

Ach so, dann wissen die beiden also alles, was Frau Bartosz über Mario weiß oder spekuliert! Jetzt fällt Anita ein Moment in der Wohnung Emmis ein, ein Flüstern zwischen der Polin und der Tante, bei dem die Wörter »vernarrt« und »vergafft« vorkamen.

Anita hält still, die Tanten schnaufen, schöpfen Atem und weiter geht's.

Die Frau Bartosz! Ein Glücksfall, ganz ohne Zweifel. Trotzdem Vorsicht! Sie dürfe nicht zu viel Macht über Emmi gewinnen, da Emmi allmählich beginne, komisch zu werden. Wie gesagt, nichts gegen diese energische, redliche Person, gar nichts, kein Wörtchen, keine Silbe, die müsse Emmi unbedingt erhalten bleiben, so eine finde man kaum wieder. Ein bißchen Obacht, kein Mißtrauen, nur ein scharfes Auge auf die Person, das aber könne nicht schaden, sei unbedingt angebracht, und sie, Anita, habe ja wohl, anders als die leibhaftigen Schwestern, einen guten Zugang zu Emmi? Sie sei doch laut ihrer Informantin toll angeschrieben bei der Tante, die Anita, neuerdings ihr hübscher Herzensschatz, ganz für sich wolle. Man müsse befürchten, daß Emmi der Haushälterin aus einer Laune heraus unverantwortliche Geschenke mache. Ihr, Anita gegenüber, der Nichte, die jetzt das unumschränkte Vertrauen ihrer Schwester genieße, sei das was anderes. Da könne Emmi natürlich nach Herzenslust an sie weitergeben, was sie wolle. Ihre Kinder, die Kinder und Kindeskinder von Wilma und Lucy, würden auch ohne milde Gaben Emmis zurechtkommen. Keine Bange!

Anita gießt schweigend Leitungswasser nach, nickt, wo gewünscht, schüttelt den Kopf, wie verlangt. Nur den Redefluß nicht stören, damit er schnell, wenigstens irgendwann, ins große Vergessen rauscht.

Dann, und nun komme man zum wirklich ernsten Punkt, sei da der Architekt Brammertz! Hoho! Oho! Ein erfolgreicher, wohlhabender Mensch sei das gewesen, mit Jannemanns befreundet, das könne man wohl sagen! Da er in seinem schönen Haus, jetzt wegen hoher Schulden verkauft und abgerissen, nahe bei ihnen gewohnt habe im Eberburgweg, sei er im Anfang der beste Beistand im Schmerz des Ehepaars gewesen. Auch habe er mit Emmis Mann oft Schach gespielt. Nur sei es, offen herausgesagt, allerdings wohl nicht dabei geblieben, auf Dauer. Die Freundschaft zwischen den Männern sei groß gewesen, die zwischen dem verheirateten Brammertz und der verheirateten Emmi noch viel, viel größer. Heftiger und heimlicher! Das Komische an der Affäre: Je öfter sich Emmi außerehelich mit Brammertz vergnügt habe, desto häufiger sei bei ihr, zum Ausgleich, zur Besänftigung der Gewissensbisse natürlich, die Rede gewesen von ihrem verlorenen Sohn. Unter dem Vorwand architektonischer Ratschläge konnte der Mann auch in Abwesenheit des Ehemanns Emmi besuchen, wann ihm der Sinn danach stand. Später war es sowieso egal. Ob Emmis Mann aus Kummer über den fortgesetzten Ehebruch gestorben sei, wisse niemand. Das müsse Emmi mit ihrem Herrgott ausmachen. Die damalige Ehefrau von Brammertz sei die Seitensprünge gewöhnt gewesen. Daß der Kerl Emmi nach dem Tod des Onkels in vielen, auch bürokratischen Dingen treu geholfen habe, wolle man nicht leugnen, und die Leidenschaft, wenn man es so nennen wolle, habe sich, dem zunehmenden Alter auf beiden Seiten entsprechend, offenbar nach und nach gelegt, verflüchtigt, in Luft aufgelöst. Zudem sei durch Emmis Witwenschaft das Prickelnde des Ehebrechens gegenstandslos geworden, und das sei vielleicht in Richtung einer Wiederaufnahme guter Sitten wirksamer als eine innere Schicklichkeit dem Toten gegenüber gewesen. Aber wer wolle da richten und den ersten Stein werfen! Nun aber, wo es um den finanziell ruinierten Witwer Brammertz so unglücklich stehe, sei die Beziehung zur dürr gewordenen, aber reichen Emmi, die durch die veränderte Sachlage plötzlich die besseren Karten habe, in irgendeiner Weise wieder aufgeflammt, wenn auch vermutlich nicht körperlich, das wäre ja zum Schießen. Aber doch so, daß man sich Sorgen machen müsse, laut der Polin nämlich, ihrer zuverlässigen Kundschafterin.

»Das alles, liebe Anita, damit du dich zurechtfindest und die Augen offenhältst Emmis wegen, die Schutz vor sich selbst braucht, Nachsicht, klar, doch auch ein bißchen Aufsicht«, sagt Wilma zum Abschied. »Und was hast du da für Massen Kapuzinerkresse auf dem Balkon? Wenn man die nicht bändigt, werden sie eine Pest.«

»Besuche du uns nun aber demnächst, erst die eine, dann die andere! Wilma hat es wunderbar«, droht Lucy. Wilma: »Lucy sitzt im Paradies.« Lucy: »Und danke für das Wasser.

War ein Gedicht.« Wilma: »So schön kühl und natürlich bei der Hitze.«

Als die Trolle weg sind, sieht sich Anita auf ihrem stummen Apparat Bilder vom Kaukasus an. Daneben liegen die Adressen der Tanten. Anita wirft sie in den Papierkorb, sie hört sich böse knurren dabei. Dann schenkt sie ein großes Glas kalten Weißwein ein und beginnt zu rauchen. Sie spürt sich selbst nicht mehr, nur eine widerwärtige Luftigkeit. Leider sind es nicht die verrückten, überflüssigen Tanten, die sie zerfleddert haben. Um wieder zu konturiertem Fleisch zu werden, benötigt sie Marios Blick, keine verfluchten Schnappschüsse, keine verdammten Versprechen, sondern seine körperliche, seine gewissermaßen muskuläre Anwesenheit.

Ist sie ausgerechnet durch die unerwünschte Umarmerei der Tanten dahintergekommen, was ihr am meisten fehlt?

Schließlich, nach drei Zigaretten und zwei Gläsern Wein spricht sie die schreckliche Frage laut aus: »Und wenn ihm etwas zugestoßen ist, wer wird mich benachrichtigen? Wer weiß von mir und wo man mich erreicht?«

Nicht aus Angst, sagt sie sich, nicht aus Selbstmitleid, nur aus Nervosität beginnt sie zu weinen. Sie weint, schluchzt, schüttelt sich erbärmlich, bis es guttut und genug ist. Noch ruhiger wird sie, als ihr die seltsame, zweifache Heuchelei Emmis einfällt. Morgen, Samstagnachmittag, will sie hinradeln, um ihre Neugier ohne Rücksicht, wenn auch mit strategischer Schläue, zu befriedigen. Ist sie wirklich neugierig? Ein bißchen, es reicht hoffentlich zur Ablenkung, bevor, noch an diesem Wochenende, eine grundsätzliche Entscheidung fallen muß. Wie soll sie sich verhalten, um nicht länger bebendes, geduldiges Opferlamm zu sein?

Emmi freut sich über die Ankündigung des Besuchs. Sie empfängt Anita wie beim ersten Mal an der Haustür und mit Stock, in den karierten Hausschuhen, die Haare zu festen Löckchen gerollt. Selbst die Weste mit den Schmucksträhnen ist wieder da, als wären ihr, denkt Anita mit Lust an der kleinen Frechheit und schämt sich auf der Stelle, bei diesem fünften Besuch die Einfälle für eine Überraschung ausgegangen.

Die Frau Bartosz aber, was ist denn um Himmels willen mit der passiert? Ein polnisches Wunder. Sie trägt ein sogleich ins Vornehme straffendes und ins Festliche entrückendes schwarzes Kostüm. Durch dunkelrote Wildlederpumps mit kräftigen, mittelhohen Absätzen erscheinen die hübschen Beine noch länger. Das Entscheidende aber ist das professionell geschminkte Gesicht, dessen Make-up die etwas groben Züge kaschiert und das allzu Herrische der Riesennase fast aristokratisch wirken läßt. Donnerwetter, die Frau hat alles aus sich rausgeholt! Die Haare sind zurückgekämmt, so daß an den Ohren Emmis blitzende Diamantohrringe sichtbar werden.

»Die kommen nachher wieder in ihr Kästchen zurück«, sagt die Polin, Anitas Gedankenanflug durchschauend. »Ihre Tante besteht darauf, daß ich sie heute trage.«

Tatsächlich betrachtet Emmi ihre duftende Frau Bartosz mit stumm verklärtem Lächeln, wie man an einem selbstgeschmückten Weihnachtsbaum die eigene Leistung bewundert.

»Es ist nämlich so«, erklärt die Haushälterin und macht dabei deutlich, daß sie in großer Eile ist, »jetzt, wo unsere Aachener Heiligtumsfahrt zu Ende geht, an der Sie, Frau Jannemann, in ihrem Geschäft hoffentlich tüchtig verdient haben, folgen, wie Sie wissen, die Feierlichkeiten zum

1200. Todesjahr Kaiser Karls. Die großen Ausstellungen im Krönungssaal des Rathauses, im neuen Centre Charlemagne und in der Domschatzkammer haben schon begonnen. Ich werde mir das alles noch ansehen, es sollen, so liest man, hochkarätige Werke der karolingischen Kunst darunter sein, alte Schwerter, Kelche, Mosaiken, Fibeln, Elfenbeinschnitzereien und was nicht alles. Ich kenne Ähnliches aus unserem Torun.«

Emmi: »Die Domschatzkammer kenne ich doch schon aus Schulzeiten in- und auswendig!« Anita solle sich lieber den kleinen Karlsgarten ansehen mit den alten Kräutern und den Namensschildchen in der Nähe der TH. Immer heiße es bloß: »Karl war für das Neue. Er hätte den Großbaustellen von heute zugestimmt.« »Ja klar, das paßt den Leuten ins Konzept«, kräht Emmi dazwischen.

»Gleich beginnt ein Festakt mit Empfang im Rathaus vor geladenen Gästen, und Frau Geidel war so liebenswürdig, mir ihre Eintrittskarte zu schenken. Sie selbst will leider nicht hin. Es ist ihr zu anstrengend. Also muß ich das Haus würdig vertreten.«

Da lacht Emmi auf eine zustimmende, zugleich zwinkernde, verschmitzte Art und klopft ihren Tusch mit dem Stock auf den Fußboden: »Sieht Frau Bartosz nicht großartig aus? Wer hätte das gedacht.« Den kleinen Nachsatz kann sie sich nun doch nicht verkneifen. Frau Bartosz überhört ihn und greift zur Handtasche. »Schnittchen mit Bergkäse, geräucherter und gekochter Schinken und selbstgemachtes Aprikosen-Chutney stehen in der Küche, im Kühlschrank finden Sie Prosecco. Es wird ein bißchen dauern, bis ich zurück bin. Wenn Sie sich langweilen sollten: Auf meinem Tablet sind noch weitere Fotos aus meinem lieben Torun, von den berühmten Bauwerken und Kunstschätzen dort, auch wenn wir als Stadt ein bißchen jünger sind als Aachen, und auch von der wunderschönen Plastik, die unseren polnischen Papst, der nun heilig ist, darstellt.«

»Ihr Polen seid schwer in Ordnung!« ruft Emmi erheitert. »Lassen Sie sich nur ja viel Zeit.«

Kaum ist Frau Bartosz weg, verrät sie Anna den Clou: »Sie ahnt nicht, von wem die Einladungskarte stammt! Die ist in Aachener Gesellschaftskreisen sehr begehrt. Der Architekt Brammertz, der immer zu den Auserwählten bei solchen Sachen gehörte und manchmal noch gehört, hat sie mir gegeben. Zählte jahrelang stramm zur High Society. Heute? Na ja! Frau Bartosz aber kann ihn, keine Ahnung warum das so ist, auf den Tod nicht leiden. Wenn die wüßte, durch wessen Großzügigkeit sie da gleich eingelassen wird!« Emmi kichert schadenfroh. »Geh, Anita, hol uns Essen und Trinken! Die Polen verstehen was von leckeren Häppchen, französische Schule. Da sind sie in ihrem Element. Wir haben hier unseren eigenen Empfang in Pantoffeln und Turnschuhen, da fühlt man sich pudelwohl.«

Es schmeckt wunderbar, vor allem das Aprikosen-Chutney stellt sich als scharfe Delikatesse heraus. Die Tante, die energisch zulangt, erscheint ihrer Nichte noch schmächtiger als sonst, aber blühender, durchbluteter, animierter. Daß ein so zartes Knochengerüst unter den Fleischmassen von damals verborgen war!

»Was könnte die gute Frau Bartosz denn gegen den armen Herrn Brammertz haben? Sie kennt ihn doch gar nicht, und er geht sie auch nichts an.« Anita äußert es versonnen wie ein lautes Nachdenken, um das Vergnügen am unverdächtigen Einstieg in die Inquisitionsprozedur zu kaschieren. Emmi schweigt, sie zuckt nur schnippisch mit den Achseln: »Phfff!« und ißt weiter mit gutem Appetit. Auch Anita sagt nichts, sie will durch die Stille das Nicht-Beantworten Emmis hörbar machen. Der Spaß daran vertreibt sogar, so gut es geht, den Gedanken an Mario.

Emmi will ihr aber entschlüpfen. »Du ißt viel zu wenig, Kind. Liebe, vor allem Liebeskummer muß nicht unbedingt auf den Magen schlagen. Liebe kann ebenso gut hungrig machen. So meine Erfahrung.« Tanzt da nicht ein grüner Seelenblitz in ihren trüben Augen, blinkt und blinzelt Anita da nicht eine zweite Emmi zu? Schnell fügt sie an: »Sofern ich mich richtig erinnere. Ist alles so lange her bei mir.«

»Wovon lebt der arme Mann denn jetzt? Hast du mal mit ihm gesprochen?«

»Ich sagte dir ja schon, daß ich ihm aus alter Freundschaft, besonders der zu deinem lieben verstorbenen Onkel, hin und wieder was zustecke. Er schläft bei einem Freund auf dem Sofa. Soll er betteln gehen oder verhungern, der unglückliche, schwer gestrafte Mann? Darf ich ihn in seiner Geldnot zugrunde gehen lassen? Was hätte denn wohl dein Onkel dazu gesagt! Schließlich hat er uns in der schweren, unvorstellbar schweren Zeit damals, als wir hierhergezogen sind, mit seiner fröhlichen Geselligkeit sehr getröstet. Gott, wie lange das her ist!«

Emmi legt bei der »unvorstellbar schweren Zeit« ganz kurz den Finger auf den Mund.

»Wie alt warst du eigentlich damals?« Anita setzt das ›damals‹ beim Sprechen äußerst behutsam in Anführungsstriche.

»Was soll das jetzt, ist jetzt doch egal. Mitte vierzig. Die Hauptsache ist, daß Herr Brammertz sich nicht mehr zum Gespött macht, indem er auf der Baustelle rumhockt. Die schachten inzwischen die Fundamente neu aus, eins zwei, drei haben wir ein anderes Haus da stehen. Mindestens ein hohes Doppelhaus. Ist hier eigentlich verboten, aber der Neue soll blendende Beziehungen zum Bauamt haben. Ich sage nichts weiter dazu, aber du weißt, was ich meine. So läuft das, besonders im Rheinland, schon immer. Läuft wie geschmiert, kein Wunder, das ist es ja auch, geschmiert. Weil du immer am Samstagnachmittag kommst, kriegst du den Höllenlärm nicht mit.«

Anita will sich diesmal nicht von der Tante für dumm verkaufen lassen. Deshalb schlägt sie sich wie in plötzlicher Erinnerung vor den Kopf. »Deine Schwestern waren bei mir, Lucy und Wilma, zum Schwätzen, zum Plaudern.«

Emmi zuckt zusammen. Sie wittert Unrat und errötet heftig, das eingefallene Gesichtchen glüht vor Verlegenheit oder Zorn. Fühlt sie sich ertappt, gar hintergangen? Einen Augenblick flattert sie hilflos, ein gefangener Spatz. Fast tut es Anita leid, Emmi so plump in die Zange nehmen zu müssen, die, bevor sie etwas sagt, einen großen Schluck Prosecco trinkt, wobei sie sicherheitshalber das Glas mit beiden Händen umfaßt.

»Woher wissen die von dir? Wenn du dich bei den beiden nicht gemeldet hast, kann es nur die Bartosz verraten haben. Das ist der Beweis. Man spioniert mich durch die Polin aus. Sie beaufsichtigen mich!« Ihre Stimme klingt dünn und weinerlich, als sie hinzufügt: »Deshalb haben sie auf die Einstellung dieser Person gedrungen. Ich dachte es mir. Nächstenliebe war das nicht.«

In Anita regt sich Mitgefühl für die einsame Tante. Aber noch bemüht sie sich, nicht vom Weg des geplanten Verhörs abzuweichen. »Sie haben mich nicht ausgefragt, sondern im Gegenteil viel, eigentlich die ganze Zeit von sich aus Familiensachen erzählt. War für mich nicht uninteressant, nein, absolut nicht uninteressant.« Sie bemüht sich, das letzte möglichst bedeutungsvoll, wenn nicht gar ein bißchen drohend auszusprechen.

Emmi schneidet ihr barsch das Wort ab: »Eine Quatschbude, eine Kaffeemühle sind die beiden, eine Gerüchteküche auf vier Beinen. Früher unterschieden sich Wilma und Lucy. Jetzt, wo sie in derselben Stadt wohnen, ist ein richtiger Kompott aus ihnen geworden, eine wie die andere in Harmonie, so ein Blödsinn. Die sind doch beide älter als ich, oder nicht? Bin ich nicht immer die Jüngste gewesen? Und warum sehe ich am ältesten aus? Wegen des Schicksals!«

»Harmonie auch untereinander oder nur gegen dich gerichtet?« Anita ist auf die Schachzüge und Fluchtbewegungen der Tante reingefallen. Brammertz entschwindet fürs erste aus dem Gespräch. Er kann ja nicht weglaufen. Sich Emmis Schwestern, diese schrecklichen Tanten, nun ihrerseits mit solidarischem Scharfblick vorzunehmen, ist eine zu große Verlockung für Emmi wie für Anita. Es ist ja kein Spielverderber dabei, der auf Objektivität beharrt.

»Früher war es anders.« Emmi lehnt sich erleichtert zurück: »Lucy geriet immer ins Schwärmen, wenn von der Vergangenheit die Rede war. Ein Foto, je verblichener, desto besser, ein schäbiger Gegenstand aus alten Zeiten konnte sie zu Tränen rühren. Besonders eins von der Mutter ihres Schwiegervaters, kommt das hin? Ja ich glaube Mutter ihres Schwiegervaters oder seine Frau, aus dem 2. Weltkrieg. Die alte Frau steht in einem Hochsommergarten voller Stockrosen und Sonnenblumen. Sie hat ein geblümtes Tuch um den Kopf gebunden, und ihr Kleid und die Schürze sind ebenfalls mit tausend kleinen Blüten bedruckt, so daß sie in diesem Blumengarten fast unsichtbar wird und untergeht in all dem bunten Blütengewimmel. Aber vorn steht ein Soldat mit Gewehr, Tarnanzug und Stahlhelm. Es ist ihr

Sohn, der wenig später gefallen ist. Dieses Foto hat Lucy geradezu angebetet. Kaum war von Krieg die Rede, auch von den modernen Kriegen, kramte sie es hervor, ja richtig, hat es regelrecht angebetet.«

Ob Emmi völlig entgeht, daß sie auch so eine Reliquie besitzt, die mit dem kleinen Jungen und einem Löwen, ein Foto, das vielleicht ganz in der Nähe irgendwo verborgen liegt, damit sie es jederzeit anschauen kann?

»Aber auch harmlose Sätze, gedankenlos dahingesprochene von irgend jemandem, hat sie noch nach Jahren nicht verzeihen können. Eine Verwandte sagte wohl mal zu ihr als Antwort auf Lucys Bitte, sich nicht zu viel Arbeit mit den Essensvorbereitungen zu machen während eines Besuchs: ›Nun vermies mir doch nicht meine Gastfreundschaft!‹ Noch viel später wurde sie zornrot und kniff die Lippen in ihrer Erbitterung zusammen, wenn sie daran dachte. Selbst nachts, erzählte sie mir, konnte sie im Bett vor Wut auffahren, wenn ihr das einfiel. Meine Güte! Was hat die das Leben geschont, bei solchen Sorgen! Vor allem aber dieser Kult mit den Anekdoten ihrer Kinder. Selbst wertlose Briefmarkensammlungen und Strampelhöschen durften nicht weggeworfen werden, die wurden als Andenken sozusagen vergoldet. Hoffentlich vorher gewaschen, vielleicht auch aus Anhänglichkeit mit der Kacke darin. Alles Vergangene ist ihr prinzipiell besser erschienen als die Gegenwart, wurde aufbewahrt und gehütet wie in der Domschatzkammer. Ja, so war sie, die Lucy, und trotzdem eine wilde Hummel, bevor sie heiratete, schlimmer als Wilma, die heiraten mußte. Oder täusche ich mich da, war das Wilma oder meine Tante, egal. Kein hübscher Mann war sicher vor Lucy. Sie kriegte, wen sie wollte, und bildete sich viel darauf ein. Ihr schwebte nämlich ein Dasein als Vamp wie in den amerikanischen Filmen der vierziger Jahre vor. Das hat sie allen eine Weile vorgespielt. Bei ihr herrschte wahrscheinlich auch im Doppelbett noch Nostalgie.«

Der Einfall von eben leuchtet Emmi ein: »Jawoll, wie in der Domschatzkammer die Kruzifixe und Karfunkelsteine, so hütete sie die Strampelhosen ihrer eigenen Brut.«

Sie verschluckt sich vor Vergnügen. Dann überkommt sie wieder der Gram und Vorwurf an die Welt: »Wie es anderen ergangen ist, hat die Herzlose überhaupt nicht bedacht. Vergeßlich und leichtsinnig sind sie alle.«

Emmi sieht Anita böse, auch warnend in die Augen. »Gut, Lalita, ganz ehrlich, auch mir kommen in dieser leichtlebigen Zeit Erlebnisse aus der Kindheit oft viel schwerwiegender vor als das, was jetzt passiert. Ich erinnere mich noch an die früheren Gewichte. Ein Strom treibt dann die Erinnerungen immer schneller davon. Aber Lucy übertrieb das Getue um alles Verflossene einfach maßlos. Sag mir doch bitte, hat sie bei dem Besuch nicht auch von so alten, aufpolierten Geschichten gequasselt?«

Bei diesem letzten Satz atmet die Tante etwas anders. Anita spürt es über die Tischplatte weg und weicht zunächst aus: Ob sie bei dem schönen Wetter die Tür zum Garten öffnen dürfe? Emmi wartet währenddessen gespannt.

»Doch«, antwortet Anita nach einer nachdenklichen Pause.

»Und was?« Emmi sieht sie ängstlich an, offensichtlich hin- und hergerissen zwischen der Lust am Risiko und dem Grauen davor.

»Ich habe nicht ständig so genau zugehört. Wilma meinte, sie würde dich immer Emmi-Elisabeth nennen, von klein auf schon, weil das doch dein richtiger Name sei.«

»Unfug, alte Kamellen! Du sprachst doch von ›interessanten‹ Dingen, die du von ihnen erfahren hast.«

Als Anita nun wirklich die Katze aus dem Sack lassen will, fühlt das auch Emmi und redet lieber schnell weiter: »Dieses Nostalgische hat sich dann aber im näheren Umgang mit Wilma hier in Aachen gelegt. Wilma ist die stärkere Person, die immerzu predigt, man müsse alles positiv sehen. Furchtbar! So ein amerikanischer Quark, nicht wahr? Ich glaube, unter ihrem Einfluß hat Lucy bei sich aufgeräumt und die meisten Erinnerungsstücke auf den Müll geschmissen, alles modernisiert. Wilma kennt zuverlässig die neuesten Putzmittel, die aktuellsten Computerprogramme, selbst die zur Zeit wichtigsten Sportler und Hörapparate. ›Ich bin eine ältere Witwe und vielfache Großmutter‹, sagt sie, ›aber ich bleibe am Ball, ich bin Technikfreak. Deshalb nehmen mich meine Enkel ernst.‹ Da ist dann Frau Bartosz, die auch so denkt, die Dritte im Bunde! Lucy ist vom Zukunftsdenken Wilmas vollständig überwuchert. Und was muß man sich von den beiden Schwestern anhören bei den seltenen Malen, wo ich sie sehe: ›Emmi, in welcher Zeit lebst du denn?‹ Außerdem, und das bläht Wilmas Segel zusätzlich gewaltig, arbeitet einer ihrer Söhne, ein Gynäkologe, seit einem Jahr an einer österreichischen Reproduktionsklinik, gut hingekriegt, das Wort, wo sie, glaube ich, mehr Eizellen befruchten dürfen als bei uns. Die befruchten rund um die Uhr. Ein anderer Sohn läßt bei Jülich ein altes Dorf nach dem anderen für den Braunkohleabbau, heißt das so, Kind? von der Erdoberfläche verschwinden. Aber wie haben die beiden denn dir gefallen nach der langen Zeit, Rarita, du sagt ja kein Wort.«

Emmi schiebt den Ärmel ihre Jacke zurück und sieht heimlich auf die Uhr. Dann fährt sie sich mit gespreizten Fingern durch die starren Löckchen. Anita bemerkt erst jetzt, daß sie beim Sprechen die gelungensten Häppchen von Frau Bartosz an den Rand geschoben und dort zusammengerückt hat, eine abgesonderte Herde.

Und warum redest du mit ihnen und Frau Bartosz ununterbrochen über Wolfgang, und ich darf noch immer den Namen nicht aussprechen, denn du gibst mir ja ständig Signale, daß es auf keinen Fall sein soll? Und warum vernebelst du deine Liaison mit Brammertz? Den Ehebruch, wenn das nicht überhaupt böse Nachrede ist, könntest du ja auslassen, möchte Anita endlich wissen, aber sie bringt es so direkt nicht übers Herz, als sie die zarte, erregte Tante betrachtet.

»Meisterinnen in übler Nachrede«, sagt Emmi, die vermutlich ihre Gedanken errät, in die Stille hinein. Anita hört das forschende, mit Hebung der Stimme angedeutete Fragezeichen. Durch die geöffneten Türen wogt der Geruch, der alte, liebe Waldmeistergeruch geschnittenen Grases herein. Er stimmt Anita weich bis hin zu einer wohligen, menschenfreundlichen Weinerlichkeit. Sie beschließt, ihr Verhör zu verschieben auf einen anderen Tag. Emmi, das hinfällige, aufgeregte Vögelchen! Warum soll sie die Tante kränken? Eine Freude dagegen macht sie ihr, wenn sie gegen die zwei Dämoninnen zu Felde zieht, macht sie auch sich selbst, denn ist das Runterputzen der beiden rabiaten Eindringlinge nicht eine Aussicht von unwiderstehlicher Süße? Und hätte nicht Herr Marzahn, erklärter Verfechter der medisance, seine helle Freude daran?

»Sie sind deine Schwestern und meine Tanten«, beginnt Anita, tief ein- und ausatmend, ihr Werk, »deshalb habe ich mich bisher zurückgehalten. Weil ich aber feststelle, daß du den beiden nicht sehr gewogen bist, will ich dir gern meinen Eindruck schildern.«

Die Tante strahlt sie in Vorfreude an, in listiger natürlich, da sie nun sicher ist, daß sie von Anita nichts peinlich Persönliches, sie, Emmi betreffend, zu hören bekommt: »Gut, gut, liebe Rarita. Das kommt gut aus jetzt, wo die Polin uns nicht beaufsichtigen und belauschen kann und überwachen und ausspionieren. Soll die sich mit Karl dem Großen amüsieren. Sag du alles frank heraus, frank und frei, urteile du ohne Scheu, wie Wilma und Lucy sind und bei dir ungebeten aufkreuzten, hahaha! Offene Worte bitte, Feind hört nicht mit!«

Sie holt ihren Taschenspiegel hervor und fährt sich mit angefeuchtetem Ringfinger über die Augenbrauen. »Nur bring doch schnell vorher noch die Häppchen in die Küche. Wäre zu schade drum, wenn sie hier austrocknen. Dann kannst du auch rauchen, das möchtest du doch. Ich weiß schließlich, wie euch Rauchern zumute ist.«

»Hat dein Mann viel geraucht?«

»Wie? Der nicht, nein, nicht besonders. Aber nun weg mit den Schnittchen und her mit der Zigarette!«

In Anita keimt ein Verdacht. Rührung zwingt sie zum lächelnden Gehorchen: »Ich hatte es zu Hause mir gerade so richtig gemütlich gemacht, ein reines Zuckerschlecken ist mein Job hinter der Ladentheke ja nicht immer. Das Geld will Tütchen für Tütchen und Heiligenbild für Heiligenbild verdient sein. Da schellt es an der Tür so dreist, wie das gewöhnlich nur die Drücker fertigbringen. Schon das erste Läuten ist ein Vorwurf, der einen ins Unrecht setzen soll. Ein Ton, der einen geradezu zum Öffnen peitscht.«

Anita sieht keinen Grund mehr, sich irgendeine Wonne der Übertreibung zu verkneifen.

»Was starrt mich da an? Kein frecher Werber, sondern zwei dicke, mit Ketten und Broschen, Ringen und Ohrringen behängte Madams, die mich zu meinem Schrecken mit

›du‹ und ›Anita‹ anredeten. Schon war ich festgenagelt. Die glaubten sogar, mich ohne Mühe zu erkennen, obschon sie mich zum letzten Mal als sehr junges Mädchen gesehen haben. Mit anderen Worten: Es kam mir vor wie bei den Brüdern Grimm. Zwei warzige Kröten verwandelten sich vor meinen Augen in Schwestern meines Vaters. Ich konnte im Schrecken nur rückwärtsgehen, sie drängten ohne Erbarmen nach.«

Emmi gefällt das. Sie selbst ist ja ein filigranes Einzelfigürchen geworden. Trotzdem schielt sie kurz nach der Uhr.

»Und dann ging es gleich los, wie ich's gern habe: ›Färbst du dir die Haare?‹ ›Mädelchen, du bist viel zu spuchtig‹, ›Wie konntest du dich so lange vor der Familie verstecken. Sind wir nicht etwa deine lieben Tanten? Komm, laß dich drücken! Warte mal, du hast da einen schwarzen Punkt unterm Auge!‹ ›Entschuldige, hier tröpfelt irgendwas.‹ All dieses Zeugs. Dann wollten sie unbedingt nur klares Wasser trinken. Ich habe ihnen alles angeboten, was ich im Haus habe, aber sie bestanden auf Wasser, ›Am liebsten einfach Leitungswasser‹. Das habe ich ihnen dann kredenzt, und die ganze Zeit, als sie so dick und dicht aneinandergedrängt auf dem Sofa saßen, als wäre in meiner bescheidenen Hütte der Platz knapp, hatte ich das Gefühl, daß sie sich über dieses verflixte Wasser mokierten. Sie müssen sich das schon draußen im Flur in den Kopf gesetzt haben.«

Anita ist noch nicht zufrieden, das alles klingt zu normal und der Wahrheit entsprechend, obschon sie bereits davon abgewichen ist. Sie sollte die Effekte besser herausarbeiten, zum Vergnügen der Tante und zu ihrem eigenen. Leider muß sie alles, was Emmi betrifft, aussparen, um die Tante nicht zu beunruhigen oder zu betrüben. Sie will keine Erbitterung in der Familie stiften, es soll ein lustiger lügnerischer Klatsch werden, keine Intrige.

»Dann ging es los mit den phantastischen Berichten über Paris und München. Ein großartiges, elegantes Leben müssen sie dort geführt haben, mit vielen Hausangestellten und luxuriösen Festen, bei denen es sehr galant zuging, ein wenig sittenlos, wie es Sitte sei in den Weltstädten. Man habe eben nicht im frommheiligen Aachen gewohnt und sich den Gebräuchen angepaßt. Ach, war das ein Leben, Feiern, Genießen! Und doch hätten sie, in München wie Paris, allen Gefahren der Metropolen zum Trotz, die Familie zusammengehalten und alle Ehestürme, was nicht viele von sich sagen könnten, manchmal mit Gewitter und Blitz, aber letzten Ende unbeschadet überstanden, zum Wohle von Kind und Kindeskind. Von den eigenen Ehemännern, die ich früher nur bei den Familienfesten sah, redeten sie fast gar nicht.«

»Ich habe da was an der Haustür gehört. Sieh doch bitte mal nach«, unterbricht sie Emmi. Da ist nichts. Aber als Anita an den Tisch zurückkommt, hat sich Emmi auf etwas flüchtige Weise die Lippen geschminkt. Anitas Verdacht beginnt sich zu erhärten. Sie lächelt die kleine, aufgeregte Tante, ohne es eigentlich zu wollen, zärtlich an und raucht noch eine Zigarette, damit Emmi Frau Bartosz sagen kann, daß der Geruch nach Tabak von ihr stammt, von keinem anderen als ihrer Nichte.

»Ich hatte den Eindruck, als sie da so vor mir saßen, diese wohlgenährten, geschmückten Fremden, die sich zu Recht meine Tanten nannten, würden eine Leiche im Keller verstecken.«

Das ist ihr arglos entschlüpft, als spannungssteigernde

Redensart nur, aber Emmi sieht sie des Ausdrucks wegen beunruhigt an. »Was denn?« fragt sie leise.

»Etwas Tückisches, auch wenn sie sich als Glucken präsentieren. Es steckt was Giftiges dahinter, Giftiges, ja Brutales.«

Anita sagt es eigentlich nur ins Blaue hinein, sie geniert sich auch etwas, trotz des Wohltuenden der kleinen Hetzrede. Sie wird eben, das zu ihrer Entschuldigung, von dem Entzücken Emmis angestachelt. Allerdings auch von der auf- und abschwellenden Unruhe in deren Augen.

»Du meinst«, sagt Emmi und wirkt auf einmal sehr verlassen und schmächtig, »sie haben es auf mein Geld abgesehen, auf die Erbschaft für ihre Kinder, an die sie möglichst bald rankommen wollen ohne Abstriche?«

Da erkennt Anita erst, was sie angezettelt hat, als sie Lucy und Wilma zu Bösewichtern machte: »Nein, nein, Tante Emmi, das nicht, sieh mich nicht derart traurig an. Keiner ist auf dein Geld aus. Wir haben dich einfach gern, ich, Anita, deine treue Nichte von früher, von damals, ich habe dich doch ins Herz geschlossen und nur zur Unterhaltung etwas übertrieben, zum Spaß, nichts weiter, alles nur zum Scherz.«

»Schon gut«, sagt Emmi wieder gefaßter, »obschon ich sicher nicht ganz falschliege. Wäre ja menschlich, erst recht bei so Bombenmüttern. Antworte mir nun im Ernst, Kind, muß ich bald sterben, glaubst du das? Steht der Tod schon hinter der Tür und klopft an, erst leise, dann immer stärker?«

Anita erschrickt über die Plötzlichkeit der Frage. Sie nimmt eine Hand von Emmi und hält sie fest, auch wenn das Händchen nicht will: »Emmi, Tante Emmi! Gerade heute siehst du so jung und fröhlich aus. Nein, da wartet noch kein Tod auf dich, nicht so bald. Sieh doch nur den schönen Garten, riech den Waldmeisterduft der Wiese und die Rosen.«

»Mach lieber die Tür wieder zu. Da könnte er auch rein, der Tod! Ich sehe heute gut aus, sagst du?« Emmi errötet vor Eifer und holt den Taschenspiegel raus. Anita muß in der Schrankschublade ein Kästchen suchen. Es liegt eine mehrsträhnige rosa Korallenkette darin. »Die ist für dich. Nimm sie gleich mit. Damit kannst du deinen Mann, ich meine: deinen Mario empfangen, wenn er aus dem wilden Kaukasus, aus dem die grausamsten Söldner kommen, zurückkehrt. Und nun geh schnell, vielleicht wartet er schon.«

Ach nein, das glaubt Anita nicht, genauer: Sie will es nicht hoffen, um nicht enttäuscht zu werden. Aber die Tante stößt mit dem Stock auf und treibt sie energisch fort. Was soll sie sich sträuben? Sie ist jetzt ganz sicher, daß Emmi Herrn Brammertz umgehend zum späten Rendezvous in Weste und Pantoffeln, aber mit geschminkten Lippen rufen wird, um die Zeit ohne Frau Bartosz zu nutzen. Sind die Korallen die Belohnung dafür, daß sie nicht mit Emmis schnellem Tod rechnet? Das verliebte Leuchten ist in die Augen der Tante zurückgekehrt.

»Du ahnst nicht, wie gut du mir tust. Noch mehr als früher, als damals. Nun fahr los!« Sie winkt an der Haustür ungeduldig, noch immer in Pantoffeln, die jeden Argwohn einschläfern sollen, ein verräterischer Schein aber macht ihr Gesicht beinahe durchsichtig. Dann schlägt sie die Tür mit einem Ruck zu. Wie schnell, wie kindlich sich die Stimmungen in ihr abwechseln! Ein Teil der wieder angefachten Lebensfreude Emmis, sagt sich Anita, die den Platz des ehemaligen Waldschlößchens keines Blickes gewürdigt hat, als sie am leeren hortus conclusus vom falschen Brammertz vorbeiradelt, rührt wohl daher, daß der echte Brammertz die schönen Schnittchen von Frau Bartosz im Ausgleich zur Eintrittskarte gleich verputzen wird. Emmis zweite Spende für ihn ist sie noch immer nicht losgeworden.

Hier böte sich eine gute Gelegenheit, in aller Stille Station zu machen, über dem mild flutenden Stauweiher, der sich im Hinsehen allmählich mit konzentrischem Wellenschlag auszudehnen beginnt. Ihr Blick wäre der in seine Mitte geworfene, die Bewegung auslösende Stein. Die Gefahr aber, daß, kaum hätte sie Platz genommen auf der beschaulichen Andachtsbank, der falsche Brammertz (Konrad? Ja, Konrad, könnte aber auch Karlheinz oder so was sein, ist ja wurscht) aus dem Nichts auftauchen würde mit besseren Anrechten als den ihren auf die Stelle, treibt sie weiter. Bloß keine neuen Belästigungen! Kein Anhalten also.

Ihr Herz, je mehr es nach Hause geht, wird immer schwerer. Was die Tante wohl von ihr, Anita, in ihrem Wohnzimmer denkt? Es ist eine Frage, die sie sich Marzahn gegenüber dauernd stellt, während sie ihn dezent anlächelt. Emmi hält sie eventuell für ein wenig einfältig, unerfahren in familiären Manövern. Das könnte den Spieltrieb dieser grünäugig greinenden, manchmal arg jämmerlich miauenden Katze reizen: Eine Wahrheit unter anderen, nichts weiter.

O ja, ihr Herz macht ihr zu schaffen mit seinem schwerfälligen Rumoren. Es kehrt da etwas mit wuchtigen Schritten zurück, und die Bangigkeit erfaßt ihren Körper und die ganze Umgebung, die nach dem schönen Sommertag, wie es ab und zu vorkommt, plötzlich umschlägt, nämlich ihr beklommenstes Gesicht zeigt. Es ist der Moment, wenn die Gräue, das Licht fressend, alles Leuchten von eben erstikkend, wie Wolle aus den Spalten drängt. Die Laubkronen stehen still unter einer plötzlichen Staubschicht, es ist ein Erbleichen und Erblassen zu Schlacke und Asche. Das dauert oft nicht länger als eine halbe Stunde, die aber hat es in sich, ohne einen Anlaß für ihren Grimm zu enthüllen. Ihre Farbe ist die von schierer Asphaltöde, und man möchte, wenn man nur könnte, sich selbst ausweichen, sich verleugnen vor sich selbst, sich drücken vor dem Anschleichen des Unausweichlichen. Es ist noch nichts Bestimmtes. Gerade dieses Verschwommene erzeugt die Übelkeit.

Nur zu, möchte sich Anita störrisch sagen, Seelenwehwehchen kann ich mir gegenwärtig nicht leisten, und setzt sich auf die Bank einer Bushaltestelle, starrt die in rasanten Bögen und Buckelungen zur belgischen Grenze führende Fahrbahn an, die mit dem schweren Unfall neulich, und will nicht nach Hause. Es eilt ja nicht, es erwartet sie ja doch keiner. Und wenn, dann soll er gefälligst resignieren, ob es ein Drücker oder Mormone oder Scherenschleifer ist. Um diese Zeit, Anita?

Emmi dagegen wird inzwischen mitten im Rendezvous schwelgen, das Anita sich weder ausmalen kann noch will. Sie gönnt es der Tante und durchschaut mittlerweile doch vollkommen, daß die Tante Anitas Wissen von der Liebschaft, ob tatsächlich mit oder ohne regelmäßigem Ehebruch, verhindern möchte. Wenigstens soll die Affäre nicht zur Sprache kommen, wenigstens diese eine Nichte soll ihr die unentwegte, untröstliche Trauer um den verlorenen Sohn glauben. Es sind diese zaudernden, zögernden Empfindungen, die Anita bei der früher, ›davor‹ so robusten Emmi ahnt, die sie rühren und von denen sie nicht glaubt, sie könnten ähnlich und jemals auch in Wilma und Lucy, dem massiven Tantenpack, entstehen.

Sie schafft es, sich sogar ein bißchen zu amüsieren über den jovialen Tonfall ihrer Gedanken.

Sie wiederholt: Lucy und Wilma. Regelrechte Karnevalsmasken, die brauchen keine zusätzliche Schminke. Häßliche, raffgierige Hexen im Vollfett des Lebens! Und die wollen Emmi beaufsichtigen? Rabenkrähen alle beide. Wie ausgezeichnet schmeckt Anita die Ungerechtigkeit. Wie herrlich ist die Selbstgerechtigkeit, wenn man noch die Kraft dazu hat. Bloß keinen guten Faden an den zwei Weibsen lassen!

Ansonsten herrscht um sie herum das Unentschiedene. Auch wenn der Abfallbehälter umgekippt wurde als üblicher Aufstand gegen die Ordentlichkeit und zum Studieren der dingfest gemachten Unappetitlichkeit einlädt. Merkwürdig, die einen haben alles, was sie für gebraucht und entbehrlich hielten, reingestopft, sogar ein schwarzer Büstenhalter ist dabei, die anderen oder vielleicht teilweise dieselben, die plötzlich anderen Sinnes wurden, haben den öffentlichen Magen durch Kippen zum Erbrechen gebracht. Etwas Stellvertretendes liegt hier vor. Freuten die sich nun an den verfaulten Bananenschalen? Oder haben Leute nur pragmatisch die Reste durchwühlt auf der Suche nach Pfandflaschen oder Goldklumpen?

Anita wünscht sich sehr, sie könnte beim Anblick der weit verstreuten Abfälle philosophisch werden, statt dessen spürt sie ihr Herz, das unruhig schlägt und sich angstvoll zusammenzieht nach der fast sorglosen Pause im Eberburgweg. Einige Male schon hat sie mit dem Smartphone, dessen Nummer nur Mario kennt und das sie immer abstellt, wenn sie nicht in Gegenwart anderer Leute von seinem Anruf überrascht werden will, in der Tasche gespielt, sich bisher aber immer bezwungen. Es soll gleich in ihrer dumm schweigenden Wohnung die bescheidene Möglichkeit einer Überraschung geben. Deshalb widersteht sie der Versuchung und läßt den Apparat wieder verschwinden, horcht aber in seine Richtung und hat es auch den Nachmittag über getan, ohne es sich einzugestehen.

Es gibt ein Wort, das ihr seit einiger Zeit im Kopf herumspukt. Es hat vier Silben und heißt »übernommen«. Der ganze Satz würde aus Anitas Mund lauten: »Ich habe mich mit diesem Mann (wahlweise: dieser Liebe, dieser stummen Vereinbarung) übernommen, es geht über meine Kräfte, meine Geduld, meine Leidensbereitschaft.« Zum Herzklopfen stellt sich wieder eine scheußliche Leere, eine abscheuliche Neutralität ein. Das alles im Anblick eines angebissenen Würstchens, einer zerrissenen Kinokarte und eines Plastikpüppchens.

Hoch über ihr hat sich, wie an den langen, hellen Sommerabenden auch noch zu vorgerückter Stunde möglich, etwas verändert. Der Himmel ist voller Wolken auf blauem Grund, besser: Es gibt vor tiefblauem Abgrund hochaufgebäumte und träumerisch ins Konturlose sich verflüchtigende Schaummajestäten, die sich mit Tempo aufeinander zubewegen, getrieben von einer physikalischen Anziehungskraft oder auseinandergeschleudert durch eine unsichtbare, meteorologische Abstoßung, dahinschmelzend zu kaum noch sichtbarer Flusigkeit und protzig aufgetürmt, schwellende, phantastische Muskelschlösser, zwischen deren Körpern ein scharfes Licht aufblitzt, bevor sie es wieder mit dünnen Schleiern dämpfen. Ein tolles Hin und Her da oben in vermutlich gewaltiger Geschwindigkeit, wenn man sich in der Nähe befände. Wie es sich verzahnt und vereinigt, abdreht und zerstört, eben erst entworfen und schon erschöpft, versackt und erneut zu einer riesenhaften Ballung ermannt! Nicht schlecht.

»Wenn wir die Tanten nicht nur mit Lust durch den Kakao gezogen, sondern sie zwischendurch auch zu Königinnen gemacht hätten, wäre die Ähnlichkeit mit den Vorgängen da oben überzeugender«, sagt Anita zum leeren Abfallbehälter, den sie wiederum gern mit ihrem Kopf vergleichen möchte, um dann noch ein Weilchen in der selbst gestatteten, verhängten Gnadenfrist zu verharren.

Es hilft aber nichts. Es ändert sich ja nichts durch das Sitzen hier. Sie täuscht sich vielleicht mit dem Herzklopfen, das heftiger wird, erstaunlicherweise verbunden mit einer Empfindung von feuchter, unangenehmer Kühle. Das beschleunigte Pochen erzeugt kein Schwitzen. Es läßt eher die Extremitäten absterben, erkalten, als wollten sie sich empfindungslos machen. Anita arretiert die Sonnenbrille in den Haaren mit den lebenslustigen Reflexen darin und schwingt sich aufs Rad. In ihren blassen Lippen ist kein Gefühl. Früher, als es noch kein Telefon gab, mußten Angehörige viel länger auf ein Lebenszeichen Davongereister warten. Aber was hilft ihr das jetzt, in einer Zeit mit anderen Gewohnheiten und schwächeren Nerven?

Warum die Furcht? Furcht vor nichts Besonderem. Es wird beim Heimkommen sein wie immer, aber ebendas ist von Tag zu Tag das Fatalere. »Ich habe mich bei dieser Sache übernommen«, sagt sie und tritt dazu die Pedale. »Du hast dich bei dieser Sache übernommen.« »Er hat sich bei dieser Sache übernommen.« »Wir haben uns bei dieser Sache übernommen.« »Ihr habt euch bei dieser Sache übernommen.« »Sie haben sich bei dieser Sache übernommen.« Sie spricht es vor sich hin, als wäre sie die kleine Gabriele im Lateinunterricht oder Anita eben, die nicht unbedingt verstehen muß, was sie sagt, wenn es nur ohne grammatikalische Fehler ist.

Sie hört, daß jemand, ganz sicher ein Mann, in diesem stillen Haus die Treppe herunterkommt, auf sie zu. Gleich wird er ihr begegnen. Eine riesige Glückswoge macht sich zum Angriff bereit. Aber können Schritte nachdenklich sein? Sie spürt ihr Herz nun gar nicht mehr. Die Person wird bei ihr geschellt haben, vergeblich. Nun steigt sie wieder abwärts, doch Anita steigt nicht länger hoch. Sie lehnt sich lautlos gegen die Wand. Plötzlich überfällt sie die Angst, Mario könnte seinen Zauber verloren haben und ihren Erwartungen nicht standhalten. Es ist die kurze Schreckattacke vor jedem früheren Treffen in den Hotels. Merkwürdig aber, der Mann, der auch sie gehört und eventuell am Geräusch der Tritte erkannt haben müßte, steigert, vielleicht mit denselben Bedenken, seine Geschwindigkeit nicht, im Gegenteil, er scheint kurz zu zögern, nähert sich der Kehre und biegt jetzt um die Ecke.

6.
MARIO

Es ist Herr Marzahn. Wie kommt denn der bloß hierher, was hat denn der hier zu suchen? Und dann um diese Zeit? Der war doch noch nie in diesem Haus. Anita, bemüht, sich unbekümmert zu erkundigen, fragt mit schriller Stimme: »Ach Herr Marzahn! Ist etwa die kleine Gabriele wieder aufgetaucht?« Durch die in einer solchen Situation überaus dämliche Frage soll sich eine gemütliche Antwort unter zivilisierten Leuten unbedingt erzwingen lassen. Aber schon beginnt sie zu keuchen. Er nimmt ihre Hand und hält sie fest. Da fängt Anita an zu zittern, als wollte sie nie mehr aufhören damit.

Marzahn schließt für sie auf und führt sie in ihre Wohnung. Sie horcht zwischendurch, ob er sie beschwichtigt. Nein, keinerlei Besänftigung. Kein Trost, kein Irrtum. Das Schlimmste ist eingetreten. Sie klammert sich an den bewegungslosen Mann und ruft: »Gehen Sie weg!« Marzahn hält sie unentwegt und großväterlich in seinen Armen, bis, viel später, die Geduld dieses Feindes solcher Umschlingungen erschöpft ist. Er sitzt neben ihr auf dem Sofa, bleibt in ihrer Nähe, aber schiebt sie ein Stück von sich fort, stumm wie die ganze Zeit über. Noch nie hat Anita seine Augen so teilnahmsvoll gesehen, und doch sind sie nicht ohne ein bestimmtes Glitzern, und doch fragt sich trotz ihres Schmerzes ein unstatthaft sachlicher Seelenrest in ihr, ob es Ironie, Neugier oder Grausamkeit ist.

Eine Stunde später weiß sie alles. Die letzte von Mario Schleifelder versandte Nachricht war vermutlich diejenige, in der er Anita sein Kommen ankündigte. Er soll, laut Berichten ferner Augenzeugen, von einer kleineren Eislawine getroffen und dabei abgestürzt sein. »Er galt wohl nicht unbedingt als großartiger Bergsteiger und hielt sich auch selbst nicht dafür. Der Elbrus war sein höchster Berg überhaupt. Vielleicht haben Sie ihn, ohne es zu ahnen und völlig schuldlos, zu diesem Höhenflug angestiftet?« sagt Marzahn zwischendurch vorsichtig, aber nun schon wieder beinahe mitleidlos. »Er dachte sicher, Ihnen würden solcherlei Ambitionen imponieren. Haben Sie ihn eigentlich nie nach der Narbe auf seiner Stirn gefragt?«

Nein, das hat sich Anita extra aufgespart als Geheimnis.

»Die rührte von einer früheren bergsteigerischen Dummheit her.«

Anders als dem Mann, an dessen Rettung aus einer Gletscherspalte ihr Freund beteiligt gewesen sei, habe man ihm nicht mehr helfen können, auch lange gebraucht, ihn überhaupt zu finden in dem schwierigen Gelände. In seinem Rucksack habe man neben der Adresse seiner Mutter die schriftlich formulierte Bitte entdeckt, ihn im Falle eines Unglücks an Ort und Stelle zu begraben. Diese Bitte liege auch seiner Familie in Wien und ihm, Marzahn, vor. Also sei danach so gut wie möglich verfahren worden. Der vor längerer Zeit mit dem Motorrad verunglückte, wieder völlig hergestellte Bruder habe Marzahn, der vorsorglichen Anweisung Marios folgend, von dessen Tod und den Umständen benachrichtigt, ebenso seine Arbeitsstelle an der TH. Er, Marzahn, habe vor der Abreise wiederum Mario versprechen müssen, sie, Anita, im Fall eines schweren Unfalls, persönlich, ausdrücklich persönlich, zu informieren und auch, dieses Tagebuch in ihre Hände zu legen. Er, Marzahn, ahne, daß sie einiges darin verblüffen werde. Im übrigen könne sie nichts dazu zwingen, die Aufzeichnungen zu lesen, falls sie sich lieber ausschließlich ihren eigenen Vorstellungen und Erinnerungen überlassen wolle.

»Vielleicht lebt er ja noch. Vielleicht ist alles ein Mißverständnis. Wir haben doch gar keine Beweise für seinen Tod«, schluchzt Anita in einer plötzlichen Erleuchtung auf.

»Machen Sie nicht den Fehler übergeschnappter Witwen, Frau Jannemann, die ihren lieben Verstorbenen für den einzig Unsterblichen halten«, warnt sie Marzahn. Sie möchte ihn daraufhin hassen, erkennt aber zu deutlich, daß seine Brutalität eine gut gemeinte ist.

»Ich gehe jetzt«, sagt der Antiquitätenhändler, »stehe jedoch zu Ihrer Verfügung, wenn Sie mich brauchen sollten, und zwar jederzeit. Heute ist Samstag. Natürlich wäre es merkwürdig, mit Tränen in den Augen Scherzartikel zu verkaufen, das sehe ich ein. Trotzdem die Frage: Bis wann soll ich das Geschäft schließen? Was lasse ich auf das Schild schreiben? Sind Sie in einer Woche soweit, in drei Tagen oder, am besten und wozu ich rate, gleich am Montag?«

»Ich weiß nicht, weiß nichts, Mittwoch«, stammelt Anita. Marzahn umarmt sie, diesmal allerdings nur noch rituell, und schließt hinter sich die Tür.

Später ist es ihr so vorgekommen, als wären ihr in der sich anschließenden Empfindungsleere und Ertaubung alle Gegenstände entglitten. Nicht sie fiel, sondern die Dinge sanken unaufhaltsam an ihr herunter in vollkommener Ausdruckslosigkeit. Sie saß auf dem Sofa, ließ sie vorüberschneien, beinahe friedlich, beinahe interessiert an dieser pausenlosen Bewegung, ein Entleeren, bis sich die Welt von allem entledigt hätte im unaufhörlichen Abwärtstreiben. Sie nahm, gewissermaßen zum Spaß, eine Tasse in die Hand, sie rutschte ihr eilig aus den Fingern, ein Buch, einen Aschenbecher, eine Vase. Immer dasselbe. Ihre Hände hielten und klammerten nicht mehr, sie berührten nur und ließen los wie in stiller, heiterer Entsagung. Selbstverständlich liefen ihr als nasse Fremdkörper Tränen übers Gesicht, während sie nach einem Gefühl suchte, das sie vollständig und wohltätig wegschwemmen würde aus der Sprachlosigkeit, in der sich alles befand, vom Donner der Katastrophe gerührt. Es war nicht klar, wo sie aufhörte und wo das Drumherum begann. Gleichzeitig spürte sie die beginnende Feindseligkeit, mit der sich die Außenwelt gegen ihr hilfloses Ausufern zu wappnen begann.

Das wird schlimmer werden, Geduld, Geduld! Oder nicht? Als plötzlich das Telefon läutet, stürzt sie nur deshalb zum Apparat, weil nun höchstwahrscheinlich von allmächtiger Instanz die Meldung kommt über den Irrtum, mit dem man sie in gewissenlosem Leichtsinn erschreckt hat. Sie stellt das Telefon von vornherein laut, damit das ganze Zimmer Zeuge der Revision und Wiedergutmachung wird. Die Behörde hat eine Frauenstimme. Nach dem ersten Satz klappt Anita auf dem Teppich zusammen, ein Häufchen Elend ohne Regung und Laut.

»Ich bin's Anita, deine Tante Lucy. Unser Besuch bei dir läßt mir keine Ruhe. Zumindest von mir mußt du einen falschen Eindruck gekriegt haben. Das macht mich unglücklich. Du weißt ja nicht, wie alles war. Als Wilma noch mit deinem Onkel Heinrich in Paris lebte und ich mit deinem Onkel Eberhard in München, da haben Wilma und ich uns immer gegenseitig die besten Rezepte geschickt, alle paar

Tage gab es da was Neues, und es war dadurch eine schöne Beziehung. Wilma wollte ja immer eine Königin sein. Sie sah die Welt als ihren Hofstaat an, ein Mann, der sich nicht in sie verliebte, war unvorstellbar oder eine Null. Hörst du mich, hörst du mir zu? Emmi begnügte sich mit der Eifelperle Monschau, Wilma brauchte die Nähe von Versailles, um sich ausreichend gewürdigt zu fühlen. Als dann eines Sonntagmorgens mein Mann beim Tennisspielen tot umgefallen ist, ohne Ankündigung einfach still vor sich hingestorben, habe ich völlig die Fassung verloren. Auch meine lieben Kinder, ach die Guten, konnten mich da nicht trösten. ›Ein schöner Tod‹, ›So einen Tod wünsche ich mir‹ hörte ich dauernd. Dein Onkel Eberhard war ein Mann, der sich immer einbildete, riesige Arbeitsanforderungen würden ihn bedrängen. Sonst wäre er sich wertlos vorgekommen. Rede ich zuviel an einem Stück? Das habe ich schon immer getan, wenn ich Vertrauen gefaßt habe zu einem Menschen. Als Eberhard älter wurde, wunderte ich mich oft über seine Geduld, wenn mich die Redewut überkam, bis ich merkte, daß er mir gar nicht richtig zuhörte. Er träumte dann einfach still vor sich hin, hörte wohl auch nicht mehr gut, was ihm vielleicht ganz recht war. Von mir mußt du wissen, daß ich mich von Kindesbeinen an immer geduckt und mich schlechter, geringer, dümmer gemacht habe, als ich bin. Die meisten meiner Sätze begannen mit ›Ich Schafskopf‹, ›Ich Esel‹, und ich fühlte mich wohl dabei. Es war viel bequemer, als sich aufzuplustern, es war meine Art, etwas Besonderes zu sein. Vielleicht habe ich auch auf diese Weise gegen die Übertreibungen Wilmas protestiert. Noch heute, wenn sie mal ein bißchen Fieber hat, müssen sofort Fachärzte hinzugezogen werden. Bei ihr ist jeder Husten eine höchst seltene Erkrankung und die Heilung ein ›Wunder‹.

Nach Eberhards Tod gab es aber dann niemanden mehr, der sagte: ›Nein, Lucy, du bist doch klug und hübsch‹ usw., keinen Widerspruch, gar nichts. Da hat mich Wilma, die schon Witwe war, überredet, mit ihr in unser altes Aachen zu ziehen und ein starker Mensch zu werden, nicht ewig den Erinnerungen nachzuhängen, sondern auf die Zukunft zu bauen. Wenn ich es mit ihr nicht verderben will, muß ich so tun, als hätte ich mich unter ihrem Einfluß gewandelt. Sie hat mir auch beigebracht, wie man die netten Einkaufsbummel in echten Geschäften elegant mit dem günstigeren Internetbestellen verbinden kann. Das nur als Beispiel, Anita. In Wirklichkeit bin ich die Lucy von früher. Hörst du mir zu?«

»Kein Problem«, sagt Anita, aus ihrem dösenden Entsetzen aufwachend, und drückt unsinnig behutsam, um Lucy nicht zu kränken, die rote Taste. »Kein Problem«, wiederholt sie dann für sich, küßt das mit einem Lederband umwickelte Tagebuch und schleudert es in eine Zimmerecke. Sie streckt sich auf dem Fußboden aus, damit sie im Schwindelgefühl eine lakonische Unterlage spürt. Das Grauen rührt her aus der Erkenntnis ihrer absoluten Nebensächlichkeit, nämlich alle Fäden zu ihrem bisherigen Leben für diesen Mann schwungvoll gekappt, aber von seinem Tod als allerletzte, beinahe zufällig erfahren zu haben. Erst nach langer Zeit bemerkt sie, wie weit ihr Unterkiefer nach unten gesackt ist, der Mund steht idiotisch offen.

Bevor sie ihn wieder für länger schließt, murmelt sie: »Kein Problem, Tante Lucy. Na, was würdest du sagen, wenn ich dich jetzt umgekehrt so, so –«. Sie liegt still und hofft, daß die Betäubung durch den Schlag, der aus dem Mund des bösen Marzahn auf ihren Kopf niedergegangen ist, noch anhält. Danach wird sie feststellen, das weiß sie sicher: Die strahlenden Kindheitsaugen sind nicht erloschen, die Gebirgsluft ist nicht modrig geworden. Es wird im Gegenteil alles noch betörender werden, ein betörender Glanz tritt dann ein, jawohl, der betörende, der erhärtete Anfangsglanz, wenn die trügerischen Fakten abgeschüttelt sind. Vielleicht muß sie jetzt nur einschlafen und irgendwann aufwachen. »Ich werde ihn kaum wiedererkennen, kenne ihn sowieso kaum«, denkt sie müde vor sich hin. »Essen? Trinken? Morgen!« Morgen ist störenderweise auch noch ein Tag.

Zwischen den Scherben von Tasse und Vase auszuruhen, tut gut. Dazu richtige Sätze sprechen. »Buch und Aschenbecher haben den Wurf anstandslos überlebt, die zähen Biester. Nicht jeder, der stürzt, kommt so unbehelligt davon. Wenn man nicht ganz oben schweben kann, sollte man sich in der schwarzen Tiefe aufhalten, die deckt alles zu und leckt alle Wunden. Die Decke über die Ohren ziehen und sich einwühlen ins warme, dumme, dicke Dunkel. Gute Nacht, mein Mario, Herr Marzahn, ich verzeihe Ihnen die grausige Botschaft. Gute Nacht, verliebte Emmi. Gute Nacht allerseits, laßt mich! Verlaßt mich nicht.«

Wäre es doch nur der Schlaf, der da über sie kommt! Es ist in Wirklichkeit ein Stillhalten, ein heimliches Lauern. Einmal entdeckt sie ihre Hand zwischen den Beinen. Trost sucht sie dort vergeblich. Sie schaltet, um nicht so allein zu sein, das Fernsehen an und erkennt gar nicht, womit man dort zugange ist. Sieht vor verschiedenen Hintergründen die alltäglichen Explosionen zum gesicherten Abendessen der europäischen Bevölkerungen, von Herzen lachende Schwerbewaffnete, auch tschetschenische Söldner, angeblich Exportschlager Nummer eins der Kaukasusregion, außer sich geratende Frauen, verstummte Kinder und eine

Ansagerin, die über das Scheitern von Friedensverhandlungen ein wenig pikiert zu sein scheint. Wo sind die Tiere in den Kampfgebieten? Ein berühmter Filmschauspieler und tatkräftiger Frauenliebling hat geheiratet. Donnerwetter! Jetzt muß der arme Teufel mit seiner Wunderschönen, streng beäugt von der Welt, sein Riesenglück ableben. Schließlich begreift sie, daß sie sich nicht länger um das Tagebuch, das noch immer in der Zimmerecke liegt, herumdrücken kann, obschon sie das Lesen in banger Vorahnung gern verschieben oder es sich zu späterer Freude, auch eventueller Rührung aufsparen würde. Sie muß, kein Weg führt daran vorbei, wenigstens einen Blick hineinwerfen, um ein bißchen Ruhe zu finden. Ist sie überhaupt neugierig? Fürchtet sie sich? Es ist meine verdammte Pflicht und Schuldigkeit, sagt sie sich, innerlich nur, und dort innen mit unsicherer Stimme.

Eine andere Stimme sagt unkontrolliert drauflos: Möglicherweise und eventuell hat Marzahn, weil er vermutete, daß ich völlig in der Luft hänge, ohne Familienadressen oder irgendeinen zuständigen Namen von Marios Arbeitsstelle – damit ich nicht auf den Gedanken komme, die ganze auf Nimmerwiedersehen verschwundene Gestalt könnte eigentlich nur eine Einbildung meinerseits gewesen sein – fixe Idee in den leeren Raum hinein, was doch im Grunde suspekt ist, auch wenn ich nie bisher Verdacht geschöpft habe – verschwunden in eine Region, die durch politische Spannungen und Kriege hochgefährdet ist – was sagte ich noch? Was hat das mit Marzahn zu tun? Ist er, von dem ich nicht weiß, ob er das Tagebuch längst gelesen hat oder nicht, Kronzeuge oder Helfershelfer Marios oder ein wirklicher Freund von mir? Nämlich es kann sein, daß Marzahn aus Mitleid die Aufzeichnungen, falls er jemand ist, der überhaupt Mitleid haben kann, darstellt als ein für mich angeblich – angeblich hinterlassenes, obschon meine Rolle im Leben Marios, der mich aus einer Laune heraus in meine fremde Heimatstadt gelotst hat, viel zu gering ist für einen solchen Vertrauensakt.

Wie sie sich auf der Stelle ihrer widerwärtigen Kleinlichkeit schämt vor dem Verunglückten, den sie ihrer Meinung nach so sehr liebt, daß es sie zerstäubt! Und doch läßt sich das Entsetzen über seinen Tod dahinter eine Weile verbergen, gnädig verschleiern auch die Vorstellung seines sinnlos zu Schanden gegangenen Körpers. Das Wort »zerschmettert« kann sie von allen vier Zimmerwänden ablesen. Selbst wenn sie die Augen schließt, steht es im Dunkeln vor ihr. Das ist immer noch besser, als von dem Anblick, der in ihrer Einbildungskraft auf sie wartet, gepeinigt zu werden.

Zusammenreißen! Sie liest die knappen Eintragungen, die kein einziges Mal ihre Person betreffen, jedenfalls nicht direkt, ohne aufzublicken, in einem durch.

»Emmi«, sagt sie nach der Lektüre und langem Schweigen stockend Satz für Satz spät in der Nacht laut vor sich hin, da sonst keiner da ist, den sie anreden kann und sie aber unbedingt ein Geräusch hören muß: »Emmi«, und ist selbst erstaunt über den trockenen Ton, sie hatte von sich ein Schluchzen erwartet, »ich sitze hier bei weit geöffnetem Fenster und habe fast nichts an, denn ich möchte mir eine schwere Erkältung, eine Lungenentzündung, möchte mir beinahe den Tod holen, Tante Emmi, es ist alles ganz anders, als ich dachte.«

»Ich weiß jetzt, daß ich einen schweren Fehler begangen und mich überhaupt vielleicht aufgedrängt habe, ihm regelrecht nachgelaufen bin, ohne es selbst zu bemerken. Aber warum hat er schließlich dies alles für mich hergerichtet?«

»Ein verwegener Bergsteiger ist mein Mario, ist dieser Mario nie gewesen. Die phantastische Narbe hat er sich schon im Sandkasten beim Sturz in eine Glasscherbe geholt. Marzahn hat gelogen.«

»Das Besteigen des Elbrus, das er vor mir als ein angenehmes Abenteuer und letztlich als Kleinigkeit darstellte, war für ihn in Wahrheit ein riskantes, außergewöhnliches Unterfangen, nie hat er bisher einen so hohen Gipfel erobert, so nennen die das ja.«

»Das Schreckliche, Tante Emmi, besteht darin, daß er womöglich, wie der böse Geist Marzahn, um mich aufzustacheln, schon andeutete, auf den Satansberg nur geklettert ist, weil er dachte, ich würde Großartiges von ihm erwarten.«

»Und nun die Auflehnung, die Rache und Bestrafung!«

»Habe ich ihn denn zu begeistert angestarrt, wenn er von solchen Sachen erzählte, habe ich etwas unbewußt von ihm verlangt, was über sein tatsächliches Können ging, und ihn selbst in aller Unschuld eigenhändig in den Kaukasus getrieben?«

»Der Sturz, Emmi, der Sturz! Was meinst du?«

»Oder wollte er, weil er bereits Unheil witterte, einfach ausreißen vor meiner Schwärmerei, wie schon damals in Zürich in der Bar, beim angeblichen Unfall seines Bruders, den er mir nie bewiesen hat? Kannte er als verwegene Gestalt längst seine Wirkung auf Frauen, sah sie in mir wieder einmal bestätigt und wollte rechtzeitig die Flucht antreten, auch wenn er dann später nicht durchgehalten hat?«

»Allerdings wäre er damals in der Schweiz ein verflucht guter Schauspieler gewesen, der auf Kommando totenblaß werden kann.«

Den Rest vergißt sie laut auszusprechen: Selbst wenn die

Familie, Mutter und Bruder in Wien, bereit gewesen wäre, sich meiner zu erbarmen als eines persönlichen Überbleibsels seiner Person: Sie wissen ja wohl gar nichts von meiner Existenz! Er hielt es für überflüssig, sie von der geringen Veränderung seiner Lebensumstände zu benachrichtigen. O Gott, o Gott!

Was hatte er mit uns beiden vor? Soll mich das Tagebuch trösten über das riesige Ungleichgewicht unserer Zuneigungen?

Im Bett sagte er einmal, und hatte sich noch nicht wieder von mir entfernt: »Ich glaube gar nicht, daß du mich liebst«, und dabei sprach er das »mich« ohne weitere Erklärungen sehr betont aus.

Anita tritt ohne Licht zu machen auf den Balkon. Sie sieht direkt in einen gewaltigen, vollkommen runden Erdtrabanten, einen Mond, der kürzlich an anderer Stelle, in anderer Form gleichmütig auf den hilflos liegenden Mario geschienen hat und jetzt alles in eine ungeheure Stille und Sanftmut taucht, lautlos donnernde Sanftmut im Weltall, reine Güte, die Gestalt angenommen hat im Ausströmen einer Helligkeit, die den von dunklen Hügeln gewellten Horizont selbst zu dieser späten Nachtstunde sichtbar macht.

Sie öffnet die Tür zum Flur, damit der Mondschein auf den großen Spiegel fällt, und zieht sich aus. Ihr nackter, sehr weißer Körper, der immer wirkt wie gerade ausdrücklich entblößt von fremder Hand gegen seinen Willen, aber zu seiner Lust der Kleider beraubt, erzeugt diesmal keine Erregung in ihr. Sein flaches Echo steht vor ihr in tiefer Mutlosigkeit, sie könnte es auch Trauer nennen. Mutlosigkeit ist richtiger, ein leichenblasser, vor kurzem gestorbener, noch so eben sich aufrecht haltender Schreckenskörper, den sie rasch wieder versteckt.

»Um es ohne Umschweife herauszusagen, Tante Emmi: Mario war im strengen Sinne kein Entdecker, kein Eroberer, er war ein Nachahmer!«

»Er wandelte, beziehungsweise reiste und kletterte auf den Spuren eines anderen.«

»Er folgte dem Ideengerüst, der fixen Idee eines Zeitgenossen, die ich so abwegig finde, daß es mich fast mit Gletscherbrockenwucht erschlägt.«

»Nein, das hätte ich mir niemals träumen lassen, als ich so rettungslos bezirzt wurde von den Augen und der ursprünglichen Gebirgsatmosphäre, die ihn umwehte, und manchmal sogar umstürmte.«

Anita sitzt auf dem Boden im Mondlichtdunkel, hat aber beim nun folgenden das Gefühl, auf einem harten Küchenstuhl unter elektrischem Licht Platz zu nehmen. Ihr laufen Tränen übers Gesicht, trocknen, dann folgt die Nachlieferung. Sie zwingt sich durch ein rauhes Hüsteln, sachlich zu sprechen. Sprechen, sprechen, das ist die Hauptsache.

»Der Mensch, Tante, den sich Mario zum Vorbild bei seinen Exkursionen nahm, hat sich selbst als Typ des Sammlers bezeichnet und führt diese Neigung auf die arme Nachkriegszeit zurück, in der alle noch erhaltenen Dinge besonderen Wert bekamen, vor allem das Vollständige und Vollkommene.«

»Offenbar ist für den Sammler das absolut Komplette größtes Ziel, nicht die Sammlung selbst, Emmi. Es kommt ihm darauf an, etwas zu finden, das man tatsächlich vervollständigen kann, das ist das Entscheidende bei der Auswahl des Motivs.«

»Natürlich muß es auch einer gewissen Neigung entsprechen, natürlich, das schon, Emmi.«

»Der in Marios Notizen ungenannte Mann ist Bergsteiger, jedoch inzwischen viel zu alt, um sich in extreme Höhen zu wagen und eigene Höhenrekorde aufzustellen. Damit bewegt er sich auf einem Niveau, das für Mario erreichbar wurde.«

»Er hatte sich ausgedacht, die höchsten Erhebungen Europas, genauer: der autonomen europäischen Gebiete zu sammeln, indem er sie bestieg.«

»Idiot!« ruft Anita unter Schluchzen. »So ein kleinkarierter Idiot!« Wen meint sie, was meinen Sie, meint sie Marios Vorbild oder ihn selbst? Sie schaltet kurz das Licht an:

»Ich muß dir vorlesen, Emmi, was Mario von diesem eigentümlichen Menschen in seinem Tagebuch zitiert: ›Man muß den gewissen Sammeltrieb besitzen. Und alles braucht eine Überschrift bei mir. Sonst kann ich mich schlecht motivieren, Berge zu besteigen. Diese Überschrift erfinde ich mir selbst, und es sollte etwas sein, auf das noch niemand vor mir gekommen ist.‹«

»Im Tagebuch erkenne ich nicht sicher, ob Mario darüber lacht oder es ernst nimmt, jedenfalls war ihm die Originalität dieses Spleens nicht wichtig, sonst wäre er dem Typen nicht nachgefolgt. Na Emmi, was sagst du, macht Schmerz nicht scharfsinnig, statt, wie es heißt, zu betäuben? Täte er das nur!«

»Im übrigen findet der Mann nicht sich selbst kauzig, sondern die unsichtbaren Linien, die so inkonsequent die Länder voneinander abgrenzen, ein hilfloses Unterfangen der Nationen, sich voreinander zu verbarrikadieren, das Autonome der Regionen hat Marios Vorbildmann spitzfindig definiert.«

Anita, jetzt ächzend und schluchzend: »Mario genügte das offenbar, um von dem Plan gefesselt zu sein, aber, Emmi, keine Bange, Philosophen sind diese beiden Sammler nicht, weder der eine noch der andere, jedenfalls keine echten.«

Durch die Balkontür schiebt sich ein Block feuchter Kühle ins Zimmer. Anita widersteht der Versuchung, sich wärmer anzuziehen.

»Wo soll ich jetzt bloß hin, wo soll ich hin auf der ganzen Welt!« ruft und jammert sie einmal zwischendurch. Wen fragt sie? Den Teppich, das Sofa, die Scherben? Alle drei antworten nicht, und bei dem Gespenst Emmi hat sie gar nicht erst Rat gesucht. Das muß ihr weiterhin als stummes Gegenüber dienen.

Sie kann jetzt schon viel flüssiger sprechen, steigert sich sogar zur geschäftigen Berichterstattung: »Wichtig ist, daß die Berge auch ganz klein sein können. Oft sagen die Bewohner dem Sammler, sie besäßen gar keine, aber er weist sie hin auf die maximale Erhebung, die ihm schon genügt. In Flachregionen ist der Hügel der König der Berge. Der höchste Berg Helgolands mit 61 Metern gehört eben auch auf die Liste. Ob Mario schon auf dem drauf war, schreibt er nicht, wohl aber von der Schwierigkeit seines Vorbilds, die jeweils extremsten Erhebungen aufzuspüren, da sie nicht als solche verzeichnet sind mit ihren 300, oft sogar bloß 200 Metern, und von den Gefahren, vor allem den politischen Schwierigkeiten in den russischen Republiken, von langwierigem Bemühen um Spezialgenehmigungen, vermintem Gebiet, Verhaftungen durch Polizei und Militär und langen Verhören, von räuberischen Überfällen und der Bedrohung durch Bären.«

Sie atmet tief und stöhnend durch, die unechte Nüchternheit ihrer Sätze, die sie hustend, schluckend aufrechterhält, das Lakonische ihres ganzen Berichts, um den sich keine reale Tante schert, ist zur Zeit ihr einziger Rettungsanker.

»Man erfährt aus dem Tagebuch nicht, wie viele solcher Punkte Mario schon sammelte, bevor wir uns kennenlernten. Er hat ja nie von dem Projekt in dieser Weise erzählt, nie mit offenen Karten gespielt, beziehungsweise niemals die Karten diesbezüglich auf den Tisch gelegt. Der Erfinder der Schnapsidee hat sie alle geschafft, bis auf einen in Baschkortostan, den Großen Jamantau. Der höchste, der leichtere Elbrus, liegt längst hinter ihm.«

Bei dem Wort »Elbrus« kann Anita eine Weile nicht weiterreden. Als es wieder geht, sagt sie das gefährliche Wort extra einige Male hintereinander. Es soll auf keinen Fall ein verschwiegenes werden. Nicht das Wort »Mario«, nicht das Wort »Elbrus«.

»Warum wollte Mario unbedingt, daß ich, falls er nicht zurückkäme, diese Aufzeichnungen als sein Vermächtnis lese, diesen Unfug lese? Damit ich endlich verstünde, wer er wirklich war, und nicht, was ich mir Heroisches erträumt hatte, wofür ich auch viel zu erwachsen bin oder sein müßte? Ob er mit Marzahn darüber geredet hat? Was glaubst du, Emmi? Wie eng ist ihre Freundschaft eigentlich gewesen? Enger als unsere? Wollte sich Mario im Fall seines Todes als dauerhaftes Rätsel in mich einsenken? Wollte er mir durch Lächerlichkeit den Abschied erleichtern? Wo fange ich selbst, deine Nichte Anita, an, wo höre ich auf, körperlich, meine ich? Selbst das weiß ich nicht genau.«

Anita macht noch einmal, wie eben schon, das Licht an. Es ist ihr nun sehr kalt, noch versagt sie sich den Griff zur Wolldecke, da sie ja sterben will. Wär doch gelacht. Doch doch, unter Umständen sterben.

»Zum Schluß wieder ein Zitat, Emmi, nicht von Mario, er hat es nur von seinem Meister abgeschrieben. ›Mein Hobby ist völlig sinnlos. Weder verdiene ich daran, noch habe ich am Ende einen brauchbaren Erkenntnisgewinn. Wie bei allen Sammlungen muß ich am Ende des Lebens alles abliefern. Doch einzigartig ist es trotzdem. Noch nie hat jemand vor mir dieses Projekt in dieser Größenordnung durchgeführt. In meiner Sinnlosigkeit bin ich also absolute Spitze, der Höchste. Mein Projekt beschäftigt, vertreibt die Langeweile, verkleistert das Bewußtsein, daß alles, was wir Menschen tun, von vornherein zwecklos ist.«

Großer Gott, sagt sich Anita, wie gern hätte ich mit Mario zusammen bei einem Glas Wein über diese Sätze gelacht!

»Und was schreibt mein Mario in großen Buchstaben unter das Zitat, Tante Emmi? Das errätst du nicht. Da steht: ›Ich ahme ihn nach, schon seit ein paar Jahren, immer, sobald ich Zeit dafür habe, leider nicht oft genug, um zügig seinen Spuren zu folgen. Warum? Um seine Sinnlosigkeit durch meine Einfallslosigkeit zu übertreffen. In dieser Kategorie bin ich der Größte.‹«

Als das aus ihr heraus ist, kann sie endlich in Maßen Vernunft annehmen und sich verkriechen unter dem kalt gewordenen Mondlicht im leeren Bett. Kein Daumen wird an ihrer nackten Wirbelsäule entlangfahren, keine Zungenspitze ihre Kniekehlen reizen. Noch schlimmer: Niemand nimmt sie einfach in die Arme.

Am nächsten Tag, Sonntag, erzählt sie alles, nur etwas aggressiver, der fiktiven Tante Lucy und dann wieder Emmi, der vorgestellten, dem Gespenst. Sie erzählt es der Wohnungseinrichtung in großem Zorn, in tiefer Trauer, in Verzweiflung und Einsamkeit. Zwischendurch schreit sie: »Ich bin zornig, traurig, einsam, verzweifelt. Wenn ich aber will, kann ich grinsen!«

Das behauptet sie, schafft es jedoch nicht und erwägt

statt dessen, ob das Tagebuch vom teuflischen Marzahn gefälscht sein könnte in Marios imitierter Handschrift? Muß man dem Antiquitätenhändler nicht alles zutrauen? Bloß: Wozu sollte er sich die Mühe machen?

»Ich bin dabei, verrückt zu werden«, sagt sich Anita schließlich sehr verständig und extra laut. »Bald werde ich wortwörtlich die Wände mit dem Kopf einrennen. Ich muß nach draußen, das diszipliniert, wenn ich schon nicht sterbe. Die Blicke der Leute stauchen den Wahnsinn zurück, solange noch Zeit ist.«

Ja, sie muß unbedingt nach draußen, in die unwissende und deshalb robuste Außenwelt. Wohin aber? Im Treppenhaus begegnet sie Frau Schlender, die sie inzwischen flüchtig kennt. Frau Schlender trinkt aus Schönheitsgründen keinen Alkohol, raucht sowieso nicht, geht immer vor Mitternacht zu Bett, lacht und gurrt aber wie stets leicht berauscht. Anita sieht, wenn sie auf Frau Schlender trifft, nicht die leibhaftige Person, statt dessen das schreckliche Idealbild, das der Frau vorschweben mag. Diesmal geht Anita grußlos an ihr vorbei. Sie will die Frau nicht lachen hören. Das Rad nimmt sie nicht, um nicht zu verunglükken, weil sich die Augen nach wie vor unberechenbar verschleiern. Es scheint ein an der Haut schmerzend entlangfahrender Wind zu wehen. Doch das stimmt gar nicht, die Luft steht still. Trotzdem! Sie landet ganz von allein beim Trauergärtchen vom falschen Brammertz. So ein Zufall! »Nanu! Das kommt mir wie gerufen«, sagt sie verwundert über sich. Es ist aber abgeschlossen, und frech über die Absperrung klettern möchte sie nicht, da sie schon mit dem nicht unfreundlichen Eigentümer ein-, zweimal gesprochen hat. Schwermütige Vogelstimmen wollen sie zu irgend etwas überreden. Verbirgt nicht jeder Vogel den tiefen, immer tiefer lockenden Waldgrund in seiner Kehle? Für sie nie wieder. Soll sie weiter zu Emmi gehen? Auf keinen Fall, dann lieber zurück in ihre traurige Zelle.

Am Montagmorgen fährt sie zum Geschäft, auch das ohne ausdrücklichen Entschluß, ganz von selbst.

Wegen Trauerfall bis Mittwoch geschlossen! hat Marzahn auf das Schild schreiben lassen. Sie entfernt es nicht, läßt aber die Ladentür weit offen, um nicht allein zu sein. Die Leute nehmen den Satz wohl gar nicht wahr, sie sehen die offenstehende Tür und treten unbefangen ein. Aber merkwürdig, wie aus Pietät kaufen sie keine Scherzartikel, nur den augenblicklichen Renner, golden blinkende Kaiser-Karl-Figürchen. Einmal sieht sie nicht gleich hoch, als ein Kunde eintritt. Sie will schon nach einem ihrer kleinen Hits greifen, als der Mann fragt: »Was ist passiert?«

Die Stimme erinnert sie im auffällig intim gesenkten Tonfall an einen Mann, der immer, wenn er die Wörter »Champagner«, »homosexuell«, »nackt« aussprach, zu diesem Mittel griff. Hier ist es aber der falsche Brammertz, und da fängt sie natürlich an zu weinen, fährt ihn allerdings aus Zorn darüber an, sobald sie dazu fähig ist: »Ich wollte gestern in Ihrem Garten sitzen. Sie haben ihn abgeschlossen. Kein schöner Zug von Ihnen.«

»Ich war beruflich verreist. Was ist passiert?« Er wartet beharrlich auf Antwort, obschon Anita ziemlich lange stumm bleibt und ihre frühere Gesprächigkeit beim gemeinsamen Sitzen auf der Bank, die ihm nun gewisse Rechte gibt, verflucht.

»Jemand ist im Kaukasus tödlich verunglückt. Im Übrigen bin ich nur zufällig da vorbeigekommen.«

Während sie noch peinlich berührt ihrem übertrieben betonten »zufällig« nachhorcht, sagt der falsche Brammertz schnell: »Sie werden doch jetzt nicht Ihre Zelte hier abbrechen?« Er scheint danach sofort erschrocken über sich zu sein.

Sie starren einander an mit gerunzelter Stirn. Anita erkennt eine rote Schwellung in seinem linken Mundwinkel, von der er vielleicht gar nicht weiß, auch die Andeutung eines einseitigen Grübchens, als er jetzt verlegen lächelt, sie dabei aber aufmerksam studiert. Er bemerkt offenbar ihren strengen Blick auf seine leuchtendrote Krawatte. Seine Hand zuckt kurz zum Knoten, um das unpassende Kleidungsstück zu beseitigen, er wird sich aber rasch der albernen Reaktion bewußt. Da sich zur Zeit niemand außer ihnen beiden im Laden aufhält und um die falschen Gefühlsunterstellungen wegzuwischen, die beide bei sich konstatieren und am anderen wittern, beginnt er plötzlich, vor ihr auf und ab gehend, von seiner verstorbenen Frau zu erzählen, ohne sich zu wundern, daß Anita ihn nicht an dieser Abwegigkeit hindert. Wenn Käufer kommen, tritt er höflich beiseite. Sie werden ihn für einen Vertreter von Postkarten oder Himbeerdragees halten.

»Oft, wenn ich dort über dem Stauweiher sitze, trauere ich in Wirklichkeit ja nicht. Ich stelle mir vor, sie würde noch leben, wie ich es manchmal auch träume. Ich bilde mir dann ein, sie wäre nur verreist, heute sei vielleicht Mittwoch und am Freitag würde sie wiederkommen. Es ist erstaunlich, daß es mir an diesem Ort so gut gelingt, eine Weile daran zu glauben und daraufhin vollkommen glücklich zu sein.«

Bei dem letzten Satz beugt er sich in einer Art Beschwörung so weit vor, daß Anita ihn riechen kann. Anis! registriert sie unwillkürlich, Anis, Kümmel, Fenchel.

Sie hört nicht besonders gut zu, weil sie selbst Verschiedenes zu bedenken hat: Mario, ich meine nicht seine Person, sondern seinen Tod, zieht die Herrlichkeit der Berge für mich mit in den Abgrund. Sie verblassen und verwesen, sie beginnen zu stinken, die Todesklötze.

»Frau Jannemann«, unterbricht sich der falsche Brammertz und läßt für einen Moment das Auf- und Abtigern, »mir fällt auf, daß Sie beim Verkaufen völlig anders wirken als sonst, so, ich möchte sagen, herzlich zugewandt gegenüber den wildfremden Leuten.«

Anita antwortet ungerührt auf das ambivalente Kompliment: »Ist doch klar. Hier bin ich im Beruf, im Kostüm, genauso wie in Zürich. Kontaktfreudig aus professionellen Gründen. Privat? Schüchtern, menschenscheu bis menschenfeindlich. Sagen Sie nicht, das sei unmöglich. Es ist so!« Unnötig fügt sie hinzu: »So war es schon immer. Singen, Wandern, Schwimmen! Das kann man wunderbar allein machen. Genau das Richtige für mich.«

Sie sagt es fast gehässig. Er will aber offenbar nicht begreifen, daß sie sich nur Mühe gibt, ihn zivilisiert rauszuschmeißen, er will sie ablenken, vielmehr ihr beistehen in ihrem Schmerz. Sie fällt nicht darauf rein, aber das Plaudern tut ihr tatsächlich gut.

»Warum eigentlich ausgerechnet Zürich?« fragt er.

Anita möchte, wenn sie nur könnte, sich gern wohlerzogen aufführen und vor diesem Fremden zusammennehmen: »Falls Sie in der Schule mal über Gottfried Benn gesprochen haben: Beim Abitur war das Gedicht *Meinen Sie Zürich zum Beispiel sei eine tiefere Stadt?* mein Aufsatzthema und hat mir damals Glück gebracht. Das war der Grund. Deshalb habe ich bei dem Angebot zugegriffen. Ich wollte selbst überprüfen, wie es sich mit der Tiefe dieser Stadt verhält, die ich nicht kannte, als ich so altklug darüber geschrieben habe. Mir gefällt das Gedicht, obschon es nicht sein bestes ist, bis heute. Das untiefe Zürich, mit Einschränkung, auch.«

Anita für sich: Der Name Mario paßt nicht in die Berge. So kann ein richtiger Bergsteiger doch nicht heißen. Ich hätte gewarnt sein müssen und ihn nicht fortlassen dürfen. Die Berge! Es kam ihm nicht auf die an, sondern auf das Sammelgebiet, das schiere Sammeln. Nicht zu fassen!

Dann setzt sie wieder in alter Routine ihr Zuhörgesicht auf.

»Es wird Sie sicher wundern, aber am meisten habe ich bei meiner Frau die geraden Schultern geliebt, wie sie einander rechts und links vom Hals im genau rechten Winkel ohne das geringste Absenken die Waage hielten. Es war nicht bloß eine Äußerlichkeit. Ihr Wesen drückte sich darin aus. Deshalb ging ich auch so gern beim Wandern hinter ihr her. Immer mit der schrecklichen Angst, sie zu verlieren. Ich war vom Himmel oder Zufall jederzeit erpreßbar. Das Schicksal konnte mir drohen, sie mir wegzunehmen, jederzeit konnte es zulangen, und ich wurde sofort kleinlaut. Dabei gab es keine Ankündigungen etwa gesundheitlicher Art. Aber an der Gewalt, der ich ausgeliefert war, ließ sich nicht zweifeln.«

Wieder beugt er sich ihr so entgegen, daß sie Anis, Kümmel, Fenchel riecht. Vielleicht stellt er beruflich Kräutertee her, denkt sie absichtlich spöttisch. Er sieht direkt in ihre traurigen Augen, streckt zögernd die Hand aus, um sie tröstend an der Schulter zu berühren, läßt den Arm aber vorher zweifelnd sinken.

»Diesen Anblick von ihr, in ihrer gelben Wanderjacke zügig vor mir herstapfend, werde ich für immer in mir aufbewahren, zu meiner Freude, ich weiß nicht, und zu meinem

Kummer. Daß Anblicke eine solche Macht über uns haben, es sind Stempel, nicht wahr?«

Anita öffnet den Mund, sagt aber nichts, nickt nur, scheinbar geistesabwesend. Plötzlich äußert sie etwas vollkommen anderes, als sie denkt: »Sie haben nicht einmal gefragt, unter welchen Umständen er zu Tode gekommen ist. Ich hätte es Ihnen aber auch nicht sagen können. Man hat es mir nur im Groben mitgeteilt.«

Der falsche Brammertz entschuldigt sich sofort: »Ich bitte um Verzeihung und bereue. Jetzt habe ich Sie in Ihrem Unglück mit meinen alten Geschichten belästigt.«

»Ist nicht schlimm«, antwortet Anita halbschroff auf seine Halbironie. Sie ist sicher, daß er extra Privates erzählt hat aus einem gut gemeinten, wenn auch ungeschickten Mitleiden, sehr ungeschickten Mitleiden allerdings! Braucht sie nicht. Lieber ist sie gespannt, ob er zum Schluß etwas kaufen wird. Da, er spürt offensichtlich ihre Überlegung und läßt sich, bevor er aufbricht mit seiner feuerroten Krawatte, eine Postkarte vom Lotharkreuz und bunte Gummibärchen in Kaiser-Karl-Gestalt geben.

Anita sieht hinter ihm her.

(Man kann ja nicht verhindern, daß man den Leuten hin und wieder die Rückfront bietet, auch wenn man es gern untersagen würde, um nicht die Kontrolle über ihre herzlosen, unverschämt gönnerhaften Blicke zu verlieren. Denken Sie an Marzahn! Es ist viel unangenehmer, als einen Raum mit Leuten zu verlassen, bei denen man befürchten muß, daß sie die neue Situation sofort nutzen, um mit der Demontage zu beginnen. Hier überläßt man ihnen schließlich seinen wirklichen Körper in all der augenscheinlichen Anfälligkeit. Manchmal ist man sich dessen, Sie wissen das bestimmt, quälend bewußt. Am liebsten würde man sich dann rückwärts entfernen wie ein Höfling, aber keineswegs aus Höflichkeit. Da können Sie Marzahns Abneigung prima verstehen. Das sind sporadische Anfälle, die das souveräne Selbstbewußtsein untergraben. Und dann das Ganze in der umgekehrten Rolle: In besonderen Momenten glaubt man, in dieser schutzlosen, unmaskierten Rückfront eines Menschen die Wahrheit usw. seines Charakters usw. unverstellt enthüllt zu sehen. Sie besteht natürlich meist aus einem bitteren Verkleinern, wenn nicht lächerlichen Entlarven, sehr selten aus einer gloriosen Offenbarung verborgener Seelenschönheiten. Dann schon eher aus der eines hübschen Hinterns.)

Anita also sieht hinter dem falschen Brammertz her und wiehert hell auf in ihrem Elend. Gut möglich, daß es sich im Grunde um die Angst vor dem Sterben handelt: Man muß den Überlebenden, was man nie wollte, den Rücken zeigen. »Sie sehen mich auf einmal von hinten, ich kann mich nicht mehr verteidigen mit meinem Frontalbild, das ich offiziell zur Verfügung stelle«, erzählt sie den diesmal verschmähten Lakritztüten. Die fast grazile Gestalt des Mannes versetzt ihr einen bösen Stich: Ärmliche, glanzlose Welt verglichen mit dem, was sie unwiederbringlich in all seiner Pracht verloren hat!

Er kommt noch einmal zurück und hört sie sprechen: »Sie telefonieren nicht?«

»Meine dumme Angewohnheit, Selbstgespräche zu führen, von Kindheit an.« Sie muß sich nicht um Unverbindlichkeit gegenüber dem freundlichen Kleinen bemühen, der überhaupt nicht so klein ist, wie sie tut. Die nur mittlere Körpergröße wird wohl in der Familie Brammertz liegen. Das Frostige kommt bei ihr von selbst. Ihr ist nun mal danach. Nicht nur Selbstgespräche, sagt sie sich, ich rieche hin und wieder auch gern an meinen Achselhöhlen. Ich schwitze ja nicht sehr, aber dieses Quentchen eigener Schweiß gibt mir Standfestigkeit.

»Ich werde das Gärtchen sofort wieder aufschließen. Das hatte ich vergessen zu sagen«, ruft er auf der Schwelle. Beim Wenden des Kopfes stößt er mit einem darüber aufgebrachten Touristen zusammen. Es ist dem falschen Brammertz nicht peinlich, er lacht. Sie erkennt am schülerhaften Dukken seines Rückens, mit dem er ohne Umwenden nach hinten in den Laden zurückblickt, daß sich der Mann anschließend geniert, weil er von ihrem Trauerfall kommt und es einen Moment nicht bedacht hat.

7.
EURYDIKE

Anita verkauft so vor sich hin. Auf dem Weg zum Geschäft hat sie den schmächtigen Gast gesehen, den, der im Frühling beim Abendessen in ihrer Wohnung von der Sechserkette am Elektrozaun erzählte. Er ist mit einem Beileidsgesicht auf sie zugekommen. Sie drehte aber noch rechtzeitig ab. Die Routine aus der Zeit, in der sie während des Studiums als Verkäuferin gejobbt hat, zahlt sich jetzt aus. Reiner Zufall, daß die Kunden alle lebendig sind, auch wenn die das für noch so selbstverständlich halten, Anita weiß es besser. Am Leben sein ist nicht der Normalfall. Sie sieht sie auf dem Domplatz Fotos schießen wie verrückt, wie von der Tarantel gestochen, nein, wohl eher sind die Leute die Tarantel, die im digitalen Blutrausch danach trachtet, mit gestrecktem Arm die Objekte ein für alle Mal zu erledigen. Was der Augenschein nicht recht bringt, soll später der handgemachte Anblick auf Papier oder Tablet schaffen. Ja Pustekuchen! Zwischendurch überlegt sie, was sie mit dem für Mario reservierten Smartphone anfangen soll. Sie legt den kleinen Apparat auf einen Hocker und umkreist ihn einige Male. Wird sie ihn als unberührte und leider unwirksame Reliquie verehren oder das Ding verkaufen? Sie könnte es schnöde für den alltäglichen Gebrauch nutzen und auf diese Weise mit Lust entweihen, auch im Stauweiher versenken wie der König von Thule den goldenen Becher der Buhle im Meer. Bei längerem Warten hat sie die Angewohnheit, auf dem Bahnsteig sich immer Wagen und Platzreservierung aufzusagen, so macht sie es jetzt mit: »Verehren? Verkaufen? Gebrauchen? Wegwerfen?« Immer im Kreis, Anita, das Grubenpferd.

Über die starken Kopfschmerzen am Abend freut sie sich. Sie lenken ab von dem jetzt in ihr immer stärker wütenden Bild seines vom Aufprall geschundenen Körpers und erlauben ihr außerdem, anzüglich mit den Vorräten an Schmerz- und Schlaftabletten zu spielen. Als sie sich zu einem beträchtlichen Zigarettenpensum ein großes Glas Wein einschenken will, um ihr Unwohlsein als zwiespältiges Heilmittel gegen Kummer zu erhöhen, ruft Marzahn an.

Er habe mit der alten Frau Schleifelder in Wien telefoniert, dieser durch zwei wilde Söhne schwer geprüften und natürlicherweise von den Nackenschlägen sehr verstörten Mutter. Anita hört deutlich den leicht hüstelnden Spott, den Marzahn offenbar aus lebenslanger Gewohnheit nicht lassen kann. Auch habe er der erstaunten Frau von ihr, Anita Jannemann, erzählt. Sie lasse herzlich grüßen und lade sie ein, bei einem Wienaufenthalt doch zur ihr zu kommen, auf einen Kaffee oder Tee.

»Danke.« Anitas viel zu schnelle Antwort klingt rüde.

Was sie, Anita, betreffe, so beglückwünsche er sie zu dem Entschluß, schon heute wieder ins Geschäft zu gehen. Er habe das natürlich mitgekriegt. Es seien von fern Flügel, seine, Marzahns, über sie gebreitet, auch wenn sie sich jetzt in der Stadt verloren fühle.

»Was ist eigentlich mit ›bis Mittwoch‹ gemeint? Einschließlich oder ausschließlich Mittwoch, also schon Mittwoch oder erst Donnerstag?« schneidet ihm Anita ungeduldig das Wort ab.

»Sie unterbrechen mich jetzt zum zweiten Mal. Angesichts Ihrer gegenwärtigen Situation lasse ich es durchgehen. Sonst nicht, ich hasse das. Sie aber, Frau Jannemann, können jederzeit mit meiner Hilfe rechnen. Und bedenken Sie: Immerhin suchte sich Zeus persönlich den Kaukasus aus, um Prometheus dort an den Felsen zu schmieden! Ansonsten sollte hier alles vorläufig beim Alten bleiben, nicht wahr? Noch etwas. Die kleine Gabriele ist wieder aufgetaucht. Ich berichte Ihnen gelegentlich davon.«

Jetzt hat sie einen neuen Satz, den sie ohne Sinn und Verstand vor sich hin sprechen kann: »Die kleine Gabriele ist wieder aufgetaucht.« »Verehren? Verkaufen? Gebrauchen? Wegwerfen?« So wechselt sie ab, bis sie einschläft, bis sie hochfährt, aufgeschreckt von dem Hohlraum in ihr drin. »Sei einsam! Sei verzweifelt! Sei in tiefer Trauer!« befiehlt sie sich, denn sie gleitet in sich herum und benötigt dringend die eine oder andere Maxime, um sich zu verfestigen. »Noch eine Witwe im Hause Jannemann! Wenn auch illegitim, nicht rechtskräftig«, fällt ihr außerdem ein. Ebenfalls geeignet: »Wie sich die Wohnung verändert, je nachdem, ob jemand darin wenigstens hoffnungsmäßig vorhanden ist oder hoffnungslos fehlt!«

Ist es denkbar, ist es irgendwie vorstellbar, daß sie auf diese schwarze Verfassung einmal ruhig zurückblicken wird als erledigte Epoche ihres Lebens, auf diesen Säurefleck des Gefühls und Hochzustand des Entsetzens? »Elend« ist das falsche Wort, nämlich zu festumrissen. »Ich bin erst zweiundvierzig, gelenkig, landläufig hübsch und müßte jetzt trotzdem eine Art Rollator, wenigstens Rollkoffer haben, um mich nach draußen zu trauen. Ich werde die Bordsteinkante scharf im Auge behalten, um nicht kreuz und quer zu gehen. Wer weiß, was man sonst mit mir macht, da ich wehrlose Witwe und Waise bin.« Bei allem, was sie anfängt, beherrscht sie der Wunsch: Wäre es doch schon wieder vorbei!

Einkaufen muß sie jedenfalls. Anita hat nicht viel Geld, aber ihr Bereich auf dem Transportband ist sehr viel üppiger und kostspieliger gefüllt als der einer Person vor ihr, die sie zunächst nur von der Seite sieht und deren linke Hand den Trennstab offenbar wütend auf Anita zuschiebt. Hat sie deren Souveränitätsgebiet verletzt? Anita, ebenfalls ohne Gelassenheit, bewegt den Stab wieder nach vorn. So geht es noch einmal, dann dreht die Frau sich zu ihr her und faucht sie an: »Lassen Sie mir gefälligst meinen Platz!« Das gesamte, von einem armseligen Leben schwer mitgenommene Gesicht bebt im Kampf um ihr angebliches Recht. Anita gibt erschrocken nach, fragt sich aber gleichzeitig, zu wem der Kassierer, der keine Miene verzieht, wohl halten mag. Vor einem Monat war er neu und ein athletischer junger Mann, jetzt fängt er an, in seiner engen Box aufzuschwemmen.

»Ihr freundlichen Tomaten«, »Du herzensgutes Brot«, »Du von Grund und Jugend auf biedere Butter«, »Ihr heimatlichen Nährmittel alle! Blödmänner!«, sagt sie in der Küche beim Auspacken der Tasche. Man müßte alles Alltägliche nicht nur später, wenn es für immer futsch ist, so sehen, als wäre es das letzte Mal, sondern auch jetzt schon. Was hätte dann alles für ein Gewicht. Oder sich den Satz sagen: »Dies würde ihr Sterbeort sein!« Da fangen sofort die Domglocken an zu läuten. Herrlich bedeutungsvoll die Sessel, die Vorhänge auf einmal! Das tote, tiefbraune Augenloch des Moorteichs im Botanischen Garten von Hannover-Herrenhausen, künstlich angelegt in einer PVC-Mulde, wie sie ihn vor Jahren gesehen hatte, war für sie das Urbild eines herrisch fordernden Todesortes gewesen. Jetzt übernimmt eventuell ihr eigenes möbliertes Wohnzimmer die Rolle, warum nicht!

Zwischendurch: »Übertreibe nicht!«

Dann wieder ist die alles beherrschende Frage, was sie gemacht hat im Augenblick seines Absturzes, an diesem entscheidenden Schicksalspunkt. Dabei, bei Licht besehen, läßt sich die Tatsache seines Todes, obschon sie es manchmal glaubt, auch von dieser Wegkreuzung her nicht revidieren, durch keine Art von Teufelsbeschwörung oder fromme Magie. »Das Sterben stellt sich eben, da kannst du nichts machen, als eine einzige große Wurschtigkeit gegenüber dem Individuum heraus.«

Zwischendurch: »Untertreibe nicht!«

Zwischendurch: »Um wen trauere ich eigentlich?« Sofort schlägt sie sich auf den Mund. Die beleidigte Reaktion ihrer Lippen sagt ihr zu. Sie wiederholt es einige Male, immer heftiger. Wie nah sich der Antiquitätenhändler und Mario standen, wird sie wohl nie erfahren.

So gehen die ersten Tage dahin. Marzahn ruft noch einmal an. Es werde ein Freund ihres gemeinsamen Freundes aus Wien anreisen, um sich an der TH um die Formalitäten zu kümmern, die Wohnung aufzulösen, und etwaige Habseligkeiten, so wolle er es angesichts des spartanischen Lebens Marios einmal nennen, mit nach Österreich nehmen. Ein besonderes familiäres Interesse scheine an diesen Dingen nicht zu bestehen. Falls sie Sachen des Verstorbenen in ihrer Wohnung habe und sie los sein wolle, könne der Abgesandte bei ihr vorbeikommen. Ob ansonsten alles in Ordnung sei? Demnächst also sähen sie sich bei einem kleinen

Abendessen. Seine gute und vielfach erprobte Frau Lüdtke werde, falls gewünscht, zunächst alle Absprachen mit der Putzfrau, der Buchführung und den Lieferanten übernehmen.

Anita läuft an diesem Tag trotz der Wärme in der Wohnung in einer grauen Lederjacke Marios herum. Sie geht damit sogar ins Bett, des Trostes wegen. Die restlichen Dinge will sie nicht behalten, sondern zusammenpacken und das Paket in Marzahns Geschäft deponieren. Bloß keinen Besuch eines Unbekannten, der sich mit ihr bestimmt an den »gemeinsamen Freund« bei einer »Tasse Kaffee oder Tee« erinnern will! Die halb verschlissene Lederjacke soll ihr als Konzentrat für alle Andachten genügen. Unter den Armen riecht das Futter ganz leicht nach seinem Schweiß – sie preßt das Gesicht auf die Stelle –, der ihr jetzt kostbarer ist als alles Gebirgsaroma und das Theater darum. So nennt sie es verächtlich gegen sich selbst: »Mein Theater darum«. Hoffentlich verfliegt der Geruch nicht zu schnell.

Könnte Marzahns fürsorgliche Kälte nicht auf dessen Erfahrung beruhen, daß auch heftige Liebesschmerzen sich mit der Zeit von allein geben, einfach ausbleichen ohne Sang und Klang? Auch Anita hegt diesen Verdacht und will Marzahn dafür verachten. Noch viel kränkender aber ist eine andere Möglichkeit. Vielleicht – und deshalb auch sein ironischer Unterton angesichts von Anitas Verzweiflung – hat er nie so recht dem Ernst und der Echtheit ihrer großen Liebe zu diesem Mann getraut. Vielleicht glaubt er gar, ihn, Marzahn selbst, der sich lediglich, gefestigt in der Würde seines Schmerzes besser zusammenreißt, würde der Tod des Freundes viel ärger treffen als Marios kleine vorübergehende Geliebte?

Da, das ist nun eine seltsame Sache! Sehen Sie nur, wie

sich Anita bei dieser sich einschleichenden Verdächtigung die viel zu große Jacke plötzlich vom Leib reißt, sie zu Boden wirft und schluchzend darauf herumtrampelt, als wäre das Kleidungsstück nicht eine Stellvertretung von Mario, sondern von Marzahn, genauer: von dessen Beziehung zu Mario, und wie sie, nachdem sie sich ausgetobt hat, die Jacke in die Arme nimmt und sie küßt und sich darin einwickelt! Ein bißchen neugeboren nach der Schändung sind alle beide, die Jacke und sie.

Wieder begegnet sie Frau Schlender im Treppenhaus. Warum kuckt die so überlegen? Weiß die etwa Bescheid? »Was sehen Sie mich so unbefugt an! Lassen Sie das!« sagt Anita, jedoch glücklicherweise erst, als sie allein auf der Straße steht. Dann fällt ihr der kindliche Erzengel Gabriele ein. Ja, was dem wohl zugestoßen ist? Direkt und dicht durch das Schaufenster hat das wiederaufgetauchte Mädchen bisher noch nicht gesehen. Es ist Anita auch vollkommen gleichgültig geworden. In ihr ist kein Platz mehr für die skurrile Kleine vorhanden, nicht wegen Überfülle, sondern wegen der hallenden Leere.

Da sie in ihrem Postkasten einen Brief findet, bei dessen Adresse nichts auf sie zutrifft, nur die Hausnummer, hat sie sich auf den Weg zum Zweiweherstieg gemacht. Immerhin ein solides Ziel, bei dem man Fuß vor Fuß setzen kann. Aber schon bald überkommt sie ein großer Widerwillen, die Strecke zu Ende gehen zu müssen. Nur die abergläubische Vorstellung, daß, wenn Marios Brief nach Zürich sie ohne Irrweg erreicht hätte, vielleicht alles anders und glücklich ausgegangen wäre, hindert sie daran, einfach umzukehren und den Brief in den nächsten Papierkorb zu werfen.

Sie hat gelesen, daß jetzt begabte Kinder ab zehn oder zwölf Jahren beginnen, die höchsten Gipfel der sieben Kontinente zu bekrabbeln. Ob Mario für seine Merkwürdigkeit insgeheim einen Sponsor hatte?

Um bei Verstand zu bleiben, sieht sie sich die Bilder von den aktuellen Kriegen und Bürgerkriegen an. Das ist wenigstens etwas, mit dem alle zu tun haben, nicht nur sie allein, handfest und entsetzlich in ihren Augen und in denen von jedermann. Sie lenkt sich mit den Kriegsfotos ab vom Liebesschmerz, andere lenken sich gewöhnlich vom Grauen der Bilder ab durch die Liebe, wie sie es gern nennen. Liebe u. ä.

»Wie wird es wohl mit mir weitergehen?« fragt sie das Smartphone, das unberührt auf einem Seidentuch liegt. »Wie wird es vor allem mit dir, schweigsames Ding, weitergehen?« Hielte sie sich jetzt in Hannover-Herrenhausen auf, würde sie es vermutlich im schaurigen Moorteich versenken. Aber mit welcher Geste? Einer großartigen? Einer beiläufigen? Eins ist klar: In der reinen Glut des Liebesabschieds, die den Becherwurf des Königs von oder auf oder in Thule bewirkt, könnte sie es nicht tun. Bei ihr mischt sich ein anderes Gefühl ein. Es wäre mindestens zur Hälfte eine Strafaktion. Das weiß sie, das schon, Strafaktion, gegen wen aber? Auch deshalb läßt sie es lieber.

Aus, raus, unter Leute, sonst dreht sie wirklich durch, obschon sie am Tag im Laden anstandslos geredet und verkauft hat. Welcher Wochentag, Anita? Freier Nachmittag? Draußen entdeckt sie eine einzelne Rose im Vorgarten. »Anfang Juli, und die markiert schon jetzt mit großer Pose ›Letzte Rose‹!« krächzt Anita, da ihre Stimme vom vielen Rauchen heiser geworden ist.

Sie läuft die Straßen auf und ab, an der Reihe der stillen, ehrwürdigen Häuser entlang. Ob hinter diesen Mauern und Fenstern der Sex eine wichtige Rolle spielt? Ist das denn möglich? Ja, was glaubt sie denn, sollen beim wilden Treiben innendrin die Fundamente schwanken und die Steine bröckeln in Empörung über die diversen Ehebrüche? Die Häuser können mit und ohne Seitensprünge in ihrem Inneren noch nach einem Jahrhundert schön sein. Da müssen die Menschen mit ihren wenigen Jahren einer mehr oder weniger blühenden Ansehnlichkeit die Gunst der Stunde nutzen! Und ist es nicht überhaupt nett, Anita, auch wenn du selbst zur Zeit verständlicherweise neidisch, auch angewidert bist vom Normalglück, sich hinter so gravitätischen Mauern das verjüngende Anbranden des Lebens vorzustellen? Leider haben die sexuellen Verwicklungen oft nicht nur Kinder zur Folge. Am Ende vieler Konflikte steht nicht selten ein Immobilienhändler. Da muß das alte Haus zu zittern anfangen wie das Waldschlößchen vom echten Brammertz.

Das Trauergärtchen des falschen Brammertz ist an diesem Samstagnachmittag nicht mehr abgeschlossen. Er hat Wort gehalten. Anita setzt sich für ein paar Minuten auf die Bank und stellt sich vor, es wäre eben doch alles ein Komplott zwischen Marzahn und Mario, um sie loszuwerden. Will sie, werden Sie sich schulmäßig fragen, das großartige Bild des Mannes in sich zerstören, um den Schmerz über seinen Verlust ertragen zu können? Es ist kein Schmerz, nicht so direkt, es geht um Verwirrung und Vakuum. Hätte sie nicht die Anzeichen seines Abkühlens längst lesen können, möglicherweise schon vor ihrem Umzug? Müßte sie nicht in ihrem Gedächtnis Beweisen aus den letzten Monaten nachjagen wie eine betrogene Ehefrau, die bei jeder bangen Erkundigung nach einer anderen Liebe ihres Mannes mit eiserner Regelmäßigkeit von ihm hört: »Das bildest du dir ein, Schatz«, »Sei nicht hysterisch, Liebling«, und ein

Jahr später heißt es dann, nachdem sie wieder Vertrauen gefaßt hat, aus heiterem Himmel. »Aber das hättest du doch längst merken müssen!« So ist es ja ihren ehemaligen Freundinnen Svenja, der Einfältigen, und Katrin, dem Nervenbündel, passiert.

Anita beschäftigt auf diese Weise ihr Hirn, damit es was zu beißen hat, glaubt aber nicht an das, was sie da kaut. Nein, so ist es niemals gewesen. Jedoch die Verdächtigung ein Weilchen zuzulassen und sie danach zu bereuen und wiedergutzumachen durch stumme Heldenverehrung, ach, wie wohl das tut! Sie muß das machen, schon aus Selbsterhaltungstrieb, nicht nur aus Gerechtigkeit und Liebe. Schließlich hat sie doch bei dem Entschluß, alles aufzugeben und nach Aachen umzuziehen, felsenfest geglaubt, einem Befehl des Schicksals zu gehorchen. Anita denkt das halb tiefernst und halb leichtfertig, eine erprobte Mischung bei ihr.

Das ehemalige Waldschlößchen? Diesmal sieht sie tapfer hin. Was ist das schon gegen ihren Kummer! In unfaßbarer Geschwindigkeit wächst aus Fertigteilen ein Doppelhaus aus dem Boden. Da man alles Vegetative ausgerissen hat, reicht der Platz. Die scheinen Tag und Nacht zu werkeln an dem kreideweißen Zwillingsungetüm, dessen zukünftige Fratze auf einer Tafel bereits zu besichtigen ist. Anita studiert es mit einer unklaren Schadenfreude.

Die Tante aber, soweit das in diesem Fall möglich ist, entschädigt Anita, die sich nicht angemeldet, sondern einfach hat hertreiben lassen, für allen Gram. Frau Bartosz erledigt ein paar Einkäufe, Emmi ist allein. Sie lächelt, sie strahlt. Sogar die komischen Löckchen scheinen zu vibrieren, die Augen haben die Blässe verloren, das einstige Grün arbeitet sich durch die Nebelwand des Alters hindurch.

»Rauch ruhig, Kind. Ich lese dir den Wunsch von den Augen ab. Mir gefällt der Geruch«, fordert Emmi und errötet wahrhaftig ein wenig dabei. Sie summt einen Walzer. »Wunderschön, aus der ›Lustigen Witwe‹.« Sie stutzt und kichert wieder. »Man kann herrlich tanzen danach.« Sie hält sich an der Stuhllehne fest und wiegt sich hin und her. Wo sind bloß die Tränensäcke geblieben bei diesem auf einmal so schnurrenden Kätzchen?

Anita begreift schnell, daß die nahezu septemberliche Heiterkeit, die das ganze Zimmer erfüllt, nicht durch ihren unvermittelten Besuch hervorgerufen wird. Die Beflügelung, das Gehen ohne Stock, das fortwährende Lächeln auf dem Grund von Emmis rosigem Gesicht, das alles nährt sich aus einer anderen, urtümlicheren Quelle. Es kann nur die Liebe sein, die wiederaufgeflammte Liebe zum Architekten Brammertz, dessen finanzielles Unglück die etwa gleichaltrige, wohlhabende Emmi zurück in eine diskutable Position gebracht hat. Nur um den Schein zu wahren, bemüht sich Emmi, ein wenig zu klagen:

»Ach Kindchen, was sage ich da! Tanzen! Ich mit meinen morschen Knochen und tanzen! Die Ärzte aber sind noch schlimmer als steife Gelenke. Sie werden von Jahr zu Jahr schamloser. Raubtiere, Wegelagerer, Geldschlucker, die ihren Fünf-Punkte-Fragenkatalog runterleiern und dabei, statt die Patienten anzusehen, auf ihren Computer starren, irgendwas reintippen und dabei womöglich an die außereheliche Geliebte beim Golf denken oder an die zukünftige Immobilie. Ach Liebes, was ist das für eine miserable Welt! Auf der Rechnung heißt das ›Beratungsgespräch‹. Sollten die Gauner was verordnen, kann man von Glück sagen, wenn das Medikament noch oder schon auf dem Markt ist. Hat der Patient ein länger zurückliegendes Geburtsdatum, verlieren sie jedes Interesse und fangen die Sätze an mit ›In Ihrem Alter ...‹ oder ›Vielen Jüngeren geht es viel schlechter‹. Fehlt nur noch, daß sie fortfahren: »Nun krepieren Sie mal schön, los, los, auf den Kompost mit Ihnen‹ oder, damit die Polin es versteht: ›krepuren‹.«

Emmi ballt wahrhaftig die zarten Hände zu Fäusten und schlägt damit auf den Tisch. Das tut sie, um sich weiter anzufeuern. Anita begreift: Wenn schon kein Walzer, dann wenigstens eine ordentliche Attacke.

»Von gründlichem Untersuchen, wie man es früher kannte, kann keine Rede sein, die vermeiden jede körperliche Berührung, und wenn, dann ziehen sie dazu Handschuhe an, nicht aus Hygiene, sondern aus einem Leibesekel, der uns, die Patienten, tief kränkt. Ach Liebes, ich weiß wirklich, wovon ich rede. Die Diagnosen und Ratschläge dieser Roboter kann ich mir auch selbst erzählen. Das kommt bei denen wie aus dem Prospekt und aus der Pistole geschossen und nutzt überhaupt nichts. Dabei gewähren sie uns doch keine kostenlose Gnade! Lassen diese Ganoven, gekleidet wie Maurer und Müller, wie Kommunionkinder in unschuldiges Weiß und die heuchlerischen Bräute von heute, sich nicht bezahlen, wie man eine Putzfrau bezahlt? Die tut allerdings mehr fürs Geld. Meine alles in allem goldige Frau Bartosz ist da sowieso ganz anders.«

»Aber Emmi, es gibt wunderbare Ärzte, die nicht vergessen, daß sie Menschen sind wie ihre Patienten auch.«

»Einzelfälle, fast ausgestorben. Doch du junges Ding hast zum Glück noch keine Ahnung davon.«

Emmi lacht, nachdem sie mit dem Verteufeln fertig ist. Nun hat sie den Obolus entrichtet und darf ein Weilchen zeigen, wie ihr tatsächlich zumute ist. Sie leuchtet vor sich hin, das Zimmer glänzt und lächelt mit, sie summt eine schmissige Melodie, die Anita nicht kennt. Was will diese sich im Rhythmus wiegende Frau überhaupt beim Doktor?

Plötzlich, und zum ersten Mal heute, sieht Emmi Anita direkt an. Sie zuckt leicht zusammen, wie zur Besinnung gekommen in ihrem Rausch und unter einer Maßregelung: »Geht es dir nicht gut, Lalita? Was hörst du von Mario, mein Raritachen?«

»Alles in Ordnung!« Anita sagt es geistesgegenwärtig, in entschlossener Ablehnung eines Bekenntnisses und zur gleichen Zeit in zartfühlender Absicht. Auch das paßt bei ihr heute zusammen. Sie will das kleine Glück der Tante, die ohnehin an einer Antwort nicht interessiert ist, nicht mit ihrem großen Kummer behelligen. Und so darf Emmi weiter tändeln in frischer, alles Störende sanft überblendender, leichtgläubiger Verliebtheit. Anita gelingt es, sich daran zu wärmen, nicht von Kopf bis Fuß, aber doch an den Zehen und Fingerspitzen.

»Komm, wir trinken was. Im Schrank findest du den Sherry. Warum sollen wir es uns nicht angenehm machen? Warum nicht die Fröhlichkeit feiern, wie sie kommt?«

Fast empfindet die nickende Anita eine verborgene Genugtuung, eine Wollust darin, von der Tante so mißverstanden zu werden und dabei, hervorragend beherrscht, altruistisch mitzuspielen.

»Es ist nämlich so – kommt sie da etwa schon zurück? –, daß mir Herr Brammertz wieder eine Karte geschenkt hat, diesmal für die Oper namens ›Orpheus und Eurydike‹, recht alt schon und lang, ich würde, selbst wenn ich könnte, ehrlich gesagt nicht hingehen. Frau Bartosz aber ist aus dem Häuschen, jetzt kriegt sie die Karte, noch dazu in einer der vorderen Reihen. Brammertz war ja bis vor kurzem hier in Aachen Gesellschaftsmensch mit Traditionen. Da steht einem so was zu. Frau Bartosz wird wieder die Brillantohrringe tragen, dafür nimmt sie auch uralte Schinken auf der Bühne gern in Kauf. Der Komponist hat in diesem Jahr, nicht ganz so schlimm wie Kaiser Karl, 300. Geburtstag, glaube ich. Deshalb bringen sie das Ding. Ein Jubiläum jagt das andere, Rarita. Bei Jubiläen ist Frau Bartosz selig. Erst gestern rückte sie damit raus, daß demnächst, am 1. September, der Überfall der deutschen Wehrmacht auf Polen 75. Geburtstag hat. Für das Wort ›Flä-chen-bombar-dement‹ muß sie extra geübt haben. Es ist ihr richtig angeberisch über die Zunge geflutscht. Sonst spricht sie ja überhaupt bewundernswert Deutsch und wird auch noch immer besser darin, die ehrgeizige Person. Wir alle kennen die Schrekken, ach Anita, die entsetzlichen Verbrechen, verwüstete Städte, grausame Besatzung, Massenmorde an jüdischen und polnischen Zivilisten, unsere Erbsünde.«

Emmi hält einen Augenblick mit tiefbetrübter Miene inne, scheint aber auch zu fragen: Ist es so recht?

»Es stimmt ja, ich weiß es ja, wir wissen es doch! Aber die wissen es erst recht von uns, kein Wunder natürlich. ›Ich selbst, meine gute Frau Bartosz, war da erst drei Jahre alt‹, habe ich schließlich zu meiner Verteidigung gesagt. Und wie sah sie mich daraufhin an? Giftig, Anita! Sie hätte viel lieber gehabt, ich wäre damals fünf-, nein zehnmal älter gewesen, damit ich mich vor ihr noch mehr schämen müßte und noch bußfertiger sein.«

Emmis Stimme ist grämlich geworden, das glückliche Kätzchen von eben senkt den Kopf, versteckt ihn fast zwischen den hinfällig gewordenen Schultern, ein getadeltes und bestraftes, schuldbewußtes Kind, das sein Vergehen jedoch nur halb, wenn auch ohne Widerworte begreift. So schweigen die beiden Frauen einige Augenblicke, in denen sich auch Anita ein Beispiel an der von ihrer Tante vorgeschlagenen Haltung nimmt und sie, ein wenig schwächer vielleicht, unwillkürlich nachahmt.

»Erst drei Jahre alt. Als mein Vater drei Jahre nach Kriegsende aus der Gefangenschaft kam, war ich, warte, zwölf. Anfangs hat er jede einfache Zwiebel verehrt wie meine Mutter den ersten echten Bohnenkaffee in der Nachkriegszeit. Zwiebeln waren im Lager das Kostbarste gewesen.« Dann besinnt sich die Tante auf die Gegenwart:

»Aber bei der Oper, nicht wahr, Anita, handelt es sich um eine Liebesgeschichte, du kennst sie sicher aus der Schule. Es geht um das Umdrehen, irgendein Umdrehen ist wichtig, ich selbst bin nicht mehr so sicher darin.«

»Wann?«, fragt Anita, die sich die Strategie des bejahrten Paares mühelos ausmalen kann.

»Schon morgen abend! Morgen ist doch Sonntag?« Es kommt so jubelnd aus Emmi heraus, daß Anita deren faltige, ein bißchen krumme Hände ergreift und eine Weile festhält. Emmi läßt es geschehen. »Schon morgen abend, falls dann Sonntag ist, findet es statt, und die Bartosz muß hin. Hört sich in der dritten Reihe was Schönes über die Liebe an.«

Dann heißt es: Freie Bahn für Emmi und für das Leibhaftige. Sie spürt: Alles ist gesagt, verraten an die verschwiegene Nichte, aber ohne Risiko. Und nur um den Streich spielerisch auszukosten, erkundigt sich Anita, ob Herr Brammertz nicht durch das Verschenken der teuren Abonnementkarte gekränkt sei. Die listige Emmi droht ihr mit dem Finger:

»Du kommst nicht genug an die frische Luft, trotz dieses netten Sommerfähnchens. Ihr Jüngeren tragt jetzt wohl alle, egal ob über dünnen Beinen wie du oder über dicken, diese kurzen Röcke? Das hatten wir früher auch mal, so knapp aber dann doch nicht. Zum Wohl, Liebes! Zum Wohl, solange sie nicht zurück ist. Sie hat etwas Komisches im Blick seit einiger Zeit. Erst dachte ich, er ist abwesend, dieser Blick, geistesabwesend, während sie mit mir spricht und um mich herumwuselt. Ein Irrtum, weiß ich inzwischen. Ich bin es, die für sie abwesend ist, ich bin in ihren Augen schon weggeräumt, beiseitegeschafft. Sie sieht den leeren Platz, wenn ich nicht mehr da bin, sie nimmt das vorweg in ihrer Phantasie, Anita. Nein, nein, schüttle nicht den Kopf, ich sage die Wahrheit. Was hat sie mich zum Beispiel, Anita, erst gestern gefragt? ›Frau Geidel, wissen Sie noch, wie alt Sie sind?‹ ›Das überlasse ich Ihnen‹, war meine Antwort. Ich bin jetzt noch stolz auf die Schlagfertigkeit, aber auch traurig, nein, Anita, nicht traurig, fröhlich bin ich. Komm, erzähl mir schnell diese Operngeschichte über die Liebe. Schnell, schnell, das ist viel besser für uns.«

Um Gottes willen, durchfährt es Anita, bin ich selbst, trotz meiner heiklen Lage, nicht nur aus Trauer so unbedenklich, sondern weil ich Emmi insgeheim als finanziellen Rückhalt besitze? Bin ich nur deshalb ihre folgsame Sklavin, die ihr, anders als im Märchen vom Scheik in Alessandria, immer in derselben einzigen Person an vielen Samstagen Geschichten erzählen muß?

Emmi wiegt sich auf ihrem Stuhl im Walzertakt. Schon fällt alles Düstere von ihr ab, alles lächelt verantwortungslos im golden-rosigen Licht ihrer Freude, ihr Gesicht, ihre Gestalt, das Zimmer. Es trinkt genießerisch, das Kätzchen, und leckt sich zierlich die Lippen. Anita kann nicht verhindern, daß sich ihr, flüchtig herangeweht, die Frage stellt, ob die Tante mit diesem Mund morgen abend den von ihr verstohlen eingelassenen Architekten küssen wird.

Noch undeutlich dämmert Anita, daß der Tante, so wie sie ihr vertraut ist, als glimmender und förderlicher Hintergrund gerade das Heimliche, eingebildet Verbotene erscheint, verstehen Sie?

Emmi lächelt Anita an, Anita, der nicht danach zumute ist, lächelt zurück. Sie bemerkt an der Tante die neuerdings wieder schwarzen Brauenbögen, zackige Kurven, weil Hände oder Sehkraft oder beides zusammenwirkend für kosmetische Täuschungen nicht mehr ausreichen, während der Beweggrund des Manövers offenliegt. Die Augen in dem schlauen, wehrlosen Gesicht funkeln dafür um so grüner.

»Los, meine kleine Rarita, nicht stumm träumen von der Liebe und diesem Mann! Erzählen sollst du! Komm, die Liebesgeschichte aus der Oper erzählen, wenn ich schon verhindert bin hinzugehen. Was gefallen mir heute diese Feuerreflexe in deinem Haar! Wunderschön, Liebes.«

Wie gerissen sie lacht, die blutjunge Emmi. Wie müde der uralten Anita zumute ist. Erst in Gegenwart ihrer frisch belebten Tante spürt sie, daß sie in letzter Zeit viel zu wenig geschlafen hat. Kaum legt sie sich hin, schießen die Bilder heran, nur manchmal zeigen sie Mario. Es sind Fragmente, Zerstückelungen von Zeitungsfotos, Schädel verdursteter Tiere, riesige Lippenstifte, zertrümmerte Götterköpfe, luxuriös gedeckte Tafeln, schneeweiße, von Wasser umspülte Füße am Meeressaum, grauenhafte Zehen eines Bergsteigers, blutiges Fleisch, blutig gelackte Münder, Soldaten in Tarnanzügen, Models in Camouflagehosen, Schwärme, die sie nicht bündeln kann und die sie wach halten mit unregelmäßig auf sie einstürmenden Lanzenspitzen. Genau besehen besteht sie nur noch aus Sehnsucht nach tiefem, warmem, pechschwarzem Schlaf, ja, tief, tief sollte er sein, und warm, schwarz, ganz ohne Erinnerung, ohne irgendein Bild, und tief.

Kann man mit einer Sage den Schmerz betäuben? Anita stürzt sich nach kurzem Besinnen jedenfalls ins Phantasieren: »Ein Märchen, eine Sage, ein Mythos, versteht sich. Du mußt dir Eurydike nicht als ungewöhnlich schönes Mädchen vorstellen, Emmi, das nun überhaupt nicht. Ich glaube, manche Historiker sind sogar der Meinung, sie sei aufgrund verschieden langer Beine eine leicht Hinkende gewesen. Es war, unabhängig von diesem für manch wählerischen Mann erotisierenden Körperdefekt, wie etwa ein Silberblick, ein fellartiges Muttermal, auch ein fehlender Finger, sogar ein halber Arm, etwas Rätselhaftes, Unerklärliches an ihr, das selbst Tiere und Pflanzen zu ihren Freunden machte, eine geheime Kraft, etwas Melodisches, das ihre gesamte Gestalt in jeder ihrer Bewegungen zu einer bisher nicht dagewesenen Anmut zwang. Nun schneide doch nicht so eine mißtrauische Grimasse, Emmi! Ja, das ist es, sie war gezwungen, anmutig zu sein, von Natur aus, es war ihre innere Natur. Viele bemerkten das, nicht nur die Männer. Sie selbst kümmerte sich wenig darum. Entstammte sie einer vor sich hin brütenden Ehe? Einer einzigen fahrigen Begegnung? Frag mich nicht, Emmi! Man weiß nicht, wer ihre Eltern waren, wer sie beschützte und ernährte. Es ergab sich so, niemand fragte weiter danach. Sie war einfach da und machte diejenigen, die einen Sinn für derartige Naturwunder hatten, sprachlos.

Emmi?

Wie gesagt, man weiß nicht, wer für sie sorgte, aber eins ist gesichert. Sie wurde so behütet, daß sie sich einen großen Teil des Tages draußen aufhalten konnte und herumtrieb, wie man es sich nur wünschen kann, Emmi, in Wäldern, an Rändern von Moor und Heide, in Wiesengründen mit geschlängelten Bächen. Es gab Hohlwege mit schwarzen Schatten, mit Dünsten, Nebelschwaden, mit Lichtblitzen, was sie besonders liebte, dann wieder plötzlichen Verdunkelungen, auch eine einzelne Aster, die sich, ein atemberaubender Prozeß, glühend aus eigener Kraft, das nächtliche Dunkel hinter sich lassend, ins Morgenlicht schob. Die Schönheit war eine von Sekunde zu Sekunde immer weiter anschwellende, herrliche und finstere Macht, die den jungen Hinkefuß rücksichtslos überwältigte.«

»Kind, bist du erkältet? Nicht böse sein. Ich frage ja nur. Jede Wette, da ist was Fiebriges im Anzug bei dir!«

»Oft war ihre Begeisterung so groß, daß sie glaubte, vor lauter Glück nicht bei sich selbst bleiben zu können. Sie nannte es eben ›Glück‹. Aber wohin mit ihr? Wo sich lassen? Alles war vorhanden, sie empfand es als zuviel, als zuwenig, Emmi. Die Schönheit war jetzt etwas, das sengte und versehrte. Und doch sehnte sie sich nach einer weiteren Steigerung. Eine neue Himmelsfärbung, eine Variation im Vogelgesang deutete hin auf etwas Älteres, ein Brennen, ohne zu zerstören. Was forderte sie? Was wurde gefordert von den gespreizten Blütenkelchen, die, wenn man sie lange genug ansah, dämonische und unschamhafte Gesichter schnitten?«

Anita für sich: Sicher, das ist zum Gruseln überspannt, weiß ich selbst, aber es tut mir augenblicklich gut, wahnsinnig gut, und deshalb schieße ich weiter fidel übers Ziel hinaus. Außerdem gefällt es mir, die Tante in ihrer Handfestigkeit zu triezen. Soll sie doch vor mir weglaufen, wenn sie kann! Geht es nicht allen Menschen besser als mir selbst? Also immer voran mit den Zumutungen und auf die blumige Pauke gehauen!

»Die Gewächse schienen alle Keuschheit ihres Knospendaseins über Bord zu werfen und sich wütend, Emmi, regelrecht rasend vor Lebensgier, obwohl lautlos, über ihre Konturen hinaus in waagerechte Hingabeflächen dehnen oder zu Saugschlünden höhlen zu wollen, die alles für sich verlangten, um die gesamte Welt einzuschlürfen.«

»Brrr!« ruft Emmi. »Schluß und punktum mit dem Stuß! Warum peinigst du mich mit Scheißdreck? Außerdem läuft dir Schweiß am Gesicht runter. Sofort aufhören mit dem Blödsinn!«

Durch ihren vernünftigen Einspruch spornt Emmi ihre unglückliche Nichte nur weiter an.

»Ein beißender Zauber stieg aus ihnen auf, es war eine bedrohliche Zusammenrottung, ein sich zusammenbrauendes Verhängnis, vor dem es kein Entkommen gab, eine vollkommen stille Ekstase, Tante Emmi, nun streck mir nicht die Zunge raus. Ich kann ja nichts dazu, es verhielt sich nun mal so. Sie sah schnappende Mäuler und unter der Erde den Krieg der Wurzeln untereinander.«

»Quatsch, Quatsch, Quark! Zu viel Zirkus um die Blumen. Da empfehle ich die Samenhandlung Lange-Pimm.« Emmi will sich totlachen. »Lange-Pimm, Lange-Pimm, der weiß in allen Fragen Rat. Rat und vor allem Tat. Halb so schlimm, nimm Lange-Pimm! Ist schließlich auch was Organisches.«

Anita macht, wenn auch mittlerweile irritiert, weiter.

»Einmal entdeckte sie vom Fenster aus im Garten einen pflanzlichen Witz, das Laub schon finster, der Himmel dahinter noch hell, was ihr vorher nie aufgefallen war: Ein riesiger Frauenoberkörper hatte sich weit zurückgelehnt, den Kopf mit vielen Locken nach hinten geworfen, die Lippen geöffnet, alles im Scherenschnitt gut sichtbar. Ein gigantischer Mann, auch im Profil, beugte sich gegen sie und flößte ihr aus einem Kelch ein Getränk ein. So stand das Bild, geformt aus dem üppigen Blätterkörper zweier Bäume, wappengleich und schwarz vor dem grünlichen Himmel. Eurydike konnte gar nicht mehr wegsehen. Warum erkannte sie das erst heute!«

»Weiß der Kuckuck«, ruft Emmi fröhlich verdrossen dazwischen, »ich möchte wetten, der Mann ist einer dieser Quacksalber, der gerade versucht, der Patientin seine wirkungslose oder schädliche Medizin einzuflößen oder berauschendes Zeug, das sie gefügig macht. Sexuell, Anita, sexuell gefügig, mein Schatz.«

Anita pausiert kurz bei ihren verbalen Ausschweifungen, die sie im Augenblick, je schwülstiger desto besser, ganz gut vom Schmerz ablenken. Emmi betrachtet sie nachsichtig, aber ungeduldig.

»Allerdings, Emmi, spürte sie, wenn sie sich landschaftlich vergnügte, von Mal zu Mal stärker, daß ihr etwas fehlte. Er bedrückte sie zunächst nur leicht, der dunkle Wehmutston, den sie mit Flöten und Summen zu vertreiben suchte. Es gelang nicht auf Dauer. Eine Art Ungenügen beunruhigte sie, das Fehlen einer offenbar verlangten letzten Steigerung, gerade in den schönsten Momenten, ein Versäumnis. Aber wem gegenüber?«

»Dem Leben, ihrer Jugend gegenüber! Das denke ich nun schon die ganze Zeit, Rarita. Stell dich nicht begriffsstutzig. Ist doch klar und das alte Lied: Ein Mann fehlt unserm Nönnchen, ein richtiger Mann in Saft und Kraft! Dann ist Schluß mit dem Mumpitz. Das solltest du selbst wissen, Kindchen. Willst du deine alte Tante auf den Arm nehmen?«

»Bewerber, reich, arm, häßlich, schön, alt, jung, klug, dumm und solche mit allen Vorzügen auf einmal, die ganze Palette, das volle Programm, gab es ausreichend. Sie, durchaus neugierig, flüchtete keineswegs vor ihnen. Nur: Das Defizit fühlte sie bei denen erst recht.«

»Wählerisch also. Der Richtige mußte noch kommen. Soll's geben, so gestrenge Frauen. Gut, wer sich das leisten kann! Mit Bäumen oder Gänseblümchen wollte sich das Mädchen ja bestimmt nicht paaren?«

»Vorsicht, Tante, erinnere dich: In Schwäne und Goldwolken ist früher manchmal ein lüsterner Gott gefahren. Andererseits, wußtest du das? stellten im antiken Rom bei Fruchtbarkeitsriten ausgerechnet die vornehmen Frauen des Hofes im Circus Maximus Paarungen mit Tieren dar.«

»Na so was!« Die Tante nimmt es gelassen. »Jetzt aber Orpheus! Jetzt endlich Oper und Orpheus!« Emmi ballt eine Hand zur schmächtigen, trotzdem anfeuernden Faust; hat auch plötzlich in der anderen den Stock zum Aufstoßen.

Anita ist mittlerweile sogar ein bißchen süchtig geworden nach dem temporären Schmerzmittel, also weiter im Redestrom: »Richtig, höchste Zeit für den Helden der Geschichte, den von allen heißgeliebten thrakischen Sänger, dem, wo er hinkam, eine Ruhmeswoge, eine Ruhmesbrandung vorausstürmte. Immer war die Legende über seinen phänomenalen Zauber schneller als er selbst. Die Frauen, natürlich, lagen ihm, wie man so sagt, schon vor seiner Ankunft zu Füßen.«

»Udo Jürgens, damals im Eurogress.« Die Tante lächelt in halb gespielter, halb echter Entrückung.

»Jaja, wir Frauen gieren immer danach, hingerissen zu sein. Bei Orpheus aber waren es auch die Männer, auch die Tiere, auch die Pflanzen. Nichts unter der Sonne konnte sich seinem Gesang widersetzen. Er selbst war kein Gott, aber, so behauptete man, er vergöttlichte die Welt. Um es kurz zu machen –«

Emmi nämlich fängt an, in charmanten kleinen Katarakten zu gähnen.

»– er war derjenige, der die im voraus für ihn, wenn auch etwas skeptischer als andere entflammte Eurydike schließlich ohne Einschränkung berückte, weil er, selber schön, der Welt durch die Schönheit seines Gesangs das hinzufügte, was ihr in den Augen Eurydikes fehlte. Er brachte das für sie bisher Verborgene zum Ausbruch. Alle Anblicke wurden durch seinen Gesang noch übermächtiger als in der Kindheit. Der Natur wuchsen Fühler, Tentakel, Ausläufer bis in die Götterwelt hinein.«

Emmi gibt sich tapfer Mühe, in groben Zügen zu folgen, macht aber als angedeutete Drohung ihre Handgymnastik dabei: »Und wie gefiel auf der anderen Seite dem Mann das lahmende Mädchen?«

»Auch bei ihm war das Entzücken doppelt: durch Eurydikes Anmut und, noch wichtiger, wegen des Glücks, zum ersten Mal von einer Frau, die nicht nur Schmeichellieder von ihm erwartete, im Zentrum seiner Kunst benötigt zu werden.«

»Armes Kind, ist das dein Ernst?«

Anita muß sich jetzt beeilen. Die Beschwörung glücklicherer Zustände, als ihre es sind, wird nicht mehr allzulange anhalten. Die eigenen Schmerzen melden sich, beängstigend aus der Tiefe steigend. Gleich werden sie in nackter Rohheit auftauchen und mit ihnen die Tränen.

»Das klassische Großglück für alle beide also! Die Oper selbst handelt dann allerdings vom Unglück, Emmi. Du erinnerst dich sicher. Am Morgen nach der Hochzeitsnacht läuft Eurydike in ihrer Seligkeit barfuß durch den Garten, will allerdings nicht wahrhaben, daß sich etwas Wesentliches verändert hat.«

Emmi, so deftig sie kann: »Na, das will ich aber hoffen, daß da ganz gehörig was anders geworden ist.«

»Es ist, als hätten ihr die Pflanzen das Vertrauen entzogen. Bevor sie sich darüber bekümmern kann, erscheint, schön und glanzvoll, Orpheus, sie hört ihn schon hinter einer Hecke. Vor Verliebtheit macht sie, sonst Königin der Anmut, eine ungeschickte Bewegung, die das kaum merkliche Hinken verstärkt. Sie stolpert und erregt den Zorn einer winzigen, höchst gefährlichen Schlange, die, von Eurydike gestört, in deren Ferse beißt. Das tödliche Gift wirkt auf der Stelle. Ihre Dienerin findet die sterbende junge Frau. Als Orpheus bei ihr eintrifft, ist sie bereits tot. Seine große Klagezeit beginnt.«

Erst jetzt bemerkt Anita, noch vor Emmi, die in eine andere Richtung sieht, daß Frau Bartosz im Türrahmen steht und mit untergeschlagenen Armen zuhört. Sie ist, im Gegensatz zur meist leicht geistesabwesenden Emmi, ihrer Miene nach ein kundiges, kritisches Publikum, schüttelt sogar sachte den Kopf. Vielleicht hat sie sich schon zur Vorbereitung das Libretto besorgt und rechnet nach, was Anita alles falsch erzählt. Die aber wird von dieser Möglichkeit erst recht angespornt.

»Bäume, Tiere, Hirten, Nymphen usw. müssen sich seinen Jammer anhören, helfen können sie ihm nicht. Da steigt er hinab zur Unterwelt, rührt die wachenden Ungeheuer, Pluto, den Herrscher des Totenreichs, und seine Frau Persephone durch sein herrlich gesungenes Leid so sehr, daß ihm Eurydike aus der anderen Welt zurückgegeben wird. Nur darf er sich auf dem Weg, während sie hinter ihm geht, nicht umdrehen. Andernfalls wird er sie für immer verlieren.«

Wie beurteilt Frau Bartosz die Auskunft? Sie scheint mit

den letzten Sätzen zufrieden zu sein. Natürlich, sagt sich Anita, das muß sie ja auch, das ist ja gewissermaßen notariell beglaubigt, ich meine historisch, besser: mythologisch verbürgt. Na, die soll sich wundern, der soll das Nicken vergehen!

»Eurydike wird aus dem Tanz der seligen Geister also zurückbefohlen ins irdische Leben, in die irdische Liebe. Und sie macht sich, noch geblendet von der neuen, unter- oder überirdischen Welt, zunächst gehorsam auf den Weg ins zugewiesene Glück, immer hinter dem zügig voranschreitenden Orpheus her, den Blick ununterbrochen auf den Rücken ihres Geliebten und Erlösers geheftet. Dabei beginnt sie nach einer Weile zu taumeln. Es ist nicht eine Schlaftrunkenheit, die müßte ja, je stärker sie dem Leben, den Betörungen und Umarmungen von Orpheus entgegensteigt, abnehmen. Es handelt sich, wobei sie den unwiderstehlich geformten Rücken ihres Mannes nicht aus den Augen verliert, um eine Ernüchterung, eine Erkältung und wachsende Gräue, die ihr ans Herz greift, schließlich um schieres Entsetzen: Sein Gesang rührt sie nicht mehr! Er perlt von ihr ab, so wie die Gestalt des Geliebten selbst sie nicht länger berührt. Der ahnungslose, freudig erregte Orpheus wandert zuversichtlich, wenn auch nur mühsam beherrscht in der Sehnsucht nach seiner Frau, ohne sich umzuwenden, Schritt für Schritt singend und standhaft voran. Sie jedoch zögert, stutzt, steht still, vergleicht. Die Katastrophe: Eurydike hat Besseres als das, dem sie sich wieder nähert, kennengelernt, das, worauf die Lieder hinwiesen, ohne es selbst zu sein. Wie klein, wie dürftig ist alles, was sie aus der ihr offenbarten Welt wieder in die gewohnte holen will! Seine Gesänge, plötzlich in sich selbst zurückgekrümmt und mit ihnen der ganze Mann, schrumpfen ein.«

Jetzt hat Emmi Frau Bartosz bemerkt und winkt sie, unbekümmert ihre Freude über die Unterbrechung zeigend, herbei. Die Polin jedoch verharrt mit gerunzelter Stirn auf der Schwelle.

»Als sich«, fährt Anita fort, bei jedem Wort banger, stärker schwitzend auf die nahe Konfrontation mit dem eigenen Elend gefaßt, wobei ihr gleichgültig ist, ob Emmi sie noch versteht, »Orpheus nach bestandener Prüfung beim Eintritt ins offizielle Reich der Oberwelt umwendet, nicht vollständig erleichtert, denn er spürte in den letzten Minuten in seinem Rücken eine Veränderung, den Luftzug einer abrupten Leere, ist Eurydike verschwunden. Sie hat das, was von den im wahren Schattenreich lebenden Menschen irrtümlich so genannt wird, als Ursprung, als triumphierende Erfüllung aller undeutlichen Sehnsucht erlebt. Dorthin ist sie freiwillig und endgültig zurückgeflohen. Orpheus bleibt mit seinem Schmerz allein. Während er für den Rest seines Lebens um die Verlorene klagt, Tante Emmi, hörst du?, hat sie, ohne Blick zurück, ihr Glück für alle Ewigkeit längst gefunden.«

»Schmerz? Der sollte froh sein, daß er das hochgestochene Weib los ist. Ein so anziehender Mann! So eine Verschwendung!« schnauft Emmi und wendet sich erleichtert ihrer Haushälterin zu. Der vorhin geäußerte Groll gegen sie ist angesichts von deren zuverlässiger Bodenständigkeit in einem Hui verflogen.

»Ach! Ich wunderte mich schon. Sie sind zu uns gekommen, Frau Jannemann?« sagt Frau Bartosz langsam. »Da habe ich gleich eine Frage. Sie dürfen sie mir nicht übelnehmen. Neugier ist es nämlich nicht. Ich habe was in unserer Zeitung gelesen, Frau Geidel aber nichts davon gesagt. Ich wollte sie nicht umsonst beunruhigen. Wenn dann vielleicht hinterher nichts war.«

»Was?«, schreit Emmi. »Was ist passiert?«

Anitas Herz beginnt so ungebärdig zu klopfen, daß sie kaum atmen kann.

»Eine kurze Notiz nur. Im Kaukasus soll ein Bergsteiger aus Aachen tödlich verunglückt sein. Das betrifft doch, liebe Frau Jannemann, hoffentlich nicht Sie, ich meine Ihren« – das bei Frauen so beliebte anzügliche Räuspern lernt man offenbar in Thorn genauso wie in Aachen – »Bekannten?«

Auf einen Schlag hat sich der Raum mit Schmerz gefüllt. Er ist jetzt eingeschlossen in das Zimmer, die Insassen eingeschlossen in ihn. Emmis rosig gemalte Bäckchen sind hilflose Inseln im weißen Gesicht. Die beiden Frauen sehen Anita, die aufgesprungen ist, eindringlich an. Sie muß nun sofort antworten. »Er ist abgestürzt.« Wie überraschend leicht das ist: »Ja, er ist abgestürzt!« Einen Augenblick scheint es für sie die Möglichkeit einer Wahl zwischen Kälte bis zur Feindseligkeit und einem Zusammenbruch in Tränen zu geben. Es ist ganz still.

»Er da oben, wie heißt er noch, hat wieder nicht aufgepaßt!« ruft Emmi schließlich laut gegen die Zimmerdecke. Sie grölt beinahe, und, als wollte sie Anita dadurch beistehen und ihr einen Teil der Last abnehmen: »Wie ich das kenne! Kind, wie ich das kenne! Wieder nicht achtgegeben, da oben der. Wie heißt der bloß?«

»Sie lästert Gott«, murmelt Frau Bartosz. Nur Anita hört es. Die Frauen wagen noch nicht, sich nach den Umständen zu erkundigen. Sie starren Anita an und begreifen nicht, daß sie noch eben so gleichmäßig und wortreich die alte Geschichte erzählen konnte und plötzlich bleich, mit trockenen Augen und ohne Leben vor ihnen steht. »Ja, er ist abgestürzt«, sagt sie wieder und sagt es noch einmal. Emmi will sie umarmen, sie entzieht sich dem aber, eine Berührung würde ihr die Fassung rauben, würde ihr in diesem Moment alle Tapferkeit nehmen. Bloß kein Körperkontakt, bitte! »Wie gesagt, abgestürzt.« So geht sie zur Tür hinaus. Da hört sie Emmis ängstliche, beinahe flehentliche Stimme: »Du wirst doch nicht wieder wegziehen, mein Liebling Anita? Nein? Das wirst du jetzt bestimmt nicht tun?«

Dasselbe hat mich auch der falsche Brammertz gefragt, erinnert sich Anita und möchte darüber lächeln. Es gelingt ihr nicht.

Frau Bartosz ist ihr gefolgt. Sie hält sie an der Schulter fest mit ihren starken Händen. Eine Sekunde lang fürchtet Anita, sie könnte von der Fremden mütterlich umarmt und getröstet werden. Statt dessen sagt Emmis Haushälterin: »Herzliches Beileid, Frau Jannemann, Ihre Tante denkt wirklich nur an ihr eigenes Leid. Das ist schlimm. Ich muß das einmal aussprechen. Was zählt es denn bei diesem Schlag des Schicksals, ob Sie hierbleiben oder nicht? Ihr Schmerz ist viel zu groß, um das jetzt schon zu entscheiden. Eine Person in diesem Haus, ich, das sollen Sie wissen, begreift das jedenfalls! Es gibt zur Zeit überall Kriege, ich sage nur Irak, Gaza, Ukraine. Viele Menschen sterben. Wir erfahren jeden Abend davon. Glauben Sie, das würde Frau Geidel von ihrem Wolfgang ablenken? Der ist seit Jahrzehnten tot, aber ihr Kummer soll der stärkste sein und bleiben. Ich spreche zu ihr nie von meinem eigenen Sohn, aus Takt. Ist der etwa nicht wichtig, wenn auch noch lebendig, und hat man nicht seine Sorgen?«

»Ist schon gut«, sagt Anita. Sie bemüht sich vergeblich, den Riesentatzen zu entwischen, »Ich kenne meine Tante seit vielen Jahren.«

»Das mag sein, aber ich frage Sie: Wo sind Frau Geidels blaue Flecken? Wo sind die steifen Hände? Wo ist das Schwindligwerden? Sie ist seit einiger Zeit wie ausgewechselt, richtig aufgedreht. Auch ihre lieben Schwestern, Frau Wilma und Frau Lucy, machen sich Sorgen über die Veränderung. Der zerlumpte Architekt ist nämlich schuld, daß Ihre Tante so gesund tut. Sie ist, verzeihen Sie bitte, richtig närrisch nach ihm. Ich merke das doch, bin ich nicht eine Frau mit Augen für solche Dinge? Vor allem aber, sie steckt ihm heimlich viel Geld zu. Der wird sich ins Fäustchen lachen. Dabei müßte ich eine Putzfrau haben, bei der Arbeit an allen Ecken und Enden hier. Es ist meine Pflicht, Ihnen von diesen Sorgen der Familie zu berichten. Sie, Frau Jannemann, haben, seitdem Sie in Aachen sind, den größten Einfluß auf Frau Geidel. Das meinen auch die Schwestern. Sie, Frau Anita, werden wissen, was zu tun ist, wenn sich Ihre Trauer gelegt hat. Ich bin, wenn ich kann, gern behilflich.«

Anita möchte zurück ins Zimmer rennen und rufen: »Tante Emmi, ich bleibe bei dir und halte zu dir gegen diese Frau. Wir sind ja alle beide verlassen.« Sie fühlt sich aber zu schwach und will auch nicht länger stark sein. Nur mit großer Anstrengung hat sie sich aus der Umklammerung von Frau Bartosz lösen können. Wieder überfällt sie ihre große Müdigkeit. So antwortet sie der Polin bloß: »Bitte lassen Sie meiner Tante doch die kleine Freude!« Es klingt in ihren Ohren wie Bettelei.

Als sie allein ins Freie gelangt ist, fließen endlich wieder Tränen. »Wie gesagt, abgestürzt.« »Irgendwer aus Aachen ist abgestürzt«, rekapituliert sie vor sich hin, ein ums andere Mal, bis sie in die Nähe des Trauergärtchens gelangt. Da sagt sie was anderes: »Hoffentlich sitzt der Kerl nicht auf der Bank!« und »Eigentlich eine Unverschämtheit von ihm, auch heute nicht da zu sein.« Darüber muß sie nun allerdings ein bißchen lachen, so daß ihr Gesicht ganz trocken ist, als sie sich mit einem knappen Gruß neben den falschen Brammertz setzt.

Der läßt sich seine Überraschung nicht anmerken, und da sie nichts sagt, sagt auch er nichts, atmet nur vor sich hin und sieht weiter auf den Wasserspiegel. Am Ende ist es Anita, die so viel Stille nicht erträgt. Sie fragt: »Essen Sie wirklich so gern Lakritz?« »Nein«, sagt der Mann, nicht abweisend, aber ohne weitere Erklärung. Anita entdeckt, daß er sich eine Zeitung mitgebracht und offenbar darin gelesen hat. Der Wirtschaftsteil ist zu Boden gerutscht. »Rheinmetall will Thyssen-Krupp«. Die Fortsetzung der Überschrift ist verdeckt von seinem Fuß. Es wird um Rüstungsgeschäfte gehen. Auf seinem Knie läßt sich ein brauner Schmetterling nieder. Recht so, denkt sie, die pausieren auch gern auf Pferdeäpfeln.

Daran erinnert sie sich, als sie, den Kopf bequem an seine Schulter gelehnt, aufwacht. Sofort zuckt sie mit einem kleinen, kindischen Geräusch zurück. Dem Sonnenstand nach muß sie eine ganze Weile in dieser Position geschlafen haben, nach Tagen einmal tief und ohne Traum. »Wie peinlich!« ruft sie, erbost über sich und ihn. »Warum haben Sie sich nicht beschwert!«

»Weiß ich nicht mehr«, antwortet der falsche Brammertz gleichmütig. »Ihr Kopf hat mich beim Lesen nicht besonders gestört.«

Ihr fällt nicht die Antwort ein, die er verdient hätte. Also springt sie auf, nickt ihm förmlich zu und macht sich davon. Auf dem restlichen Heimweg spricht sie nicht mit sich selbst. Doch, ein einziges Mal, ohne ihr Zutun eigentlich: »Rheinmetall will Thyssen-Krupp.«

8.
MARZAHNS OFFENES GEHEIMNIS

Am Montagmorgen begegnet sie auf dem Domplatz dem schönen Leo, einem ziemlich neuen Günstling von Marzahn. Er war vor ein paar Tagen bei ihr, um das Paket mit Marios »Schätzen« für die Wiener Familie abzuholen. Wegen Nachlässigkeit beim Umgang mit einer wertvollen Vase hat ihm der Antiquitätenhändler am Samstag fristlos gekündigt. Jetzt muß er noch »Geschenke«, die vorsorglich (Marzahn hat für alles Verträge) nur ausgeliehen waren, in den Laden zurückbringen. »Nachlässigkeit!« sagt Leo, der gutgewachsene, wohlriechende Leo zu Anita mit einem höhnischen Zischen aus der Nase heraus. »Sie müßten das Haus des Alten in Burtscheid von innen sehen. Da kann von normaler menschlicher Unordnung oder Schlampigkeit keine Rede sein. Liederlich nenne ich das. Hören Sie? Liederlich! Da herrscht ein schweinestallmäßiges Durcheinander, der reine Saustall!« Wie gefährlich der gekränkte Verkäufer beim Lachen seine perfekten, wahrscheinlich gebleichten Zähne entblößt!

Noch in derselben Woche kommt Marzahns Essenseinladung. Anita begreift, daß sie zu gehorchen hat. In der gegenwärtigen Situation ist sie dem Antiquitätenhändler auf Gedeih und Verderb ausgeliefert. Sie putzt sich ein bißchen heraus, läßt aber den dunklen Farbton vorherrschen. Traurig packt sie für ihren Auftritt Schuhe mit Stöckelabsätzen ein, die gefallen so rundlichen Herren immer. Sie machen die Begleitung für die Männer zur Trophäe und Anita etwas weniger unterlegen. In einem italienischen Restaurant, von Marzahn ausgewählt, sitzen sie einander gegenüber. Sogleich fällt Anita der Satz »Rheinmetall will Thyssen-Krupp« ein. Aus Verblüffung kriegt sie einen Schluckauf, den sie eine Weile vor Marzahn verbergen will, dann gibt sie auf. Vollständig wird sie ihn erst beim Dessert los. Als sie sich später erinnert, glaubt sie, einen Brotstreifen in sehr gutes Olivenöl getunkt zu haben, dann folgten eine klare Suppe in kleiner Tasse, ein Schluckauf, ein Stückchen gebratener Fisch mit seltsamem Namen und mehrfacher Schluckauf (Marzahn sieht sie an, als wäre er es, der ihr, um sie zu foppen und die Bäume nicht in den Himmel wachsen zu lassen, die Peinlichkeit angehängt hat), dazwischen wieder »Rheinmetall will Thyssen-Krupp«, ein bitteres Steinpilzrisotto, ein Zitronensorbet, fast flüssig in einem hohen Glas. Und bei jedem neuen Gang denkt sie: Wäre das doch bloß schon gegessen, und ich könnte draußen meine Zigarette rauchen und es wäre überhaupt zu Ende hier! Nur beim Wein muß sie sich anstandshalber vor dem wachsamen Marzahn zum langsamen Trinken zwingen.

»Lassen Sie es sich schmecken. Auch wenn mich meine Häuser, die alle zum Glück und Unglück unter Denkmalschutz stehen, viel, viel Geld kosten. Die paar Häppchen, die Sie vertilgen, die verkraften meine Finanzen.«

Unherzliches Verkaufslachen. Ist das zum ersten Mal eine versteckte Drohung, daß es mit seiner Großzügigkeit nicht ewig so weitergehen wird? Unvorstellbar bleibt ihr eine verwahrloste Wohnung als Hintergrund für diesen in allen Details äußerst gepflegten Mann, von kohlschwarzen Brauen und fleischigen Ohrmuscheln, bei denen sie an fette, frisch gebadete Säuglinge denken muß, bis hin zu den Fingernägeln. Das soll alles Maskerade sein, samt Schlips? Ein Gewimmel von bunten Punkten, über denen ein grau dämpfendes, dort, wo sich unterhalb des Knotens die Seide wellt, kostbar nebliges Schimmern liegt. Lange, gar nicht lange ist es her, daß ein schmerzlich entbehrter, unwiederbringlich verlorener Jemand ihr eine ähnliche Krawatte folgenreich um den Hals gebunden hat.

»Wie gesagt, unsere Rackham-Elfe mit der Zahnlücke, unser bebrilltes Lalique-Geschöpfchen ist wieder aufgetaucht. Es geht Gabriele gut. Sie kam früher oft nach der Schule bei mir vorbei, das erzählte ich wohl schon? Dann war von heute auf morgen damit Schluß, und der Bannstrahl der Mutter traf auch Sie, Anita, folgerichtig für mich, unverständlich für Sie. Jetzt hat die Kleine endlich ihren Willen durchgesetzt. Die Mutter mußte sich geschlagen geben, ich habe mit einigen Komplimenten und einem günstig erstandenen Porzellanfigürchen nachgearbeitet.«

Marzahn beobachtet Anita scharf. Ihm entgeht nicht ihre Erleichterung darüber, daß er so offen über die Angelegenheit spricht. Er durchschaut sie, sie entdeckt den Spott in seinen Augen. Hat sie ihm wirklich unterstellt, jedenfalls in Erwägung gezogen, er könnte sich der Kleinen mißbräuchlich genähert haben und wäre auf den Verdacht hin bestraft worden durch Entzug?

»Die Mutter?« fragt Anita aber brav.

Ihr fällt in diesem Moment ein Stückchen öliges Brot auf die Tischdecke, die mit ihrem Gleißen selbst ein mißlungenes Essen über die ersten Zweifel erheben würde. Sie hat Anita bis zu diesem Augenblick gut gefallen, denn man konnte sie sich vorstellen als eine Verhüllung der gesamten scheußlichen, nun zugeschneiten Welt. Vergeblich hofft sie auf ein Sich Weigern des Stoffes, die Befleckung zur Kenntnis zu nehmen. Im Gegenteil, das Tuch scheint, von seiner Unschuld gelangweilt, gierig auf ein Beschmutzen gewartet zu haben. Das präsentiert es nun unübersehbar. Ganz kurz bläht Marzahn die Nasenflügel, dann beherrscht und besinnt er sich aber und lächelt sie ruckartig, lächelt sie beinahe warmherzig an.

»Man hat mich gefragt, ob Sie wohl gern ein Video von der Trauerfeier für Ihren Wiener Freund haben möchten. Ich habe mir erlaubt, liebe Frau Anita, in Ihrem Namen die Geschmacklosigkeit höflichst abzulehnen, nicht wahr? Das wäre das. Nun zu Gabriele. Ihre Mutter, meine Nachbarin, ist Immobilienhändlerin, ein erfolgreiches Rabenaas. Es handelt sich um eine der Sparten, in denen die Frauen seit einigen Jahrzehnten die Männer aufgrund ihrer in Wahrheit emotionalen Kälte, verbunden mit glänzend abrufbarer Gefühlsheuchelei, im Flug überholen. Sie hat die Karriere ihres Mannes, mittlerweile Klinikchef, gesellschaftlich genutzt und ihr Imperium schrittweise ausgeweitet, eine charmante, ravissante Person, zunächst mal. Diese Ehe, nebenbei, hat eine erstaunliche Metamorphose erfahren. Für jedermann ersichtlich, war es zunächst eine ans Sadomasochistische grenzende Beziehung. Die Frau neigt von Natur aus zum Beherrschen. Der Mann, auf der anderen Seite, erholte sich im Privaten durch Demut von seiner Führungsposition. In Wirklichkeit ist das nach meiner Übersicht keine Seltenheit, so oder andersherum. Sie verstehen?«

Marzahn lacht laut mit kalten Augen. Vermutlich entläßt er unter solchen Grimassen seine verdutzten jungen Männer.

»Die putzte den beruflich sehr angesehenen Gatten auch

in Gesellschaft regelrecht weg. Das war manchmal kaum noch auszuhalten! Nach einem Wochenende in erotischer Demut soll er in der Klinik immer besonders cäsarenhaft aufgetreten sein. Irgendwann hat offenbar das vital sexuelle Potential nachgelassen. Und das ist nun verrückt, aber logisch: Die wurden plötzlich normal, capisce? Normalisierende Erosion! Wechselseitige Substraktion, ein melancholischer Vorgang, wie man ihn auch aus der Chronologie großer Leidenschaften kennt. Der Mann trat dominanter auf, die Frau kriegte Spaß am oberflächlichen Sich-Fügen. Alles in allem muteten sie damit der Welt nicht mehr so viele Peinlichkeiten zu.«

Marzahn sieht Anita unter seiner Förmlichkeit zwinkernd an. Er spekuliert, ohne ansonsten die Miene zu verziehen, auf ihr heimliches Einverständnis an ordinären und erhabenen Klatschgeschichten. Wieder hat sie das Gefühl, daß der unverschämte Kerl ihr die Liebe zu Mario nicht recht glauben will.

»Trotzdem sind alle nach wie vor bezaubert von der Frau, während sie, niemals schlafend, nach Handelsobjekten Ausschau hält. Sie ahnt und suggeriert An- und Verkaufswillen bei den Leuten, bevor sie selbst davon wissen. Man könnte sie auch als breithüftige Ente sehen, die, statt Brocken zu schnappen, französische, englische und italienische Satzteile, die man für erlesene Zitate halten soll, in die Gegend spuckt. Ich habe selbst diese Angewohnheit. Im Gegensatz zu ihr zitiere ich jedoch erstens korrekt und zweitens verstehe ich, damit zu spielen. Aber vor allem das starke Geschlecht läßt sich entzücken, bis sie ihnen das Fell über die Ohren gezogen hat. Dabei verfügt sie über einen Trick, der die inneren Wachposten ihrer männlichen Gegenüber in den meisten Fällen einschläfert. Sie sagt zu irgendwelchen von den Männern geäußerten Belanglosigkeiten entschieden ›Nein!‹ und läßt sich dann peu à peu zum ›Ja!‹ überreden. Und die dummen Männer, sonst gerissene Geschäftsleute, raunen geschmeichelt: ›Jetzt ist es mir gelungen, Sie zu überzeugen!‹ Außerdem hat sie immer irgendwelche Dingelchen in der Handtasche, beispielsweise ein winziges Schweizer Messer, das sie plötzlich hervorholt und sich unermüdlich staunend von einem, auf den sie es als potentiellen Kunden abgesehen hat, in seinen Funktionen erklären läßt. Sie verbeißt sich das Lachen über diese leicht zu leitenden Kinder, zeigt ihnen ein hinreißend kapitulierendes Lächeln und hat gewonnen.«

»Leicht zu leiten?« Anita erinnert die Formulierung aus Frauenmund in diesem Moment an etwas Unangenehmes, Fatales.

»Dann macht sie mit den betäubten Opfern, die ihre, pardon, gefräßige Fresse nicht mehr wahrnehmen, ihre Geschäfte. In Wahrheit ist sie eine von den Unausstehlichen, die den ›gesunden Menschenverstand‹ ständig im Munde führen und ihn neben ›Unkompliziertheit‹ für das Größte überhaupt halten. Es ist die einzige Metaphysik der männlichen und weiblichen, akademischen wie proletarischen Rüpel. Mir vergeht der Appetit bei diesen Ausdrücken. Aber wegen der sogenannten ›guten Nachbarschaft‹ habe ich meinen Ekel bisher jedesmal besiegt, auch, weil ich die Kleine, unseren Erzengel, so sehr leiden mag, ich meine: mochte.«

Erst jetzt bemerkt Anita, daß es ja immer dieselben Augen, dieselben schwarzen Pupillen sind, die sie aus Marzahns Gesicht so sarkastisch, so eisig, dann plötzlich weich, fast schwärmerisch begeistert ansehen, als stiegen Tränen in ihnen auf. Die Augen sind Löcher in ein bodenloses Inneres, dann wieder blinkende Spiegel, die nichts durch ihre Oberfläche lassen. Sie vergißt »Rheinmetall« und Zigarettensehnsucht. Ein gewisser Mario ist mit dem trüben Himmel in ihrer Brust gestaltlos verschmolzen.

»Weil ich die Kleine in ihrer kurzfristig taufrischen Unschuld so verehre, Frau Jannemann! Deshalb habe ich mich stets zusammengenommen gegenüber diesem Weib, das alle Grausigkeiten und Paßwörter des neuzeitlichen Jargons im Munde führt. Ich weigere mich, Ihnen welche aufzuzählen. Bei Ihnen kommen sie zum Glück nicht vor, zu Ihrem und meinem Glück. Niemand ahnt, was ich akustisch auf mich genommen habe, wenn mir die Frau immobilienhalber auf den Leib rückte. Sie kann es eben nicht lassen, obschon sie weiß, daß ihre diesbezüglichen Annäherungen zwecklos sind. Es ist eine Art Spiel von beiden Seiten. Wir trainieren unsere rhetorischen Muskeln des Umwerbens und der Verweigerung. Soweit, so gut. Die ärgste Zumutung ist ihre Sprache. Leider konnte ich sie eines Tages – ich hatte wohl, das zur Entschuldigung, Migräne – nicht mehr ertragen. Es war ihr idiotisches ›Halihalo‹. Zwei, drei l, vier l insgesamt? Eine modische Begrüßungsformel, aber ich stellte mir die Geschäftsfrau gleichzeitig als dickliche Diana vor, die lauter falsche Töne ins Jagdhorn bläst. Jahrtausende ist die Menschheit ohne diese Laute über die Runden gekommen, und nun geht es zur erfolgreichen Teilnahme am Herdenverbund nicht mehr ohne solche Absonderungen. Bei ihrem neckischen Ausruf habe ich die Nerven verloren und sie beleidigt. Ich gebe zu: etwas schärfer, als hätte ich nur ›blöde Gans‹ gesagt. Die Strafe folgte auf dem Fuß an empfindlicher Stelle. Unser kleiner Glücksspender Gabriele mußte ab sofort jede Annäherung an mich, mein Haus und Geschäft meiden und sogar, eine Art

Sippenhaft, den Andenkenladen, den Sie so nett für mich führen.«

Marzahn äfft das »Halihalo« mit sehr hoher, haßverzerrter Stimme nach und schüttelt sich: »Die Welt geht unter! Halihalo.« Er hebt sein Glas, und zum ersten Mal stößt er mit Anita an: »Teufelsaustreibung!«

Anita kichert zufriedenstellend. Er spürt ihr Einverständnis. Allerdings ist es ihr im Stillen peinlich, so nachgiebig seinem Angebot zur amüsanten Gehässigkeit gefolgt zu sein. Ob er auch das mitkriegt? Ein sehr dunkeläugiger Mann tritt an ihren Tisch und bietet mit berufsmäßig flehentlichem Blick, stumm, vielleicht aber doch kurz vor dem echten Weinen, seine von glühender Leidenschaft geradezu aufjaulenden Rosen an.

»Von mir aus herzlich gern, aber das wäre in unserem Fall denn doch ein erheblicher Fauxpas«, sagt Marzahn, ohne die Stimme zu senken. Der Verkäufer zieht sich, allein auf Marzahns Tonfall reagierend, da Anita ohne zu widersprechen die Augen niederschlägt, sofort zurück.

Aus schierem Trotz könnte ich ihm zwei, drei abkaufen. Damit würde ich natürlich Marzahns Zorn erregen, hat sie beim Senken der Lider gedacht, rührt sich aber nicht, hält die Luft an und hofft, daß es bald vorüber ist. Auf die Situation trifft das zu, auf den Schluckauf nicht. Ob er ihr auch diesen Versuch, einen rebellischen Gedanken zu fassen, ansieht? Es zuckt so ironisch um seine Mundwinkel.

Plötzlich sagt er: »Aber, meine gute Frau Jannemann, was haben Sie sich da bloß zurechtgelegt mit der kleinen Gabriele und mir? Leugnen Sie nicht! Glauben Sie allen Ernstes, ich könnte nicht auf dem Grund Ihrer diesbezüglichen Seele lesen, sofern sie sich in Ihrem Gesicht ausdrückt? Und das tut sie. Erstaunlich bei einer erwachsenen

Person, tut es immer noch, obschon Sie offenbar kein junges Mädchen mehr sind. Erröten Sie nur! Fühlen Sie sich nur erwischt bei Ihren schlechten Gedanken. Nein, man hat mir den Erzengel nicht weggenommen, weil ich ihn zu irgendwas verführt hätte. Wozu? Das fragen Sie am besten sich selbst. Was immer Sie sich ausgemalt haben mögen zwischen mir und dem Kind, verdorbene Frau Jannemann mit dem zarten Milchgesicht! Im übrigen werden Sie unsere Kleine vermutlich gar nicht wiedererkennen. Die kurze Zeit ihrer Abwesenheit von unserem guten Einfluß hat sie erwachsen gemacht, nein, nicht direkt erwachsen, aber spartentypisch in Richtung Teenager deformiert. Sprachlich beginnt sie schon, nach der Mutter zu schlagen. Ein einziges Mal ›Halihalo‹ – ich kapriziere mich darauf – beim Eintritt in mein heiliges Antiquitätenreich, und sie fliegt wegen Verkommenheit raus für alle Zeit. Tja, so dreht sich das Rad, so strömt der Fluß. Das Gabrielchen muß uns nicht länger interessieren.«

Anita weiß nicht, ob es nur die eigene Trauer ist, die sie den schon verwehenden Schmerz in Marzahns Gesicht erkennen läßt, eine flüchtige Verschärfung der Züge, die sie so deuten möchte. Gerade jetzt meldet sich der Schluckauf, reine Bosheit des Körpers.

»Gehen Sie nur in die Räumlichkeiten der Damentoilette. Diese Anlagen sind hier recht elegant. Da werden Sie sich beruhigen.« Marzahn rächt sich ohne Umstände für seine winzige Gefühlsentgleisung.

»Ich höre und gehorche meinem Arbeitgeber auf der Stelle«, möchte Anita am liebsten sagen, tut es aber nicht. Sie kommt sich wutentbrannt vor. Als sie zurückkehrt, ist der Schluckauf tatsächlich verschwunden. Sie hat Marzahn mit dem Kellner lachen sehen, lachen, wie es sonst alte Bekannte miteinander tun. In ihrer Gegenwart hören sie ruckartig damit auf. Der Schluckauf ist nach fünf Minuten wieder da. Betrachtet Marzahn sie daraufhin nicht, als wäre sie bei einer Prüfung durchgefallen? Auch der Kellner und das Serviermädchen haben längst registriert, daß nur Marzahn zählt. Er ist Chef im Ring und am Tisch.

»Ich frage nicht nach Ihrem Befinden«, sagt er dann mit so väterlich besorgter Stimme, daß Anita gegen Tränen ankämpfen muß. »›Es geht Sie nichts an‹, könnten Sie sagen. Falsch wäre das nicht, auch wenn Sie es aus diversen Gründen dezenter ausdrücken würden. Ich möchte nicht durch eine solche Bemerkung von Ihnen zurückgewiesen werden.«

Anita verliert allmählich die Übersicht. Sie weiß nicht, wo ihr der Kopf steht. Bezweckt Marzahn das?

»Eine Empfehlung trotzdem: In unserem musikalisch gesehen gar nicht so üblen Provinztheater wird Glucks ›Orpheus und Eurydike‹ gegeben. Sehen Sie sich das an! Sehen Sie sich das ruhig einmal an, Frau Jannemann. Sie lächeln? Sie waren schon drin?«

Anita müßte jetzt erzählen, daß die Haushälterin ihrer Tante vertretungsweise die Oper besucht hat, ohne zu wissen, wie sie dadurch das Feld für ein Rendezvous Emmis mit dem Kartenbesitzer räumte. Sie läßt es klugerweise, da sie ahnt, wie sehr es Marzahn, den es in einem anderen Moment belustigen könnte, in diesem kränken würde. Lieber genießt sie für sich allein die Vorstellung, der geschniegelte Marzahn und die leihweise diamantengeschmückte Polin hätten ahnungslos womöglich auf teuren Premierenplätzen nebeneinander dem Tanz der Seligen Geister gelauscht und sich dabei in das Paar aus dem russischen Volksgedicht verwandelt, wo ein jüdischer Schuster es geschafft hat, mit seiner Frau auf guten Plätzen im Theater zu sitzen, voller Glückseligkeit über diesen Tatbestand und vor allem über einen zweiten: »Ärzte, Ärzte sind unsere Söhne geworden.«

»Wir sind uns hoffentlich darin einig, daß es eine Ungezogenheit der Leute ist, nicht mehr ihre alten deutschen Dichter zu lesen. Aber immerhin werden ab und zu alte Opern aufgeführt. Liebe, gute Frau Jannemann! Ist es denn nicht verführerisch komisch, wenn, ich rede jetzt allgemein und gerade nicht von Glucks Oper, ein Tenor als Galan mit seinen kurzen Fingern auf den bebenden Brüsten einer Sopranistin zugange ist, während beide, tirilierend vor Liebe, einander mit hohen Tönen im Konkurrenzkampf zu übertrumpfen suchen? Und noch verführerischer ist es, wenn bei den kindischen, aber herrlich gesungenen Handlungen durch gezielte Information, und sei es eine maßlose Übertreibung, indem die lobpreisenden Aussagen eines Mannes über eine Frau dieser kolportiert werden, was weiß ich, und sie, zunächst spöttisch abwehrend, der Lüge immer entflammter entgegenbangt, und, wenn sie ihr nun vorenthalten wird, sich immer abhängiger danach sehnt, und alles ist, dieser ganze angezettelte Schmonzes, nur Rache eines abgeschobenen Liebhabers oder einer ausgebooteten Liebhaberin oder eines intriganten Greises? Was gibt es denn? Schmeckt Ihnen Ihr Essen nicht? Sie, Frau Anita, dürfen doch noch verspeisen, was Sie wollen, ich muß mir inzwischen laut ärztlicher Mahnung bei jedem Bissen überlegen, welches Risiko ich dabei eingehe.«

»Deshalb also schätzen Sie die Oper?« fragt Anita, erschöpft von Marzahns destruktiven Attacken. Wie schön müßte es jetzt sein, auf dem Rad durch den Abend am Waldrand entlangzuflitzen, auch zur belgischen Grenze und wieder zurück oder ein Stück in die Eifel, Richtung Monschau, bergauf, bergab, reine, gedankenlos körperliche Anstrengung, anstatt hier nach frischerer Luft zu ringen!

»Sie machen mir Vorwürfe? Recht so, aber Sie täuschen sich. Es ist ja nur Einleitungsgeplänkel vor der großen Begeisterung.«

Sein Telefon läutet. Wie er sich da verfinstert, als wäre es Anitas Schuld, daß er es nicht vor dem Essen abgestellt hat. Das holt er nun nach, ohne auf den Apparat zu schauen. Erst einige Sekunden später weicht die Zornesröte aus seinem Gesicht. Anita hütet sich, ein Wort zu verlieren. Sie ist ganz darauf konzentriert, nicht in ein unpassendes Gelächter auszubrechen, wie damals, bei der Autofahrt von Monschau nach Aachen zurück, auch wenn es sich hier nur um eine ästhetische Panne und nicht um einen Todesfall handelt. Schon hat sich Marzahn wieder in der Gewalt und nimmt den Faden auf.

»Wie könnten uns denn jemals Opern- oder Romanschicksale ergreifen, diese Hirngespinste, die ein Autor ersonnen hat, wenn dahinter nicht der Mythos stünde! Es geht ja nicht um die vielbeschworene Identifikation, die gerade Ihre, Frau Jannemann, dümmeren Geschlechtsgenossinnen verlangen, dümmer als Sie, da bin ich sicher, sondern um den riesigen, vergrößernden Hall, der uns für einige Stunden dem alltäglichen Durchschnitt entfremdet und von der Normalität erlöst.«

Sein Gesicht ist jetzt ganz ernst, fast denkt Anita, und weiß nicht warum: tödlich ernst.

»Das bürgerliche Nippen an der Kunst! Ich sehe die Leute ja täglich im Geschäft. Dabei ist dort, weil es bloß um Kunstgewerbe, wenn auch der nobelsten Sorte, geht, das Gefälle nicht so enorm. Die haben nicht die geringste Vorstellung davon, daß Kunst das ganze Leben will.«

Hartes Verkaufslachen wieder, er gefällt sich darin. Das weiß Anita mittlerweile.

»Eine Freude ohne Etikett, anonym, ergießt sich in eine oder mehrere Gestalten, bläht sie oder zieht sich aus den Gegenständen zurück. Die Folge? Dekonstruktion, leere Hülle, Entsetzen. Darauf müssen Sie achten, liebste Anita, das Dämonisieren ist das Wunderbare, das Idealisieren und Zerstören. Nur die Kunst macht in Wahrheit das Leben ja lebenswert. Und nebenbei gesagt, nur zu Ihnen: Gerade das Auf und Ab macht sie realistisch. Denn saust nicht auch in uns, den Klügeren, jemand, ein irrwitziger Jemand, ständig die Leiter zwischen Verklärung und Zertrümmerung rauf und runter, am selben Gegenstand? Die Dummen freilich sind sofort mit den Klassifizierungen zugange: ›häßlicher Charakter‹, ›zwielichtige Gestalt‹ usw. Ach, gute Nacht!«

Nur jetzt kein Schluckauf! denkt Anita, hält bis zum Äußersten die Luft an und rettet sich dann in ein Husten, das Marzahn richtig deutet. Er gibt aber noch nicht Ruhe mit seinem Höhenflug.

»Ich will Ihnen ein Geheimnis verraten: Ein Ohr, meine Liebe, sollte immer die Arien, die uns im Leben als Gegenstücke zur Banalität gesungen werden, mithören! Nichts gegen die fleischlichen Verlustierungen, aber daß beispielsweise im Duett Rodolfo-Mimi nichts anderes als die angepeilte Vögelei der Kern der Wahrheit sein soll, ist eine Beleidigung des Komponisten. Pardon, ich schweife ab, es ging mir gerade so durch den Kopf. Alle Ehre natürlich für Glucks Reformoper! Kein sinnloser Schöngesang. Gut. Kein Wohlklang um des Wohlklangs willen, alles schwingt funktional ineinander: Chöre, Arien, Sprechgesang. Die reine Utopie, auf die Realität bezogen. Im konkreten Leben nämlich, das ist die Ironie, scheint es eher so zu sein, daß der triviale Vollzug als Secco-Rezitativ runtergeschnurrt wird und die Juwelen der funkelnden Arien als eine Art Sehnsuchtsschrei dazwischengestreut sind. Also wie die vom Leben so abgehobene Oper *vor* Gluck! Ist das nicht verrückt? Was sagen Sie dazu? Ach, sagen Sie nichts, ich weiß, daß ich recht habe! Die Liebesleidenschaften, Frau Jannemann, die schönen, schmerzhaften Explosionen bezahlt man mit viel staubtrockenem Sprechgesang davor und danach. Anders geht es wohl nicht.«

Anita spürt seine Erwartung. Er rechnet fest mit einer klugen, zumindest geistreichen Erwiderung. Am allerwenigsten mit einem Schluchzer. Ihn zu vermeiden, dafür reicht ihre Beherrschung noch so eben. Darüber hinaus gähnt, nein, keift in ihrem Gehirn der Mangel, das Manko, kurz: die Leere. Sie wiegt aber – hoffentlich täuschend – gedankenvoll den Kopf, um nicht nur blöde zu nicken.

Nie mehr der sich langsam steigernde Druck gewisser Fingerspitzen auf ihren Schulterblättern? Nie mehr ihr unwillkürlicher Blick auf die vom Klettern geformten Schenkel, der sie jedesmal in Erregung versetzte, sogar jetzt in der sinnlosen Erinnerung passiert es, und die von strahlenden Firnflächen noch wie geblendeten Augen, die von den körperlichen Waffen ein Stück darunter nichts zu wissen schienen. Nie mehr. Dahin, vorbei. In einem plötzlichen Wutanfall möchte sie sich bei Marzahn erkundigen, eher ihn beschimpfen: Was denn eigentlich das für eine Freundschaft gewesen sei zu ihrem Freund Mario, für dessen Tod sie ihrerseits die Welt bestraft habe, indem sie gleich darauf ihre Sonnenbrille verlor. Was war das? Sie läßt es. Zu schrill klingt ihr das Witzchen, zu schrill klingen die Warnglocken in ihr. Sie weiß selbst nicht, wen sie am meisten schonen will.

Auch ist nun die Auswahl des Desserts an der Reihe. »Das Abräumen der Teller, meine Liebe, diese Aufräumarbeit am Tisch von geschulten Händen, die Wiederherstellung der Unschuld: Ist es nicht fast das Schönste an so einem Essen? Und nun die Finalarie!« Marzahn lächelt einmal offenbar ohne Vorbehalt.

Interessiert mich zur Zeit einen Dreck, sagt Anita zwar nicht, immerhin ist sie brutal genug, ihn zu fragen, ob sie vorher draußen eine Zigarette rauchen darf, steht dabei auch schon auf, um ihren Wunsch zu einem Entschluß zu machen. Die leicht pikierte Miene Marzahns freut sie. Er begleitet sie natürlich vor die Tür. Das ist er, und zeigt es, seinen Manieren, nicht etwa der Anhänglichkeit an sie schuldig.

»Merken Sie's?« erzählt er dann aber draußen gar nicht mal ungnädig. »Ihr Schluckauf! Endgültig verschwunden, der Störenfried. Ich kenne das von meiner früheren Frau. Sie litt oft darunter, konnte ihn allerdings auch taktisch einsetzen. Manchmal, Frau Anita, verflüchtigen sich Schmerzen so, eingebildete und sogar echte. Sie quälen uns ein Weilchen, dann machen sie sich heimlich davon.«

Die tapsig männlichen Tröstungsversuche (»ein Weilchen«!) stimmen Anita gegen ihren Willen wieder weich. Trotzdem sagt sie ein bißchen bitter, ein bißchen angriffslustig: »Aha, Sie sprechen aus Erfahrung.« Sie gestattet sich das, es erleichtert sie. Soll er es ruhig merken, beweisen kann er es nicht.

Marzahn ignoriert jedoch ihren Versuch einer Rüge und fährt, perfekt abgestimmt auf die Gelegenheit eines kleinen Rauchintermezzos, in elegantem Plauderton vor der Restauranttür fort.

»Irgend jemand wird Ihnen längst davon berichtet haben.

Ja, ich war mit einer Tänzerin verheiratet. Wie sie aussah? So, wie man sich eine Frau aus der Berufssparte vorstellt. Gar nicht mal ungewöhnlich hübsch, straff zurückgekämmtes Haar, magerer Körper, mageres Gesicht, kleine fanatische Augen. Mir hat das immerzu leicht Frierende anfangs gut gefallen. Keine ins Übermaß quellende Weiblichkeit. Ich habe sie entdeckt, als sie in einem langen engen Kleid und sehr klobigen Schuhen, viel schwieriger, nehme ich an, als auf hohen Absätzen, über einen schlechtgepflasterten Platz leichthin balancierte, direkt vor meinen kapitulierenden Augen, flanierte mit schnellem Schritt, in einer solchen zum Himmel schreienden Grazie, daß ich, obschon ich sie nur von hinten sah, völlig sicher sein konnte, sie würde mir auch von vorn gefallen. Ihre allerbeste Zeit als Tänzerin war schon knapp vorbei. Aber allein wie sie, als wir uns näherkamen, freistehend auf einem Bein ohne Schwanken ihre Strumpfhose anzog! Hatte ich das Bild nicht längst, damals, irgendwann in meiner Kindheit gesehen, als es den sehnsüchtigen Glanz – wenn Sie darauf bestehen, bitte ich um Verzeihung – eines ewigen Dereinst besaß?«

Marzahn fuhrwerkt, schleunigst sich selbst karikierend, mit einigem Pathos in der Luft herum. Anita ahnt: Er wird sich für diese ungebetene Preisgabe seines Herzens durch entschlüpfte Bekenntnisse schon bald rächen. Sie wappnet sich zum Nachtisch gegen die gleich fällige Frostigkeit.

»Kurzum: Es umgab sie die rätselhafte Fremdheit, von der man hofft, sie würde sich niemals irdisch auflösen. Ich habe sie eine Weile angebetet und merkte nicht, daß ich mich sehr schnell langweilte. Nichts als hochprofessionelles Schreiten bei ansehnlicher Grundbegabung. Als es mir klar wurde, habe ich in meiner Not einfach immer weiter angebetet, auch wenn ich mir sagen mußte: Mein Guter, du hast dich getäuscht! Leitungswasser aus einem edlen Glas, bestenfalls. Und das auf Dauer? Dumm war sie nicht, auch nicht ungebildet. Zum Beispiel stellte sie für mich oft Figuren aus der Literatur dar, die ich raten mußte, vor allem Fontane-Frauen. Daß wir das Unschöne, das Desillusionierende immer als die größere Wahrheit ansehen! Ich konnte sie natürlich nicht zwingen, ewig anmutig über holpriges Pflaster zu gehen. Man glaubt aber zunächst, so ein Kunststück würde etwas Wesentliches, auch den Charakter betreffend, beweisen. Das tut es aber nicht, unbegreiflicherweise tut es das ganz und gar nicht. Sie kennen den kalten Schmerz, wenn man durch eine heißgeliebte Tonfolge plötzlich nicht mehr berührt wird?«

Unterdessen konstatiert Anita, wie unmöglich es ist, sich diesen peniblen, gesetzten Herrn ihr gegenüber als jung, als irgendwann einmal jung gewesen vorzustellen.

»Warum erzähle ich Ihnen das alles, ausgerechnet Ihnen, Frau Jannemann? Weil ich glaube, Sie verstehen mich, verstehen mich besser, als Ihnen lieb ist in diesem Punkt. Das ratlose Gesichtchen, um das Sie sich gerade bemühen, nehme ich Ihnen nicht ab.«

Von diesem Moment an versucht Anita, sich alles zu merken, was Marzahn von sich gibt, damit sie später die Tante damit amüsieren, ärgern, vor allem unterhalten kann. Sofort wird das Zuhören richtig lustig und kriegt einen Sinn.

»Törichterweise – und doch letzten Endes gar nicht so abwegig – habe ich mir die Lösung von einer gemeinsamen Reise nach Rom erhofft. Rom! Ich bitte Sie! Selbst eine so selbstgefällig daliegende Stadt läßt sich durch Hinreisen zu einem Ziel aufwecken. Die Kirche mit dem gerüschten, quadratisch gebändigten Deckengold, erstes Beutegold aus Amerika, ein ständiges zeremonielles Dröhnen über den

Köpfen der Frommen, Santa Maria Maggiore also, hatte mit ihrer entrückenden Apsis einmal eine wichtige Rolle in meinem Leben als junger Mann gespielt. Ich wollte in Rom mit meiner Tänzerin den erprobten, freudenspendenden Wegen nachgehen, das ruhmreiche Alte wiederholen, Gnadenwasser für die Zukunft: Dafür benötigte ich keinen Vatikan.«

Wäre sie Emmi, sagt sich Anita, hätte sie längst dazwischengekräht. »Nun mal heraus damit und kein Drumrumreden: Hat es bei euch im Bett nicht geklappt?«

»Nicht, daß Sie mich dahingehend mißverstehen, es hätte bei uns mit den ehelichen Zuwendungen oder, wie man es heute formuliert, im Bett nicht geklappt oder um es auf die neue scheußliche Art zu sagen: wir hätten keinen guten Sex gehabt«, sagt Marzahn.

Anita erlebt wieder einmal ihre Unfähigkeit, Gedanken vor gescheiten Leuten zu verbergen. Man liest ihr ohne Mühe vom Gesicht ab, was sie denkt.

»Es klappte insgesamt nicht, es klappte nicht, und zwar wegen unerwarteter Mittelmäßigkeit. Es lag nicht in erster Linie am fehlenden Duft des Erotischen oder dem mangelnden Geruch der Sexualität. Das war bloß die Folge.«

Plötzlich sieht Anita den falschen Herrn Brammertz auf der Bank seines Gärtchens über dem Stauweiher mit den Wirtschaftsnachrichten in der Hand, die ihm langsam entgleiten, still vor sich hin trauern.

»Rom klappte auch nicht. Die Touristen wissen die Diskretion der urbanen Legenden dort nicht zu würdigen. Sie machen sich mit ihren Fotowerkzeugen auf infame Weise Luft und überrennen den Einspruch jeder Treppe und Fassade. Alles erodiert zur ruinösen Gestalt eines Begriffs. Ich fragte mich selbstverständlich, als alles so kühl und sachlich in mir blieb, ob mich die Stadt schon früher genarrt hatte oder ob das eigene Gefühl nicht mehr in der Lage war, ihre zerdepperten Ausstellungsstücke wie einstmals zu feiern? Das ist, liebste Anita, überhaupt eine grundsätzliche, eine Existenzfrage. Kennen Sie die lächerliche Enttäuschung, wenn man in Fotobänden mit Bildern aus alten Filmen, die einen einstmals mit allen Fasern in Bann gezogen haben, auf die nach einer verblichenen Mode geschminkten Stars blickt? Und diese Pappkameraden haben uns einmal bezaubert, wehrlos gemacht durch ihre Schönheit und Aura! Ja? Kennen Sie das?«

Anita schüttelt etwas ungezogen den Kopf, natürlich nicht mehr, als ihr in dieser Situation gestattet ist. Stumm bleibt sie sowieso, weil sie genau weiß und fürchtet, daß sie nach einem Glas Wein nie sicher voraussehen kann, ob ihr Honig oder eine Kröte über die Lippen kommen wird.

»›So lehre sie, daß nichts bestehet, /Daß alles Irdische verhallt‹. Kennen Sie wenigstens das? Nein? ›Denn jeder sucht ein All zu sein und jeder ist im Grunde nichts‹. Ein anderes Gedicht, meine Liebe, diesmal nicht der alte Schiller, sondern August von Platen. Aber kennen Sie denn immerhin die Stimmung an manchen gesegneten Novembertagen, wenn man der rauchigen, spätgelben Landschaft anzusehen glaubt, daß sie kurz vor einem Ausbruch, einem wahren Aufplatzen ins Unendliche steht, stundenlang in dieser Spannung, auch wenn es nie dazu kommt?«

Anita, die sofort zur Einleitung einer solchen Explosion an die (vergeblichen) Laute von hämmernden Spechten und von Falkenschreien denkt und widerwillig an ihre eigene Schilderung der botanischen Erlebnisse Eurydikes, versucht die von Marzahn erweiterten Grenzen ihrer Konversation riskant noch ein bißchen weiter zu dehnen. »Sie erinnern mich an einen früheren Arzt, der, anstatt mir ein Medikament zu verschreiben, mitten in der Sprechstunde ohne Verbindung zu meiner Grippe anfing, Verlaine auf Französisch zu rezitieren, einschließlich Tremolo. Die draußen wartenden Patienten hatte er vergessen.«

Damit kommt sie Marzahn gerade recht: »Kein Wunder, meine liebe Anita. Frau Anita, es handelt sich um das Bemühen, der grauen Gegenwart von Kunden Glanzlichter der Poesie zu verordnen.«

Das hätte sie sich denken können! Frechheiten läßt Marzahn nicht ungesühnt. Nun hockt sie da in ihrer »grauen Gegenwart«.

»Nebenbei: Die Liebe, Sie wissen es in Wirklichkeit so gut wie ich, kommt immer aus den Gaukeleien der Literatur. Ja, auch in ihren vulgären Verdickungen. Aber vergessen Sie nicht: Die Schriftsteller, die uns die Liebe als das Schärfste im Leben anpreisen, haben stets ihren speziellen Ausweg in petto. Ihre Produktion nämlich, das Schreiben über die Liebe! Sie machen uns nur vor, reden uns nur ein, daß man sich an ihr sättigen kann. Vorsicht, beinahe hätten Sie jetzt Ihr Glas umgeworfen. Kurzum, die automatische Andacht vor den altrömischen Sensationen war flöten gegangen. Hinzu kommt: Alles ist in fortwährender Erosion durch Neubildungen. Stopversuche neuer Menschen, die durch zeitgenössische Bauwerke das Flüchtige besiegen und eine Versicherung stabiler, ewiger Heimat fabrizieren wollen. Fazit: Gar nicht erst verreisen. Besser seine alten Legenden oder die Fama nie überprüfter konservieren! Ich hätte das wissen müssen.«

Ehe sie abwinken kann, hat Marzahn – gehört sich das eigentlich so? – schon Kaffee und besonders noble Grappa bestellt. Er wird sie noch festhalten. Sie ist seine Angestellte und muß es unbedingt für eine Weile bleiben. Das wissen sie beide. Aber fragen, was das alles nun direkt mit der Tänzerin zu schaffen habe, sie nimmt an, klassisches, vermischt mit modernem Ballett, wird sie ja wohl dürfen, und tut es auch sogleich.

Marzahn trinkt seine Grappa in einem Zug, stülpt dann die Unterlippe weit nach außen. Sie ist blutrot. Sein wohliges, aus dunklen Tiefen aufsteigendes Keuchen in Verbindung mit dem wie aufgeschlitzten, fleischlichen Mund stößt sie erstmals ab.

»Zwischendurch, Frau Jannemann, damit ich es guten Gewissens Arbeitsessen nennen kann: Es bleibt vorläufig, um das noch mal zu bekräftigen, von mir aus alles wie bisher. Sie sind für mein schrulliges Lädchen eine Spitzenkraft. Wir können auch bald über eine kleine Gehaltserhöhung verhandeln. Ist das so in Ihrem Sinn?«

Ist das eine Antwort auf ihre Frage? Will Marzahn sie auf den Arm nehmen oder gar demütigen? Sie nickt mit dankbarem Lächeln – gut hingekriegt, Anita! – und wagt es dann, noch einmal zu fragen. Gerade da wird Marzahn ans Telefon des Restaurants gerufen. Er weiß offenbar sofort: Jemand, der, Marzahns Erbitterung nicht scheuend, da dessen Handy abgestellt ist, ihn hier aufspürt, hat Dringliches mitzuteilen. Zornig springt er auf, zornig oder erschrocken. Anita hört, wie ein weißhaariger Gast am Nachbartisch, hinter Marzahn her blickend, zu seiner Frau sagt: »Honoriger Geschäftsmann! Marzahn. Einer vom alten Schlag.«

Das ist merkwürdig. Noch eben hat Marzahn über einen jungen Mann geäußert, der sich offenbar zu einer Zigarette nach draußen begab, vielleicht auch bloß zur Toilette, und um sich her die Aura des Unbürgerlichen sehr gekonnt verbreitete: »Erfolgreich als wilder Dichter, vorerst nur in der

Aachener Gesellschaft, einer von den vielen seiner Gattung, in denen in Wirklichkeit ein penibler Beamter steckt, Karrieresucht inklusive. Der Kulturbetrieb ist ihre Firma.«

Der Antiquitätenhändler ist schnell zurück, allerdings, wie es scheint, viel blasser, weniger blühend als eben. Anita hat in der Zwischenzeit darüber gerätselt, wann eigentlich das von ihr beschmutzte Tischtuch gewechselt wurde. War sie Zeugin oder draußen beim Rauchen? Jetzt erkennt sie auf Anhieb, daß ein forschender Blick in Marzahns bleiches Gesicht ihn bloß reizen würde. Deshalb stellt sie, nach kurzem Schweigen, das ohne Erläuterung seitens des offenbar geistesabwesenden Marzahns verstreicht, ihre Frage nach der Frau freundlich zum dritten Mal, hartnäckig, aber nebenbei. Im gleichen Tonfall hätte sie auch sagen können: »Wissen Sie, wann das schöne Tafeltuch erneuert wurde?« Wie schmerzlich sie der plötzliche Anruf und die Verstörung Marzahns an eine schicksalhafte Szene in Zürich erinnern, verrät sie nicht.

Marzahn erwacht aus seiner Starre zur Gegenwart. Erleichtert über die bravouröse Beiläufigkeit, mit der Anita der Übergang zurück zum Moment vor seinem heftigen Aufbruch vom Tisch gelingt, eventuell auch zermürbt von einem Schock, würdigt er ihr Einfühlungsvermögen, wer weiß, durch Vertrauen:

»Als ich im Antiken-Museum auf den schwarzen Bronzedionysos und den weißen Hermaphroditen stieß, der sich so gefallsüchtig auf seiner Unterlage rekelt, damit man das nackte Sowohl-als-Auch oben und unten besichtigen kann, beides wie extra für mich dahinplaziert, da dämmerte mir, daß ich mich von meiner Frau würde trennen müssen, obschon sie neben mir stand und durchaus keine Albernheiten sagte. Ich trieb, ohne meinen Willen, in einer reißenden

Strömung von ihr fort. Interessanter und sicher stark abweichend sind zweifellos die Biographien, die im Himmel, gäbe es ihn, über uns irdische Tröpfe samt Schlußbilanz geschrieben werden. Aber für solche Überlegungen sind Sie noch zu jung. Ein nicht zu leugnendes Manko, Anita Jannemann! Bessern Sie sich!«

Ihr entgeht nicht, daß er ihr und vor allem sich selbst gegenüber den Humorigen spielt, dem viel Zeit zur Verfügung steht. Er macht das gut. In Wirklichkeit ist er seit dem Telefonat nervös und in Eile, möchte am liebsten auf und davon. Er überredet sich, onkelhaft zurückgelehnt, zu Gelassenheit, weil es vermutlich in seiner Situation das Klügere ist.

»Hinzu kamen die vielen antiken Köpfe, alle schneeweiß, fast ausnahmslos mit enttäuschtem Gesichtsausdruck. Sollte ich sagen: ernüchtert? Jedenfalls hatten sie wohl das falsche Leben geführt, aufs falsche Pferd gesetzt. Das Gefühl des Desillusionierten staute sich massiv in den Fluren und Sälen, paradierte vor mir als Warnung aus den langen Reihen dieser heimlich und offen bekümmerten Mienen der Herrschsüchtigen und der milden Mütter. Es kam mir vor, als begriffe ich, warum.«

Er prüft durch einen knappen Blick, ob auch Anita genug verstanden hat. Zufrieden ist er mit dem Ergebnis offenbar nicht. Stellt sich Anita wieder einmal schwerfälliger, als sie ist? Zumindest zieht sie in Erwägung, daß Marzahn hier kein Solitärgeständnis ablegt. Wie würde er das wohl bei sich nennen? Routinierte Emotion?

»Noch etwas ausführlicher, meine Liebe? Einen ersten Liebhaber entdeckte ich wenig später am Colosseum. Er ging dort als muskelprotzender Gladiator verkleidet in neckisch modellierender Rüstung auf Touristinnenfang. Seine Spezialität waren ältere Engländerinnen. Verstehen

Sie mich richtig. Er bot ihnen lediglich an, sich für Geld mit ihm fotografieren zu lassen, dazu hier ein Küßchen und dort ein maßvoll dreistes Drücken. Immer war er von ältlichem Jungmädchen-Kichern und Altjungfer-Gekreisch umgeben. Und es machte ihm Tag für Tag Spaß. Zynismus lag ihm fern. Ich fragte mich beim Zusehen, wie das möglich sein konnte und wieviel wohl an seinem Körper echt sein mochte. Aus Neugier kam ich mit ihm ins Gespräch. Es gibt ein umwerfendes Foto von uns beiden. Seine Mutter übrigens verdiente mehr Geld als ihr unter Schweiß und Öl plastisch herausgeputzter Sohn. Sie bettelte auf dem Corso, ganz in der Nähe der Casa di Goethe, auf allen vieren liegend, gewissermaßen ebenfalls in Verkleidung, hier allein durch die Pose, nämlich als riesiger, unterwürfiger Hund. Ob es ihm peinlich war, habe ich nie erfahren. Er stellte mich der Frau Mutter nicht vor, aber zeigte sie immerhin freiwillig aus einiger Distanz, vielleicht aus Stolz auf die mannigfaltigen Talente seiner Familie. Mein Geschmack änderte sich dann bald, weg vom allzu Martialischen.«

Durch die Erinnerung ist das Leben wieder in ihn zurückgekehrt. Irgendetwas an Anita amüsiert ihn königlich: »Das zum Schluß: Falls es Sie quält, kann ich Ihnen auf mein Wort versichern, daß diese Neigungen nichts mit unserem Gipfelstürmer, meinetwegen auch, wenn Sie wünschen, mit Ihrem Mario zu tun haben. Übrigens hat er etwas zum Glück nicht mehr erlebt: In der Schweiz fängt man an, Gipfel in fast 3000 Metern Höhe miteinander durch Hängebrücken zu verbinden. Das heißt dann: Peak Walk und trägt den Namen des Sponsors oder Investors, weiß der Satan. Jean Paul, der die Berge nie sah, nannte sie, völlig verfehlt, ›Göttersöhne‹.«

Er sieht sie jetzt auf betonte Weise nicht an. Das Abschiedsritual verläuft förmlich. Nur im letzten Moment, als das Taxi schon auf ihn wartet und Anita sich nach dem Wechseln der Schuhe aufs Rad schwingen will, flüstert, eher flötet er ihr ins Ohr: »Halihalo!«

Beizend frische Nachtluft, die Anita durch schnelles Fahren noch verschärft. So will sie es. Das Gefühl, in Freiheit durch die tiefbraune Dunkelheit zu rauschen, hindert sie nicht daran zu überlegen, ob sie ihr bindungsloses Dasein feiern oder verachten soll. Auch kann sie zur Zeit die Menschen nur noch als Restbestände von Lebensläufen sehen, unterschiedlich lang, das schon, aber alle auf den Tod zu.

Vor der Wohnungstür steht ein Karton mit einem Brief obendrauf, der unter die schwarze Schleife geklemmt ist. Anita liest ihn noch, bevor sie aufschließt, setzt sich, als ihr schwant, von wem das Geschenk stammt, zuerst auf die oberste Treppenstufe, springt dann aber lieber auf und verrammelt sich in ihrer privaten Höhle.

»Liebe Anita, Du warst nicht zu Hause. Ich habe diesen Kuchen für Dich gebacken. Er soll mein herzliches Beileid zum Todesfall ausdrücken. Der Kuchen ist in meiner Familie immer sehr beliebt gewesen. Ganz leicht habe ich es aber auch nicht. Neulich schlief Deine Tante Lucy neben mir. Sie ist ja schwerhörig, und nachts trägt sie den Hörapparat nicht. Eine Fliege im Zimmer machte mich mit dem Gesumm fast verrückt, aber sie, die Lucy, behauptete, ich sei die Verrückte, weil ich Stimmen höre, die gar nicht da seien. Lucy ist überhaupt eine Marke für sich. Immer muß ich sie mahnen, nicht so ärmlich herumzulaufen. Dabei habe ich neulich in ihrem Kleiderschrank lauter neue Sachen, noch mit den Preisschildern dran, entdeckt. Sie hortet sie, aber zieht sie nicht an. Und um Deine Tante Emmi sorge ich mich wegen dieses verluderten Architekten, den sie unbedingt halten will durch unverantwortliche Geschenke. Du aber laß es Dir tüchtig schmecken, und wie gesagt: Herzliches Beileid zum schmerzlichen Verlust, von dem Frau Bartosz erzählte. Deine Tante Wilma.

P.S. Ich schreibe diesen Brief schon vorsorglich zu Hause, falls ich Dich nicht antreffe. Wenn Du Trost brauchst, besuche mich gern und auch sonst. Also Kopf hoch und immer nach vorn sehen! D.T.W.«

Der Kuchen ist ein Rodonkuchen mit Schokoladenglasur. Anita stellt ihn brav kühl und legt sich ins Bett, hält die Verwilderung aber nicht lange ohne Zähneputzen aus. »Lächerlich«, sagt sie dabei über sich. Sie blättert im Katalog einer Firma für Scherzartikel und Wunderlichkeiten aus Blech und Marmorstaub, vornehmlich auf nostalgische Imitationen spezialisiert, daneben im Journal eines dänischen Schriftstellers und Philosophen. Die Schilderungen einfacher Ritte von einem Haus zu einem See und von da zu einem Wäldchen und Bauerngehöft versenken sie in ein laues Dösen, nachdem sie laut gesagt hat: »Wenn Mario schon kein Held war, dann ist Marzahn wenigstens ein Teufel.«

(Unter uns, da Anita manches, aber noch nicht alles durchschaut: Die Vermutung liegt nahe, daß Marzahn Zweifeln für die Königstugend kultureller Intelligenz hält. Anderes interessiert ihn ohnehin nicht. Das drückt sich für ihn - seine römische Erkenntnis - am schlagendsten aus in der Homosexualität, die er mindestens so ideologisch wie animalisch betreibt. Aufrichtige Tränen, die auch er hin und wieder benötigt, spart er sich auf für die Idee eines kleinen Erzengels oder für die malerische oder literarische Beschreibung von Ideallandschaften. Die Gefahr eines allzu dünnblütigen Ästhetentums sieht er durchaus.

Daher die sporadische Vorliebe fürs Ordinäre. Trieb und Medizin in eins.)

Als sie etwas später zum Klo muß, sieht sie vor dem Haus einen Mann auf und ab gehen. Im ersten Augenblick, da die Person immer nur sehr kurz, vielleicht auch unwillig, in den Lichtkreis der Laterne gerät, hält sie ihn für den falschen Brammertz, dann für den echten, schließlich glaubt sie in ihm den schönen Leo zu erkennen, ja, da ist sie jetzt sicher, der schöne Leo! Dann erschrickt sie, nicht, weil sie sich nach dem Grund für die Spioniererei fragt, sondern weil sie noch vor zwei Wochen in ihm für eine Sekunde bestimmt den heimgekehrten Mario gesehen hätte. Jetzt ist ihr gar nicht mehr der Gedanke gekommen.

Bei nächster Gelegenheit fährt Anita, solange der Eindruck lebhaft ist, ohne Anmeldung zu Emmi, um ihr von Marzahn zu berichten. Das Trauergärtchen ist leer, die Mauern des Hauses auf dem Grund des Efeuschlößchens wachsen rapide. Man scheint hier, wie man es nun in der Gegend öfter sieht, durch Spezialmauern das Anwesen gegen Attacken krimineller Neider oder gleich gegen einen kompletten Bürgerkrieg panzern zu wollen. Emmi und Frau Bartosz kommen ihr im Vorgarten entgegen, beide auffällig schick gemacht. Die Polin hat die Tante am Arm. Sie winken ihr nur zu, so sehr sind sie in Eile.

»Die Oper war hammerstark!« ruft Frau Bartosz und verstaut die Tante in ihrem Auto. »Sie haben den Inhalt ganz falsch erzählt. Kommen Sie bald wieder, heute geht es leider nicht.« Sie lacht rustikal und wirft dazu den Kopf in den Nacken. Einen solchen Kehlkopf hat Anita bisher nur bei Männern gesehen. Sollte sie der Auftritt beunruhigen? Aber auch die Tante lacht ja und ruft: »Bis bald, Lalita! Bis bald und demnächst.«

Anita steht verdutzt vor dem Haus, sieht dem kleinen Wagen nach. Schon heute morgen kam sie sich ähnlich dumm vor, als Gabriele mit einer Freundin, beide in sehr kurzen Röckchen und mit vermutlich getuschten Wimpern durchs Schaufenster kuckten. Sie zeigten auf einige Gegenstände und lachten übertrieben, regelrecht brüllend. Hoffentlich, sagte sich Anita, meinen sie nicht die kleinen Heiligenbilder und Rosenkränze aus Perlmutt! Immerhin besaß Gabriele noch ihre unkorrigierte Zahnlücke. Nun aber überrascht sich Anita selbst durch eine winzige Hoffnung, als sie so ergebnislos den Rückweg antritt. In der kurzen Zwischenzeit könnte, zugegeben unwahrscheinlicherweise, wenigstens der falsche Herr Brammertz aufgetaucht sein, in seinem Gärtchen, auf seiner Bank, mit seiner Zeitung. Und wirklich, sie täuscht sich nicht. Er ist da.

»So ein Zufall«, sagt Anita ein bißchen heiser.

»Von meiner Seite aus jedenfalls nicht.«

»Sie sind anmaßend!«

»Das eigentlich kaum.«

»Was dann?« Anita setzt sich neben ihn.

»Optimistisch.«

Der Optimist im Trauergarten! Anita spricht es lieber nicht aus.

»Wenn Sie wollen, können Sie hier gern wieder schlafen wie beim letzten Mal. Ich stelle meine Schulter zur Verfügung und sehe mir dann ungestört Ihre schöne Nasenbiegung an.«

Anita erinnert sich an seinen Kräutergeruch. Das Gesicht ist im Grunde angenehm vielfältig, aber ohne die geringste Zweideutigkeit.

»Schlafen heute nicht. Sie können mir einen anderen Gefallen tun. Würden Sie mich bitte, einfach nur so, in den Arm nehmen?«

Jetzt ist ihr doch noch gelungen, ihn zu verblüffen. Wie erhofft, legt er wortlos, fest und keineswegs aus der Übung gekommen, den linken Arm um sie. Nach einer Weile erkundigt er sich, ob es so recht sei, andernfalls solle sie korrigieren. Es reiche noch nicht, es müsse noch etwas dauern, ansonsten alles genauso wie eben, sagt Anita, nicht weniger geschäftsmäßig als er.

Sie schließt die Augen und denkt sich Marios Körper, im gold-braunen Lampenschein schlafend, dazu. Glanzlichter, über die muskulösen Dünungen des Fleisches wandernd, von der einen Achsel über den Brustkorb hinweg zur anderen, fortgesetzt weiter nach unten zu den mit samtigem Hautfell bespannten Rippenbögen und den dunkleren Tönen zwischen den Schenkeln, die sein Glied verbergen, je nachdem. Wie oft hat sie sich vorgestellt, winzige Wesen, viel kleiner als ihre wandernden Finger, wären stundenlang im Sonnenauf- und -untergang auf diesen Wölbungen unterwegs. Würde es den falschen Brammertz verdrießen, wenn er ihre Gedanken entziffern könnte?

Er kann es vielleicht. Aber, ganz unter uns: Sie macht sich ja etwas vor! Sie zaubert sich Mario gar nicht wirklich herbei, allenfalls theoretisch, murmelt statt dessen ohne Sinn und Verstand das Wort »Rheinmetall«, »Thyssen«. Wer wollte was von wem?

Als sie viel später, jedenfalls nach leichtem, tiefem und wieder leicht träumendem Schlaf aufwacht, fragt sie der Mann, ob er sie nach Hause begleiten solle, an der Haustür abgeben, meine er. »Dürfe« sagt er ausdrücklich nicht, auch klingt die Stimme lediglich pflichtbewußt. Anita zuckt gleichgültig die Achseln. Den falschen Brammertz scheint das vergnügt zu machen. Sie reden kaum. Den Weg kennt er verblüffenderweise schon, er biegt immer richtig ab und sagt, das nächste Mal wolle er ihr von seinem Beruf erzählen.

Gut, dann werde sie ihm bei der Gelegenheit sagen, wie sie ihn bei sich nenne.

»Aha, Sie sprechen mit sich über mich? Tatsächlich über Konrad Brammertz, egal unter welchem Namen? Ich bin gemeint?«

Bemerkt er die kleine Verdrossenheit Anitas angesichts seiner vagen Unterstellung von Werweißnichtwas? Es reicht ihr jetzt mit ihm. Sie verabschieden sich in offenbar auf beiden Seiten gleichermaßen gewünschter Unverbindlichkeit vor dem Haus. Und doch zögern sie eine Sekunde lang. Warum? Anita weiß es nur von sich selbst. Sie möchte Marzahns Information weitergeben, daß in den Alpen Industrieunternehmen damit anfangen, die Dreitausender durch eine bequeme Hängebrücke zu verbinden, die dann als ewige Reklame ihren Namen tragen muß. Sie möchte von ihm wissen, ob das wirklich stimmen kann.

Sie spricht es nicht aus, denn dann läge ihr außerdem die Frage auf der Zunge, ob es nicht erhebend wäre, wenn die Welt unterginge? Für ihren Geschmack ein dann doch zu intimer Fluch.

9.
DER VERLORENE MANN

Zwei Wochen später radelt sie schon wieder zwischen den Wiesen Richtung Eberburgweg, überm Kopf den nachmittäglichen Sommerhimmel mit einer Milchstraße aus Schäfchenwolken mitten im hochgewölbten, stark räumlichen Blau, ein sanft strömender, wohlgeformter Schwarm, zu dem sie beim Fahren immer wieder kurz aufsehen muß. Sie würde am liebsten singen oder Tränen übers Gesicht laufen lassen. »Man sollte die richtige Idee für eine Landschaft haben, gerade, wenn sie schön tut«, behauptete Marzahn neulich beim Essen, als sie über Italien sprachen, »andernfalls wird man von ihr fertiggemacht. Man benötigt unbedingt eine Idee, worauf sie hinauslaufen soll. Fix und fertig gemacht.«

»Habe ich Sie richtig verstanden? Die Landschaft soll auf etwas hinauslaufen?« hatte Anita gefragt und sich erlaubt, Distanziertheit in die Stimme zu legen.

»Schon wieder sind Sie zu jung, um das zu begreifen. Man merkt allenthalben, daß bei Ihnen die Schatten noch ganz senkrecht fallen. Sie können sogar essen und trinken, was Sie wollen, sind aber – typisch jung, lästig jung – zu borniert, um es einzusehen und zu tun. Die Liebe, ob als Hirngespinst in den Lüften oder in der Tiefe der inneren Lustgefilde, der Bäuche, Eingeweide, des Gedärms, soll das einzige sein, was zählt. Was für ein Irrtum! Sie werden's noch merken und an mich denken.«

Der Stauweiher liegt still um einen Schwan herum, im Trauergärtchen sitzt auf der Bank ein minderjähriges Pärchen und trinkt Dosenbier, das ehemalige Efeuschlößchen gerät angesichts der rasend wachsenden Nachfolgemauern schon in Vergessenheit. Diesmal wird Anita, die sich angemeldet hat, zur klassischen Schwarzwälder Kirschtorte erwartet, die sie als Kind mit Onkel und Tante nach dem Tod Wolfs auf unzähligen Gartenterrassen aß, während die beiden ihr dabei wortlos zusahen. Frau Bartosz öffnet. Sie führt Anita zur Tante, die als gekreuzigte Heilige flach auf dem Boden liegt, Arme und Beine weit auseinandergespreizt. Anita schreit leise auf. Ihr Erschrecken freut die Frauen, der nicht gerade feinfühlige Streich ist geglückt.

»Das Andreaskreuz«, sagt die Polin, »die Physiotherapeutin hat die Übung angeordnet. Ihre Tante wollte erst nicht.«

»Nein, ich wollte nicht!« ruft Emmi vom Teppich hoch. Sie trägt einen babyrosa Jogginganzug.

»Ich habe Ihrer Tante deshalb erklärt, was amerikanische Wissenschaftler schreiben: Während man so liegt, altern die Zellen nicht. Jetzt würde sie am liebsten auch nachts so schlafen.« Frau Bartosz lacht auf ihre polternde Weise, die Anita zur Konspiration verführen soll.

»Verraten Sie es aber nicht Wilma und Lucy. Die sehen sowieso viel, viel jünger aus als ich«, bittet Emmi aus der Tiefe mit rosigen Wangen. Auch sie zwinkert Anita zu.

Frau Bartosz droht scherzhaft nach unten zur Tante: »Sie will die Namen ihrer Medikamente und Nahrungsergänzungsmittel nicht auswendig lernen.«

»Nein, will ich nicht!« ruft Emmi bei unverändertem Andreaskreuz.

»Deshalb muß ich es für Frau Geidel tun und auf die richtige Einnahme achten.«

»Ich gehorche ihr, solange sie mir kein Gift einflößt.« Was soll plötzlich das Stutzen, als überfiele sie ein Verdacht?

»Wenn wir Sie nicht hätten, Frau Bartosz!« sagt Anita artig und tut damit das Richtige. Sie erkennt es am Gesicht der Polin.

»All das Zeug hilft sowieso nicht gegen meine Flecken. Überall kommen sie zum Vorschein. Nicht nur die blauen Flecken, die ich so leicht kriege, auch andere, braune, gelbe, überall am Körper, sogar im Gesicht. Die machen mit mir, was sie wollen, und gehen nicht mehr weg. Ich bin bald bunt gepunktet wie dieser Raubvogel, Sperber, glaube ich. Man kann mich dann ausstellen. Ach was, nichts Besonderes. So sehen alle alten Frauen aus. Aber das ist es ja. Alte Frauen.«

Sie bringen die im fröhlichen Anzug hilflos rudernde Emmi in die Senkrechte. Erst jetzt kann Anita ihr in die verschleierten Augen sehen. Sie sucht nach einem winzigen Glitzern darin, nach der Andeutung eines hüpfenden Flämmchens.

»Zu meiner Zeit, Rarita, noch in den Fünfzigern nämlich, merkte man unseren sehr forschen Sportlehrerinnen deutlich ihre Nazivergangenheit an, auch wenn nie darüber gesprochen wurde. Das waren richtige Kerle. Schrecklich! Die hatten einen Ton am Leibe, ich kann dir sagen! Wenn die mich in meinem neuen Turnanzug gesehen hätten, wäre gleich eine Sechs wegen der Farbe fällig gewesen.«

Da ächzt Frau Bartosz: »Leider kann ich mich heute nicht zum Kaffee dazusetzen. Lassen Sie sich die Torte schmekken, meine Damen. Ich selbst habe an allen Ecken und Enden zu tun.«

Kaum ist sie verschwunden, winkt die Tante Anita dicht herbei und kichert: »Das stimmt nicht. Sie hat nichts zu tun. Sie will nur unbedingt eine Putzfrau auf Vermittlung ihrer Tochter durchsetzen und scheuert und wieselt und wienert deshalb ständig zur Mahnung rum. Irgendwann taucht sie bestimmt keuchend vor Erschöpfung wieder auf. ›An allen Ecken und Enden zu tun‹! Seit sie den Ausdruck kennt, sagt sie das dauernd. Mein Gott, dieses köstliche, gehetzte Röcheln neuerdings! Das hat sie sich extra für mich ausgedacht. Sie läßt jetzt auch absichtlich Staub liegen. Und immerzu das drohende ›Meine Elzbieta kennt alle Tricks und Tarife‹!«

»Wird sie siegen?«

»Natürlich! Sie ist ja die Stärkere von uns beiden, hat ja richtige Muskeln, Tatzen wie ein Bär. Sie sagt auch manchmal: ›Aber Frau Geidel, wir waren doch erst gestern bei Aldi!‹ Und es stimmt aber gar nicht, wir waren dann überhaupt nicht einkaufen. Ich soll erschrecken, wenn sie das sagt. Das tue ich auch, zeige es bloß nicht. Ja sicher wird sie siegen. Ich spiele nur, wo ich kann, noch ein bißchen mit ihr.«

Im Sitzen wirken ihre Wangen nicht gar so rosig rund wie im Liegen eben. Und doch essen beide Frauen mit Appetit von der pompösen Torte. »Die ist diesmal nicht selbstgemacht. Du brauchst also Frau Bartosz nicht zu loben. Sie hat eine gekaufte genommen zum Zeichen für ihre schreckliche, ihre menschenunwürdige Zeitknappheit. Und ich soll natürlich von morgens bis abends denken: ›Ach Gott, ach Gott, ich habe ja nur die gute Frau Bartosz auf der Welt. Was täte ich bloß ohne sie!‹«

Schon bald besteht Emmi auf einem Gläschen Sherry: »Mein Haushaltungsvorstand, liebe Lalita, hat für Nachschub gesorgt. Fast nehme ich an, der Herbst naht, der Herbst, wo die Blätter oben fehlen und von unten, vom Boden nach oben scheinen, ihr schönes Gold nach oben schicken, wo sie nicht mehr sind.«

Sie sagt es träumerisch und nimmt zwei Schlückchen hintereinander. Wie wohlig sie seufzt! Wie sich die Bäckchen schon verfärben ins Gesunde!

»Du hast dich sicher gewundert, daß wir am letzten Samstag so vornehm gekleidet waren. Darauf besteht Frau Bartosz jedesmal, wenn wir zu Aldi fahren. Wir sollen uns, meint sie, von der üblichen Kundschaft von vornherein abheben, weil unser Einkaufen dort nur eine Ausnahme für einige wenige Artikel ist. Warum soll ich ihr die Freude nicht machen, ist ja eine unschuldige. Wir parfümieren uns sogar, fast, als ginge es in die Oper. Früher, ja früher, mein Gott, da habe ich mich aus eigenem Antrieb gern geschmückt. Schon die Wörter ›Juwelen‹, ›Kleinodien‹, was gibt es da noch, ›Geschmeide‹ versetzten mich in Wallung.«

»Karfunkelstein.«

»Karfunkelstein! Ich hatte eine Schwäche für das Orientalische. Es stand mir so gut, ich hatte die Figur dafür. Vorher, vor damals, Rarita. Weißt du aber, was mich stört an der Person? Zu allem, was ich sage, kramt sie sofort ihr Smartphone hervor und prüft die Tatsachen nach. Dieses Ding fördert die schlechten Anlagen im Menschen, das Rechthaberische. Rarita, sie ist ja schon so die geborene Besserwisserin, anders als du, Liebes, und du bist doch erst recht viel jünger und deshalb moderner als ich. Die Bartosz kuckt dazu wie eine pressende Henne, die ihr Ei hinten rausdrückt: Kikeriki, ich habe das Wahrheitsei gelegt, es ist meins und jetzt brüte ich es aus für die ganze Welt.«

»Du bist teuflisch in Form, Emmi«, lobt Anita etwas gedankenverloren, denn sie hat die Angestellte von der ETH in Zürich vor Augen, wenn die den Wissenschaftlerinnenkoller kriegte und zur Truthahnexistenz überwechselte.

Emmi streckt die Hände, die so gar nicht den plumpen Lappen der Schwestern ähneln, nach ihrer Nichte aus: »Wie geht es dir, meine Anita, dir und deinem Kummer? Das frage ich mich oft und weiß es so überhaupt nicht.«

»Gut, Tante Emmi, immer besser, von Tag zu Tag.«

Ist das nicht ein Verrat, den Anita offenbar mit Lust an ihrem Bergsteiger begeht?

»Ist dein Mario wahrhaftig tot? Keine Verwechslung?«

»Ist tot, das muß man wohl so sagen.«

Und, sagt sie zu sich selbst, er stürzt weiter ab, ich kann es nicht verhindern, er stürzt, er fällt. Und ich selbst stürze mit in die Tiefe, aber an der anderen Seite des Berges.

Emmi drückt ihr beinahe liebkosend die Hand.

»In Marzahns Geschäftchen geht es mir prima. Ich liebe ja all die kleinen Sachen dort ein bißchen. Jetzt sind neue nostalgische Blechvögel gekommen, die man am Rücken mit einem Schlüssel aufziehen kann. Dann schlagen sie wie verrückt mit den Flügeln und drehen sich knatternd im Kreis. Ich habe auch seit kurzem Madonnengnadenbildchen mit echtem, aufgeklebtem Stoff als Kleid im Programm. Gehen weg wie frische Brötchen.«

Ist das nicht ein Verrat, den Anita offenbar mit Lust an ihrer eigenen Kindheit und Gabrieles schon verflogener Frömmigkeit verübt?

»Heute morgen, Tante Emmi, habe ich zum ersten Mal erlebt, daß Kinder, noch dazu wildfremde, ›Tante Anita‹ zu mir sagten! Ein komisches Gefühl, ich kam mir zuerst veräppelt vor.«

»Verkrüppelt, sagst du?« Emmi lächelt, ein verärgertes Lächeln. Es sieht so aus, als wäre sie der Lösung des Rätsels bereits nahe.

»Zwei etwa acht und zehn Jahre alte Kinder, ein Junge, ein Mädchen, sind in den Laden gekommen, haben sich Lakritz ausgesucht, ordentlich bezahlt und erst danach gesagt, ich sei doch bestimmt die Tante Anita. Sie seien die Enkel ihrer Großmutter Wilma und sollten schön grüßen. Sie seien zu Besuch. Weg waren sie. Nette, wohlerzogene Kinder und irgendwie Fleisch und Blut von mir. Nicht zu fassen, ich bin nun selbst eine Tante!«

Sie glaubt, bei Emmi kurz etwas zu erwittern, die heimliche, weniger moralische als hormonelle, unerschütterbare Verachtung aller Mütter gegenüber den Kinderlosen, denen dieser absolute Lebenstriumph fehlt. Selbst an ihrer gutmütigen Freundin aus Zürich (nicht eine von denen, die sich so gern die kleinen Geständnisse des Unglücks merken und später darauf pochen, wenn man sie selbst längst vergessen möchte), die vier Kinder geboren hat und mit der sie hin und wieder telefoniert, selbst bei dieser Gutartigen spürt sie das. Vielleicht irrt sie sich aber im aktuellen Fall.

Emmi läßt ihre Iris noch dunstiger werden. »Du wirst allmählich von dieser Familie eingekesselt. Für die meisten Leute bedeuten Kinder Zukunft undsoweiter. Sie haben Kinder, um die Vergänglichkeit zu vergessen und daß man bald stirbt. Das ist bei mir ganz anders. Mich erinnert jedes Kind an den Tod.«

Anita fühlt, wie die Atmosphäre brenzlig wird. Sie halten beide alarmiert den Atem an und sehen sich lieber nicht in die Augen. Es ist der Moment, in dem Anita endlich das Wort ›Wolfgang‹ aussprechen könnte. Tu's nicht! mahnt dagegen die innere Stimme und wiederholt es als Befehl: Tu's nicht!

Also beginnt sie, ohne Übergang ausführlich vom Essen mit Marzahn zu erzählen. Um die Tante aufzuheitern, übertreibt sie aber. Sie sagt zum Beispiel: »Nach dem mysteriösen Anruf im Restaurant schwankte er leicht. Ich konnte beobachten, wie seine Hände zitterten, bis er sich schließlich beruhigt hatte.« Oder: »Nach dem als Gladiator verkleideten Liebhaber in Rom beschäftigte er sich im ersten Entdeckerrausch innerhalb von zwei Wochen mit drei weiteren jungen Männern. Sein italienischer Wortschatz erweiterte sich im Geschwindschritt um die sexuellen Sprachbezirke.« Oder: »Hoffentlich werde ich nicht in irgendeine obskure Szene mit reingezogen, ohne daß Marzahn es ahnt. In der Nacht nach dem Restaurantanruf hielt ein Mann vor dem Haus, in dem ich wohne, Wache, ging Patrouille, als würde er auf eine späte Ankunft warten oder ein spätes Verlassen des Hauses. Was sollte das aber mit mir zu tun haben! Leider erkannte ich den Typen. Es war der schöne Leo, Verkäufer bei Marzahn, kürzlich fristlos entlassen und sehr wütend darüber.«

Das gefällt ihr nicht weniger als der Tante, die sich auch gar nicht erst Sorgen um ihre Nichte macht.

Draußen, hinter den Scheiben zum Garten, sieht Anita den glühenden Hochsommernachmittag vergehen. Er versucht, sie durch das Glas hindurch einzuschlürfen. Nicht schlimm, ruhig Blut! Es wartet ja später noch etwas auf sie, nichts Aufregendes zwar, aber es ist in rührender Weise Verlaß darauf.

Emmi tätschelt schon wieder ihre Hand. Sie sucht den Hautkontakt, das ist neu an ihr. Auf den Geschmack des segensreichen Wirkens von Berührungen gekommen, Emmi?

Sie öffnet zweimal den Mund, bevor sie endlich ihre Frage

stellt: »Wie war denn dann eigentlich die Beziehung zwischen deinem Mario und Marzahn?«

»denn dann eigentlich«: Ein gewisses Erröten kann Anita daraufhin nicht verbergen. Die listige Freude der Tante ist unübersehbar. »Ich wußte es lange Zeit selbst nicht. Erst vorgestern klärte mich Marzahn bei einem geschäftlichen Telefongespräch darüber auf. Der ihm bis dahin unbekannte Universitätsangestellte Mario Schleifelder habe ihn eines Tages in seinem Laden aufgesucht, um ihm nach dem bei solchen Gelegenheiten üblichen Vorgeplänkel einige Jugendstilstücke aus dem Familienschatz anzubieten, Vasen und Schmuck in der Art des Franzosen Lalique, wenn auch natürlich nicht so wertvoll, zunächst auf Fotos, dann die Gegenstände selbst. Da habe er, Marzahn, nach gespieltem Zögern und kurzem, nicht allzu grausamem Handeln gegenüber dem offensichtlich Unerfahrenen zugegriffen. Es sei nämlich so, daß die Reisen Marios trotz dessen Anspruchslosigkeit ziemlich kostspielig gewesen seien. Er benötigte auch Geld für Geschenke und Bestechungen in manchen kleinen Ländern mit unklaren politischen Verhältnissen. Schließlich habe er zweimal aufgrund eines abwegigen Spionage- und Schmuggelverdachts, vermutlich jedoch aus purer Schikane, einige Tage in sehr lumpigen Gefängnissen zugebracht. Da sei Schmiergeld unbedingt vonnöten.«

Vor Anita erscheint sein verwegenes Gesicht, erscheinen die brennenden Augen, die bis in die letzte Faser durchtrainierte Gestalt. Es ist ein sehr fernes Winken noch.

»Wußte seine Mutter, seine Familie davon?«

»Weiß ich nicht. Nein. Wahrscheinlich nicht so genau.« Anita kann ein verdächtiges Stottern nicht verhindern. Es wird natürlich sogleich, wenn auch stumm, registriert.

Nicht jedoch das leichte Mogeln, das vielleicht zweifelhaft räuberische Treiben Marios beunruhigt sie auf einmal. Sie selbst hat seit seinem Tod außer der Sonnenbrille schon drei Schmuckstücke verloren, zwei einzelne Ohrringe und einen Ring. Egal, sie ließ sie entgleiten, ohne sich weiter darum zu kümmern. Das Aufstörende ist die plötzliche Erkenntnis, daß die Erklärung Marzahns über seine Beziehung zu Mario gar nichts anderes ausschließt, keine erotischen Finten und Abzweigungen. Es geht sie, eine Fremde ohne irgendwelche Ansprüche, nichts an. Trotzdem kränkt sie die Möglichkeit schwer. Ist sie denn nicht eine heiß Liebende gewesen, die ihr gesamtes bisheriges Leben dem Schicksal oder was das sein soll, bedingungslos und hochfliegend in den Rachen geworfen hat? Heiß Liebende? Sobald sie sich Marzahns skeptischen Blick dazu vorstellt, wird sie kleinlaut vor sich selbst. Das hat der verdammte Antiquitätenhändler mittlerweile erreicht.

Um Emmis aufwachenden Augen zu entkommen, auf deren schlierigem Grund erste Blitze, winzige grüne Fische, hin- und herflitzen, erkundigt sie sich, wobei beide Frauen ein weiteres Gläschen konsumieren, nach dem echten Herrn Brammertz, dem Architekten, dem guten Schach- und Frauenfreund, dem ruinierten Verschwender und vom Glück Verlassenen. Von dem falschen Brammertz weiß Emmi ja nichts. Da ist es nun die Tante, die errötet, die auf ihre späten Tage noch ein reizendes Rosigwerden zustande bringt und sogar die Hände vors Gesicht schlägt und durch die Lücken zwischen den Fingern hindurchschielt und das Verschämtsein ausführlich genießt. Allerdings benötigt sie die Rechte, um noch ein weiteres Gläschen Sherry zu trinken. Dann hat sie ausreichend Kräfte gesammelt.

»Frau Bartosz redet schlecht über ihn. Bartosz behauptet, sie hätte von meinen Schwestern erfahren, daß Herr Brammertz, der gute Freund meines Gatten, bis dahin anständige Frauen gegen ihre Ehemänner aufgebracht hat. Bartosz steckt mit Wilma und Lucy unter einer Decke. Sie gönnen nichts, alle drei, selbst mein Unglück gönnen sie mir nicht auf die richtige Weise. Die Bartosz ist ein ganz blöder Wachhund, der mir das Leben schwermacht, auch wenn ich gern mit ihr zu Aldi fahre, zu den vielen günstigen Waren dort, und wir beide dabei nach meinem besten Parfüm duften, sie noch stärker als ich, die riesige Person, dieser Goliath, eigentlich eine Perle, ich sag das ja immer, eine Perle in rauher Schale, die aufpaßt, daß mir nichts passiert. Es sind die Schwestern, hauptsächlich die, von denen ich nichts Gutes erwarte, und nun schicken sie auch noch die Enkel ins Gefecht, Anita, nimm dich in acht, daß du nicht in ihre Fänge gerätst und sogar am Ende deine alte Tante Emmi verrätst und preisgibst an sie, deine Emmi, die schon so viel Leid in ihrem Leben verkraften mußte, wovon die gar keine Ahnung haben und nichts wissen wollen! Wilma und Lucy fürchten, ich könnte durch die Bekanntschaft mit dem unglücklichen Herrn der Familie Schande bereiten. So tun sie jedenfalls. In Wahrheit steckt was anderes dahinter. Sie haben Angst, meine kleine Anita, ich könnte ihm mit Geld aushelfen, mein Vermögen an ihn verschwenden, weil ich schon kindisch geworden sei. Steh du mir bei, Lalita, reise ja nicht wieder ab nach Zürich. Laß dich nicht auf ihre Seite ziehen, sondern denke an den armen Mann, dem ich helfen muß aus Treue zu meinem eigenen lieben Mann. Was wissen die schon von Liebe. Die hört doch nicht auf, wenn jemand Pech hat und von der Welt im Stich gelassen wird, wenn die anderen mit Fingern auf ihn zeigen und er in seinem Kummer trinkt und zu weinen anfängt und vorn die Hose zuzumachen vergißt! Muß man so einen verunglückten Helden nicht erst recht in die Arme nehmen, Raritachen? Selbst wenn er nicht mehr gut riecht? Sonst taugt doch die ganze Liebe nicht, war nichts wert. Du kennst das mit deinem Mario doch sicher auch? War nicht das Geringste wert, Anita, so eine Liebe. Und darf man sich nicht schönmachen für so einen lieben Kerl, der ein bißchen Freude braucht und die Freude immer bei den Frauen gesucht hat und dabei sehr großzügig, zu großzügig war, zu schwach? Ist er nicht in seinen guten Zeiten Karnevalsprinz und einflußreich im Stadtrat gewesen?«

Während die Emmi-Rede kräftig strömt, stehen ihr Tränen in den Augen und verschwinden wieder, ein Lächeln erscheint und erlischt, die Handgymnastik setzt ein und wird abgebrochen.

»Meine habgierigen Schwestern haben für Kind und Kindeskinder angeblich immer das Beste im Sinn, dafür kann man die einsame Schwester ruhig über die Klinge springen lassen. Bartosz wird von ihnen abgerichtet, auch wenn sie sonst ein Segen für mich ist und kein schlechtes Herz hat und gut Deutsch spricht und Todesanzeigen sammelt mit lustigen Namenslisten von adligen Hinterbliebenen und Leuten mit Kosenamen, Flippi oder Muschli und so, auch Didi und Pippi, und dazu dann ›In tiefer Trauer‹, zum Schieflachen. Auch wenn sie sich jetzt extra nicht um den Staub kümmert wegen der Putzfrau, die sie von mir ertrotzen will. Bartosz läßt zu, daß meine Schwestern auf ihre bösen Seiten spekulieren. Die hat Bartosz wie jeder Mensch, natürlich, ist ja klar, du hast sie, ich habe sie, Bartosz hat sie. Und deshalb gönnt sie mir die kleine Freude nicht, den Herrn Architekten Brammertz zu treffen und ihm wohlzutun, wo ich doch so viel Schlimmes erlebt habe und oft so traurig bin und in mich gekehrt und alles verloren habe damals. Die sagen: ›Ist doch schon so lange her!‹ Anstatt zu denken: ›So lange trägt sie schon ihr Leid!‹ Was tut die Bartosz, wenn ich besonders fröhlich bin und sie denkt, es ist wegen Herrn Brammertz, was ja nun mal nicht sein soll? Sie stellt mir den blutigen Kopf in den Weg, es soll zufällig wirken, das ist es aber nicht, den fürchterlichen Christuskopf, der mich so erschreckt wegen einer Ähnlichkeit, nämlich das Blutüberströmte ist es, damit ich in meinen alten Schmerz zurückgestoßen werde, den ich doch sowieso nie vergesse. Aber still, still. Sie sagt auch, jetzt würde mir bald die Sturzphase bevorstehen.«

»Was ist das denn?«

»Wenn man im Alter so leicht hinfällt. Dabei habe ich mir jetzt doch fürs Gedächtnis die vier Fremdwörter gemerkt, die ich so oft vergesse und durcheinanderwerfe. Paß auf, ich sage sie ganz schnell hintereinander auf: Homöopath, Homoerotik, Hermaphrodit, Hämorrhoiden, die ich normalerweise ›meine Kastanien‹ nenne.«

»Bravo! Das bringt kaum jeder Jüngere zustande in dem Tempo.«

»Ich soll nicht auf Dummheiten kommen und darf kein bißchen leichtsinnig sein. Vielleicht stecken meine Schwestern der Bartosz dafür ein Trinkgeld zu. Warum geht sie überhaupt zu Lucy und Wilma? Sie kommt doch schon hier im Haus nicht zurecht, wie sie dauernd klagt. Wenn zusätzlich eine Putzfrau durch die Zimmer wedelt, habe ich gar keine Lücken mehr, um ihnen zu entwischen.«

Anita kann das weinerliche Gesichtchen nicht mit ansehen. »Doch, Tante«, flüstert sie, »dann hole ich dich eben zum Kaffeetrinken mit dem Taxi ab in meine Wohnung und lasse euch beide dort eine Weile allein.« Sie sieht plötzlich Emmi und den echten Brammertz als Pärchen auf der Bank im kleinen Trauergarten vor sich, allerdings nur von hinten. Noch nie aber hat sie in Emmis Augen ein so kindliches Strahlen beobachtet.

Bevor ein weiteres Wort fällt, steht Frau Bartosz im Zimmer und wischt sich den Schweiß von der Stirn.

»Da ist sie ja, meine gute Frau Bartosz! Was würde ich bloß ohne Sie anfangen!« ruft die Tante, blinzelt dabei aber ihre Nichte an.

Die Polin hört es offensichtlich mißtrauisch und trotzdem gern. Sie klopft der Tante auf die Schulter: »Schon gut, schon gut! Diese Oper neulich war ein Hammer, Frau Jannemann. Auch die Kostüme. Man fragt sich beim langen Stillsitzen sofort, wer damals und auch heute noch, wenn auch sicher heute nicht mehr in Handarbeit, die Spitzen herstellte und wer sie vor allem immer wusch und stärkte und bügelte. Will ja alles gemacht und getan sein, nicht nur das schöne Singen und Jammern und Sterben.«

»Jaja, die haben bei der Oper eben keine tüchtige Frau Bartosz, die alles kann und tut«, sagt die Tante, nun fast schon ein wenig zu verschmitzt, mit der Unschuldsmiene eines Maiglöckchens.

»Ich will nicht unbescheiden sein, aber recht haben Sie, Frau Geidel. Alle, die mit mir zu schaffen hatten, urteilen so. Doch man darf nicht vergessen: Frau Bartosz ist auch nur ein Mensch und augenblicklich ganz erschossen.« Sie gießt sich einen Sherry ein: »Ich darf?«, atmet tief auf und springt gleich wieder los.

Emmi: »Hörst du sie schnaufen, die Schauspielerin?« Zurück kommt die Polin mit dem Geidelschen Schmuckkästchen. Was liegt darin und blitzt? Die Diamantohrringe!

»Sehen Sie, Frau Jannemann, da sind sie wieder an ihrem ehrlichen Platz.«

Anita fühlt sich unter dem Blick der großen Frau ertappt, ähnlich wie bei Marzahn, als er über sein Verhältnis zur kleinen Gabriele sprach. Sie, Anita, war in beiden Fällen diejenige mit dem schlechten Gedanken (wenn auch nur kurz, wenn auch nur verschwommen), sie hätte es mit einem Kinderschänder und einer nicht gerade Erb-, aber Schmuck-Erschleicherin zu tun. Und beide Male entdeckt sie in den Augen der heimlich Verdächtigten den Triumph, sie, Anita, entlarvt zu haben.

»Ich durchschaue dich!« sagt der Blick von Frau Bartosz. »Ich durchschaue euch alle hier, egal, wie ihr daherredet.« Laut sagt sie:

»Die Oper war der Megahammer, stimmt, da danke ich nochmals. Ihre Schwester Lucy, Frau Geidel, hat mir aber gestern eine Geschichte erzählt, die sie von einer alten Freundin in München hat, die würde ich am liebsten vorsingen, wenn ich eine Melodie dazu wüßte. Das ist nämlich auch eine sehr traurige Oper, leider ohne Musik, und sogar aus dem richtigen Leben von jetzt, Frau Geidel, von jetzt, nicht altes Zeug, sondern aus der Gegenwart, von heutzutage, und handelt vom Schicksal, wie es alle ertragen müssen, nicht nur in der Oper und in der Vergangenheit, Frau Geidel.«

Emmi kneift die Augen zusammen. Sie versteht den unterirdischen Angriff ihrer Haushälterin instinktiv: Attacke auf ihr heiliges Vitrinenporzellan namens »Damals«, anno 1981. Luft macht sie sich mittels moderater Herablassung. »Na, denn schießen Sie man los!«

Frau Bartosz fängt den Ball ohne Zögern auf. »Es geht um einen Menschen wie ich, ziemlich wie ich, bevor das große

Unglück über ihn kam. Jawohl, eine verwandte Seele, wenn auch dunkelhäutig, ein Mann, der zu jedem Handwerk geeignet war, ein unentbehrlicher Mensch dort, wo er arbeitete, und er arbeitete ja ununterbrochen, geschätzt wegen seiner großen Geschicklichkeit war er.«

»Bestimmt nicht in dem Maße wie Sie, liebe Frau Bartosz. Das kann ich mir einfach nicht denken! Unmöglich ist das«, ruft Emmi in kindlichem Ton mit falschem Zungenschlag dazwischen. »Und auch meine Nichte kann es sich nicht vorstellen, oder, Anita? Anita!«

Frau Bartosz läßt sich nicht beirren: »Geschätzt wegen seiner großen Geschicklichkeit war er, beliebt schon, kostet ja nichts, wurde aber nicht ausreichend entlohnt. Sein Heimatland ist zu arm. Welches Land, fragen Sie? Nepal, hinten im Himalaya, viel weiter weg als der Kaukasus, mit viel höheren Bergen, den höchsten der Welt. Der Mann hat Frau und Kinder, die er ernähren muß. Was hilft ihm da seine große Tüchtigkeit, und wieso weiß ich davon? Jetzt kommt es.«

»Bitte, bitte! Wir sind so gespannt«, bettelt Emmi übermütig. Wieder schielt sie zu Anita hinüber und wischt sich verstohlen kleine Lachtränen ab.

»Wie ich sagte, armes Land. Immer mehr Menschen, immer weniger Boden zum Bearbeiten. Tief gläubig wie wir Polen, wenn auch anders. Dort betet man nicht zu Gott. Man betet zu Gottheiten, die auf den höchsten, immer weißen Bergen sitzen und thronen. Toll! Hätte ich nicht so viel zu erledigen an allen Ecken und Enden, würde ich Ihnen die Schneeriesen auf dem Smartphone zeigen, wie sie mit ihren Wipfeln, ich meine Gipfeln, heißt bei Bergen doch Gipfeln? über allem schweben. Trotz bitterster Armut waren die Einwohner deshalb fröhliche Menschen, freundliche Menschen. Hat sich in den letzten Jahrzehnten geändert.«

»Wie heißt der, von dem Sie uns erzählen wollen, liebe Frau Bartosz?«

»Franz.«

»Was?« Anita wirft fast ihr Glas um. »Ich kenne aus der Gegend nur Sherpa Tenzing, und das klingt ganz anders. Franz geht nicht.«

(Sie wissen: Nepal, alte Hochkultur. Im 13. und 14. Jahrhundert wurden im Ansturm der Muslime die Städte und besonders kunstvollen Heiligtümer zu Schutt und Asche gemacht. Hauptstadt – auch des Bergsteigertourismus – ist in einem Kessel von abgeholzten Waldbergen Kathmandu, 1300 Meter hoch gelegen. Der Raubbau in den Bergwäldern führte zu Erosion und Überflutungen. Zerstörerischer Einfluß des Westens auf die einheimische Kultur, Tradition, Religiosität. Im April 2015 ereignete sich ein schweres Erdbeben mit 8000 Toten und weiteren bei Nachbeben. Wie ein monströser Sturmangriff von IS-Terroristen zerstörte es einen großen Teil Kathmandus mit vielen Tempeln und Kunstschätzen. Richtig, wie im 14. Jahrhundert: Schutt und Asche.)

»Franz wurde er, als alles noch in Ordnung war, in Deutschland genannt, Franz, in München, auch in Salzburg. Er war der Franz. Dort reiste er ja jedes Jahr im Sommer hin. Bei den reichen Leuten reichte man ihn herum, von einem Haus zum nächsten. Er konnte handwerklich ja alles. Alle schwärmten von seiner Vielseitigkeit. ›Der Franz kann alles‹, hieß es in den Villen, den Gärten und privaten Parks dieser Wohlhabenden. Unsereins weiß, wieviel Mühe es macht, alles zu können. Man liebte ihn auch, weil er fromm und ehrlich war. Das haben die Leute nur zu gern, wenn sie Arbeit in ihren Häusern vergeben. Klar! Diese Leute sind Menschen, die sich zusammengetan haben, um denen aus Nepal unter die Arme zu greifen und ihnen für ihren Fleiß sehr hohe Belohnung zu zahlen. Der Lohn war eigentlich eine Spende, eine großzügige Unterstützung. Ganz großartig, Frau Geidel. Franz fuhr jedesmal gegen Sommerende mit vollen Taschen nach Hause. Seine älteste Tochter konnte in Kathmandu anfangen zu studieren. Denken sie nur, Frau Jannemann: es war Zahnmedizin.«

Emmi: »Interessant. Aber singen, Frau Bartosz? Wie wollen Sie das denn singen? Zu trocken für die Oper, sage ich Ihnen.«

Frau Bartosz: »Wenn ich es singen könnte, würden Sie es sofort einsehen. Das Beste kommt ja auch erst noch.«

Emmi: »Da wird auch meine Nichte froh sein. Aber immer wieder staune ich, gute Frau Bartosz, wie fließend Ihr Deutsch ist.«

Frau Bartosz: »Kein Wunder. Ich habe doch davon schon gesprochen. Vielleicht hilft mir aber am meisten, daß ich Verwandte in Iserlohn hatte, zu denen bin ich als Kind oft in den Ferien gefahren. Da sprach keiner polnisch mit mir. Als Kind lernt man schnell.«

Emmi: »Das sollten Sie besser nicht verraten. Man bewundert Sie, wenn man das mit Iserlohn nicht weiß, viel mehr für Ihr Deutsch. ›Ist die intelligent!‹, sagen die Leute. Anita, ist Frau Bartosz nicht wirklich eine zu ehrliche Haut?«

»Ehrliche Haut«? Anita zuckt bei dem Ausdruck zusammen, die Polin hat gottlob die kleine Despektierlichkeit nicht bemerkt.

Bartosz: »Auch der Franz aus Kathmandu hat eine Fremdsprache fließend gesprochen, natürlich Englisch. Ein phantastischer Erzähler, beim Abendessen konnte man seine

Geschichten von den Dämonen und Geistern auf Bergeshöhen und in den tiefen Tälern hören. Er fing an mit einem Händler, einem Touristenführer, der sich mit Henna den grauen Bart färbte, einer jungen Mutter, einem Elefanten, einer Schlange, einem uralten Baum, und landete nach kurzer Zeit immer bei den Zauberern und Gespenstern. Dann wurden seine Augen riesig groß, er muß sie vor sich gesehen haben, die bösen Götter, und fürchtete sich zu Tode, während er seine Flasche Bier trank, immer nur eine Flasche pro Abend, der tüchtige Mann!«

Emmi: »Sie können ihn doch selber gar nicht kennengelernt haben.«

Der unfreundliche Einwurf verwirrt Frau Bartosz einen Moment. Dann faßt sie sich: »Ihre Schwester Lucy, Frau Geidel, ist eben eine prima Erzählerin. Das ist nicht jeder in einer Familie.«

Blitzt da nicht ein Schlänglein in Emmis Augen? »Bravo, Frau Bartosz!«

Die sieht auf ihre Armbanduhr und stöhnt vor Entsetzen (herrlich unecht, sagt sich Anita): »So spät! Dann mache ich es kurz.«

Sie stößt es hervor mit Gewitterstirn. Angesichts dieses drohenden Runzelns soll kein Mensch und kein Ding wagen, die Haushilfe oder Haushälterin zu unterbrechen.

»Anders als die verwöhnten Bergsteiger und Trekking-Touristen sind die Einheimischen arm, bitterarm und bettelarm. Man kann sich das hier gar nicht vorstellen. Da hilft auch die europäische Wohltätigkeit nicht viel. Bei seiner letzten Reise aus München, als er besonders viel Geld verdient hatte, wurde der stolze Familienvater von seinen Kameraden direkt am Flughafen abgeholt. Sein Erfolg hatte sich schon vor seiner Ankunft bei den Bekannten herumgesprochen. Sie wollten seinen Triumph mit ihm feiern, bevor er Frau und Kinder wiedersah. Da konnte er sich gar nicht gegen wehren. Am Ende des Abends war sein gesamtes Bargeld weg, verjubelt, geraubt von den falschen Freunden. Anderes besaß er nicht. Frau Geidel, Frau Jannemann, können Sie sich vorstellen, wie groß seine Scham war, als er zu seiner Familie kam, der arme, betrunkene Mann? Und wissen Sie denn, was solche Männer tun in ihrer Verzweiflung? Sie schlagen mit ihren harten Arbeiterfäusten die gute Frau! Und wenn sie die Kinder nicht rechtzeitig aus dem Weg räumt, auch die. Und die Kinder beginnen ihn zu verachten. Nach kurzer Zeit ist Franz in seinem Kummer nach Amerika gegangen, um da einen Job zu finden. Hat dort illegal gelebt, hat gehofft, es könnte alles wieder in Ordnung kommen, wenn er genug verdient hätte. Er wurde aber von den Behörden erwischt und ausgewiesen. Zu seiner Frau wollte er in diesem Zustand nicht zurück. Jetzt lebt er mit einer Geliebten in einem entfernten Viertel von Kathmandu. Mann und Frau haben sich getrennt. Die Familie ist zerstört. Die Frau muß sehen, wie sie ihre Kinder durchbringt. Der Westen hat nur Elend gebracht über die Familie. Aber eins ist wunderbar. Die älteste Tochter, die allen Verdienst bei der Mutter abgibt, ist inzwischen fertige Zahnmedizinerin. Sie arbeitet an zwei Kliniken in der Stadt, eine liegt an dem einen, eine am anderen Ende, weil es sonst nicht reicht mit dem Gehalt. Gute Menschen haben ihr ein Moped gekauft, so daß sie in ihrer Mittagspause die Strecke schafft. Sie möchte schrecklich gern nach Europa, aber sie will ihrem Land nutzen, wenn auch nur sehr schweren Herzens, weil es in Nepal keine Zukunft für sie gibt, beruflich, ich meine vom Geld her. Das ist ein Schicksal von heute, das meinte ich vorhin, Frau Geidel, von heute!«

»Und?« sagt Emmi finster. »Wer bestreitet das? Ob heute oder früher, Schicksal ist Schicksal. Unglück ist Unglück. Der Unterschied liegt nur im Furchtbaren.«

Frau Bartosz, die für ihren großartig flüssigen Bericht Lob erwartet hat, sieht Anita mit vielsagend rausgedrückten Augen an und rauscht ab an ihre Arbeit.

»In der Zeit, wo Lucy ihr das alles erzählt hat, hätte die Bartosz doch ganze Tonnen Staub wegwischen können, dort und hier!« schmunzelt Emmi, als sie allein mit der Nichte ist. Dann sagt sie leise: »Die Ahnungslosen! Nur wir beide wissen wirklich noch Bescheid. Laß du mich nicht im Stich, Anita, nie, die wollen, daß ich sterbe, sie wollen mich kleinkriegen.«

Sie legt ihren nackten Unterarm flach auf den Tisch neben den ihrer Nichte. »Du bist schlank, und doch ist dein Arm schön füllig neben meinem. Nie hätte ich gedacht, daß meiner einmal so hager werden könnte.«

Anita hat noch etwas vor. Sie beginnt sich plötzlich zu freuen darauf und wundert sich darüber. Nachdem sie einen leichten Kuß auf Emmis abgezehrten Arm gedrückt hat, lauert ihr im Flur Frau Bartosz auf.

Die sagt unverblümt, ohne gefällige Einleitung: »Ich säubere das Haus, ich ordne den Garten, ich mache Frau Geidel die Locken, ich kaufe mit ihr ein. Weil sie gern mitmöchte und so gern die Eßsachen in den Karren schmeißt, geht es viel langsamer. Ich unterhalte sie, ich soll mit ihr fernsehen. Ich achte auf ihre Turnübungen und Medikamente. Will sie mich umbringen? Habe ich nicht Sorgen, Kinder in Berlin und Polen und Blut im Leib? Meine Schwester hat eine Abtreibung nach der anderen machen lassen, ist beinahe gestorben dabei, hat ihren Sohn mit einem Gauner im Suff gezeugt. Steckt im Elend, liegt meiner Mutter, die rund um die Uhr im Krankenhaus schuftet, auf der Tasche. Da habe ich meine Kinder, damit sie immer was zu beißen haben und gut vorankommen, streng erzogen. Sind alle beide fleißig wie ich. Und Ihre Tante spart an der Putzfrau aus Geiz, aber schenkt ihrem verkrachten Liebling Brammertz Geld aus Leichtsinn! Das dürfen Sie nicht dulden, Frau Jannemann! Jetzt, nach Ihrem Trauerfall, haben Sie doch genug Zeit.«

»Ich muß los«, ruft Anita. Sie entspringt dem Händedruck der kräftigen Frau. Hätte sie nicht besser, wie Marzahn es für die erfolgreiche, Anita abstoßende »Menschenbehandlung« rät, die Frau über den grünen Klee preisen sollen, um sie der Tante gewogener zu machen?

Als sie den falschen Brammertz auf seiner Bank warten sieht, fällt ihr ein, daß sie eine Uhrzeit verabredet hatten. Die ist weit überschritten. Ob er verärgert ist? »Laß du mich nicht im Stich«: Nur zum Spaß probiert sie für sich den Satz von Emmi aus. Wie aber würde er wohl reagieren, wenn sie ihn mit »Halihalo« begrüßte? Als sie zu ihm tritt, ist sein Gesicht im ersten Moment tiefernst, dann erkennt er sie und lächelt.

»Ich habe mich verspätet, und nun störe ich Sie wohl in den Gedanken an Ihre Frau«, sagt Anita ehrlich zerknirscht.

»Verspätet ist richtig. In Gedanken war ich aber beim ›Wilden Kalb‹. Um es schnell zu sagen: So heißt ein Gasthof aus dem 15. Jahrhundert in Süddeutschland, eine altfränkische Hofanlage, denkmalgeschützt, eine ehemalige Fürstenherberge. Ich habe das Gasthaus gestern nach längerer Zeit wiedergesehen. Damals blühte es, jetzt nicht mehr. Noch immer ein wunderbares Gebäude mit prächtigem Innenhof, aber die Reisenden von heute verlangen modernsten Komfort und suchen ihn anderswo. Die alten Mauern stehen unangefochten, doch man beginnt, um sie zu bangen. Übrigens muß ich mich nun gleich verabschieden und kann Sie nicht mal mehr nach Hause begleiten.«

Anita versucht herauszukriegen, ob er gekränkt ist über ihre Saumseligkeit: »Dabei wollten Sie mir heute von Ihrem Beruf erzählen!«

Ob sie morgen Zeit habe? Dann hole er sie ab zu einem bescheidenen Ausflug. Er wolle ihr in der Nähe etwas zeigen, damit sie seine kuriose Beschäftigung besser verstehe, auch seinen Kummer über das »Wilde Kalb«.

Erleichtert stimmt Anita zu. Warum soll sie sich nicht von dem harmlosen Mann ohne Risiko landschaftliche Abwechslung bieten lassen? Sie werde ihn pünktlich vor dem Haus erwarten. »Vor dem Haus« sagt sie, um ihre Reue zu signalisieren – und auch einer gewissen Förmlichkeit wegen.

Vor dem Schlafengehen starrt sie lange einen bunten Blechvogel an. Als sie den Schlüssel in seinem Rücken dreht, schlägt er mit den Flügeln, klap, klap. Sie zieht ihn wieder und wieder auf. Es ändert sich nichts, klap, klap. Dann fällt ihr das verschlossene Etui ein. Diesmal bricht sie es mit einem starken Messer auf. Diamanten wie bei Emmi werden nicht drin sein. Ein Kärtchen liegt auf dem roten Samt und ein winziger Gegenstand. »Für Anita. Dies ist ein Goldzahn Deiner Großmutter mütterlicherseits«, steht auf dem Papier in einer ihr unbekannten Schrift. Am nächsten Morgen kommt es ihr vor, als hätte sie geträumt, der Mann aus Nepal wäre wie der verlorene Sohn aus der Bibel zu seiner Familie zurückgekehrt, und auch, daß sie für das »Wilde Kalb« gebetet hätte, so wie damals Wolf für das frisch geborene Kälbchen auf der Weide. Sie spürt noch das Lächeln in ihrem Gesicht. Dann ist es vorbei.

10.
DER FALSCHE HERR BRAMMERTZ

»Und wohin, bitte, soll die Reise gehen?«, fragt Anita, im voraus gereizt, am nächsten Morgen, als sie in das wie erwartet kleine, zum falschen Brammertz tadellos passende Auto steigt. Es gefällt ihr nicht, wenn man sie irgendwohin schleppt und sie das Ziel nicht kennt. Außerdem bereut sie seit dem Aufwachen, durch ihre unüberlegte Zustimmung eine Art Verbindlichkeit eingegangen zu sein. Einfach abzusagen bringt sie andererseits nicht übers Herz. Den für sie ungefährlichen Männern gegenüber hat sie sich ihr Leben lang irreführend mildtätig verhalten, was die Enttäuschung auf der Gegenseite allerdings nur vertagte. Das bittere Ende des Mißverständnisses war irgendwann ja unvermeidlich.

Ihr Entführer sieht sie von der Seite an. Auch das stört sie. Mit solch schweigsam prüfenden Blicken rückt man ihr zu nahe, erst recht jetzt, wo sie sich schließlich in Trauer befindet. »In tiefer Trauer«, »In tiefem Schmerz«, geht ihr durch den Kopf. Noch schärfer: »In hohem Schmerz«?

Vielleicht wird jedoch lediglich wieder einmal ihre Nasenbiegung bewundert. Ach herrjeh!

»Die Reise geht, wenn's beliebt, zum Mond«, lautet die Antwort, und Anita empfindet sie als ausgewachsene Frechheit. Bevor sie reagieren kann, fahren sie bereits mit gehörigem Tempo los, außerdem fügt der Mann beschwichtigend und vor allem ernsthaft hinzu: »Ab zum Erdtrabanten! Wir brauchen nicht viel Zeit dafür, Sie werden sehen.«

Wetter und Landschaft befinden sich in Hochsommerstimmung. »Es ist sehr liebenswürdig von Ihnen, an einem so schönen Tag so viel Interesse für meinen Beruf aufzubringen«, sagt der Mann neben ihr zeremoniell, und auch das wäre ja im Grunde als Unverschämtheit auszulegen. Wie ist sie bloß in diese Situation reingeraten. Ob er etwa Astronaut sei, scherzt sie matt, als es an Wiesen, lichten Wäldchen, Äckern und Ortschaften vorbeigeht, aha, Ruderalflora, Unkrautfluren an den Straßenrändern. Anitas trotzige Lieblingsgewächse, selbst in staubigem Zustand. Keine Menschen. Man sieht durch die Scheiben, daß sich draußen alles für einen heißen Tag rüstet.

»Im Gegenteil«, sagt der falsche Brammertz.

»Maulwurf?« fragt Anita und summt verlegen ein Liedchen, um ihre Kaltschnäuzigkeit gegenüber dem freundlichen Begleiter wiedergutzumachen. Dabei muß er in letzter Zeit öfter in der Sonne gewesen sein. Das fast zierlich geschnittene Gesicht ist jetzt gleichmäßig braun, dadurch wirken die Augen sehr hell und, wenn er zu ihr hersieht, immer etwas belustigt, anders aber als die spöttische Reserviertheit Marzahns natürlich. »Unbös«?

(Es ist, unter uns, nicht Zärtlichkeit, das nicht so ohne weiteres, die wäre viel zu plump, es ist eher Zartheit mit dem Aroma von Anis, Fenchel, Kümmel, siegesgewisse Zartheit, die sich dumm stellt. Ein Glück, daß Anita es nicht bemerkt).

»Dahinten, das riesige rotbraune Mauerwerk ist die Zitadelle von Jülich, nicht nur vom Alter beschädigt übrigens.

Vielleicht kennen Sie die noch aus Ihrer Aachener Jugend, Frau Jannemann. Wir lassen sie aber links liegen.«

Wieder stille, im starken Licht ein wenig kahle Sonntagsdörfer, ehrgeizige Gemüsegärten und an Zäunen wuchernde, einjährige Sommerblumen, Greisinnen, die auf Küchenstühlen sitzen, von Büschen Beeren in Blecheimer oder in ihre dunkel geblümten Küchenschürzen ernten, Weiher und Bäche an allmählich ins Grüne übergehenden Gaststätten, Wahrzeichen unerschütterlicher Treulichkeit, Wäldchen, in die schmale, lockende Wege führen und die man ans Herz drücken möchte, das zuverlässige Morsen der kleinen Sparkassen, Weiden, Wiesen mit Kühen, für immer in kindlichen Umrissen aufbewahrt, aufgereiht nach spielerisch gehandhabtem Muster an mäandernder Schnur. Sie parken schließlich an etwas abgelegener Stelle zwischen konfusen, mit runtergetretenem Gras bewachsenen Bodenwellen, ein paar Kamillen, rosiger Storchenschnabel, grüngrauer Wermuth, und klettern einen Abhang hoch.

»Mein Gott«, ruft Anita, als sie oben sind. Man kennt den Effekt, sofern man den hier auftretenden Schrecken abzieht, vom Besteigen einer Deichkrone.

Der falsche Brammertz scheint ihrer Entgeisterung andächtig nachzuhorchen. Es dauert eine Weile, fast als sollte Mittag werden, bis er darauf antwortet:

»Wie versprochen, der Mond, die Mondoberfläche in voller Pracht. Zu Ihrer Orientierung: Das Rheinische Braunkohlerevier zwischen Aachen und Köln. Dort liegt Jülich, dort die Kippe Sophienhöhe, dort, an den Dampfwolken erkennbar, Weisweiler, wo die bergbaubetreibende RWE Power AG alles, was man hier rausholt, verstromen läßt.«

Im grellen Licht steht Anita, geblendet, ohne Sonnenbrille, zum ersten Mal in ihrem Leben dem von einem Horizont zum anderen reichenden, dunklen, beim längeren Hinsehen vielfarbig gefurchten Riesenacker eines Braunkohletagebaus gegenüber.

»Mein Gott!« ruft sie noch einmal.

Es herrscht Sonntagsruhe, aber sie nimmt den Anblick zunächst wahr als ein in der Hitze anschwellendes Dröhnen zu ihr herauf, das sich für sie, trotz seiner Stummheit, zum Kreischen steigert. In ihrer Verwirrung hält sich Anita statt die Augen die Ohren zu.

Sie aber, Sie werden oder würden bemerken, wie der falsche Brammertz seine unwillkürliche Genugtuung über Anitas Reaktion unbedingt vor ihr zu verbergen sucht.

»Mein Gott«, sagt Anita, nur damit das Schweigen angesichts des Schauspiels zu ihren Füßen und von dort bis zum Aufsetzen des Himmels reichend, nicht zu bedeutsam wird, »das schlägt einem aufs Haupt und waagerecht ins Gesicht. Bitte, nehmen Sie mich wieder in den Arm wie sonst.«

Dann stehen sie, von hinten würde sie jeder für ein Liebespaar halten, vorläufig wortlos nebeneinander, auch ohne weitere Bewegung. Die Frau, würde eventuell dem Beobachter auffallen, überragt den Mann unwesentlich, aber immerhin. Wie erwähnt, war Anita als junges Mädchen auf leicht herablassende Weise freundlich zu den kleineren Männern, die das Gönnerhafte aber nicht erkannten und zu falschen Schlüssen kamen. Sie ahnten wohl auch nie, daß Anita manchmal angesichts allzu großer Verehrung das nur schwer zu bekämpfende Bedürfnis verspürte, sie nach Art eines Hundes ins Maul zu nehmen und zu Tode zu schütteln. Nur einmal reicht der Mann der Frau ein Fernglas. Er legt ihr sorgsam die Schlaufe um den Hals, weil er befürchtet, es würde ihr sonst aus den Händen fallen. Auf den natürlichen Gedanken, in dieser Situation zu rauchen, kommt Anita nicht, kommt auf gar keinen Gedanken.

»Energien, die es sogar geschafft haben, daß durch die Zitadelle ein Bergschadenriß geht«, sagt ihr Begleiter nur.

Das monströse Insekt, vermutlich eine der Evolution in die Zukunft entwischte Gottesanbeterin in Lauerposition, die, aus Stärke furchtlos und an die Ohnmacht ihrer Lebendopfer gewöhnt, ihre Nervenstränge und Gedärme zeigt, für Anita in der Ferne als Drohung, apokalyptischer Scherenschnitt hinter der schlammigen Wüste und vor unparteiischem Himmel sichtbar, beherrscht als oberster Kriegsherr das Schlachtfeld vielarmig, mit ebenso artistisch-fragil wie systematisch angeordnetem Offensivinstrumentarium aus Stahlzähnen, halsbrecherisch verlaufenden Kabeln, Treppen, Geländern, Scheinwerfern, Transportbändern.

»Größter Schaufelradbagger der Welt, 220 Meter lang, 90 Meter hoch, 14 200 Tonnen schwer. Fördermenge: bis zu 240 000 Kubikmeter pro Tag«, ergänzt er dann.

Bin ich hier früher einmal gewesen? fragt sich Anita, ich wohnte doch gar nicht weit von hier. »Die fruchtbare Jülicher Börde, Lößboden«, fällt ihr ein, ihr fallen die, wie es stets hieß, niemals versiegenden Wolken vom Kraftwerk Weisweiler ein, auch der oft gehörte Satz: »Fossiler Brennstoff. Was sein muß, muß sein.« Aber hat sie an dieser Stelle auch die Landschaft von eben mit ihren Dörfern gesehen, mit den ehrgeizigen Gemüsegärten und an Zäunen wuchernden einjährigen Sommerblumen, hat sie die als Kind oder Jugendliche in ihrem Blühen gesehen, Greisinnen, die in ewiger Großmütterlichkeit auf Küchenstühlen sitzend, von Büschen Beeren in Blecheimer oder in ihre dunkel geblümten Küchenschürzen ernteten, Weiher und Bäche an allmählich ins Grüne übergehenden Gaststätten, Wahrzeichen unerschütterlicher Treulichkeit, Wäldchen, in die schmale, lockende Wege führten und die man ans Herz drücken mochte, das zuverlässige Morsen der kleinen Sparkassen, Wiesen mit Kühen, für immer in kindlichen Umrissen aufbewahrt, nach spielerisch gehandhabtem Muster an mäandernder Schnur?

So wird es gewesen sein, das alles muß sie damals gesehen haben, aber das Bild ist ausgelöscht, wurde mit dem Abraum aus Pflanzendecke, Sand und Ton ausgerissen und zu langgestreckten, vielfarbigen Wühlmaushaufen von kleinen Baggern beiseite geschafft, um später in die entstandenen Löcher gefüllt zu werden, sagt der falsche Brammertz. Eine dicke Schicht Mutterboden soll das Ganze abschließen. Es wird, damit die liebe Seele Ruh' hat, gesät und gepflanzt werden und die Natur soll, zäh, robust, in gewissem Umfang und ihrem nachsichtigen Charakter entsprechend, alles wiedergutmachen, eventuell auch mit einer künstlichen Seenplatte für den Freizeitbedarf.

»Ich kann mich nicht mehr erinnern. Vielleicht bin ich da unten früher gewandert, als es noch hier oben war, und habe unter den alten Bäumen mit Eltern und Bruder Limonade in einem Gastgarten getrunken. Daran erinnern kann ich mich nicht. Es ist weg.« Sie schlägt sich mit der freien Hand gegen die feuchte Stirn. Es soll darstellen, wie futsch alles ist. Auch die andere Hand ist frei, aber der falsche Brammertz preßt, leicht, fest und unentwegt, wie ihm von ihr aufgetragen, Anitas Oberarm stabilisierend gegen ihre linke Körperseite.

»Der Braunkohle darf man nicht die Schuld geben«, versucht er zu scherzen. »Beim großflächigen Goldabbau sieht es ganz ähnlich aus.«

»Chaotische Hölle, intelligent und kurzsichtig«, flüstert

Anita laut, als könnte sie damit jemanden, der vielleicht rachsüchtig ist, provozieren. Sie lacht ein bißchen dabei, über sich und vor Grausen. Gerade jetzt, eine Sekunde bevor sie es verlangen würde, läßt er sie frei und hebt das Kinn richtungsweisend gegen den Horizont nach links.

»Wenn wir ein Stück abwärts steigen würden, könnten Sie die Staffelung der verschiedenen Sohlen besser beobachten. Die gehen bis über 400 Meter tief, um an die Kohleschichten zu gelangen. Man nennt es das ›Abkohlen‹ oder ›Auskohlen‹. Was von hier oben wie eine regelmäßige Dünung wirkt, besteht aus vielen unterschiedlichen Rängen, Stufen, Galerien. Auch die Kratzspuren der Schaufelzähne in der Erde, interessante Erosionsrillen wie im Gebirge, schöne Kieselsteine wie am Meeresstrand und ein paar hartnäckige, unbelehrbare Pflänzchen wie in einem Flußdelta könnten Sie entdecken, bevor uns die Schutzzäune des bewachten Geländes aufhalten. Außerdem säuberlich geschwungene Terrassierungen, wie man sie aus Nepal kennt, bloß hier nicht für den Anbau, sondern umgekehrt. Ich vermute aber, Sie haben genug.«

»Ich begreife es nicht. Sonst erinnere ich mich nämlich gut an Früheres, manchmal mehr als erwünscht. Hier weiß ich gar nichts mehr. Vielleicht hätte ich es noch gewußt, als wir den Abhang hochgestiegen sind, aber dann, hier an der Kante, war alles weg.«

Der falsche Brammertz nickt eigentümlich zufrieden.

»Nun sagen Sie bloß, das wäre Ihr Arbeitsplatz!« Anita zieht warnend die Augenbrauen zusammen. Vermutlich holt sie schon Luft für eine möglichst vernichtende Äußerung.

»Das nun eben nicht, Frau Jannemann. Ich bat doch um ein bißchen Geduld. Was ich Ihnen hier zeige, erklärt hoffentlich, macht für Sie plausibel, habe ich mir gedacht, das, was Sie meinen ›Arbeitsplatz‹ nennen. Wir wollen jetzt, damit das alles Sinn hat, zu den weißen Häusern fahren, die gerade in der Sonne zu uns her funkeln, dahinten, ganz am Rand über der Grube. Durchs Fernglas sehen Sie auch die Bäume, alte Bäume bei den Häusern, dicht an der Kante. Sehen Sie, wie sich das Laub im Wind bewegt? Da fahren wir jetzt hin.«

Der falsche Brammertz sagt es in einem Ton, der Anita glauben läßt, es gäbe dort im gefleckten Schatten unter sacht schwankenden Blättern zur wohlverdienten Zigarette in aller Einfalt Himbeer- oder Waldmeisterlimonade, das legendäre Sommergetränk von alters her.

Sie fahren nicht lange, offenbar nur in einem Bogen um die Braunkohleschlucht herum und parken hoch über ihr zwischen Schutt und Geröll, Grabsteinen, Autoreifen, einem halben Schädel.

»Da sind wir, Ortsteil Pommenich der Ortschaft Pier. Pier, Gemeinde Inden, das sechste der, wie es heißt, vom Abriß erfaßten Dörfer. Das klingt nach einer unvermeidlichen Naturkatastrophe, nicht wahr? Fünf sind für den Tagebau Inden schon erledigt worden. Die bösen Chinesen können das auch nicht viel besser. Sie, Frau Jannemann, haben haarscharf Glück, Sie sehen das hier noch in seinem letzten Wanken, bevor es, das gilt auch für jede Menge Elternhäuser zum Beispiel, wie nie gewesen ist. Ein Ort mit mehr als 1200-jähriger Geschichte. Schon die Römer haben hier gesiedelt.«

Das, was Anita jetzt sieht, kennt sie aus zwei unterschiedlichen Zeiten: aus den Erzählungen ihrer Mutter von den Trümmerspielplätzen ihrer Kindheit nach dem 2. Weltkrieg und von aktuellen Kriegsfotos aus dem Nahen Osten.

In leibhaftiger Form ist es neu für sie. Zwischen den Betonbrocken wächst das Schmalblättrige Weidenröschen, besser: »Bombenlieschen«, das Anitas Mutter, leider immer mit schwarz verlausten Stengeln, begeistert, aber unerwünscht Anitas Großmutter ins halb zerstörte Haus brachte.

»Nur nebenbei: Bis 2020 werden voraussehbar weltweit 10 Gigatonnen Kohlendioxid mehr ausgestoßen, als die Erderwärmung erlaubt. Die acht deutschen Braunkohlegebiete habe 2012 mehr als drei Tonnen Quecksilber freigesetzt. Wie schön Ihre Nase ist! Nun aber vom Schauplatz des eigentlichen Schlachtgetümmels zur Kriegsszene für die Zivilisten. Wie gesagt, die Ortschaft heißt oder hieß mal Pier.«

Pier scheint direkt vor dem Himmel zu stehen mit seinen restlichen Häusern. Es riecht nach zerborstenem Gemäuer in Augusthitze. Große Betonstücke liegen aufgehäuft dort, wo das Mauerwerk einmal errichtet wurde, um Vater, Mutter, Kind sicher vor der Außenwelt zu umschließen. Ob Emmi diesen Geruch meinte, als sie die unverschämte, vielleicht aber nicht bösartige Bemerkung über das Schuttaroma von Frau Bartosz machte? War es für sie womöglich eine vertrauliche Kindheitserinnerung, eine vertraute, aber eben auch eine vertrauliche?

Bei einem Rundgang durch das zusammengeschlagene, zum letzten Mal als Teil einer ehemaligen Ortschaft erkennbare Dorf scheinen Anita die Bewohner wie in wilder, ungläubiger Hast geflohen zu sein, nachdem sie bis zum äußersten Augenblick hofften, die endgültige Demolierung ihres bisherigen Lebens bliebe ihnen auf wunderbare Weise erspart. Die Ortschaft Pier mit dem Ortsteil Pommenich hat sich lange Zeit nicht träumen lassen, daß sie am Rand eines unerbittlich gefräßigen Abgrunds steht. Nach dem bösen Erwachen, vorbereitet von munkelnden Alpträumen, muß es dann sehr flott gegangen sein.

Manche haben alles stehen und liegen lassen, ein übermächtiges Kinderstühlchen, eine dramatisch klagende Klobürste, noch nicht ganz geleerte Flaschen in der Hausbar, panisch zusammengerückt, ein Marienbild vom Typus der Virgo triumphans über der Stelle, wo vermutlich das Ehebett stand. Partisanengesichter erloschener Materie. Anita spürt das Schielen des Abrißbaggers aus seiner Grube hoch zur Klippe, in die Brust geworfen im Auftrag der betrügerischen Visionen »Zukunft« und »Fortschritt«, fühlt im Rücken sein Heranschleichen, Fingern und Tasten über die Kante hinweg nach den Überresten des Widerstands. Die leere Stelle in sich selbst nennt sie für sich »Mario«. »Mario! Mario!« hört sie aus der Ferne prompt den Opernschrei der Tante nach dessen Exekution auf der Engelsburg.

»Kapazitäten verlangen nach Auslastung. Das ist nicht nur ein altes Gesetz der Rüstungsindustrie, liebe Frau Jannemann, auch die Bauwirtschaft samt Abrißfirmen verfährt danach.«

Später sitzt sie neben dem falschen Brammertz im geräumigen, finsteren Stall eines verlassenen Bauerngehöfts. Es riecht noch immer stark nach dessen Tieren. Sie müssen vor sehr kurzer Zeit hier geatmet haben. Nicht drüber nachdenken! Man weiß nicht, was die Menschen bei der erzwungenen Umsiedlung mit ihnen anfingen. Der Bank gegenüber sehen sie, da die Tür rausgerissen wurde, durch den Ausschnitt in grüne Verwilderung, leuchtend, wegen der kontrastierenden, durch die Wärme noch dunkleren Stallschwärze, im rechtwinklig blendenden Sonnenlicht.

Anita lehnt ihren Kopf auf Einladung an die männliche Schulter zu ihrer Seite. »Ein Recht auf Heimat ist nicht gesetzlich verbürgt«, sagt ihr Begleiter. Sie schließt die Augen. Nun taucht alles eben Gesehene erst wirklich vor ihr auf, ein toller, elender Spielplatz: Ruinen von Friedhof und Kirche, Schule und Kneipe, alles zu Dreck geworden und gleichgemacht, die Geschmacklosigkeit messingverzierter Eingangstüren, die unter der Attacke der Verwüstungsmaschine plötzlich andächtig stimmt in der über alles verhängten Schamlosigkeit als Traum vom Luxus ihrer kürzlichen Eigentümer, preisgegebene Badezimmerkacheln mit schönen Mustern, rührende Versuche, Scherben zusammenzukehren, Schilder traditioneller Versammlungsorte: *100 Jahre Victoria Pier. Treffpunkt: Gaststätte Rosarius, Samstag, 02. 01. 2010, 17 Uhr.* Das Haus des Schützenvereins, alles in den letzten Atemzügen und bis zum Letzten aushaltender Stein. Die zermörserte Gemeinschaft ist auf und davon. Ach Gott, die Leute werden sich schon beruhigen! In alle Winde verweht. Fast überall haben sie die Jalousien heruntergelassen. Die Häuser sind Säuglinge, die durch Senken der Lider ihre Existenz bei Gefahr unsichtbar machen und so ihre Vernichtung verhindern wollen. Zugezogene Gardinen zu herausgerissenen Wänden. Viele Tränen, auch des Zorns, werden geflossen sein. Ein Herzkranker überlebt so etwas nicht, nicht die Hilflosigkeit, nicht das gegenständliche Auslöschen der Marksteine, manchmal des Marks seiner Vergangenheit.

»Hier wird sogar eine Kloschüssel, ob sie will oder nicht, zum Symbol«, bemerkt der falsche Brammertz ruhig, vielleicht nur, um zu überprüfen, ob Anita eingeschlafen ist. Sie beobachtet aber ein fast ganz in die Dunkelheit eingeschmolzenes Liebespaar, weit weg, auf dem Stroh der Tiere, vertieft in seine lautlose Betätigung.

Plötzlich hat Anita das Gefühl – und meint: So etwas spürt

man als Frau! –, der falsche Brammertz würde sie gleich den Umständen entsprechend zu küssen versuchen, denn der Luftraum zwischen ihnen ändert sich, so dicht, so eng. Na gut, wenn es sein muß, muß es sein. Was soll das ausmachen, sie wird sich nicht wehren. Bloß kein Aufstand. Es bedeutet nichts.

Er tut es nicht. Er sagt: »Meine Frau hat, vor allem zum Schluß, egal, wo wir hingefahren sind – warten Sie, ich will Ihnen ein Beispiel nennen, als wir auf dem Bahnsteig den Zug heranrasen sahen, den Sog gespürt, der sie auf die Schienen zwingen wollte, gegen ihren Willen, im Gebirge auf breiten Wegen in den Abgrund wie eine unverschämte Forderung an sie, auf hohen Treppen, an Flußufern, auch angesichts eines Küchenmessers, wenn es unter der Lampe blitzte. Alles drängte sich in ihren Augen, Schauplatz oder Instrument ihres Sterbens zu werden. Sie muß es als eine Art Wetteifern empfunden haben. Alles bot sich an, sie zu ertränken, zu zermalmen, verbluten zu lassen. Wenn es sie überfiel, blieb keine Stelle übrig, vor der sie nicht beim längeren Hinsehen Angst kriegte. Dabei gab es keine gesundheitlichen Anzeichen für ihren nahenden Tod. Sie hat es nie ausgesprochen, aber ich merkte es an ihrem Blick und dem anderen Atmen. Warum erzähle ich das jetzt? Weil es sich hier umdreht. Hier spürt man die Furcht der Dinge, ich glaube, deshalb ist es mir eingefallen. Sie besitzen ja nicht mehr die geringste Macht.«

»O doch, ihre Macht ist gewaltig. Die Reststücke, wie sie so vereinzelt sind und aus dem Zusammenhang gerissen. Die zersprungene blaue Kachel, der uralte Puppenarm, todschicker Sessel und vergessener Föhn. Alles riecht noch nach den Familien. Es sind alles Wahrzeichen geworden, man spürt das schwere Gewicht.«

Müßte Anita sich nicht endlich erkundigen, wie seine Frau zu Tode gekommen ist, wenigstens aus Höflichkeit nachfragen? Sie schweigt, um seine Gedanken nicht zu stören, mehr noch, weil sie zu fragen vergißt.

Der falsche Brammertz rückt ein Stück von ihr ab. Dann sieht er ihr Profil im Dämmerlicht besser. Das Liebespaar scheint fertig zu sein und schleicht sich durch das mit hellem Grün gefüllte Rechteck, ein schneller Scherenschnitt zweier Gestalten, davon.

Die Stille im Stall ist groß, sie nimmt jetzt noch zu. Man könnte die schwellende, nachgiebige Dunkelmasse mit den Händen berühren, mit der Stimme verformen. Es ist, als wären die Tiere leise in ihre Heimat zurückgekehrt, ruhten aus vom Lärm ihrer Vertreibung und raschelten kaum hörbar im Stroh. Sitzen die beiden Stallbesucher nicht in Wirklichkeit komfortabel im Leib einer gigantischen Kuh und lauschen den Verdauungsgeräuschen beim Wiederkäuen? Die helle Wildnis im Viereck pulsiert. Mal bricht sie ein in die Finsternis, mal entfernt sie sich ins Unerreichbare.

»Lakritz? Ich esse das Zeug nicht besonders gern. Vielleicht haben Sie es sich längst gedacht, Frau Jannemann. Mir ist nur nichts anderes eingefallen, was ich in Ihrem Laden kaufen könnte. Es kommt mir auf dieses Geschäftchen an, in dem so tapfer die verschollenen Sachen angeboten werden, während man jenseits des Elisenbrunnens die halbe Stadt, Schönes, Häßliches und die Reste kleiner Läden ohne Unterschied abräumt für ein Riesenprojekt namens ›Plaza‹. Persönlich kenne ich Ihren Herrn Marzahn nicht, aber er ist mein Verbündeter wegen seines Starrsinns. Und jetzt, nachdem Sie hinter der Ladentheke stehen, sind Sie es geworden, ganz besonders Sie, Sie müssen es sein, es geht ja überhaupt nicht anders. Meine Verbündete gegen die Zerstörung. Wie zugesagt, werde ich Ihnen nun von meinem Beruf berichten. Das habe ich mit unserer Besichtigung hoffentlich gut eingefädelt. Danach müssen dann auch Sie Ihr Wort halten.«

»Wovon reden Sie?«

»Sie haben freiwillig versprochen, mir zu verraten, wie Sie mich in Ihrer Unterhaltung mit einer gewissen Anita Jannemann nennen. Dummstellen hilft Ihnen jetzt kaum.«

Anita antwortet mit einem kontrolliert zierlichen Schnauben. Es liegt etwas altmodisch und mechanisch Weibchenhaftes darin. Reiner Automatismus. Oder will sie den falschen Brammertz womöglich entzücken, um ihn durch Täuschung über ihre Interessen, falls sie welche hätte, zu strafen? Wäre das logisch?

»Ich bin, wie drücke ich's am besten für Sie aus, Heimatmuseumsspezialist. So, nun wissen Sie es und können sich an dem Wort die Zunge abbrechen.«

Anita entfährt ein grobschlächtiges Teenagerprusten. Sie bedauert es sofort. Es ist zu spät.

»Das dachte ich mir, zumindest habe ich die Reaktion befürchtet.«

Weiter äußert er sich fürs erste nicht mehr. Anita hat den Eindruck, daß er ein bei ihr zu Recht vermutetes Peinlichkeitsgefühl auskostet. Es würde sie nicht wundern, wenn er sie nach ihrem Alter fragte.

Schließlich sagt er freundlich in die summende Stille. »Ich berate bei der Einrichtung und Modernisierung von Heimatmuseen.«

Da sie ihr kindisches Geräusch nicht annullieren kann, versucht es Anita mit Grobheit. »Ihr Beruf ist völlig Ihre Sache. Schließlich wollen Sie mir keinen Heiratsantrag machen.«

Er lacht nur zwei Töne lang. Für ihre nervösen Ohren klingt es wie ein Auslachen. »Das nicht, nicht unbedingt. Allerdings wünsche ich durchaus etwas Bestimmtes von Ihnen. Ich komme später darauf zurück, vielleicht heute, vielleicht heute noch nicht. Ich muß den richtigen Zeitpunkt abwarten.«

Wieder breitet sich Stille aus. Anitas Kopf sinkt diesmal keineswegs auf die Schulter des Mannes. Sie starrt auf die blühende Wildnis im Türrahmen, ist zu träge, dorthin zu entwischen, hat jedoch das Bedürfnis, es zu tun. »Mario«, ruft sie sich zu, von der umgebenden Verwüstung durch das hinfällige Stalldunkel getrennt. »Mario« ist nur ein sich verflüchtigendes Wort, ein Befehl höchstens, kein Bild. Wie bin ich bloß an einem freien Sommermittag in diese Schläfrigkeit geraten!

Da kommen in der Schwärze mit Vorwurf und Schmerz die Anblicke zurück. Es tauchen halbierte Häuser auf, am hartnäckigsten die Badezimmerkacheln, die abgebrochenen Waschbecken, ein umgekipptes Friedhofskreuz neben einem Lebensmittelschild ins Leere trauernd, dösend, glotzend, unverletzte hellblaue Kachelwände, eine zerschlagene Eckbank, eine heile Puppenwiege unter sich beschützend, eine Kneipeneckbank, zwischen Splittern, Balken und Bohlen ein Kühlschrank, ein Gasherd, warum nur stets die freigelegten Badezimmerkacheln, als zeigte sich an ihnen die schlimmste Entblößung, ein tadelloses, ganz neues Klingelschild, gerade erst gekauft, wirklich nagelneu, aus Empörung gegen das unausweichliche Schicksal angebracht an einem Haus, von dem noch ein Achtel besteht – ein zum Horizont spähender, ausgemergelter Greis –, ein blitzblankes Klingelschild mit vier Vor- und Familiennamen untereinander, die kannten sich alle, die teure, mit

Kupfer verblendete Eingangstür, so allein auf weiter Flur, so tiptop für die Vernichtung poliert und nun sehr lächerlich gemacht, Abfall, Ramsch, Plunder, auch der uralte Puppenarm, da ist er ja wieder! Ansonsten keine Menschenseele, kein Tier in der brennenden Stummheit, im bitteren Licht. Hitze, und doch steht alles in der eisigen Zugluft einer gigantischen Rasur.

»Sie sehen hier also«, sagt auf einmal der falsche Brammertz laut ohne Übergang, jedoch als hätte er ohne Mühe in Anitas Kopf geforscht, »weshalb man an einen solchen Beruf gerät.«

»Heimat-museums-spezialist«, übt Anita zuvorkommend. Eine gute Sprechaufgabe für Frau Bartosz!

»Überall in Westeuropa, sogar in der Schweiz, können Sie infolge der allgemeinen Immobilienraserei solche Auslöschungen beobachten, auch wenn an anderer Stelle spektakulär antike Trümmer ausgegraben werden. Weiter östlich sorgen die Kriege für ähnliche Ansichten. Ich habe als Kind oft Verwandte in Bochum besucht und bin dort ins Bergbaumuseum gegangen. Vielleicht fing da meine Liebe zu den Dingen als Zeugnissen einer Zeit und ihrer Menschen an.«

Der falsche Brammertz hat wie in Gedanken erneut den Arm in brüderlicher Sachlichkeit um Anita gelegt. Sie läßt es geschehen, es ist ihr recht, sie fühlt sich wohl, sie wird gleich einnicken. Wenn dann nur die Trümmer nicht wieder hervorkämen.

»Auf Schulausflügen in die Burgen am Rhein haben mich nicht nur die Zugbrücken und Waffen interessiert, auch die Herde und Gefäße und Bettgestelle. Ich hätte das stundenlang ansehen können, denn ich sah in Wirklichkeit in die Vergangenheit und die vergangenen Menschen. Später bin ich nach Möglichkeit in jeder Stadt, in jedem Dorf in die noch so dürftigste historische Sammlung gegangen mit Inneneinrichtungen, Werkstätten, landwirtschaftlichen Geräten und Handwerkszeug. Das Schönste aber war in einem Ort in den Alpen zwischen sehr hohen Bergen, jetzt voller Wellnesshotels, im winzigen Heimatmuseum die einfache Schlafkammer mit dem Kastenbett und seiner sauberen weißen Wäsche als Geburts-, Hochzeits- und Sterbebett der früheren Einheimischen. Ich möchte nicht darin gelegen haben, aber die Empfindung des Menschlichen war noch nie so stark in mir, fast zum Ersticken. Sehr streng hat mich das Bett damals angesehen.«

Anita achtet genau auf den Druck seines Arms. Sie kann den Mann bei keiner erschlichenen erotischen Annäherung ertappen.

»Trotzdem wäre ich damals nicht auf den Einfall gekommen, mich um lokale Heimatmuseen zu kümmern. Ich wurde Bauingenieur. Bis ich die allgemeine Zerstörung, bei der ich mitgeholfen hatte, nicht mehr ertrug. Ich begann mit dem Aufspüren regional geprägter Gegenstände. Man hält heute viel von multimedialen und interaktiven Einrichtungen, ich tue das nur in Maßen. In letzter Zeit ist aber allgemein das Interesse an den konkreten Zeugnissen einer Epoche wiedererwacht: material culture. Gut, sollen sie es so nennen. Mir hilft es beim Überreden und Überzeugen von Gemeinderäten.«

Der Druck, registriert Anita wachsam, ist in diesem Moment herzhafter und zugleich geistesabwesender geworden. Er gilt nicht ihrer Person. Es ist sein Thema, das er fester packt.

»Es geht mir dabei nicht um das Ansammeln und nostalgische Horten alten Zeugs, bitte verstehen Sie mich nicht falsch. Worauf es ankommt, ist natürlich, da führt kein Weg drum herum, eine Inszenierung, mehr ist nicht möglich, aber eine von nicht borniert, durchaus nicht dusselig gemütlicher Heimatlichkeit, wenn ich so sagen darf.«

Der falsche Brammertz atmet und spricht jetzt schneller, er hat Anita losgelassen, da er beide Arme zum Gestikulieren braucht.

»Auch wenn sich inzwischen viele Leute nicht mehr wie früher beerdigen, sondern verbrennen und dann in Luft und Wasser wie nie gewesen zerstreuen lassen, so wollen doch die meisten, zumindest während sie leben, aus der großen Gleichgültigkeit und Unbekanntheit und Flüchtigkeit herausragen, obwohl es in der Regel nicht zu einem Titelbild oder gar einer Statue reicht. Sie können hier in Pommenich noch für einen Moment erleben, wie die isolierten Dinge, Sie haben es eben selbst gesagt, zu Legenden werden, einfach deshalb, weil sie übriggeblieben sind und plötzlich etwas bezeugen. So ähnlich erfährt man es in der Erinnerung an einen geliebten Verstorbenen, wir wissen es beide. Als er oder sie noch lebte, waren es unwichtige Kleinigkeiten, ein Kamm, ein Schal, jetzt sind es sorgsam gehütete, sprechende ›Sammlerstücke‹. Sammlerstücke: Das Wort setze ich in Anführungszeichen. Natürlich könnte man das alles eloquenter sagen, weiß ich. Wenn man ein solches Museum installiert oder vervollständigt, darf man unversehens bestimmen, wie die Geschichte einer Ortschaft in ihren Hauptzügen und Gewährsleuten verlaufen ist. Man belegt das mit Urkunden und Porträts, Folterwerkzeugen, Küchengeschirren, Modellen von Schlachten, Besiedlungsplänen, ohne die modernen Darstellungsmittel zu vernachlässigen, die oft großartig sind. Man rekonstruiert etwas einstmals Wirkliches und weiß doch, daß man manipuliert, daß man behauptet. Das Allerwichtigste ist jedoch, ein Indianerfeuerchen anzuzünden, einen Anknüpfungspunkt, einen Mittelpunkt zu bestimmen von dem, was ungeheuerlicherweise durch Maschinen abgerissen und planiert werden kann: die Familiengeschichte eines Ortes. Das ist der Goldklumpen, den ich, wo es noch möglich ist, retten und ans Licht holen will. Es handelt sich ja nicht nur um die unverhohlenen Tabula-rasa-Praktiken von Braunkohlegruben, das ist Ihnen klar. Ich setze auf eine Ermutigung durch die in Sicherheit gebrachten, ausgewählten Dinge. Ich meine die Ermutigung, sich zu seiner Herkunft zu bekennen, zu seiner Kindheit, ohne die man nichts ist, und viel, viel weiter zurück, zu einem meinetwegen geheimnisvoll bleibenden Kraftzentrum, um dort die Bilder zu finden, in die man einmal sicher eingewurzelt war und die ein schwankender, verwaister Mensch, und wer ist es nicht in einer Zeit der unfreiwilligen und freiwilligen Flüchtlinge auf der ganzen Welt, zum Trost und Überleben braucht und nie ganz verlieren darf.«

Er spricht in die Luft, immer schneller, sieht sie nicht an, konzentriert auf das, was ihn mitreißt und über das er Aufsicht führen muß, um ihr Interesse nicht zu verlieren. Das ist Anita klar. Ich bin im professionellen Zuhören langjährig geübt, bin ja dafür bezahlt worden, sagt sie sich, will es sich zumindest sagen.

»Das kann schon durch die schlichte Besichtigung einer solchen Einrichtung in bisher fremder Umgebung, auch in einem anderen Land passieren, in einem exotischen Ort, in dem man noch niemals war. Ich weiß es, ich kann es bezeugen. Es ist letzten Endes etwas Atmosphärisches, das man aber nur durch Dinge herstellen kann. Meine Bemühungen sind bloß bescheidene Versuche einer Gegenmaßnahme etwa zu diesem uns hier vorgeführten Ausradieren aller Traditionen. Erstaunlicherweise ist ein richtiger Beruf daraus geworden. Aber was rede ich, eigentlich sehe ich die ganze Zeit nichts als das Bergbauernbett in seiner ehrwürdigen Düsternis vor mir.«

Er legt nach Bauernart die Hände, die er in einem unbewachten Moment sogar in die Luft erhoben hatte, auf seine Knie. Er weiß, daß rhetorische Brillanz nicht gerade seine Stärke ist, räuspert sich, lacht vorsichtig. Dieses Lachen rührt Anita. Zum ersten Mal schließt sie ihn, von sich selbst überrascht, ein bißchen ins Herz. Sie spürt, daß er seine bisher verborgene Begeisterung zur Hälfte ironisieren möchte. Schon springt er auf und stellt sich vor sie hin.

»So, und nun der Name, Minnie Jannemann, der Name!«

Anita zuckt zusammen. Es gibt keine Ausflüchte mehr, nur ist es ihr mittlerweile unmöglich, die despektierliche Wahrheit zu bekennen. In ihrer Not sagt sie ins Blaue hinein, was ihr gerade einfällt:

»Trauerbänkler!«

Ob er die Miene verzieht, läßt sich im Dunkel nicht ausmachen. Sie hört nur sein »Hm«. Es klingt abwägend.

»Sind Sie sicher, daß Sie nicht mogeln? Im übrigen gälte der Name in weiblicher Form auch für Sie selbst, nicht wahr? Kommen Sie, Frau Minnie Trauerbänklerin, ich möchte Ihnen zum Schluß noch etwas zeigen.«

Es ist draußen so hell, daß die geblendete Anita über einen Betonblock stolpert und ohne den schnellen Zugriff des Mannes auf einen Schutthaufen gestürzt wäre. Sie hat sich noch keine neue Sonnenbrille gekauft, aus rituellen Gründen nicht. War der Verlust der alten Brille denn nicht eine unbewußte Opfergabe für den verunglückten Mario? Ein Gedanke, der ihr gefiel. Ihr Führer bietet ihr seine an, sie greift, im weißen Licht, ohne Umstände zu. Es ist ja eine Notlage.

»Für Sie vielleicht nichts Besonderes, steht auch nur als privater Bau in einem Hinterhof, aber es dürfte Sie interessieren. Da sind wir schon.«

Anita muß zunächst mit der fremden Brille und der anderen Beleuchtung durch die Tönung zurechtkommen. Sie sieht erst jetzt auf. Zum Glück entfährt ihr in ihrem Staunen diesmal kein alberner Schrei.

»Kommt Ihnen das bekannt vor, Frau Jannemann? Gibt es eine Ähnlichkeit?«

Anita steht vor einer Sternwarte, klein, aber unverkennbar mit der Kuppel über dem rechteckigen Sockel und dem Zubehör!

»Ich bin ja jeden Tag daran vorbeigekommen, direkt neben meiner ehemaligen Arbeitsstelle in Zürich steht sie ja, die wunderschöne Semper-Sternwarte, außer Dienst, wenn auch noch funktionsfähig, innen und außen sehr sorgfältig restauriert und in ein Atelier umgewandelt. Und nun, wie gut das paßt, nach dem Stall die Sternwarte von Pommenich!«

»Auch hier haben Sie Glück. Es sind ihre letzten Momente, in ein paar Tagen steht sie nicht mehr und muß wie alles andere hier als Staub in die Grube.«

(Tatsächlich war die Sternwarte, um 1968 vom Dorfarzt Johannes Pottgießer errichtet, zu diesem Zeitpunkt im Zuge der waltenden Vernichtung bereits abgerissen, aber, Sie werden die zeitliche Plazierung hoffentlich billigen und Anita zustimmen, »wie gut das paßt, nach dem Stall die Sternwarte von Pommenich«.)

Während der Rückfahrt erzählt sie ihm von der Astronomin Caroline Herschel, von deren Leidenschaft für das Universum, den Jahren in Südengland und Hannover. Als er sie ohne den Hauch einer bedeutungsvollen Pause vor der Haustür absetzt, reicht sie ihm mit Dank für die Besichtigung die Sonnenbrille zurück.

»Hoffentlich erweckt die Sternwarte kein Heimweh nach Zürich in Ihnen. Das wäre allerdings nicht beabsichtigt gewesen.«

Es ist, wenn man es als das auslegen will, die einzige Zärtlichkeit, die ihr der Heimatmuseumsagent nach dem Ausflug zukommen läßt. Anita dreht sich, bevor sie die Tür hinter sich schließt, noch einmal um: »In Wahrheit heiße ich Anita, nicht Minnie, und Sie sind nicht der Trauerbänkler, sondern der falsche Herr Brammertz.«

Seine Reaktion wartet sie nicht mehr ab. Niemand, auch Anita selbst nicht, könnte mit Bestimmtheit sagen, ob ihre Bemerkung als Lob oder Tadel gemeint war. Sie beginnt es im Verlauf ihres einsamen Nachmittags und Abends zumindest zu ahnen.

Am folgenden Montag, obschon Sommerferien sind, steht Gabriele vor dem Schaufenster des Lädchens. Wie sehr ihre Veränderung fortschreitet! Wieder ist eine Freundin bei ihr, trotzdem tritt Anita aus der Tür, um ein Wort mit ihr zu wechseln. Die beiden Mädchen rennen weg, flüchten glucksend, als wäre sie eine Hexe. Anita sieht ihnen sprachlos nach.

»Da ist er ja wieder, der Engel von Frau Geidel! O doch, das sind Sie für die Tante, ein Erzengel, mit jedem Tag mehr, Frau Jannemann«, begrüßt Frau Bartosz Anita, die sich ordentlich angemeldet hat, am folgenden Samstagnachmittag auf der Haustreppe. Ist ihr eine zweite Frau Bartosz auf die Schultern gesprungen und hat sie in einen leibhaftigen Goliath verwandelt? Satte Zufriedenheit strömt sie aus und mit ihr das ganze Haus. Noch bevor Anita dazu eine Frage stellt, wird ihr der Grund klar. Es überrascht sie nicht, daß Frau Bartosz in Genugtuung, ja in stürmischer Herzlichkeit feinste polnische Waffeln nach dem Rezept ihrer Großmutter ankündigt.

Sobald Emmi mit Anita ein paar Minuten allein ist, sagt sie: »Nun hat sie ihre Putzfrau und ist erst mal im siebten Himmel. Die beiden unterhalten sich in meiner Gegenwart polnisch. Ihr Befehle erteilen tut sie aber auf Deutsch, damit ich merke, wie mächtig sie ist. Wahrscheinlich verlangt sie demnächst einen Gärtner, dann eine Köchin. Sie will Stabschef sein, oder vielmehr Staatschef. Meine Schwestern stärken ihr den Rücken. Ihr beide, du, Anita und Herr Brammertz, ihr seid meine einzige Hausmacht. Das Ungetüm, sagte ich das schon mal? sollte das Märchen vom Fischer und seiner Frau lesen, die zum Schluß nach allem Größenwahn wieder in ihrem Pißpott hocken. Neuerdings behauptet sie, am liebsten wäre sie in die Politik gegangen. Dann säße sie heute in Brüssel.«

Das helle gelüftete Wohnzimmer verrät die heitere Laune von Frau Bartosz, jetzt, wo sie Siegerin ist. Überall Sträuße mit Löwenmäulchen, Sonnenblumen und Phlox. Anita lobt die schöne Veränderung. Es sei ja ein richtiger Altar um sie, die Tante, aufgebaut. Wenn Frau Bartosz nun mehr Zeit für die Verzierungen des Lebens habe, sei doch alles in Ordnung.

»Wenn die Bartosz tot wäre, dann könnte ich mich sicher an manche gute Seite von ihr erinnern, vielleicht sogar mit Wehmut. Aber solange sie ständig um mich rum ist und mich ärgert, geht es nicht, Kind. Was sagt sie zu mir? ›Wenn Sie die Tabletten nicht alle schlucken, haben Sie nur noch 39 Tage zu leben, oder nur noch 38.‹ Oder: ›Zählen Sie nach, ob wirklich 180 Pillen in der Packung sind. Es ist auch ein prima Gehirntraining für Sie.‹ Sie will mich einschüchtern, Anita. Wenn ich einen Satz beginne, sagt sie schon nach den ersten drei Wörtern ›Na klar‹. Wie soll ich da noch weitererzählen! Gestern habe ich den Vers ›Hoppe hoppe Reiter, wenn er fällt, dann schreit er‹ vor mich hin gesungen. Ich fand es früher so schön, wenn mein Vater mich, bevor er dann in den Krieg mußte, auf dem Schoß hielt, fallen ließ und im letzten Moment auffing. Du kennst das Spielchen ja sicher noch. Die Bartosz hat aber gesagt: ›Na, Frau Geidel, werden Sie nun wieder zum Kind?‹ Da habe ich es extra, aber traurig, noch einmal gesungen. ›Hoppe hoppe Reiter, wenn er fällt, dann – fällt dann –‹ Ach Anita, meine Lalita!«

Jetzt wäre der Augenblick da. Anita könnte sich mit der bedrängten Emmi über ihren Sohn unterhalten, offen das Foto von Löwe und Bär ansehen und das erlösende Wort über jenen Tag im Jahr 1981 im Monschauer Garten aussprechen. Da sagt die Tante:

»Wo du das mit dem Altar erwähnst, will ich dir gestehen, daß ich früher ganz vernarrt war in die Marienaltäre mit den Madonnenbildern, Maria mit dem Kind auf dem Schoß. Es waren doch liebliche Anblicke. Da sollten sich die jungen bösen Mütter von heute ein Beispiel dran nehmen. Kaum nähert man sich ihren Kleinen, schieben oder reißen sie ihre Sprößlinge weg mit giftigem Gesicht, als wollte man ihnen ihre Brut rauben. Lalita, ich weiß nicht, als hätte man die ansteckende Krankheit des Alters und nie selbst ein Kind gehabt und das Schreien in der Nacht ertragen.«

Als das aus Emmi heraus ist und sie selbst erschrocken das Schwanken in ihrer Stimme hört, ruft sie sofort sehr forsch nach Frau Bartosz wegen der Anita erkennbaren Brenzligkeit und Gefahr. Die Polin trägt ein Tablett mit Waffeln und Tee ins Zimmer. Sie lächelt hochgestimmt die Welt an: »Da staunen Sie, Frau Jannemann, wie nun alles glänzt und schimmert! Jetzt kann ich endlich alles so schönmachen, wie es sich für Ihre liebe Tante gehört, jetzt wird gewienert und poliert.«

Emmi sagt ohne zu zögern und ein wenig ängstlich: »Sie sind eben die Allerbeste, meine liebe Frau Bartosz! Eine Perle, ein Diamant.«

Die Polin wendet daraufhin den Kopf majestätisch hin und her. So kennt es Anita von Sängerinnen, wenn sie Applaus entgegennehmen und so tun, als wäre er tosend.

»Anita, meine kleine Rarita, du darfst es mir nicht verübeln. Ich habe die Diamantohrringe Frau Bartosz geschenkt. Sie schmückt sich so gern.«

Ist das nun Einfalt oder Bosheit von Emmi? Frau Bartosz fixiert daraufhin trotzig Anita, die aber schaut desinteressiert und wohlwollend nickend in die Runde, auch wenn sie innerlich feixt.

Endlich kommt sie dazu, ihre Erlebnisse vom Braunkohletagebau zu erzählen.

»Das kenne ich doch, das habe ich selbst gesehen. Der jüngere Sohn von Frau Wilma ist Ingenieur oder Manager dort. Er hat uns alles zu Recht sehr stolz vorgeführt. Eine großartige Anlage, wie groß ist doch der Menschenverstand! Wir Polen verstehen was davon, wir sind Kohleland. Wir glauben an die Kohle und investieren in sie. Wir Polen sind ein freiheitliebendes Volk. Eigener Strom bedeutet Unabhängigkeit. Denken Sie nur an das riesige Braunkohlegebiet von Belchatów!«

Davon hat auch der falsche Brammertz gesprochen. In gegenläufigem Sinn allerdings: »Die investieren fröhlich weiter mit EU-Milliarden, die für eine umweltfreundliche Modernisierung vorgeschrieben waren, in den Ausbau.«

Ach, der Trauerbänkler! Plötzlich freut sich Anita auf ihn, bald, sofort, jedenfalls auf die Trauerbank und das Sitzen dort.

»Rarita! Lalita! Anita! Schon? Nicht vielleicht eine Zigarette?« flüstert die Tante bang, als sie beim Abschied noch einmal kurz allein sind. »Du weißt es, nur du bist meine Allerbeste. Du und Herr Brammertz. Auf euch baue ich in meiner Einsamkeit.«

»Phantastische Waffeln!« ruft Anita, denn Frau Bartosz schneidet im Vorgarten verblühte Rosen ab.

Das glückliche Gesicht der Polin wendet sich ihr feierlich zu: »Ihre Tante ist ja auch ein Goldschatz.« Wie sie das wohl meint?

»In meiner Einsamkeit«? Trostlose Worte. Anita hofft, das wehrhafte Grün in den Augen der gerissenen Tante bloß übersehen zu haben. Links die Baustelle. Das Gegenmodell zum Efeuschlößchen, schneeweiß und kahl, die Fenster ohne Umrahmungen und länglich, ist sicher bald bezugsfertig. Beim nächsten Besuch will Anita ein heimliches Treffen zwischen dem versumpften Architekten und der Tante arrangieren. »Heimlich« soll es wohl aus atmosphärischen Gründen unbedingt sein. Über ihr brüsten sich Wolken im Sommerhimmel, dicklich leuchtend, dicke, glückliche Tanten.

Anita spricht laut vor sich hin, ihr Tick, der seit Handyzeiten nichts Verdächtiges mehr hat: »Damals im Frühjahr, in der ersten Zeit, als mich Mario nach den Tantebesuchen noch erwartete, habe ich auf diesem Weg vor mich hin und sogar laut in die Luft gesagt: ›Ich liebe dich, ich liebe dich‹, wohl zwanzigmal aus Lust an dem Satz – und er stimmte ja auch. Immerzu dieses ›Ich liebe dich‹. Habe es wie bestußt vor mich hingesungen, immer heraus damit in die Welt.«

Plötzlich kommt es ihr so vor, als wäre der Rhythmus und also der Wortlaut in Wahrheit ein etwas anderer gewesen: »Die Leidenschaft! Die Leidenschaft!« Nicht: »Ich liebe dich!« Da, das Trauergärtchen! Ausdrücklich verabredet hat sie sich leider nicht mit dem Besitzer. Er ist auch nicht gekommen.

Nach kurzer Zeit aber, etwas erhitzt, ist er es doch! Schon sitzt er neben ihr und sagt: »Anita also! Dann werden Sie mir die Freiheit gestatten, dabeizubleiben, Anita. Hmhm, Anita, paßt gut.«

Sie lehnt den Kopf, inzwischen ist es Gewohnheitsrecht, an seine Schulter und denkt, daß es ist wie beim Warten im Auto, wenn dichter Regen fällt und die Welt, eine Wohltat, ohne Beschwerde, ohne Bedauern hinter den Scheiben ertrinkt. Dieses Wie ist ja etwas Wunderbares. So ein Vergleich, wenn man nur ein bißchen daran glaubt, entrückt aus der juckenden Gegenwart in eine kühlere. Das sagt sie sich und möchte davon überzeugt sein. Das Bild ist aber falsch. Entrückt aus der Gegenwart? Jedenfalls läßt sie den Kopf an seinem Platz mit dem vertrauten Geruch nach Anis u. ä. Von der Frage »Trauern wir beiden Trauerbänkler hier wirklich?« weiß sie nicht, ob sie von ihr laut oder stumm gestellt wird. Eine Antwort hört sie jedenfalls nicht, nur ein beschwichtigendes: »Anita, hm. Paßt gut. A-nita, A-ni-ta, Ani-ta, doch, das geht.«

11.
ANTONIUS

Einige Zeit darauf steht Anita gegen zwei Uhr nachts am Fenster und sieht auf die leere Eupener Straße, die dann später durch Waldstücke, vorbei an Gehöften und Weideland, zur Grenze führt. Sie hat das lange Wachliegen nicht mehr ausgehalten, weil es kleinste Beiläufigkeiten dramatisiert. Doch jetzt wird sie Zeugin eines Vorfalls, der schlimmer ist als alles, was eben im Bett vor ihr aufflackerte. Nur einmal hat sie dabei etwas Schönes gesehen, Pferde: derbe, im Koppelgras dösende Küchentische und gute Kameraden auf ihren vier Beinen. Das ging schnell vorüber, gefolgt von weiterhin unfreundlichen Szenen aus der Wirklichkeit.

Der falsche Brammertz hat gesagt, er sei von Natur aus nicht ein derart sanftes Naturell, wie es ihr erscheinen müsse. Er habe es sich nur zum Ausgleich angewöhnen müssen, weil seine Frau die Superlative so geliebt habe, immer das Beste, Schönste, Schrecklichste und so weiter. Das kommt Anita sehr bekannt vor. Sie fühlt sich geradezu ertappt. Es sei eine Art wilder Sehnsucht in ihr gewesen. Auch die habe er geliebt, allerdings abmildern müssen aus Rücksicht gegenüber der Realität. Eigentlich sei sie gar nicht krank gewesen, nur der Hang zu Besessenheit sei ständig gewachsen, eine Besessenheit von Trauer, allgemeiner Trauer, Traurigkeit über alles. Man habe versucht, das zu behandeln, aber gefolgt sei die Zersplitterung. »Ich bestehe nur noch aus Zersetzung«, habe sie gesagt, »Keiner, keiner kann sich das vorstellen, wenn kein Gegenmittel in einem ist, nur die Auflösung«. Solche Sätze seien dann ihr einziger Halt gewesen. Sie sei ihm durch die Finger geglitten. Wie Altersschwäche gebe es wohl auch eine viel früher einsetzende Lebensschwäche, gegen die man in Wahrheit aller Medizin und Liebe zum Trotz machtlos sei.

Er verzog dazu den Mund, ein wenig nur, und erzählte dann, daß seine Liebe zu Heimatmuseen im Grunde schon im Kindesalter begonnen habe, nicht erst im Bochumer Bergbaumuseum, als ihm nämlich sein Onkel in den Ferien bei Schleswig gezeigt habe, wo er selbst als kleiner Junge mit einem Freund verbotene Ausgrabungen von Wikingerwerkzeugen unternommen hatte, die er aber auf Befehl des Vaters beim Museum abliefern mußte, Fragmente natürlich, jedoch sehr schöne Stücke dabei, Waffen- und Schmuckreste in großen Mengen bei Haitabu, ziemlich bald nach Ende des 2. Weltkriegs, in ihren Kinderfäusten, dabei mehr als tausend Jahre alt. Da waren sie schon auf dem Heimweg. Dort unten standen sie, wo jetzt etwas Schreckliches passiert und wo vor einigen Tagen der falsche Brammertz nach winzigem Zögern Anita einen Kuß zum Abschied gab, nicht etwa auf einen ordentlichen Platz, Hals, Stirn, Wange, Mund, sondern offensichtlich aus Jux auf die Nasenspitze, weiter nichts. War das nicht ziemlich lächerlich, beinahe schnöde gewesen?

Ein Auto hat exakt gegenüber ihrer Haustür unter der Bogenlampe scharf gebremst. Dann läuft ein Mann, der trotz der milden Temperaturen Handschuhe trägt, vom Führersitz um den Wagen herum, reißt die Beifahrertür auf und zerrt einen Menschen, den Anita erkennt, trotz der riesigen Serviette, die man ihm um den Hals gebunden hat, ins Freie, so, daß sein Opfer auf die Knie fällt. Es handelt sich ohne Zweifel um Marzahn. Die weiße Serviette ist, wie Marzahns Gesicht, offenbar ganz blutig, man weiß nicht, trägt er sie, um den Anzug vor der Befleckung zu schützen, oder als Hohn. Der andere nämlich ist der schöne Leo, der seinen ehemaligen Chef hochstemmt und in dieser stillen milden Sommernacht über die Straße führt, nein, schleift und stößt, direkt auf Anitas Haustür zu. Man könnte das zur Not für Fürsorglichkeit halten, wenn Leo beim Überqueren der Fahrbahn mit dem sich mühsam hinschleppenden Herrn Marzahn diesen, weit ausholend, nicht dauernd ohrfeigen würde.

Während Anita schon unterwegs ist, hört sie von der Wohnungstür aus das laute Schellen. Als sie unten ist, sind Leo und Auto verschwunden, nur Marzahn lehnt an der von Glasstreifen unterbrochenen Haustür, die sie vorsichtig öffnet, damit er nicht hinschlägt. Bevor sie etwas sagen kann angesichts des fürchterlich zugerichteten Antiquitätenhändlers, lallt er, offenbar mit letzter Kraft: »Hoch zu Ihnen. Schnell! Kein Arzt, keine Polizei!«

Anita gehorcht und kann nicht verhindern, daß der hochmütige Marzahn auf allen vieren die Stufen zu ihr hochkriecht. Oben läßt er sich auf den Teppich fallen, er röchelt. Das klingt vielleicht nur so besonders schauerlich, weil er zu lachen versucht. Anita holt Handtücher, heißes Wasser und Schnaps, den vor allem zum Desinfizieren. Sie möchte ihn nicht mit ihrem weibischen Eau de Toilette beleidigen. Man hat Marzahn das Gesicht nicht direkt zerschnitten, aber grausam mit einer Art Reibe behandelt. An einigen Stellen hängt die Haut in Fetzen herunter.

Hoffentlich stirbt er nicht. Hoffentlich stirbt er mir nicht.

Der zusammengeschlagene Mann liegt wehrlos da bei geschlossenen Augen und scheint in Ohnmacht oder auch nur in einen kurzen Schlaf gefallen zu sein. Anita bemüht sich, das Blut zu stillen, ihn zu reinigen und das Gesicht, in dem die ersten Schwellungen einsetzen, mit kalten Waschlappen zu kühlen. Die Wunden scheinen eher auf die Absicht einer Erniedrigung hinzuweisen als auf den Wunsch, Marzahn sehr schwere Verletzungen zuzufügen. Anita gelingt es, ihn so zu stützen, daß er unter Seufzern auf dem Sofa liegen kann. Kaum hat sie ihn zugedeckt, bittet er um einen kleinen Spiegel. Während er sich darin betrachtet, nachdem Anita kurzfristig das Licht dafür aufgehellt hat, kocht sie Tee. Zwischendurch verstreicht sie behutsam auf der trockengetupften, malträtierten Haut ihre Zaubersalbe gegen Brandwunden und Frostbeulen. Marzahn will mit Hilfe eines kleinen Löffels trinken, gibt dann aber auf, er verschüttet zu viel, und Anita wagt nicht, ihm den Tee wie einem Säugling den Milchbrei einzuflößen. Auch ihre Schmerztabletten lehnt er ab. Immerhin scheinen ihm keine Zähne ausgeschlagen worden zu sein. Er jammert nicht, aber sein ganzes Gesicht ist ein einziges Stöhnen. Mal wirkt es auf sie wie eine Luzifermaske, dann wie der Christuskopf, der mit Hilfe von Frau Bartosz durch Emmis Haus geistert. Als er sie bittet, ihm die Schuhe auszuziehen, bemerkt sie, daß er Lackschuhe trägt, keine Socken, sondern Damenstrümpfe oder eine dünne Strumpfhose unter der eleganten Abendhose. Er muß sich außerdem kurz vor dem späten Ausgehen noch gründlich rasiert haben.

Wird er Anita verzeihen, was sie in dieser Nacht an ihm beobachtet?

Sie stellt nur Fragen zu seinem Wohlbefinden, und jedesmal redet sie ihn ausdrücklich mit »Herr Marzahn« an, um sich zu vergewissern, daß er weiterhin der Antiquitätenhändler ist, ihr Chef. Vielleicht schläft er jetzt. Es ist ganz still in der Wohnung. Eins fällt Anita auf: In Wirklichkeit horcht sie, ob Leo, eventuell mit seinen Leuten, zurückkommt. Marzahn scheint ihre Unruhe zu spüren, er sieht sie an aus pechschwarzen Augen und sagt langsam, nicht gut verständlich, die Sache sei erledigt, keine Drohung, keine Warnung, kein Erpressungsversuch. Ein lupenreiner Racheakt nur. Besser an seinem Körper als womöglich am Laden. Ab und zu artikuliert er deutlich ein beschwichtigendes: »Nun-nun!« Sein Versuch, sich zu räuspern, mißlingt. »Oh, oh!«

Schweigen. Plötzlich mustert er, trotz deren geschundener Umgebung, aus den Augenschlitzen ihr entsetztes Gesicht, scharf, boshaft. Dann wechselt der Ausdruck, er beginnt wieder zu sprechen. Dafür braucht er viel Zeit, viele Seufzer. Anita hofft, sich die verständlichen Einzelheiten richtig zusammenzureimen: Er sei kein Heiliger zwischen alten Gerätschaften, der sich bloß an kostbaren Vasen und Opernarien ergötze. In gewissen Kreisen müsse man mit Geschichten wie dieser hier rechnen. Man komme unvermeidlich mit Männerbörsen, Drogen, Erpressung und dem illegalen Handel mit geraubten Gliedmaßen von Göttern aus Syrien und Irak in Kontakt, wenigstens in Berührung. Vielleicht glaube sie ihm nicht oder nehme ihm seine Abenteuer übel? »Nein, nein. Nun-nun!« Hier handele es sich um Rache für den groben Rausschmiß, nichts weiter. Eine gewisse Gefahr sei im Nachtleben an der Grenze normal. Kichert er, schluchzt er?

Lange Zeit herrscht wieder Stille. Das Reden erschöpft Marzahn. Ob man jemandem solche Verletzungen mit einem Messer zufügen könnte? Anita fragt sich das und gerät unversehens in eine Erregung, die sie schleunigst vor sich zu verbergen sucht.

»Nein, nein, kommen nicht hierher zurück. Warum hierher? Warum zu Ihnen, Unschuldsengel Anita vom Unschuldsengel Mario? Aber das ist es ja!«

Wieder fällt er in Schlaf. Einmal zucken seine Hände wie panisch vors Gesicht.

»Nun-nun. Wollten mit ihm ins Geschäft kommen. Sollte Drogen aus den kuriosen Ländern beschaffen. Diese Leute! Oh, oh. Keine Sorge, war nichts zu machen bei Ihrem Mario. Nein, nein, oh, oh.«

»Mario!« Aber, bemerkt Anita, während sie den Namen nachflüstert, sie denkt dabei ja gar nicht an ihn. Das Bild eines anderen schiebt sich gegen ihren Willen ungebeten darüber. Wie schnell ist nach der Mitteilung von Marios Tod im hilflosen Trotz gegen das Schicksal der Gedanke aufgetaucht: Ich werde mich nie wieder verlieben, nicht können, nicht wollen! Geschwinder entstanden als die Trauer, langsamer als der Schock.

Marzahn schläft nun friedlicher. Ob es aber zu verantworten ist, daß sie ihm gehorcht und keinen Arzt ruft? Wieder einmal hat sie das Gefühl, in den Wohnungen über und unter ihr würden endlose Telefongespräche geführt. Sie hört das Summen von Gerüchten, von getuschelten Informationen. Ein Austausch geheimer Nachrichten zu nächtlicher Stunde findet statt. Sie selbst bleibt davon ausgeschlossen. Eine Täuschung natürlich, technische Geräusche nur, aber sie fällt auch jetzt darauf herein.

Wie viele Minuten sind inzwischen vergangen? Der Verletzte scheint sich zusehends zu erholen. Wo noch Blut austritt, tupft sie es behutsam weg, fast streichelnd, und nun entdeckt sie erst, daß sie in seinem Gesicht nicht herabhängende Fetzen von Haut gesehen hat, sondern, wie bei ihrem Vater, wenn er nach der Naßrasur, auf der er eigensinnig bestand, aus dem Bad kam, dünne Streifen von Papier zum Aufsaugen des Blutes. Die Finger des Antiquitätenhändlers, die sie an dem Schlafenden ungestört studieren kann, sind überraschend häßlich geformt, die gesenkten schwarzen Wimpern jedoch die eines schönen Kindes. Da hebt er plötzlich wieder die Hände, um sein Gesicht zu schützen, vor Schlägen oder ihren Blicken. Anita hat zur Zeit nah am Wasser gebaut. Ihr laufen die Tränen, die er selbst nicht weint, wegen der ihm zugefügten Kränkung über die Wangen. Man hat dem Überheblichen eine Schmach bereitet, für die er sich ahnungslos so festlich gekleidet hatte. Mit Vorsicht löst sie nach einer Weile die Serviette von seinem Hals. Darunter kommt unbefleckt eine seidene Fliege zum Vorschein. Sehr geschickt hat sie das nicht gemacht. Er ist aufgewacht und beginnt sofort, erst stockend Wort für Wort, dann flüssig, immer fließender und unaufhaltsamer zu sprechen:

»Unser kleiner Erzengel! Erinnern Sie sich, wie ihre Augen nicht wie bei den meisten frech in die Welt reinsahen? Nun, nun. Wie sie die Welt, ja die Welt, was sage ich, ungehindert in sich reinstürzen ließen, die Augen, oh oh, bis auf den geheimnisvollen, aber, aber, helfen Sie mir, noch hellen Seelengrund? Ich habe Gabriele aus dem Laden geworfen. Sie wissen diese Schändlichkeit schon von mir? Rausgeschmissen wie den schönen Leo. Weinen Sie deshalb, Anita? Weinen Sie nur, dann muß ich es nicht. Unsere Elfe hat eine Todsünde begangen, die Todsünde ihrer Gebärerin, der abgeschmackten Immobilienhummel mit ihrem kalten Summsumm. Hat beim Eintreten, schon auf der Schwelle, den verbotenen Schreckensruf ausgestoßen: ›Halihalo!‹, noch dazu exakt in der saublöden Intonation der Mutter.

Nachgewachsene Dummheit? Oh oh. Blind übernommene Gemeinheit, zu der die Mutter sie aufgehetzt hat? Ich habe nur ›Raus!‹ gesagt, ein einziges Mal nur. Mein ›Kopf ab!‹ gewissermaßen. Sie hat es auf der Stelle begriffen. Ist blaß geworden, marmorblaß, sehr schön, überirdisches Inkarnat, und lautlos verschwunden. Die wird niemals wiederkommen. Ich bin ein böser Mensch, Anita. Ich bereue tief. Täte gern Abbitte. Keine Selbstbeherrschung, zuviel Böses, das ich beherrschen muß. Würde ich es notfalls wieder tun? Ja, oh, oh, ja. Es steckt unbezwingbar in mir drin und tobt und wütet, bis ich es rauslasse.«

Stehen jetzt nicht doch Tränen in seinen Augen?

»Habe ich von meinem zweiten Liebhaber erzählt? Ich glaube, es war der zweite, ich glaube, er hieß Friedemann oder Friedensreich, mit Vornamen, meine ich. Er sah Gabriele sehr ähnlich. Deshalb mochte ich das Erzengelchen so sehr. War er nicht mein knapp volljähriger Cherub? Ohne Pausbacken, aber mit reizenden Pobäckchen, und nicht mal mit Hauptschulabschluß. Ein filigraner Prolet, ein Wunder, das ich angebetet habe. Und was tut er unter meinem segensreichen Einfluß? Kauft sich auf einem kirchlichen Flohmarkt die griechischen Göttersagen und beginnt damit, sie der Reihe nach, streng nach dem ABC, abzudichten. Mit Amor hat er angefangen. Als er bei Daphne war, habe ich ihm das Ding leider um die Ohren gehauen. Hätte nicht sein müssen. Aber es tat gut, wahnsinnig gut in dem Augenblick, eine Bosheit, eine Strafe, mit der ich am meisten mich selbst bestrafte, eine Bosheit, Anita, mit der ich das Böse, Verlogene, die beschmutzte Vollkommenheit ausradiert habe zu meiner Lust. Gabriele und Friedemann, gefallene Engel, der eine durch Jargon, der andere durch die Gegenseite, beides unerträglich, in Wahrheit aber doch nur eine rührende Bagatelle der beiden Einfaltspinsel. Der arme Junge war am Boden zerstört, wurde ebenfalls kreideweiß, nicht ganz so bezaubernd wie Gabriele, in meiner Erinnerung. Ist danach ziemlich unter die Räder gekommen. Oh, oh, ich schäme mich durchaus. Heute stärker als damals. Man ist ein elender Mensch, wird irgendwann bestraft, und doch muß diese heldenhafte Reinigungsarbeit von irgend jemandem getan werden.«

Anita gibt keinen Laut von sich. Es ist nicht nötig und kein Platz dafür da. Marzahn bittet um ein Glas Rotwein. Auf das weiße, inzwischen blutbefleckte Hemd fallen, als er schlürft, auch davon einige Tropfen. Sie macht ihn nicht darauf aufmerksam. Das Spielchen kennt sie von sich selbst: sich gern vor der eigenen Person schlechtmachen wie die beschränkte Lucy, dann wieder großartig vor sich dastehen. Marzahn richtet sich auf, und ohne Pause fährt er fort in seinem Rederausch:

»Daß die Idole immer zum Teufel gehen! Ist es meine Schuld, liebe Frau Jannemann? Wofür lebt man denn? Seien Sie froh, daß Ihr Mario, der, nicht weitersagen, unter seinem melodramatischen Frauenfängerschnurrbart ein Trottel war, sich so früh verabschiedet hat. Dadurch wurde Ihnen das Allertraurigste erspart. Verziehen Sie nicht das Gesicht so streng. Ich bin schwach, ich brauche Nachsicht. Mein ganzer Körper tut höllisch weh. Ich versuche, darüber hinwegzureden. Übrigens: Pfui, Halbwitwe Anita! Beim Wort ›Frauenfängerschnurrbart‹ haben Sie gelächelt, uncharmant gesagt: ganz kurz gegrinst. Das beruhigt mich. Viele Frauen neigen, wenn es mit dem Sieger nichts wird, dann eben, in femininer Geschmeidigkeit, zur Heroisierung des Verlierers. Plopp, haben sie doch wieder einen Helden! Kennen Sie, Sie nach wie vor allzu junge Person, noch den hochfrivolen Sänger Freddy Mercury? Ach Anita, die Idole! Als wäre damit eine Unsterblichkeit erreicht und man selbst der Endlichkeit entrissen, als würde sich aus der Hinfälligkeit der Körper und Dinge eine strahlende Essenz ablösen und zum Firmament aufsteigen! Oh oh! Ach, kleine Anita Jannemann: die positiven und negativen, selektierenden Magnetkräfte des Urbildes, des fiktionalen Inbegriffs! Meinen Sie, ich würde phantasieren? Delirieren? Was wirklich zählt, sind die Entrückungen aus sich heraus in eine andere Welt, die durchströmt ist von Licht und Energie, dem Quellgrund aller Inbilder, Sekundenblitze, Sekundenentzückungen, Lichtungen, Halluzinationen.«

Anita antwortet nicht. Wie eigenartig war es früher für mich, denkt sie aber, daß die aus der Ferne glänzenden Orte, allen voran Paris und Rom, und die berühmten Landschaften wirklich irdisch existierten! Es war erschreckend, ernüchternd, es verminderte sie, wenn man sie sah und daß man sie sah.

Für einen Moment scheint Marzahn aus Schwäche oder verzückter Erinnerung in die Kissen zurücksinken zu wollen. Was ihn antreibt, ist jedoch stärker. Nach einem langen Schluck fährt er fort:

»Mein Gott, was habe ich diesen Mercury mit seinen großartigen, höchst ironischen Übertreibungen bewundert, diesen privat, wie es hieß, sehr schüchternen, auf der Bühne umso prächtigeren Gockel mit dem Mikrofon als Phallus und Schwanzfeder, wilde Künstlichkeit bis zum Äußersten. Ich war, obschon eigentlich viel zu alt dafür, behext von ihm. Und doch freute ich mich unter meiner Trauer, als er rechtzeitig starb. War das grausam? Ach was. Es war die Vollendung seines Schicksals, die mich zufriedenstellte. Schmerzlich, aber punktgenau, Mitte vierzig.

Kein quälend langsamer Niedergang, als sich die Erosion, die man offiziell nicht wahrhaben wollte, doch leise, leise ankündigte. Ja? Kennen Sie noch? Freddy Mercury? Oh oh, überall Schmerzen, zum Totlachen. Diese süchtigen Augen, die ihn verrieten, wenn er als Prahlhans posierte und als Wolf unter Schafen paradierte. Das gefiel natürlich seinen jungen Verehrern. So durften sie sich auch ein Weilchen, wenn er loslegte, als Raubtier fühlen, ohne dafür zu büßen. Ich hatte immer einen Sinn für elegante Angeber. Wenn ich mich nicht in Ihnen täusche, Anita, ist das bei Ihnen nicht anders. Sehen Sie, Sie verraten sich! Verraten sich reizend durch Erröten und sind doch kein echtes Unschuldslamm. So leicht führen Sie mich nicht hinters Licht. Rosig werden, sehr hübsch! Oh oh. Kümmern Sie sich nicht um das Gestöhne. Das ist ein Befehl. Wovon sprach ich eben? Als kleiner Junge liebte ich die Gauchos. Es gab phantastische Bilder von ihnen. Helden, Heroen der Prärien Südamerikas. Im Wind Patagoniens ritten sie durch die Einsamkeit. Eines Tages erfuhr ich, daß sie nicht nur verwahrloste Mörder waren, die mit ihren Schlächtereien untereinander renommierten. Noch schlimmer. Sie machten sich ein Vergnügen daraus, auf dem zusammengetriebenen Schlachtvieh zu reiten und es unter sich zwischen ihren Schenkeln mit dem ganzen Körper, während sie mit ihren Messern auf das lebendige Fleisch einhackten, zucken und niederbrechen und verbluten zu spüren. Da sind sehr leuchtende Sterne für mich untergegangen, sind zu Scheißhaufen geworden. Ein solches Verlöschen habe ich später nicht mehr abgewartet. Ich selbst habe meine strahlenden Himmelskörper ausgepustet, wenn ihre Zeit gekommen war. Oh oh! Reden ist jetzt gut für mich, nicht unterbrechen bitte! Ich mußte erst etwas älter werden, um zu begreifen, daß meine lumpigen Sierra-Helden dabei das blanke, rohe, widerliche Ritual der Sexualität vollzogen. Vermutlich kriegten sie einen Orgasmus dabei wie die Frauen, wenn sie Stierkämpfer bejubeln. Im Tier symbolisch das Böse besiegen? Was machen sich die Leute aus Gewissensbissen und zur Steigerung des Kitzels bloß vor! Alles in Wahrheit Urschlamm, Sekret, Biologie.«

Zum ersten Mal in dieser Nacht hört Anita sein knatterndes Geschäftslachen, das aus dem wieder blutigen Gesicht herausbricht.

»Damit ist für mich dann der nächste Komet verzischt, indem mir, zugegeben, gleichzeitig ein düsteres Licht über den gern vernebelten, unschönen Grund unseres geschlechtlichen Trieblebens aufging. Unseres, liebe Frau Jannemann, das von uns allen. Sie begreifen recht gut, wovon ich rede, leugnen Sie nicht.«

Er verlangt ein weiteres Glas Wein, trinkt es gierig fast in einem Zug. Anita wagt nicht, ihn fürsorglich zu stoppen in seiner fiebrigen Redewut, erwartet nur zornig den Zusammenbruch. »Belästige mich nicht mit deinen trüben Geständnissen, alter Mann«, möchte sie denken. Es gelingt ihr nicht. Sie liest es lediglich ohne Überzeugung als Headline in ihrem Kopf. Da Marzahn sich zu heftig beim Reden bewegt, tritt in seinem Gesicht immer neu Blut aus den Wunden. Noch während sie die kleinen Rinnsale wegtupft, schiebt er ihren Arm beiseite und spricht weiter.

»Zuhören! Sie sollen mir gefälligst zuhören, Anita, Sie sind nicht meine Krankenschwester! Es gab eine Zeit, das muß Jahrhunderte her sein, da war ich ein junger Mensch und beschloß, mich ohne Vorbehalt in Zuneigung an die Welt zu verschwenden, wollte den Teufel in mir, der sein Nein! dazu zischte, abwürgen. Dann spürte ich und gestand es mir ein, daß mich die Menschen in Wirklichkeit durch ihre pure materielle Anwesenheit entsetzten, anwiderten geradezu. Ich konnte sie bis auf wenige Ausnahmen schlichtweg nicht riechen. Ist das meine Schuld? Mit Wut entdeckte ich, daß die Welt nicht gut war. Ich verlangte sie aber gut. Nur dann konnte sie auch schön sein, wie ich das forderte. Ich versuchte, die Augen zusammenzukneifen, um sie dadurch zum Gutsein zu zwingen. Als das nicht half, entdeckte ich die Wollust, ihre Schlechtigkeit aufzuspüren. Meine Findigkeit darin ist einmalig. Naturbegabung. Nun erschrecken Sie nicht so!«

Wieder stößt er sein knatterndes Lachen aus, diesmal wie einen Fluch. Oberhalb des Gelächters fixiert er Anita traurig unter langen, kindlichen Wimpern. Das besänftigt sie.

»Ich sehe das Widerwärtige und Lächerliche in den Leuten fast immer schneller als das Bessere, von dem ich weiß, theoretisch weiß, daß es in ihnen unter anderem ebenfalls existiert. Das Entdecken ihrer Häßlichkeit in Körper und Geist ist für mich allerdings längst das Herzhaftere, auch Amüsantere geworden. Es entspricht, oh, oh, auf bissige Weise eher der Realität und meinem Unterhaltungsgeschmack. Aua, au!«

Er sieht, beinahe mit der Eitelkeit Emmis, in den kleinen Spiegel, studiert kurz seine Wunden und streckt sich die Zunge raus: »Was für ein kuschliger Platz für Geständnisse das hier ist!« Marzahn sucht in seiner Jacke nach einer Zigarette, findet ein zerdrücktes Päckchen, nicht etwa ein silbernes Etui, was ihn flüchtig verblüfft. Er schlägt die Beine übereinander, raucht mit zitternder Hand nach einem höflich fragenden Blick aus stark glänzenden Augen zu Anita und probiert, als souverän genießender Salonplauderer dazusitzen.

»Sozial gesehen kann ich der Gesellschaft keinen einzigen Enkel, dafür meinen reichlichen Ekel anbieten. Wenn man mir zu nahe kommt, liebe Frau, habe ich scheinbar nur Leere zu offerieren. Bin ich deshalb landläufig herzlos? Aber nicht eigentlich ein Nichts ist in mir, das wäre zu platt. Da ist etwas, das durch einen energischen Impuls, einen Antrieb oder Aufschwung zusammenschießt. Bei zu großer Annäherung allerdings stellt sich dieses Leben automatisch in mir tot. Ein Hohlraum ist da trotzdem nicht. Das unbestimmt vor sich hin dämmernde innere Guthaben muß nur mit einer Parole zum Appell gerufen werden: Verstand! Geist! Gefühl! Gewissen! Zerstörungslust! Verzweiflung! undsoweiter, schon strömt unter diesem Kommando vorübergehend ein Ich zusammen. Durch den einfachen Zuruf: Marzahn! funktioniert es dagegen durchaus nicht. ›Marzahn‹ allein gibt nicht genug her. Verzeihen Sie, ich schweife ab.«

Er spricht jetzt sehr leise, offenbar nur noch zu sich selbst, fährt dann aber lauter fort:

»Um es kurz zu machen: Ich beklage die Kälte meines Herzens, klage darüber bitter und klage mich dessen an. Nur: Ich verstehe die Menschenliebe einfach nicht. Menschenliebe? Wieso das denn? Das ist es. Ich begreife sie nicht. Verstehe sie nicht, kapiere sie nicht. Gibt es sie wirklich? Gibt es sie so schön, wie sie klingt, und so untadelig, wie ihr Ruf ist? Bei mir reicht es höchstens für ein flüchtiges Anlächeln im Zug, wenn man im Gang einen ärgerlichen Zusammenstoß vermieden hat, auch wenn ich von innen einen Fremden vor dem Schaufenster meines Geschäfts sehe, versunken in die Betrachtung einer Porzellankanne oder einer kleinen Lindenholzmadonna. Dann heißt es: Schnell abdrehen, bevor die Illusion verfliegt. Glücklich macht das nicht. Die mir unbegreiflichen Philanthropen – ich sage ausdrücklich nicht: unglaubwürdigen – haben es besser, die fühlen sich womöglich pudelwohl in ihrer dauerhaften Güte? Ich sehe von außen, reizende Anita, um es einmal blumig zu sagen, in die erleuchteten Fenster der alltäglichen Menschenfreundlichkeit, drücke mir die Nase mit Blick auf die anhaltend Gutherzigen platt. Oberflächlich betrachtet könnte man es für Sehnsucht halten. Wehe aber, man würde mich reinlassen in das Brutzeln der Wohnküche! Die frohe Runde hätte keine Freude an mir. Oh. Oh. Mich aber würde nach spätestens zehn Minuten das Grauen packen.«

Anita hört nebenbei wieder das Gesumm der kollektiven Telefongespräche, hustet, um sich zur Raison zu bringen und sie zu verscheuchen. Rennen Marder durch selbst angelegte Gänge des Hauses? Ziehen sie riesige Reißverschlüsse zu ihrer Unterhaltung auf und zu?

»Sehen Sie, meine gute Anita, ich spüre mehr die Abstoßung zwischen den Wesen als die Anziehung, wie wohl schon gesagt, die natürliche Abstoßung, ja die. Man übertüncht sie in der Gesellschaft mit dem Du und dem Umarmen und viel Deo. Was Sie, Anita, mir voraushaben ist Einfalt, oder ist es eine schlaue Demut? Ich durchschaue das nicht ganz. Das Zersetzungsgift in Ihnen wird auf alle Fälle dadurch unter Verschluß gehalten. Aber vorhanden ist es, ich schwöre es Ihnen.«

Marzahn spielt zur Abwechslung den Kavalier. Er macht bei der zweiten Zigarette Anstalten, das Rauchen abzustellen. Daraufhin bittet ihn Anita, die lieber den Part des Kumpels übernehmen möchte, gegen ihre Stimmung stumm um eine der für sie viel zu starken Filterlosen. Feuer muß sie sich selbst geben. Marzahn, als hätte man ihm eine Droge eingeflößt, ist schon wieder bei seinen Ausführungen.

»Und nun, Verehrteste, meinen Sie wohl: ›Jetzt zerstört er zur Krönung des Abends mit Wonne sein eigenes Bild, dasjenige, das ich von ihm habe‹? Falsch! Ich bemühe mich nur, es zu vervollständigen.«

Er hat die Destruktion vorhin beim geräuschvollen Schlafen mit offenem Mund schon im wesentlichen geschafft, und die Festhose, mit der er, sobald er allein gehen konnte, im Bad war, hat er nach wie vor, wie es verwahrlosten Männern passiert, nicht geschlossen. Man steht miteinander nicht auf so vertrautem Fuße, daß Anita riskieren würde, ihren gewöhnlich so makellos gekleideten Besucher beiläufig darauf hinzuweisen.

Sie verfolgt nur in ganz und gar unangemessener Ängstlichkeit das bedenklich wachsende Stück Asche am Zigarettenende und kämpft mit sich, ob sie eingreifen soll. Weniger von seiner Predigt als vor lauter Müdigkeit angesichts des aufgedrehten Mannes ist ihr jämmerlich zumute. »Geh weg, geh weg!« Das ist das, was sie denkt. Er spürt ihren Blick und erbarmt sich ihrer, indem er die Zigarette ausdrückt.

»Lesen Sie, statt diesem entwichenen Bergsteiger nachzutrauern, gelegentlich – notfalls im Laden, wenn partout keiner was von Ihren originellen Schätzen kaufen will –, lesen Sie einmal Fielding, Fieldings ›Tom Jones‹, liebste Anita. Ungekürzt. Ein lustiger Marathon und Hindernislauf! Sie sind inzwischen alt genug dafür. Er kennt alle Pöbeleien von Arm und Reich, ein zustechender, scharfzüngiger Spötter. Ich frage mich, woher er denn das nimmt, was mir fehlt, trotz seines niemals schlafenden unbestechlichen Auges, jawohl, was mir fehlt. Ich spreche von Fieldings letzten Endes nach aller Not, Gemeinheit, Intrige, zuverlässig siegender Menschenliebe. Er vergißt nie, auch wenn es eine

Weile so scheint und der Leser es wünscht, daß schlechte Eigenschaften uns nicht ein für alle Mal zu reinen Bösewichtern machen und altruistische Taten nicht zu homogenen Heiligen. Alle haben ihre inoffizielle Rückenansicht. Bis wir sterben, wird es nicht anders sein. Über die Dämonen triumphiert man sein ganzes Leben lang grundsätzlich nicht. Sie liegen auf der Lauer bis zu unserm Tod.«

Marzahn entfährt ein lauter Rülpser. Unverzeihlich bei ihm, normalerweise. Im Augenblick kommt er gar nicht auf die Idee, das peinliche Geräusch könnte aus seinem Inneren stammen. Er nimmt es überhaupt nicht wahr: »Ich sagte es wohl schon früher zu Ihnen. Ich verstehe die Menschenliebe nicht. Ob ich sie eventuell verachte?«

(Und Sie? Glauben Sie an eine lineare Entwicklung im strengen Sinne? Streichen wir nicht im Laufe unseres Lebens über die dunklen Felder unserer Möglichkeiten und beleuchten mal dies, mal das? Sie können, wenn Sie nicht zu den Wißbegierigen gehören, immerhin versuchen, in den hellen Feldern des »Guten« lange zu verharren und die dunklen Zonen zu überspringen. Ein solides Fortschreiten jedoch ist nicht zu machen, allenfalls ein horizontales Hüpfen von einem Tugendinselchen zum nächsten, nicht wahr?)

»Was ist das für ein Pflaster an Ihrem Zeigefinger?«

»Nichts. Eine kleine Schnittwunde.«

»Das ist mir längst aufgefallen, Frau Jannemann, Sie verletzen sich oft an den Händen.«

»Meine Ungeschicklichkeit im Umgang mit Messern.«

»Solange man sich, vor allem versehentlich, die Schnitte selbst zufügt! Schon gut, schon gut. Womöglich ist unser Menschenfreund Fielding in Wahrheit aber ein verkappter Menschenhasser, der sich nur mit den edleren Charakteren beschwichtigen will, damit ihm nicht zu kalt ums Herz wird? Leuchtet ein, nicht wahr? Oder soll das Noble neben dem Niedrigen nur toller strahlen? Hm. Ich weiß nicht. Jedenfalls geht es dauernd hin und her mit Licht und Schatten. Seine Besessenheit, die, mit Verlaub, manchmal bei aller sogenannten Lebensprallheit zum buchhalterisch Schematischen neigt. Auch im schönsten Apfel steckt wenigstens ein kleiner Wurm, auch dem größten Halunken schlägt sporadisch sein Gewissen. Das ist seine Formel und vielleicht das eigentlich Humane an ihm oder vielmehr gerade das Diabolische? Den Tugenden seiner Figuren kann man nie vollständig trauen, der Schlechtigkeit der Bösen ebenfalls nicht. Wir Menschen sind ein zweideutiges Pack. Ich bitte also um Verständnis auch für mich Armen, mich armen alten Burschen, meine hoffentlich Gnädige.«

Marzahn läßt sich, plötzlich erschöpft, mit geschlossenen Augen – wie rührend sind die schwarzen, schattenwerfenden Wimpernkränze! – nach hinten fallen. Um die Rotweinflecken auf seinem Hemd wird sich Anita nicht kümmern. Nicht sein Aussehen, sein Zustand, den sie nicht beurteilen kann, macht ihr Sorgen. Oder sind bei ihm jetzt Aussehen und Zustand dasselbe? Ob es irgend jemanden gibt, der sich zu Hause um ihn kümmert, um diesen bösen Kerl, der doch sonst so sorgfältig auf seiner Außenfront beharrt? Ansonsten soll er reden, was er will. Sie hört nur halb hin. Ich höre nur halb hin, sagt sie sich, was geht mich das an! Etwas erschrocken ist sie darüber, daß sie die Beleidigung Marios widerspruchslos hingenommen hat. Wie konnte das passieren, was hat sie eingelullt und von einer empörten Verteidigung zurückgehalten? Mein Gott, es kam so selbstverständlich aus Marzahn heraus, dann ging die Rede schon weiter, und der Zeitpunkt für Protest war vorbei.

»Zweifellos ist es das Beste, und dafür braucht man hin und wieder eine Verklärung oder einen Feind, wenn man sich durch solche Zuspitzungen von dem eigenen Durcheinander ausruhen kann. So verfahre ich. Das ist Marzahns Rezept. Man sollte die Schlangengrube in seinem Inneren aber nach außen hin blockieren, wenn man schon das Toben der Mächte in sich nicht unterbinden kann, Mächte, die wir der Ordnung halber aufteilen in Hochmut, Jähzorn, Neid, Grausamkeit, Eifersucht, Geiz, als wären es kläffende Hunde, die man beim Namen ruft und eventuell zur Räson bringt. Klingt insgesamt richtig fromm, nicht wahr? Leider bin ich nicht fromm, beste Anita. Nein, bin ich nicht, ich nicht, und will es nicht sein. Ich müßte mich ständig selbst auslachen.«

Er greift nach dem Spiegel, probiert es, führt es sich und Anita vor, hahahaha, ist dann zum ersten Mal offensichtlich erschrocken über sein lädiertes Gesicht. Außerdem scheint das Auslachen weh zu tun. Anita gestattet sich als kleine Herzlosigkeit eine kurze, inbrünstige Schadenfreude. Was macht das schon, ihr tut es gut und er merkt es ja nicht.

»Sehe ich nicht aus wie ein gefallener Engel, auf der Nase gelandet in einem Dornengestrüpp? Geben Sie es nur ungeniert zu. Oh, oh. Nun. Nun. Wissen Sie, daß man für das eigene Selbstbewußtsein vor allem ein festes Bild von sich entwerfen und installieren muß, um der Welt gewachsen zu sein, auch wenn man nicht daran glaubt? Zu viel Relativierung der eigenen Person ist tödlich. Können Sie mir folgen? Sagen Sie: Schlafen Sie etwa? Zu jung, zu jung für den Ernst des Lebens, noch immer zu jung! Schlummern Sie ruhig, Ihr heimliches Nickerchen kränkt mich nicht. Nicht schlimm, ich rede trotzdem noch ein bißchen. Denken Sie an die Maskeraden der Pop- und Rockmusiker! Sie schlafen doch nicht tatsächlich, Anita? Wie die sich zu Erlösern, aber meist zu Haß- und Ekellegenden stilisieren, zu Stern und Unstern! Auch mein Freddy Mercury mußte das erst üben. Die Leute verlangen es, sie wollen von denen im Blitz- und Schummerlicht den Segen oder die Zunge rausgestreckt kriegen, besser noch den blanken Arsch. Extrem muß es sein, Heimweh nach dem Absoluten. Bei solchen Deutlichkeiten erholen sie sich, fordern gegen Eintrittsgeld Prügel, Beleidigung, Attacke durch die zappelnden grimmigen Jungs, die ihr Publikum zum Schein ans Herz drücken und dann wieder wegschleudern zum Schein. Im echten Leben sieht das Böse ja dummerweise ganz anders aus. Je teuflischer die Damen und Herren Grimassenschneider sich aber auf der Bühne aufführen, desto braver erfüllen sie also ihre Aufgabe, schaffen es allerdings nur durch nicht ungefährliche Hilfsmittel, so balsamisch verrucht, so kindisch beelzebübisch zu sein.«

Wieder stößt er sein unlauteres Geschäftslachen aus.

»Ich habe das Gefühl, Sie reden nicht folgerichtig, Herr Marzahn«, lallt Anita, die sich kaum noch aufrecht halten kann.

»Natürlich nicht, kleine Anita, heute nicht. Dafür um so wahrer. Es ist strenggenommen längst Morgen. Hören Sie hinter Vorhang und Fenster die Vögel? Sie schicken mich nach Hause. Keine Umstände, Anita! Ich weiß, was Sie mir jetzt anbieten wollen. Obschon Ihnen die Augen zufallen, haben Sie vor, mich aus Ihrer eigenartig teilmöblierten Wohnung im Taxi nach Burtscheid zu bringen. Nicken Sie nicht so zuversichtlich. Ich lehne das ab. Rufen Sie mir einen Wagen und setzen Sie mich rein. Das genügt. Der Fahrer wird mir dann aufschließen. Sehen Sie, Schlüssel,

Portemonnaie, Papiere, alles vorhanden für die Rückkehr zu Bürger Marzahn.«

»Ich stimme zu unter der Bedingung, daß Sie etwas später, aber noch heute, einen Arzt rufen.« Sie spricht im Tonfall einer amtlichen Fürsorgerin und hofft, damit ihre Erleichterung zu kaschieren. Sie weiß gar nicht, wie sie die Hin- und Rückfahrt hätte überstehen sollen.

»Gewiß, und nicht irgendeinen! Ich werde mit Knecht telefonieren, der ist mein ziemlich zurechnungsfähiger Hausmediziner und treuer Kunde. Hm, Dr. Knecht. Zahlung in Naturalien. Gehen Sie schnell ins Bett und möglichst rechtzeitig in Ihren Laden. Es soll für Spione alles völlig normal wirken. Beglichene Rechnung, das Zeichen für die Ganoven. Ehrensache! Frau Soundso, die liebe Person, auch so eine Seele von Mensch, der Name fällt mir momentan nicht ein, hat schon mal für Sie einiges organisiert nach diesem komischen, pardon, kaukasischen Bergunfall. Sie wird in meinem Geschäft alles regeln, bis ich wieder vorzeigbar bin. Ich rufe sie an, so früh wie eben anständig ist. Zufrieden?«

Er erhebt sich mit einiger Mühe, aber ohne Hilfe. Anita springt sofort auf und atmet endlich einmal tief durch. Da setzt er sich wieder hin. Sie ist den Quälgeist nicht los. Vor Enttäuschung beginnt sie zu taumeln.

»Noch eins, bevor Sie das Taxi rufen. Es ist das Entscheidende, aber ich mache es kurz. Ohren ein letztes Mal gespitzt bitte. Dafür müssen Ihre Kräfte reichen, Sie ziemlich junger Mensch. Nehmen Sie sich ein Beispiel an mir, Marzahn, der vermutlich morgen den Leib voll blauer Flecken hat.«

Schlimmer als die Tante. Anita bleibt trotzdem, um nicht umzufallen, an die Wand gelehnt stehen. Bloß kein Verzögern jetzt. Und wenn er tausendmal Chef und Geldgeber ist. Gegen ihre Erschöpfung gibt es kein Argument mehr.

»Jawohl, blaue Flecken nicht nur am Körper. Diese Brüder! Haben mich zugerichtet und gedemütigt, als hätten sie sich diesen Grünewald zum Vorbild genommen. Kennen Sie, will ich doch hoffen, ›Versuchung des Antonius‹: Leos Leute sind die dämonischen Schurken. Ich, wenn auch bartlos, bin der gepeinigte Einsiedler, wie ein hilfloser Käfer auf den Rücken geworfen, ihrer Tücke und boshaften Phantasie ausgeliefert.«

»Ich kann unmöglich pünktlich den Laden öffnen«, stammelt Anita mit zuckendem Gesicht.

Marzahn mustert sie neugierig, beinahe wohlgefällig: »Dann eben nicht! Aber das hier muß noch gesagt sein zum festlichen Abschluß. Auch die Darstellung der ›Verspottung Jesu‹, bei der die Schergen ihr Opfer traktieren, hat aus den spätmittelalterlichen Malern die gruseligsten Halluzinationen hervorgekitzelt. Arien des Bösen. So haben diese Bestien mich in ihre Mitte genommen, Frau Jannemann. Der schöne Leo mit der Fratze der Rachsucht. Auch wenn ich nicht direkt der heilige Eremit und erst recht nicht Jesus bin. Sie aber, Anita, haben zu der Zeit friedlich geschlafen und nicht mit mir gewacht.«

Marzahns Geschäftslachen, diesmal in neuer Variation, mit einem Geräusch wie sehr leises Schluchzen im Hintergrund. Er sieht das Schwanken der dünnen Gestalt, die sich stehend ins Träumen zu flüchten scheint.

»Eine letzte gute Tat, Anita«, sagt er plötzlich sanft, sagt es voll Mitgefühl. »Rufen Sie das Taxi.«

Anita wankt zum Telefon. Dann tupft sie mit äußerster Kraftanstrengung noch einmal sein trotz Kühlung aufgedunsenes Gesicht ab: »So wird es gehen.« »Diese Brüder!«, sagt Marzahn halb grollend, halb grienend. »Diese verdammten Brüder!« Auf dem Weg nach unten – um Gottes willen die Schlüssel mitnehmen! – kommt er gut mit Hilfe des Geländers voran. Anita aber muß mehr auf sich selbst als auf ihn achten. »Hören Sie«, sagt er beim Bewältigen der letzten Stufen. »Nun vergessen Sie ab sofort mein ungezogenes Schnauben und Schnaufen. Absolut Schluß mit unserer nächtlichen Intimität.« Wie gut die befehlende Stimme zur kalten Morgenstunde paßt! Anita hat keineswegs vergessen, was er einmal über die Stilgesetze beim Wechsel persönlicher Annäherungen und Entfernungen gesagt hat.

Das Taxi trifft gleichzeitig mit ihnen ein. Schneller Abschied. Anita schlägt die Wagentür hinter Marzahn zu, wartet mit dem Abwenden nicht mal, bis das Auto losfährt. Auf dem Rückweg nach oben ist es jetzt Anita selbst, die nur noch auf allen vieren hochkommt. Dabei verliert sie einen Schuh und muß also, ihm nach, wieder ein Stück nach unten. Sie flucht und weint über dieses neue große Unglück, bis ihr einfällt, daß man aus ein wenig Distanz auch darüber lachen könnte, erst recht, wenn ihr jetzt Frau Schlender entgegenkäme. Kaum ist sie bei sich angelangt, stellt sie den Wecker, löscht die Lichter und kriecht ohne weitere Handlungen mit schon geschlossenen Augen ins Bett. Sich säubern? Lüften? Alles morgen, irgendwann morgen, nein, heute, viel später heute. Mario in Wirklichkeit ein Trottel? Was interessiert es mich, wenn er mir glaubwürdig etwas Herrliches vorspielte!

Ausgestreckt, fällt sie jedoch gegen ihre Erwartung nicht in Schlaf. Aus den Schwaden der letzten Stunden bilden sich die von Marzahn beschworenen Ungeheuer und füllen den dunklen Raum in tobendem Stillschweigen, mit glasigem Glotzen, mit Hauen und Stechen düster funkelnd über den am Boden liegenden Großvater sich hermachend. Sie weiß aber, es ist nicht der alte Herr Jannemann, der den Mund zum Schreien weit geöffnet hat, weil sie ihn, den Wehrlosen, so schändlich am weißen Haarschopf in die Waagerechte zerren. In dem Jahr, in dem der alte Mann gestorben war, wohnte Anita schon nicht mehr in Aachen. Sie mußte in der Schule eine Beschreibung des Bildes anfertigen wie später einen Aufsatz über Benns Zürich-Gedicht, und sie hatte sich dabei mehr um den in seiner Aura des starken Alten zerstörten Großvater, umringt von höllischem Gewimmel, als um den ehrwürdigen Greis Antonius gesorgt. Während aber unten die Laster wüteten, stand das oberste Drittel, daran erinnert sie sich genau, im klaren Licht des Ewigen, der den Aufruhr ohne einzugreifen überwachte. Beide, der Eremit und Gott, trugen den gleichen, schneeweißen zweigeteilten Bart, aber Gott thronte entrückt, sah in tiefernster Zuversicht mit an, wie Antonius trotz seines hohen Alters von phantastischen Wesen zu seiner Entwürdigung und Qual bedrängt wurde.

Und trotz der Verrenkungen der teuflischen, ineinander verknäulten Geschöpfe herrschte zugleich eine strahlende Ruhe. Das war das Merkwürdige. Das Böse, das Antonius überwältigen wollte, war in Gestalten aufgeteilt. Man konnte sie mit den Namen der verschiedenen Laster benennen. Das war das Gute an diesem Bösen: Die Versuchungen ballten sich in Konturen, die den alten Mann entsetzten, aber die er fest als Gegenüber ins Augen fassen konnte. So wie es oben die Person Gottes gab, so in der Tiefe die Einzelfiguren der Todsünden.

Als sie aufwacht, wird ihr klar, daß sie eine Weile geschlafen und geträumt haben muß. Übriggeblieben sind keine flutenden Bilder, alles geschluckt von der einen, schrillen Szene. Jemand lag in einem Garten auf den Knien und wühlte nach Hundeart hektisch in der Erde. Es war Emmi, ja ganz sicher war es Emmi, und ihr wildes Graben hatte Erfolg. Sie drehte sich mit einem bösen Glitzern in den Augen zu Anita um. In der Hand hielt sie ein Fahrtenmesser, über das Anita auf Anhieb Bescheid wußte. Der Garten verschwamm an den Rändern im Dämmern. Dort stand Frau Bartosz, hatte die Fäuste in die Hüften gestemmt und schmunzelte beifällig. Emmi lag noch immer auf den Knien. Sie lachte und weinte dabei. Dann hob sie das Messer, dessen Schneide wie nagelneu aufblitzte, hoch über ihren Kopf und ließ es auf einen Gegenstand niedersausen, den Anita neben der Tante im Gras erkannte. Es war der erschreckende Christuskopf, den Frau Bartosz damals lieber doch nicht mit zu sich genommen hatte und manchmal, in Abwesenheit Anitas, für ihre Zwecke hervorholte. Emmi hob wieder und wieder den Arm, um das Gesicht zu zerstechen.

Wenn noch immer Sonntag wäre, sagt sie sich beim Frühstück, könnte ich jetzt vom Fenster aus zur Beruhigung etwas Friedliches beobachten. Gegen halb zehn geht auf der gegenüberliegenden Straßenseite die Frau mit ihren zwei französischen Bulldoggen, die sie Kalle und Bonnie ruft, spazieren, und direkt unter ihr, nur leicht vorgebeugt vom Balkon aus zu sehen, tappen die beiden regelmäßigen Männer in ihrer bizarren Unscheinbarkeit voran, der jüngere niemals neben dem älteren, sondern mit gesenktem Kopf einen Schritt hinter ihm, beide nie ohne zu rauchen, beide mit den gleichen Trippelschrittchen, bei vorgeschobenem Unterleib und ganz steifem Oberkörper. Man weiß nicht, und will es nicht wissen, warum das alles so pünktlich vonstatten geht. Ob es sonst auch so ist, in ihrer Abwesenheit, dann, wenn sie ihre Mätzchen neben dem Dom verkauft? Sie wartet auf dem Balkon zur Überprüfung. Unten tut sich nichts, auf keinem der beiden Bürgersteige. Immerhin fällt ihr zum ersten Mal auf, und es beschwichtigt sie ein bißchen, daß sie wie ihre Mutter die Tasse, wenn kein Besuch da ist, nie am Henkel anfaßt und den Kaffeelöffel stets neben der Untertasse ablegt.

Im Schaufenster des Andenken- und Scherzartikelladens liest sie eine Stunde später auf großem Schild: *Heute geschlossen!* Marzahn hat sich ihrer also erbarmt. Da nimmt sie den Schlüssel gar nicht erst aus der Tasche, wirft jedoch einen kurzen Blick auf das geöffnete Antiquitätengeschäft. Auch dort zeigt sich kein lauernder oder herumlungernder schöner Leo. Sie darf sich demnach bereits auf den Heimweg machen, nein, nicht direkt. Um den verleumderischen Traum zu verscheuchen, muß sie unbedingt, wenn auch ohne Anmeldung und zu unüblicher Zeit, bei Emmi vorbei. Das ist sie ihr schuldig, mehr noch dem wüsten Bild, das sie in Anita dabei hinterlassen hat. Diesmal wird sich Anita ein Herz fassen und das so lange Verschwiegene endlich zur Sprache bringen. Auch könnten am Ende sie und Emmi mit diesem Geheimnis, exklusiv zwischen ihnen beiden, ein Bollwerk gegen Frau Bartosz und die Schwestern sein.

Aber was ist das jetzt? Schon der Gedanke, der falsche Brammertz in seiner Schlichtheit, ganz sacht umweht von Heilkräuterdüften, würde, wenn es der Zufall will, ihr Fehlen am Arbeitsplatz bemerken und darüber besorgt sein, tut Anita erstaunlich wohl. Wollte der kuriose Mensch sie nicht etwas fragen?

12.
DAS MESSER

Das neue Haus auf dem Brammertz-Grundstück beachtet sie nicht. Seine Entwicklung interessiert sie nicht länger, jetzt, wo es die viele Jahre andauernde Vorstellung vom alten Efeu-Schlößchen Schritt für Schritt ausgelöscht hat. Als sie klingelt, öffnet eine junge, hellblonde Frau. »Bin neue Putzfrau«, sagt sie zu mitreißender Walzermusik. »Musik ist von Chefin, herrlich.« Sie lacht Anita, die sich als Nichte von Frau Geidel vorstellt, vertraulich an und läßt sie ein. Anita schließt sie auf Anhieb ins Herz und hat nicht den geringsten Zweifel, wen sie mit »Chefin« meint.

Dort warten Emmi und Frau Bartosz mit einer unerhörten Szene auf. Unerhört wie die im Traum und ebenso abwegig. Die bärenstarke Polin tanzt auf ihren schönen Beinen schwungvoll, ja entfesselt durch den Raum, in dem die Möbel etwas beiseite geräumt worden sind, einen schnellen Walzer. Auf ihren Armen trägt sie die Tante. Emmi duckt sich vor der Geschwindigkeit, sie klammert sich ängstlich an die große Frau. Sie strahlt. »Ich probe schon für ein Enkelkindchen!« ruft die »Chefin« und kreiselt und saust seelenruhig hin und her zwischen den Wänden und Sesseln. Emmi winkt mit einer Hand Anita zu. »Lalita, meine Anita! So komme ich in meinem Alter doch noch einmal zum Walzertraum!« Anita ist klar, was sie zu tun hat, sie winkt zurück wie höchst erfreut und klatscht mit hochgepreßten Mundwinkeln Beifall. Sie ist keine Spielverderberin, weiß aber nicht, ob sie ihre leichte Beklommenheit bei dem Anblick als zuständiges Gefühl ernst nehmen soll. Ein angenehmeres Bild als das der finster triumphierenden Emmi in der Nacht ist das schon. Jedoch, was jedoch? Jedoch eine nicht zu revidierende Machtübernahme. Na und? Leuchtet Emmi nicht gerade so, als käme der echte Brammertz zum Rendezvous?

Frau Bartosz setzt die Tante mit einem Hopser ab. »So schnell hatten wir mit Ihnen nicht schon wieder gerechnet, Frau Jannemann! Was sagen Sie zu unserer süßen Edyta? Spricht noch kaum Deutsch, aber eine treue Seele. Ich helfe, wo ich kann. Jetzt können wir uns auch um den Garten kümmern, alles schönmachen. Meine Tochter kennt einen Staudengärtner in der Nähe von Berlin. Nur besondere Pflanzen und Farben, arbeitet jede freie Minute bei seinen Blumen, ist reine Liebe. Sein Geld verdient er in einem Hotel, ist nicht teuer, sagt: ›Ich will alles Sachen, die kein anderer hat. Das ist mein Hobby und mein Ziel. Das ist meine Leidenschaft, keine Zeit für Kinder und Frau. Immer das, was sonst keiner hat, das will ich. Dafür lebe ich.‹ Meine Tochter sucht aus und bringt die Pflanzen zum Eingraben her.«

Emmi, atemlos, als hätte sie auf den eigenen Füßen getanzt, nickt zu allem wohlgefällig, schafft es aber, Anita dabei verstohlen anzusehen. Eine kleine Ängstlichkeit ist dabei.

Anita fällt ihr erschreckend davontreibender Bergsteiger ein. Hatte der nicht auch so eine schräge Sammelidee? Ob es ein Verrat ist, das zu vergleichen?

»Manche Sachen gehen eben gut aus. Edyta stand ganz

allein in der Welt, bis meine Elzbieta sie unter die Flügel nahm. Ihr Mann, ein Herr Schneider, hat sie aus unserem Torunia nach Deutschland, nach Berlin geholt und dann, als er sie hier hatte, verlassen. Eigentlich umgekehrt, sie ihn. Immer, wenn sie eine schwere Katastrophe im Fernsehen gegeben haben, mit vielen Toten, sagte er: ›Warum nicht du?‹ Erst dachte sie noch, es sollte ein deutscher Witz sein. Eines Tages konnte sie die Herzlosigkeit nicht mehr ertragen. Und sehen Sie: Jetzt ist sie hier! Auch die Geschichte mit dem Franz aus Kathmandu fand ein gutes Ende. Man sollte es kaum glauben nach dem Unglück. Seine Freundin hat ihm für einen reichen alten Mann den Laufpaß vermacht. Er war völlig verloren. Da kam die Tochter und hat ihn zurückgeholt in die Familie. Ist heimgekehrt wie der verlorene Sohn.«

»In solchen Dingen kennen sich die gläubigen Polen aus. Haben Sie für ihn etwa eine Kerze angezündet?« kräht die Tante gut gelaunt dazwischen. »Es heißt übrigens ›den Laufpaß geben‹, nicht wahr, Anita?« Dann stutzt sie, murmelt, plötzlich verdrossen, vor sich hin: »Verlorener Sohn!«

Frau Bartosz sagt streng: »Sie haben sich ausgesöhnt. Alle haben ihm verziehen. Er macht jetzt im Allgäu Prüfungen als Facharbeiter. Dann wird auch der Wohlstand zurückkommen. Vielleicht kann er eine kleine Firma zu Hause, dahinten in Nepal, gründen und sogar der Tochter eine einfache Praxis einrichten, dort hinten, in Kathmandu. Die Menschen in Nepal haben sehr schlechte Zähne, da nutzen ihnen die hohen Berge gar nichts. Wer weiß? Die deutschen Freunde werden ihm bestimmt unter die Arme greifen, jetzt, wo er wieder vernünftig geworden ist.«

Sie sitzen um den Tisch herum. »O du lieber Himmel! Zeit zum Arbeiten, Zeit, das Mittagessen zu kochen«, ruft die

Polin, erhofft allerdings, man hört es an der Betonung, daß Emmi sie einlädt, ein bißchen zu bleiben. Prompt meint Emmi, das Essen solle noch etwas warten. Außerdem müsse man Edyta Arbeit übriglassen, die werde jetzt in diesem Haus knapp. Ob die »Chefin« die winzige Verschlagenheit in Emmis Bemerkung erkennt? Man könnte es vermuten, denn eine ungewöhnliche Befangenheit entsteht kurzfristig um die Tischplatte herum. Lauscht Frau Bartosz Emmis Worten nach? Nein, es hören nur alle drei Frauen zu, wie die vierte und jüngste draußen singt.

»Polnisches Volkslied«, sagt Frau Bartosz. »Wenn ich übersetzen soll: ›Rinnt der Ton durch die kleine Vogelkehle nicht, wie der Wind durch frisches Birkenlaub läuft?‹ Ja, da staunen Sie als Deutsche. Wir haben wunderschöne Lieder. Ist Tradition. Und, Frau Jannemann, was sagen Sie, ist das neue Kleid Ihrer Tante nicht auch wunderschön? Ich habe es ihr aus dem Katalog bestellt.«

»Aber«, fährt Emmi beunruhigt dazwischen, »ich war es, die es ausgesucht hat! Ich selbst. Vorn die rote Knopfleiste hat es mir angetan. Ich kaufe gern aus Katalogen, es macht mir Freude, die Kleider fotografiert zu sehen an den schönen Personen und sie etwas später tatsächlich in der Hand zu halten und sogar anzuziehen. Dann bilde ich mir ein Weilchen ein, dadurch auch eine so hübsche Frau zu sein, in ihrer Eleganz und immer im Sturmschritt irgendwohin.«

»Ihre liebe Tante, Frau Jannemann, macht es genauso, wie die Firma es sich wünscht.«

Emmi sieht ein bißchen unsicher von Frau Bartosz zu Anita und zurück: »Du, Anita, mußt auch nette Sachen tragen. Noch nie habe ich die neulich geschenkten Korallen an dir gesehen.«

Frau Bartosz wachsam: »Ihre Tante meint, daß man solche Dinge nicht weiterverschenken darf. Das haben Sie doch auch bestimmt nicht getan.«

Zum dritten Mal redet die Polin über den Kopf der Tante hinweg. Noch stört es Emmi offenbar nicht, Anita allerdings erheblich. Vielleicht wird die Haushälterin bei ihrem nächsten Besuch die Tante duzen?

Emmi betrachtet Anita ausführlich: »Trotz des Liebeskummers darfst du die Blicke der anderen Männer nicht vergessen. Nein, das darf man nicht.«

Sie stutzt, verfinstert sich, ist aber schnell wieder obenauf. »Du achtest in letzter Zeit nicht recht auf dich. Aber warum sollst du überhaupt heiraten und eine eigene Familie haben? Wer sagt das denn? Komm lieber zu mir und paß auf mich auf! Frau Bartosz und Edyta müssen uns dann von morgens bis abends verwöhnen.«

Die Polin lacht rauh, ja grob. »Dann kann Ihre Nichte statt meiner mit Ihnen zu den neuen Automaten gehen, wenn wenig Leute unterwegs sind, und mit Ihnen üben, damit Sie sich zur Not zurechtfinden.«

»Ich muß mich ja gar nicht zurechtfinden. Ich spiele nur«, behauptet Emmi und klatscht sich übermütig auf die Schenkel. »Nun mußt du aber endlich sagen, ob dir der Walzer und unser Tanzen gefällt.«

Wie schon eben bei der Musik wird Anita durch Emmis Frage der trüben Gegenwart entzogen. »Gut, ein Operettenwalzer, sehr gut«, antwortet sie nur, während ihre Gedanken weit zurückschweifen zu der Zeit, in der ihre Mutter, Emmis Schwägerin, am Küchenwaschbecken lehnte und durch die Glastür ins Grüne sah, wortlos und unansprechbar. Bis sie anfing, einen Walzer zu singen: »Lalala«, dabei einen immer verzückteren, sehnsüchtigeren Gesichtsausdruck bekam, der die restliche Familie, Haus und Garten zurückließ, so daß Anita, zwei, drei Jahre nach Wolfgangs Tod, jedesmal fürchtete, die Mutter würde vielleicht gar nicht ihren eigenen Mann lieben, Anitas Vater, sondern einen ganz anderen in der Ferne, von dem niemand etwas ahnte. Schon die Möglichkeit schien Anita damals eine Katastrophe zu sein, so schön das Gesicht ihrer Mutter bei solchen Erleuchtungen auch war.

Um die Bänglichkeit des alten Gefühls nicht durch ihre Miene zu verraten, sagt Anita munter: »Besonders als Kind war ich versessen auf manche Operettenmelodien. Da gab es nicht viele, die meine Leidenschaft teilten. Operette! Älter konnte ein alter Hut nicht sein. Ich plauderte es gar nicht erst aus. Mein liebstes Stück war kein Walzer, sondern ein Reiterlied, so tollkühn, daß ich aus dem Häuschen geriet. Die beste Zeile und die einzige, die ich vollständig mitbekam außer den Wörtern ›Leben‹, ›Liebe‹ ›gejagt‹, ›Schafott‹, lautete: ›Von den Großen der Erde geliebt und gehaßt‹. Beim Anhören dieses verwegenen Gesanges habe ich damals fast den Verstand verloren. Das war das Leben, das ich führen wollte, statt in die läppische Schule zu gehen. Nur: Wie sollte ich es anstellen, daß die Großen der Erde Notiz von mir nahmen, noch dazu in Liebe und Haß? Die Operette hieß *Die große Sünderin,* und ich war ungefähr elf. Hinzu kam, daß ich zu der Zeit in einem Lexikon Beispiele typischer Handschriften entdeckt hatte. Ihr kennt sie, diese verräterischen graphologischen Zeugnisse. Unter einer der Zeilen stand: ›Aus dem Brief eines Massenmörders‹. Und wißt ihr was? Die Schriftzüge sahen fast genauso aus wie meine. Das glaubte ich felsenfest, halb entsetzt, halb begeistert.«

Die Frauen lachen, wie von Anita beabsichtigt. »Frau Bartosz, bringen Sie uns zwei Gläschen Sherry«, ruft Emmi, wirft die Arme in die Luft, fügt dann aber deutlich weniger lustig »oder drei« hinzu, so daß die Polin sich sogleich zurückzieht. Zum Servieren der Sherrys schickt sie Edyta.

»Mit ihr durchs Zimmer walzen ist prima. Natürlich würde ich lieber mit einem anderen die Runden drehen, das ist ja klar. Aber köstlich war es trotzdem. Nur auf dem Kopf herumtanzen darf mir die Bartosz nicht«, flüstert die Tante.

»Sei vorsichtig, damit sie dich nicht beim nächsten Tänzchen fallen läßt«, flüstert Anita zurück.

»Meine Schwestern und sie bringen mich zur Strecke, meine einzige Anita. Obschon sie dort jetzt nur noch selten rumwirtschaftet. Lucy und Wilma sind nämlich erbost, daß sie hier so mächtig geworden ist. Ich muß auf der Hut sein. Und jetzt diese Putzfrau! Soll hier im Haus auch noch irgendwo in einem Hinterstübchen wohnen! Sie besetzen das Haus, damit für den Freund deines verstorbenen Onkels, den armen Herrn Brammertz, kein Platz ist. Die Bartosz arbeitet daran und wird es schaffen. Ich kann es nur hinauszögern, mehr nicht. Meine Kräfte sind zu schwach. Beim Fernsehen ist es natürlich prima. Da herrscht dann immer ordentlich Pro- und Contra-Stimmung am Abend, wenn wir zu dritt sind. Du weißt das gefällt mir. Das ist Gold wert. Wenn ich in der Nacht dann allein bin, geht wieder alles durcheinander in den Gedanken. Ansonsten aber: Wer hört schon zu, wenn man von seinem Kummer spricht, und sagt nicht gleich zur Ablenkung: ›Du, das hatte ich auch mal!‹, ›Du, das geht vorbei!‹, ›Bedenken Sie, Frau Geidel, was andere zu leiden haben in Afrika und Indien!‹ Solchen Kappes kriegt man zu hören. Toller Trost! Mistrost, Schweinetrost. Die sollen sich ihr ewiges Afrika und Indien von mir aus in den Hintern stecken. Zuhören, einzig und allein zuhören, mehr verlangt man doch gar nicht.

Aber das tut kein Arzt, keine Familie, keine Polin, und sei sie noch so gut bezahlt. Die poliert lieber die Wasserhähne. Ach, meine Rarita, du geduldiges Eselchen, ich meine Engelchen. Wir zwei. Ob man uns belauscht?«

Anita betrachtet das Gesicht der Tante mit Nachsicht. Wie sind plötzlich wieder Regen und Wind darüber weggezogen! Kein Walzertraum, dafür immerhin – Anita kann es einfach nicht lassen, das zu denken – die Träume vom alten Leid, die Emmis Zügen einen anderen Charakter verleihen: selige Düsterkeit.

»Emmi«, sagt sie, denn ihr ist eine Idee gekommen, wie sie zum Zentralpunkt vorstoßen könnte, »Frau Bartosz hat recht. Manche Geschichten gehen zum Schluß gut aus. Ich weiß auch eine.«

Die Tante sieht sie mißtrauisch an, nicht ohne Neugier: »Ist das der Grund für deinen unerwarteten Besuch?«

»Jemand hat es mir kürzlich erzählt. Es ist seinem Onkel oder vielleicht Großonkel in Schleswig passiert, in der Besatzungszeit nach dem zweiten Weltkrieg, britische Zone.«

»Als mein Vater aus der Kriegsgefangenschaft heimkehrte«, schlüpft die Tante, vermutlich im Versuch zu tändeln, dazwischen, »war ich gar nicht neun, Rarita, nicht erst neun. Da habe ich mich zwischendurch vertan, als ich das sagte. Sagte ich das? Ich war ja schon elf, weil er so spät kam. Elf wie du, als deine Schrift aussah, als wärst du ein Massenmörder, sicher lauter verdötschte Buchstaben. Nein, zwölf sogar schon. Seine erfrorenen Zehen waren zum Erschrecken, genau wie die klobigen Schachfiguren, die er sich im Gefangenenlager geschnitzt und uns mitgebracht hatte, König, Dame, Bauer und so weiter, genau wie seine Zehen.«

Anita will sich nicht ablenken lassen. Sie steuert heute, und sei es mit Gewalt, etwas Bestimmtes an. Der böse Traum muß vertrieben werden: »Damals, Emmi, wurden von der englischen Besatzungsmacht alle technischen Geräte konfisziert. Strenge Kontrolle. In der Familie dieses Großonkels oder Onkels« (wahrscheinlich würde Emmi konzentrierter zuhören, wenn sie wüßte, daß es sich um die Familie des unglücklichen Architekten handelt) »ging es vor allem um einen sehr wertvollen Fotoapparat. Der englische Soldat nahm ihn pflichtgemäß mit, fragte dann aber, als er den Kleinen wegen des Apparats weinend in einer Zimmerecke stehen sah, wie alt er sei. Sofort hörte der Junge, der sich als Mann getadelt fühlte, mit dem Schluchzen auf: ›Fünf.‹ Der Mann lächelte, aber nicht aus Spott. Er lächelte vor Freude. In perfektem Deutsch machte er der Mutter sehr höflich einen Vorschlag. Ob er gelegentlich mit dem Kleinen spazieren gehen dürfe? Er unterrichte in Friedenszeiten in seiner Heimat Deutsch und habe zu Hause auch so einen kleinen Sohn, fünf Jahre alt, und ihn wegen des Krieges noch nie leibhaftig gesehen, kenne ihn nur aus Briefen und von Fotos. Wenn er jetzt irgendwann heimkehren werde, hätte er nicht die geringste Übung darin, wie man mit Kindern in diesem Alter umgehe. Deshalb sein Wunsch.«

Die Tante wittert irgend etwas, sie läßt keinen Blick mehr von Anita.

»Der Offizier muß die Mutter überzeugt haben. Sie faßte Vertrauen und erfüllte seine Bitte. Zweimal wöchentlich wanderten der Engländer und sein kleiner Trainer durch die Stadt. Es wurde eine richtige Freundschaft zwischen dem englischen Vater und dem fünfjährigen Ersatzsohn daraus. Die dicken Weißbrotschnitten mit Käse brachte der kleine Stellvertreter immer mit nach Hause. Und schließlich auch den unversehrten Fotoapparat. Bis zum Tod des Engländers wurden Briefe zwischen den Familien geschrieben.«

Es bleibt eine Weile still. Schließlich sagt Emmi: »Nun ja!« Nach einer Weile: »Sag doch was, worauf willst du hinaus? Oder sag lieber nichts, wird nichts Gescheites dabei herauskommen.« Sie spielt starrsinnig mit den roten Knöpfen an ihrem neuen Kleid aus dem Katalog. Das Wort »Ersatzsohn« hat sie verstockt werden lassen. Sie weiß sehr wohl, wovon die Rede ist. Deshalb sagt sie nichts. Deshalb zieht sie Beklemmung und Verschweigen vor.

Anita nicht. Es sind keine Wischlappenhände wie die von Wilma und Lucy, die sich an den knalligen Knöpfen zu schaffen machen: In der Nacht haben sie mit dem ausgebuddelten Messer auf den von Frau Bartosz entdeckten Christuskopf eingestochen. Anita muß endlich handeln. Sie rüstet sich zum Befreiungsschlag, so nennt sie es bei sich, wenn auch ein wenig unsicher.

»Wir müssen darüber reden, höchste Zeit, Tante Emmi. Du denkst daran, ich denke daran, sobald ich bei dir sitze. Doch, ich weiß es. Nicht den Kopf so ärgerlich schütteln. Heute nacht habe ich dazu etwas Furchtbares geträumt. Es sitzt mir den gesamten Vormittag in den Knochen. Du hast in einem Garten in der Erde das Messer ausgegraben und ...«

»Wovon redest du? Welches Messer denn wohl? Welchen Quatsch erzählst du mir von Träumen? Wie schön war vorhin das Walzertanzen mit Frau Bartosz. Ach, sei doch still«, flüstert Emmi, schielt aus fast vollständig zugekniffenen Augen.

Anita hat mit den grünen Blitzen gerechnet, nicht damit, daß sich die Tante so kleinmacht. Das darf sie jetzt nicht aufhalten, keine Schwäche, kein Mitgefühl darf das.

»Ich meine das Messer, das Fahrtenmesser, mit dem dein Sohn Wolfgang damals in den Tod gestürzt ist, Emmi, am 15. April 1981«, sagt sie zur eigenen Ermutigung dermaßen laut, schreit es beinahe, daß Frau Bartosz ins Zimmer schaut, so tut, als sähe sie nach den Sherrygläsern, und halb zu sich, halb zu Anita kommentiert: »Soso, wieder die ewige Leier«, und mit einem exaltierten Seufzer verschwindet, ohne den bei ihr eine letzte Rettung suchenden Blick Emmis wahrzunehmen.

In Emmis Gesicht, die mit einer solchen Attacke Anitas nicht gerechnet hatte, ist unter deren Donnerschlag eine schreckliche Veränderung vorgegangen. Das bißchen Fleisch ist gelb geworden und nach unten gesackt, die Tränensäcke, die Wangen, die Mundwinkel, alles nach unten, die Schultern, der Hals eingeschrumpft auf dem Weg nach unten, ohne Gegenwehr der Schwerkraft folgend, wie entleert alles. Sie rührt sich nicht, sie gibt keinen Laut von sich, starrt ihre Nichte nur an.

Anita zwingt sich zur Kälte. Nicht hinsehen! Nicht die Vorsätze fallenlassen! Sich nicht der Macht der Anblicke beugen! Sie sieht nicht Emmi mit dem Messer auf den Christuskopf einstechen. Sie sieht einen Kojoten, der im Fangeisen vor einem lachenden Menschen liegt. »Farmer, gefangenen Kojoten zu Tode tretend«, steht unter dem Foto. Wie soll man sich dagegen abhärten und abgebrüht machen? Schon in noch kleineren Kostproben wird ihr das große Grauen gegenwärtig, es muß nicht das Meer, die Wüste, das Universum sein. Sie sieht, wenn sie der Koller packt, in den unbedeutendsten Gegenständen etwas Riesiges, in Wahrheit Gemeintes an, erst recht in den fliehenden, heranstürmenden Massen der Atlantikwellen die Vorboten des Nichts, dessen Verwirklicher sie werden wollen. Schon reißt sie ein neues Bild von der wie erfrorenen Tante fort: Noch eben hatte sie sich in kurzfristigem Haß, voll mühsam unterdrückter Schimpf- und Fluchtiraden, von jemandem abgewandt, da sah sie hinter ihm her, wie er einsam ging, sah hinter ihm her wie hinter einem Gestorbenen, den sie nie mehr mit sich versöhnen konnte, sah mit an, wie er, gebeugt unter das Gewicht seiner Jahre, ins trübe Wetter hinausstapfte. Sie sagte einen Nachruf zu ihm auf: »Der tapfere, vom Leben sehr erniedrigte Mann, der so entschlossen die Jugendlichkeit seines Herzens bewahrte.« Aber wer ist dieser Mann? Er taucht ab. Marzahn, der von Gauchos und Ungeheuern redet? Der falsche Brammertz, als er ihren Laden verläßt? Mario vor der Kulisse des Kaukasus? Oder ist es ein gestrenger Vorgesetzter in Zürich? Sie spürt die Übernächtigung, jetzt, wo hier im Wohnzimmer die Würfel gefallen sind. Alles verwirrt sich, weil ihr der Schutz pelziger Schlafhaut fehlt.

Schon erscheint jedoch die Tante wieder vor ihr, gegenwärtig in stummer Fassungslosigkeit, nein, Zerstörung. Sie hat ihre Umrisse und die Sprache verloren. Keine Regung bei beiden Frauen. Es ist so still, daß wiederum ein Abgesandter erscheint, diesmal Edyta, um zu überprüfen, ob sich im Zimmer womöglich zwei Leblose aufhalten. Sie lächelt Anita auf ihre reizende Art ins Gesicht und zieht sich zurück. Vorher fragt sie aber noch: »Soll Chefin Musik machen?« Eine Antwort erhält sie nicht.

Anita spürt, wie die Reue sie packt. Sie muß schneller sein als das Gefühl, sonst war alle Überwindung ihrer Skrupel umsonst. Also redet sie in großer Geschwindigkeit folgendes hintereinanderweg: »Emmi, meine liebe Tante, ich wollte es dir schon lange sagen, weil es mir schwer auf der Seele lastet. Ich hatte nie den Mut dazu. Das Messer, ein echtes Fahrtenmesser, von dem damals niemand wußte, wie es in Wolfgangs Hände gelangt ist, stammte von mir. Ich hatte es während eines Lagers der Pfadfinder, an dem ich mit neun schon teilnehmen durfte, am Waldrand gefunden und nicht bei der Leitung abgegeben, obschon es als vermißt gemeldet wurde. Sofort nämlich wollte ich es Wolfgang schenken, der immer über mich als Pfadfinderin lachte. Unglücklicherweise habe ich es auch getan, habe es ihm gegeben und all die Jahre verschwiegen.«

Sie sieht Emmi absichtlich nicht an, will nicht mit dem Reden aufhören müssen, auch wenn es inzwischen ein schwerer Fehler sein sollte.

»Bei den Ausflügen, die ich sonntags mit dir und deinem Mann machen mußte, mit dem vielen Kuchenessen und Safttrinken, habe ich deine argwöhnischen Blicke sehr wohl gefühlt, Emmi, gerade wenn du freundlich mit mir sprachst, weil ich ja immer mit euch fahren sollte. Dann dachte ich: ›Sie weiß es und gibt mir die Schuld‹. Wie hätte ich mich verteidigen können? Ich war aber doch unschuldig. Emmi. Es mußte einmal aus mir raus, wenn auch sehr spät.«

Beim vorletzten Satz regt sich ein Widerspruch in Anita. Sie beachtet ihn nicht, weiß ja noch nicht, ob sie ihr Geständnis vervollständigen kann und ihre »Unschuld« dabei verlieren wird.

»Nie durfte ich von ihm sprechen. Du hast es uns allen verboten. Seit meiner Kindheit durfte ich das nicht. Ich will seinen Namen aussprechen: Wolfgang, Wolfgang.«

»Du?« flüstert Emmi schließlich, »Du?« Sie ist nicht zusammengezuckt, krümmt sich nur unter den Geschossen ihrer Nichte. Mühsam hat sie das kleine Wort zustande gebracht, starrt danach vor sich hin und schweigt, »Ich verstehe dich nicht«, sagt sie nach einer Weile sehr leise, ein Wispern ist es nur, »verstehe dich nicht.«

Jetzt sieht Anita sie an, erkennt in vollem Umfang und mit Bestürzung, was sie angerichtet hat. Zu einem Häufchen aus Haut und Knochen ist Emmi geworden. Sie ist erloschen, es gibt kein Licht mehr in ihren aufgerissenen Augen, nur ein leichtes Zittern läuft über das Körperchen. Sie tastet nach den lustigen roten Kleiderknöpfen. Trost spenden sie nicht. Da beginnt sie in ihrer Hilflosigkeit mit der Handgymnastik, ganz irrsinnig spreizt sie die Daumen ab.

In diesem Moment erträgt Anita sich selbst nicht länger. Schluchzend nimmt sie, über den Tisch weg, die Hände der alten Frau und läßt sie nicht los: »Es ist gut, ist gut so«, sagt sie und möchte in Wirklichkeit auf die Knie fallen und um Verzeihung bitten. Emmis Finger zucken abwehrend, sind aber zu schwach, um sich dem Griff zu entziehen.

Zum Glück erscheint in dieser ratlosen Minute Frau Bartosz. Plötzlich steht sie in der Tür. Alles an ihr drückt die Weigerung aus, das Zimmer, aus dem sie vorhin gewissermaßen ausgeschlossen wurde, vollständig zu betreten, obschon sie niemand dazu überhaupt auffordert. Der Anblick, der sich ihr bietet, überrascht sie offensichtlich. Sie äußert jedoch ihre Verwunderung nicht, fragt nur, ob die Nichte zum Mittagessen bleiben werde. Der Ton ist dermaßen schroff, daß Anita nicht weiß, ob es ein versuchter Rausschmiß ist oder eine vorsorgliche Abwehr der Kränkung im Fall einer Ausrede.

Dankend lehnt sie ab. Sie sei nur auf einen Sprung vorbeigekommen, eine Gefälligkeit für Herrn Marzahn hier in der Nähe sei der Grund, Freigang, für sie ein Luxus im Alltag. Sie müsse gleich wieder fort, es sei ja Werktag, wie sie, Frau Bartosz, als Werktätige nur allzugut wisse, das heiße: Arbeit. Wem sage sie das! Ganz schnell müsse sie weg. Nur noch rasch der Abschied von der Tante. Das geht Anita, der einstigen »Brückenbauerin«, in geübter Freundlichkeit von den Lippen und wird wie Honig aufgesogen.

Mit einem Mutterblick, den sie fix zur Hand hat, mustert Frau Bartosz, umstandslos ausgesöhnt, die beiden verstörten Frauen. Ohne Arg geht sie dann in Richtung Küche, nicht ohne anzumerken: »Frau Geidel muß die Medikamente pünktlicher einnehmen. Sieht sie nicht schlecht, richtig elend aus? Oder müssen wir wieder tanzen, damit die Bäckchen rot werden? Und Sie, Frau Jannemann, so bleich? Werden Sie uns nicht auch noch krank.«

Das Lächeln ist Anita leichtgefallen, weil ihr unmittelbar vor der Antwort an die Hauschefin ein rettender Gedanke gekommen ist, hoffentlich ein erlösender. Der ist wichtig, denn als die Polin sich zurückzieht und man gleich darauf sie und Edyta in ihrer Heimatsprache plaudern hört, wendet Emmi sehnsüchtig den Kopf von der Nichte weg, den fröhlichen Geräuschen außerhalb des Wohnzimmers nach.

»Kein Wort mehr darüber.« Sie legt den Finger sich und dann der Tante auf den Mund, die das Geheimnis braucht, sich aber bei den anderen davon ausruhen möchte. Endlich hat es Anita begriffen und gebilligt. Emmi wisse ja gar nicht, warum sie extra hergekommen sei. Der Auftrag von Marzahn sei eine Notlüge gewesen, um ihr, der Tante, aus heiterem Himmel eine kleine Freude zu machen, deshalb nur. Sie habe dieses Ding, das ultramoderne Smartphone mit den Multifunktionen, mitgebracht, das Mario ihr vor der Kaukasusreise geschenkt habe, praktisch noch unbenutzt. Auch Frau Bartosz besitze ja so eins und sei sehr stolz darauf. »Nicht als Geschenk für dich, keine Sorge, sondern von dir für den Herrn Brammertz, deinen treuen Freund.« (Der Witzbold in ihr möchte mechanisch ergänzen: »und Kupferstecher«, sie gestattet es ihm nicht.) »Er kann sich zur Zeit bestimmt ein solches Gerät nicht leisten. Jede

Wette, jeden Mann freut so ein technisches Spitzenprodukt. Überrasch ihn damit, wenn du ihn das nächste Mal siehst.«

Und wahrhaftig, deutlicher, als Anita hoffte, erwacht Emmi aus ihrem Schock. Sie schließt den offenstehenden Mund, langsam färben sich die Wangen, die Augen zeigen ein schwaches Interesse, ein verstohlenes Leuchten endlich. Die kindliche Freude an einem Streich plustert dem Vögelchen das Körpergefieder auf. Anita schiebt Marios Smartphone zur Tante über die Tischplatte. Emmi betastet es wie einen heißen oder sehr kalten Gegenstand, fährt mit den Fingerspitzen über die polierten Flächen und die Tastatur. Sie lächelt staunend über den Glanz und ungläubig über die Spielzeugwinzigkeit. Was eben war, scheint weggewischt zu sein.

»Mir genügt ja mein Handy voll und ganz. Aber dies hier mit den vielen Funktionen und so, das wird ihn begeistern, das braucht er auch als seriöser Herr und zeigt allen, wer er ist.«

»Versteck es lieber bis zur Übergabe!«

Sofort wird Emmi wieder ein Häufchen Elend der Mutlosigkeit: »Übergabe? Wie denn Übergabe, Lalita?«

Der Erfolg ihrer List macht Anita geistesgegenwärtig. »Ich kenne jemanden, der uns beistehen wird. Wir werden ein Treffen arrangieren, Emmi, das verspreche ich. Schon bald, liebste Tante. Und überhaupt soll es hier im Haus auf keinen Fall so weitergehen.« Das Letzte flüstert sie Emmi ins Ohr.

»Herr Marzahn wird uns helfen?« erkundigt sich Emmi ehrfurchtsvoll.

»Der nicht. Ein anderer wird es tun, ein besserer.«

Die unüberlegte Antwort beschwingt Anita zur eigenen Verblüffung. Ihr wird schon einfallen, wie man daraus eine

Tatsache macht. Die Tante versucht, sie wie mit schwachen Kätzchenkrallen am Ärmel festzuhalten. Anita macht sich lächelnd frei. Zum Abschied winkt Emmi zärtlich von ihrem Platz aus: »Jetzt werde ich mir ein Versteck für das Geschenk ausdenken!« Ein letztes Bemühen, das Weggehen der Nichte hinauszuschieben: »Die Wörter, die ich mir extra eingeprägt habe, alle fangen mit H an, du weißt schon, ich merke mir sie eigentlich so schlecht, die kann ich nicht immer auswendig. Ich benutze sie ja viel zu selten. Aber sie gehören zum Leben, nicht? Deshalb muß man sie sagen können und parat haben. Und, Anita, bin ich schlecht, weil ich trotz der vielen Flüchtlinge auf der Welt in diesem großen Haus lebe? Nachts kommt manchmal ein dunkles Wesen an mein Bett und klagt mich deshalb an. Aber jetzt such ich zuerst mal ein Versteck.«

Der Stock, mit dem sie sich stützen könnte, lehnt, für sie unerreichbar, in einer entfernten Zimmerecke. Anita nimmt es erst im Hinausgehen wahr.

Auch die beiden Frauen winken ihr aus der Küche zu. Zur hübschen polnischen Edyta faßt Anita noch stärker Vertrauen als schon bei der Begrüßung. Wer solche Madonnenaugen hat, muß auch über ein gutes Herz verfügen.

Auf dem Heimweg möchte sie sich mit sich selbst über die Einlösung ihres Versprechens und über die Schrecken der vergangenen Nacht beraten, auch über die unverrichteten Dinge im Gespräch mit Emmi. Sie kann aber nur an zweierlei denken. An zwei knusprig gebratene Spiegeleier auf geröstetem Brot und an einen langen Nachmittagstiefschlaf, immer abwechselnd, an Spiegeleier und an Schlaf. Nichts weiter.

Nach etwa drei Stunden weckt sie ein Telefonanruf. Könnte das der Trauerbänkler sein, vielleicht? Sie haben ja nun »für alle Fälle« (welche denn?) die Telefonnummern getauscht. Nein, es ist Marzahn, und zwar mit gewohnt kühler Stimme. Es gehe ganz gut. Er sei wohlbehalten angekommen und danke für die Betreuung. Der verschwiegene Doktor Knecht habe bei ihm nach dem Rechten gesehen, da sei nun wohl ein kleines, erlesenes Stück aus Meißen fällig. Allerdings habe es einen gewissen Streit gegeben, da Knecht ihn unerbittlich ins Krankenhaus zum Röntgen usw. habe schicken wollen. Sah seine Ehre als verantwortlicher Arzt in Gefahr. Kokolores! Komme gar nicht in Frage. Er müsse aber, schon aus optischen Gründen, einige Zeit auf seine Tätigkeit im Geschäft verzichten. Daher habe er durch seine gute, gar nicht dumme Frau Lüdtke die Schließung für zwei Wochen veranlaßt. Das sei nicht nach Plan, jedoch unvermeidlich. Wer nicht hören wolle, müsse fühlen. Was für eine ihm widerfahrene Niedertracht, allerdings. Er fühle die Ereignisse und Schmerzen der Nacht zugegebenermaßen heftig. Seine Sache! Knatterndes Geschäftslachen. »Sie, Frau Jannemann, sind in Ordnung? Bei Fragen wegen des Ladens können Sie mich jederzeit anrufen. Ich meine: notfalls.« Geschäftslachen, rasselnd. »Und bitte keine Blumen oder Kränze schicken! Ich bin ausgezeichnet versorgt.« Das heißt: Krankenbesuch streng untersagt! Geschäftslachen, Husten, ein schwaches Stöhnen.

Als wenig später der falsche Brammertz anruft, nur so, ohne zu ahnen, daß Anita am heutigen Morgen nicht geöffnet hatte, möchte sie ihm, was denn bloß in diesem Moment? am Telefon am liebsten um den Hals fallen. Das hat nichts zu sagen, er wäre nur einfach gut dafür zu gebrauchen. Und sei er noch so ein fremder Mann und ihr ja von Herzen gleichgültig. Ist heute nicht ein schöner, langer Hochsommerabend? Lädt die Bank am Stauweiher nicht dazu ein, in Ruhe den Wasserspiegel anzusehen und die Wasservögel in der Mauser? Jetzt sofort? An wen sie in ihrer Treue dabei denken will, geht den Kerl mit seinem absurden Heimatmuseumstick schließlich nichts an.

13.
DAS GESTÄNDNIS

Zwei Wochen später, an einem Nachmittag Anfang September, sehen Sie auf der Bank im hortus conclusus nebeneinander einen Mann und eine Frau sitzen. Zwischen dem Paar steht ein kleiner Picknickkorb. Sie heben gefüllte Sektgläser und bringen sie in der Luft schwungvoll zum Klingen. Selbst Sie könnten wohl kaum entscheiden, welches Gesicht glücklicher lächelt, das männliche oder das weibliche. Beide haben sich festlich ausstaffiert, zumindest wirkt alles wie neu, bei dem Mann ist es besonders auffällig. Als sie die Gläser abgesetzt haben, halten sie sich an den Händen und sehen einander lange bewegt in die Augen.

Es handelt sich jedoch bei den beiden nicht, wie Sie vielleicht vermuten, um Anita und den falschen Brammertz. Die wandern unten um den Weiher und setzen sich jetzt auf eine öffentliche Bank, ohne die beiden anderen im Blickfeld zu haben, wahrscheinlich wurde das ausdrücklich von ihnen berücksichtigt. Oben im Trauergärtchen sitzt ebenfalls ein Brammertz. Da es diesmal der echte, der ruinierte Architekt ist, muß die Person an seiner Seite Emmi sein. Gerade holt sie ein Päckchen aus dem Korb und überreicht es dem ehemaligen Unglücksmann. Was wird es sein? Natürlich, Sie erraten es, das Hochleistungs-Smartphone von Mario. Bald darauf klingelt es am Weiherufer.

Man lacht ein bißchen auf beiden Seiten, oben und unten. Emmis Stimme hört sich am jüngsten an. Dann ist es gut, die Paare sind wieder ausschließlich miteinander beschäftigt.

Am Wasser selbstverständlich nicht in so zärtlicher Weise wie im Gärtchen. Durchaus nicht. Das Liebesgeflüster besorgen die da oben schon zur Genüge. Bisher hat Anita dem Trauerbänkler nichts von der Nacht mit Marzahn erzählt, seine eventuell dann folgenden Warnungen wären ihr lästig. Wie erwähnt, ein frühseptemberlicher Tag. Er ist von großer Sanftmut und Gleichgewichtigkeit, mit den für diesen Monat berühmten schwebenden Stunden. In den Bäumen zeigt sich noch keine Spur von Gold, aber in der Luft beginnt es sich zu sammeln, vorerst als Duft und Glanz, ein Schimmer nur. Auf einem der Hügel um den See herum ziehen Kühe durch hohe Graswogen. Auf einem anderen sitzt eine Familie am Terrassentisch in traulich volksliedhafter Gruppierung auf Holzbänken, auf die am Morgen, vermutlich ohne Zuschauer, ein ergreifendes Licht fiel. Jetzt, es überkommt Anita im verkehrten Augenblick, ist es Schauplatz einer Enttäuschung. Das Inbild familiären Glücks zieht sich zurück bei seiner Erfüllung. Arme junge Eltern! Dabei ist alles nach Vorschrift geleistet und eingetreten. Anita spürt bis zu sich her das sachte Grauen angesichts des eingelösten Traums.

»Ich konnte mit ihr hinreisen, wohin ich wollte, berühmte Landschaften, Weltstädte, zu allen wohltuenden Anblicken. Es war für sie ein banales Einerlei geworden gegenüber dem ›All‹, damit meinte sie den Tod und seine denkbaren Überraschungen. Dabei ist doch für einen Jugendlichen schon irgendein Discobesuch die Äußerung glühender Wünsche. Ich bitte um Entschuldigung, ich spreche zum letzten Mal von ihr. Als geübte ›Brückenbauerin‹ bist du eben eine verführerische, eine verdammt gute Zuhörerin.«

(Man könnte glauben, an ihm ein vorsichtig abwartendes Spötteln bei dem Wort »Brückenbauerin« zu entdecken. Anita reagiert nicht darauf. Also verschwindet es aus seinem Gesicht).

»Dann hat sie sich eines Nachts im Bett davongeschlichen durch eine plötzliche Gehirnblutung. Der Gesichtsausdruck, als sie am Morgen tot neben mir lag, war, ich kann es nicht anders sagen, verschmitzt. Denk nicht, ich säße hier bei dir und trauerte noch immer. Nein, Anita, das nicht. Ich staune bloß, wie sie sich verflüssigt oder besser, zu einem Gespinst wird statt eines, wie ich dachte, in mir aufbewahrten unveränderlichen Einzelwesens.«

Er nimmt, wenn auch weniger feierlich, als es auf der Bank oberhalb des Weihers gemacht wird, Anitas Hand, die ihn gewähren läßt und nur sagt: »Kenne ich. Man kann darüber erschrecken. Ein schöner Tag heute. Ich bin stolz darauf, daß uns die Entführung so erstklassig gelungen ist.«

Sie darf das in erster Linie sich selbst zuschreiben. Der falsche Brammertz hat ja keine Sekunde bei ihrem Vorschlag gezögert, die Tante und seinen irrlichternden Verwandten (der zunächst etwas baff war, in diesem Zusammenhang auf seinen Neffen zu stoßen, sich aber schnell fing) mit dem Auto zu einem Treffen im Trauergärtchen abzuholen. Frau Bartosz wurde nur allgemein über eine Spazierfahrt Emmis aus ihrem Machtbereich heraus mit Anita und einem befreundeten Fahrer informiert. Das mußte sie hinnehmen, auch wenn sie zweifellos lieber selbst dabeigewesen wäre, sicherheitshalber.

Anitas Problem war ein anderes, und sie ist dabei tapfer über ihren Schatten gesprungen. Sie kam nicht darum herum, der stets nach Indiskretem schielenden Emmi zu erklären, wer da sein Auto zur Verfügung stellte. War nicht zu befürchten, daß die Tante durch eine taktlose Bemerkung die Nichte und den falschen Brammertz höchst unerwünscht in die Enge eines albernen Liebesverdachts triebe? Allein bei dieser Vorstellung geriet Anita in Zorn, blieb aber bei ihrem Entschluß, das Opfer zu bringen, nämlich etwas zu veröffentlichen, was ein undeutliches Geheimnis bleiben sollte. Durch eindringliche Aufklärung über den Fall hofft sie, das Risiko gering zu halten.

Emmi reagierte kopfschüttelnd: »Kind, Kind, was traust du mir zu! Was du sagst, ist ganz und gar überflüssig. Ist mir doch klar, daß ausgerechnet du so kurz nach Marios Tod kein neues Verhältnis anfangen wirst.«

Da erlebte Anita, wie sich Erleichterung und Betroffenheit, auf denselben Gegenstand bezogen, sehr schummrig mischen können.

Die Polin hat den falschen Brammertz nur flüchtig zu Gesicht gekriegt, immerhin unter gerunzelter Stirn einen wachsamen Blick auf den Fahrer geworfen, als sie unbedingt die verdächtig aufgeräumte, aus eigener Kraft geschmückte Emmi mit zum Auto geleiten wollte. Der Architekt wartete bereits, ihrem Zugriff entzogen, über dem See. Anita erzählte beim letzten Treffen mit dem Mann, den sie neuerdings mit »Konrad« anredet, notgedrungen von der erschreckend tatkräftigen Frau Bartosz, von dieser gläubigen Polin, die auf allen Tischen und Tischchen der Wohnung kleine Trivialaltärchen aus getrockneten Blumen und alten Silberdosen errichte, entweder in erzkatholischer Dekobegeisterung oder echter Sehnsucht nach Sakralem. Dabei geht es ja ernstlich darum, Emmi aus ihrer Gefangenschaft durch die strenge Fürsorge der »Chefin« zu befreien, und

Anita ist für die Zukunft eine extravagante Idee gekommen. Nur traut sie sich noch nicht, die zu verraten.

Sie gehen ein Stückchen, folgen der Rundung des Weihers und nehmen schon bald wieder Platz auf einer Bank, von der aus man, nicht gewünscht, aber in Kauf genommen, einen unverstellten Blick auf das Pärchen oberhalb hat. Der echte Brammertz in seiner nagelneuen Ausrüstung streichelt behutsam Emmis Haar und dann das ganze andächtige Köpfchen. Dabei kommt sein Mund dem ihren immer näher.

Die beiden am Wasser lassen sich durch das Vorbild nicht zur Nachahmung erpressen. Es besteht kein Anlaß, und doch geht eine skurrile Mahnung von dem Treiben im Trauergärtchen aus. Eilig ergreift Anita das Wort, sich räuspernd, um einen angemessen nüchternen, geradezu bürokratischen Ton hinzukriegen. Die Beziehung zu ihrer Tante Emmi Geidel müsse auf einen Außenstehenden (wie gern sie dem Ausdruck eine schneidende Tönung gibt!) in der gegenwärtigen Zeit vielleicht veraltet anhänglich wirken. Sie sei jedoch entschlossen, bei einem Fachmann für Heimatmuseen, zumal er diesen von der Tante heißersehnten Nachmittag ermöglicht habe, Interesse vorauszusetzen und Vertrauen zu fassen.

(Hier nun ist festzustellen, daß sich Anita bei der Formulierung »Fachmann für Heimatmuseen« eine leicht ironische, mimische Kommentierung gönnt. Der falsche Brammertz bemerkt sie durchaus, er quittiert sie mit einem galant abwägenden Neigen des Kopfes.)

Anitas Erzählung entwickelt sich, über das längst Bekannte hinaus und sie selbst überraschend, allmählich zu einem Bericht an sie selbst. Damit hat sie nicht gerechnet. Sollte es am ungeheuer beruhigenden Aroma von Heilkräutern, beziehungsweise Hustenbonbons liegen, ganz in ihrer Nähe, daß sich ihr nach jahrzehntelangem Verschweigen die Zunge löst, zwar im Angesicht der Hauptperson, jedoch quer über den Weiher hinweg, was ihre Beichte für Emmi unhörbar macht?

»Ich habe die ganze Zeit unter einem märchenhaften Zwang gelebt, besonders an den qualvollen Sonntagnachmittagen, wenn ich vor den Augen der anderen Kuchenesser das Kind der Geidels spielen sollte, damit sie sich nicht ausgestoßen fühlten als Kinderlose. Ich mußte ihr Unglück kaschieren. Wenn schon nicht wiedergefundener Sohn, dann wenigstens Ersatz, Füllmaterial in Gestalt einer Tochter.«

Pause, bei etwas keuchendem Atmen.

»Das war nicht mein einziger Makel. Ich wurde ja an jemandem gemessen, der von Tag zu Tag machtvoller zu einer Legende wurde, die alles überstrahlte: der unvergleichliche Wolfgang, der gestorben war, während ich, seiner nicht würdig, ungeniert und unverdient lebte. Begreifst du? Ich sollte die Kindesrolle als Sinn des bürgerlichen Lebens in Munterkeit mimen, hatte gleichzeitig aber zu versagen, hatte zu scheitern am Glanz von Emmis verlorenem Sohn.«

Sie springt kurz auf und winkt hoch zur Trauerbank. Man bemerkt es dort nicht.

»Daher ihre mir damals nicht begreifliche Abneigung, schon wenn sie mich, das Substitut, untauglich, unverzichtbar und erst neun Jahre alt, lächelnd abholten zum abscheulichen Sonntagsausflug. Es stand ja manchmal geradezu Haß in ihren Augen. Ich sollte trösten und zur gleichen Zeit unfähig sein zum Trost. Das war meine nicht zu meisternde, von mir gar nicht verstandene Doppelaufgabe, auch wenn mir die Torten meist schmeckten. Was ich sehr dunkel fühlte, muß meine Mutter präzise geahnt haben, ließ es aber aus Mitleid mit ihrer Schwägerin geschehen.«

Sie wischt sich ein wenig Schweiß von der Stirn. »Alles von heute aus völlig unwichtig. Aber ist nicht verrückt, wie es so nachschwelt, bei ihr und bei mir?«

Ihr Begleiter antwortet nicht, gibt überhaupt keinen Laut von sich. Er scheint zu wissen, daß Anita noch nicht zum Kern der Sache vorgestoßen ist, obschon sie möglicherweise hier einen Schlußpunkt setzen möchte. Er sagt einfach nichts, das zwingt sie, weiterzureden.

»Gut, mit der Abneigung Emmis verhielt es sich, das wußte ich insgeheim, doch noch etwas komplizierter oder auch viel simpler. Es handelte sich, jedenfalls habe ich das aus schlechtem Gewissen unterstellt, um einen vagen Verdacht gegen mich, für den sie keine Beweise hatte. Und wie ich in ihren Augen eine Feindseligkeit las, las sie in meinen eine Schuld, beides verlief wortlos. Das ist bis heute so. Uns verbindet das Schweigen über damals, nur uns beide.«

Ach, wie in sich gekehrt und unbeschwert im blauen Himmelsraum die Wölkchen ziehen und an anderer Stelle die Wolkenfächer sich freimütig in die Bläue spreizen über die halbe Wölbung hinweg.

»Es ist ein böser stummer Zauber. Mit anderen redet sie offenbar dauernd von ihrem Sohn. Ich wollte das beim letzten Besuch ändern, vor dem telefonischen Arrangement zu diesem Ausflug hier. Prompt hat sie die Rolläden runtergelassen.«

Endlich meldet sich der falsche Brammertz zu Wort: »Zu spät, Anita! Gönn ihr um Gottes willen das Manöver. Nicht dran rühren! Als Katholikin, in dieser Gegend ist das wenigstens naheliegend, liebt sie das Verbot. Und ich, als

Spezialist für Heimatmuseen, behaupte: es ist ihre kleine Hauskapelle. Wenn ihr beide zusammen seid, steigt der Weihrauch auf. Der bittere Stolz auf ihr besonderes Schicksal beginnt in deiner Gegenwart wieder zu glänzen. Aber nur, das ist der Witz, ohne Aussprache. Eine Aussprache würde das quasi Heilige in Luft auflösen, ich meine, den Zauber ersatzlos streichen.«

Er lächelt in Anitas skeptisches Gesicht. »So eine hübsche Nase, sogar von vorn.« Als sie einen Moment hochsehen, füttert der Architekt Emmi mit Picknickbröckchen.

»Gott sei Dank«, fängt Anita noch einmal an, »hast du nicht gesagt, ich würde das alles zu schwernehmen. Ich habe dich, offen gestanden, damit auf die Probe gestellt. Probe bestanden.«

»Probe wofür?« fragt er schnell.

»Ob ich mit dir weiterhin oben auf der Bank sitzen möchte«, antwortet sie etwas unsicher, aber postwendend. »Es ist nämlich etwas anders, als ich bisher erzählt habe. In gewisser Weise, von mir aus betrachtet, ein bißchen gelogen. Noch nie habe ich mit jemandem darüber gesprochen, nicht mal mit mir selbst.«

Wieder wischt sie sich Schweiß von der Stirn. Sie ist jetzt sehr blaß geworden.

»Hast du noch erlebt, wie auf der Kirmes ein Boxer auf der Tribüne der Schaubude, um die Leute anzulocken, mit blutiger Lippe vors Publikum trat und die Zuschauer daraufhin in große Erregung und Schwüle gerieten?«

Sie stockt, sucht nach Worten und Courage.

»Das Messer, dieses Fahrtenmesser, war schon damals passé. Nur noch Pfadfinder trugen es mit einigem Stolz. Und die waren erst recht aus der Mode. Etwas für Eigenbrötler mit infantilem Einschlag. Es lag da, als ich es fand, ohne Hülle, nicht mit Hirschhorngriff wie meist, sondern mit einem aus Kork. Solche Messer haben viel weniger Gewicht, man kann ohne Mühe damit so werfen, daß sie im Boden stecken bleiben und nachbeben. Ich habe damals inbrünstig die Klinge auf Hochglanz geputzt und lange die sogenannte Blutrinne angesehen. Schon früher gefiel mir in Piratenfilmen die grausige Geste, wenn ein Schurke als Drohung mit der waagerechten Hand die Bewegung des Halsabschneidens machte. So, siehst du? An der Gurgel entlang sollte man den pfeifenden Luftzug hören. Inzwischen taucht es wieder öfter auf, dieses schauerliche Ruckzuck. Als kleines Mädchen kann man das mit Puppen spielen, wenn es keiner sieht. In Syrien – lassen wir das lieber?«

Sie starrt den falschen Brammertz während des Redens ununterbrochen an. Er zuckt nicht mit der Wimper.

»Das Messer war viel zu kräftig für meine Hände, es blitzte, wenn es nur vor mir lag, sehr wild und funkelte im Licht. Richtig, dafür gibt es das Wort ›mordlustig‹. Ich spürte seinen starken Willen. Es rief mich. Es blinkte herrisch und befahl. Ich malte mir aus, was es wollte, was man mit ihm anstellen könnte. Auch als ich es Wolf schenkte, sagte ich sofort: ›Was man damit wohl anstellen kann?‹ Wir haben heimlich die Köpfe der Narzissen und ersten Tulpen geköpft. Das reichte mir nicht. Hartnäckig habe ich gefragt: ›Was man damit wohl anstellen kann?‹ So lange, bis Wolf versprach, er werde mich überraschen. Dann ist er mit dem Messer am 15. April auf die Birke geklettert. Die war eigentlich nicht geeignet dafür. Er muß es über diese schwarzen Wülste, die überall aus der glatten Rinde hervorquollen, geschafft haben. Junge Vögel kann es doch noch gar nicht in den Nestern gegeben haben, oder doch? Das mußte er eigentlich wissen.«

Die letzten Sätze kommen Anita nur noch stoßweise über die Lippen: »Nicht Emmis Satz, ihr Sohn sei leicht zu lenken, hat ihn da hochgetrieben, sondern, ich wußte es ja von Anfang an, mein eigener: ›Was kann man damit wohl anstellen?‹ Und mir war klar, was ich tat. Ich habe meinem Vetter das Ding in Wirklichkeit nicht aus Zuneigung geschenkt. Er sollte damit Schlimmes machen, irgendetwas Grausiges, für das ich selbst zu feige war.«

Sie schlägt die Hand vor den Mund, läßt jedoch die kontrollierenden Augen nicht von ihrem Zuhörer. Ihre Stimme zittert erbarmungswürdig: »Das ist alles.« Dabei wischt sie sich eine heiße Feuchtigkeit am unteren Lidrand weg. Und noch einmal beschwörend. »Doch, wirklich alles.«

Der Mann sagt einige Zeit nichts, dann legt er den Arm um sie. »Das ist nicht leicht. Nicht leicht, aber verjährt.« Erst einige Zeit später erkundigt er sich (sachte, sachte, um sie ja nicht zu kränken), ob das keine fixe Idee von ihr sei, ihr privater Sagenschatz, so wie Emmi den ihrigen besitze und hüte.

Etwas an dieser ruhigen Bemerkung hindert Anita daran weiterzusprechen, zu gestehen, daß die Andeutung des unbestechlichen Marzahn, sie habe ihren Freund Mario durch phantastische Erwartungen aufgestachelt und zu einem kaukasischen Berg getrieben, dem er nicht gewachsen war, auf den längst vorbereiteten Boden eines älteren Schuldgefühls fiel.

»Nein, das ist nicht leicht«, wiederholt der falsche Brammertz (einer von den eher kleinen Männern, die Anita, wie Sie längst wissen, stets, genau wie sie es angesichts weniger hoher Berge machte, gelinde von oben herab betrachtet hat) und schlägt vor, ein Stück weiterzugehen, am buschigen Ufer entlang. Er tröstet nicht, beschwichtigt nicht, er hat zugehört, das reicht. Das Liebespaar auf der Trauerbank, sie sehen es einmal aus günstigem Blickwinkel, sitzt friedlich ruhend. Eng beieinander sitzen Emmi und der Architekt Hand in Hand.

Nur damit die Stille zwischen den Wanderern unten nicht zu feierlich wird, sagt Anita plötzlich, ohne sich die möglichen Folgen vorzustellen: »Du wolltest mich was Bestimmtes fragen. Du hast es noch nicht getan. Los!«

Der falsche Brammertz scheint, zumindest für einen scharfen Beobachter, sehr zart zu erröten: »Richtig. Ich fürchte mich davor und möchte keine zu flotte Absage riskieren.«

»Dann laß es doch!« entfährt es unwillkürlich Anita, der Bedenkliches schwant, obschon sie den Satz sogleich in seiner Schroffheit bereut.

»Ich lasse es nicht. Ich nehme meinen Mut zusammen und werde meine Frage stellen, bitte aber um Geduld. Ich benötige eine Einleitung.«

Als sie ihn fragend ansieht, bricht er in Lachen aus: »Was für ein mürrisches Gesicht! Keine Bange, ich belästige dich nicht mit einem Heiratsantrag, nicht mal mit einem zum –!«

Der unvollendete Satz erleichtert Anita und paßt ihr trotzdem nicht. Warum? Worauf könnte sich das Anwehen eines kühlen Hauchs beziehen (sehr unvernünftig und nicht unähnlich, vielleicht sogar identisch mit dem einer generellen Enttäuschung über das Ergebnis dieses Spaziergangs um den Weiher herum, immer begleitet von Lichtnelken in heftigstem Rosa und unter dem Bild der beiden Liebenden in der Höhe), oder fühlt sie sich lediglich wieder einmal von dem Mann ertappt? Ist seine freche Fröhlichkeit der Dank für ihr vertrauliches Geständnis? Ich würde vorziehen, jetzt allein zu sein, denkt sie absichtlich gespreizt. Ja, das würde ich, ganz sicher würde ich das. Laut sagt sie: »Das wäre dann aber auch zum Schreien komisch.«

»Gewiß, zum Schreien, zum Schieflachen. Heiraten! Ganz so abstrus hoffe ich nicht zu sein.« Diesmal prüft er nicht ihren Gesichtsausdruck, der ihn allerdings verblüffen könnte. Er ist zu konzentriert auf das, was er Anita nun darlegen will.

»Ich komme auf meinen Beruf zurück. Er ist ja mit deinem jetzigen nicht unverwandt, obschon du sicher, um nicht drum herum zu reden, weit unter deinen Fähigkeiten arbeitest. Der löbliche Laden, so ist er von deinem Chef, wie du sagt, gedacht und deshalb bin ich bisher dort Kunde gewesen, ähnelt eher einem hochsubventionierten Museum als einem ökonomisch zu verantwortenden Geschäft. In finanzieller Hinsicht ist er wohl eher ein Scherz?«

»Meine Fähigkeiten beschränken sich auf fließend gesprochenes Englisch, etwas Französisch und Italienisch. Das war in Zürich die Grundbedingung. Mehr ist dazu nicht zu sagen.« Anita hat noch nicht wieder zu einem verbindlichen Ton zurückgefunden. Die Erregung über ihre gebeichtete Erkenntnis klingt erst langsam ab, deshalb brummt sie anschließend halbwegs zerstreut: »Der Laden soll nun auch eine Art Heimatmuseum sein wie Emmis Erinnerung an den Sohn? Was für ein fanatischer Glauben an Ideen!«

Sie hat sich bisher Geschichte als wogendes Meer mit einzelnen Wellenköpfen, Königen, Schlachten, nationalen Auf- und Abstiegen vorgestellt. Die Großereignisse erhoben sich und versanken wieder im Tumult des Ozeans. Und nun dagegen das Dingliche, Lineare, Chronologische, konstruiert anhand ausgewählter Gegenstände, gerettet aus dem nivellierenden Ozean der Zeit? Sie ist tatsächlich viel interessierter, als der falsche Brammertz erraten könnte, hätte er nicht unter seiner Zurückhaltung einen kaum zu beirrenden Blick für Anita. Deshalb fährt er, wohl wissend, wie bald sie an ihrem Ausgangspunkt beim Trauergarten anlangen werden, ohne auf sie weiter einzugehen, fort (und nun spürt auch Anita, wie sich mit jedem Schritt auf das Gärtchen zu für den Trauerbänkler die Zeit, sein Ansinnen vorzubringen, verknappt, da ein nochmaliges Aufschieben lächerlich wäre):

»Früher empfand ich die Geschichten von Leuten, ihre Schicksale, ihre Lebensläufe, ob weltbewegend oder nicht, wie Sterne, die zum Himmel aufgestiegen waren und dort leuchteten. – Jetzt spüre ich eher einen Flockenfall, ein Dahinschmelzen ehemaliger Episoden, bis deren Reste von der aktuellen Gegenwart zusammengekehrt und zum Abfall geschoben werden. Für immer vorbei. Ein Gefühl, das sicher nicht abnehmen wird, im Gegenteil. Deshalb, das sagte ich wohl schon, mein Beruf, der zunächst, streite es ja nicht ab, ziemlich verschroben, jedenfalls ältlich auf dich wirkte.«

Horcht er, ob sie sagt: »Ja, stimmt, ältlich, verschroben. Es geht mich aber doch gar nichts an«? Jetzt ist sie es, die schweigt.

Eine letzte Bank taucht bei ihrer Seeumrundung auf. Der falsche Brammertz bittet um eine weitere Rast. Aus der Ferne würde man in ihnen ein greises Paar vermuten, das unter Ächzen ein Pflichtpensum absolviert. Anita steckt ihm, um ihn zu irritieren, durchaus nicht aus Freundlichkeit, sagt sie sich, eine der rosa Blüten ins Knopfloch.

Er kriegt es gar nicht mit. »Natürlich sind in Heimatmuseen, wenn wir sie besichtigen, Gebrauchsgegenstände etwas ganz anderes als das, was sie für die Leute damals waren. Das ist unvermeidlich. Damit müssen wir uns abfinden. Wir stellen uns etwas her aus den Überresten der Vergangenheit, je nach Angebot wird es zu einer Art Alltagsreliquie ausdrücklich gewählt und erkoren oder pauschal zusammengerafft aus dem wenigen Vorhandenen. - Ich wiederhole mich? Genauso ist es beim Einrichten der Geburtshäuser regionaler Dichter, auch beim Herausstellen von Alltagshelden eines Ortes zu legendären Gestalten. In manchen Kommunen, Anita, geht der Denkmalschutz in erbsenzählerischer Redlichkeit so weit, das Geburtsbett eines Schriftstellers extra falsch anstreichen zu lassen, weil es nicht das echte, sondern nur nachgearbeitet ist. Ich sehe es gerade wieder vor mir, das primitive Museumshäuschen, von dem ich dir erzählte. Ich meine das mit dem illusionslosen Bauernbett. Ich sehe sie wieder vor mir, Anita, die Berge, wenn ich mal so sagen darf, scheinbar federleicht, und in diesem Nest, dunkel und schwerfällig das kleine Museum mit seinem Gerümpel. Das dumpf Bäuerliche, Anita, die derbe Bettwäsche, harte Hemden für Männer und Frauen und an menschengroßen Puppen die schwarz glänzende Festtagskleidung, ohne Erklärung, wer die damals eigentlich trug. Geschichte und Gegenstände, Anita, Gestalten mit der Kraft der tatsächlichen Anschauung, kein Extrakt, keine Ideologie, keine Statistik, kein polizeiliches Führungszeugnis, das alles nur zur Ergänzung. - Die Dinge sprechen lassen wie zerfurchte Menschengesichter, freigestellt in einem aufklärenden Raum, luftig, aber keine Zugluft, Anita. Soll das alles erledigt sein im Sinne des Fortschritts, der bald sogar das handgreifliche Geld abschaffen wird?«

Anita hätte nicht übel Lust, den Trauerbänkler mit der enervierenden Handgymnastik der Tante im Strom seiner Ausführungen zu unterbrechen. Weshalb ist sie nur so unzufrieden? Ich bringe es aber nicht übers Herz, ihn zu stören, sagt sie sich und wiederholt in Gedanken: »Ich bringe es leider nicht übers Herz«. Auf diese Weise macht sie es für sich glaubwürdiger. Die Rekapitulation entrückt, wie oft bei ihr, den Inhalt ins Zeremonielle.

»Aber es sind ja eben nicht nur knarrende Holzschwellen, niedrige Balken, die anheimelnd zwingen, den Kopf einzuziehen, kein pures Sammelsurium von Folklore, kein Gruselkabinett und keine Sentimentalität. Es geht – um die Vergegenwärtigung von uns selbst samt Vergangenheit – nicht allein um das kulturelle Universum und die Zivilisationsstrecke der Region, auch um die Schrecken des Bodenständigen, Anita, manchmal bis hin zur Gegenwart. Entschuldige, mir kommt mein Berufsgerede dazwischen. – In diesem winzigen Alpenmuseum, das könnte dich interessieren, sah ich ein Bild der letzten dort verbrannten Hexe aus dem 17. Jahrhundert. Sie wurde, im Prangerholz sitzend und in einem Kupferkessel hockend, zum Feuerplatz getragen. Daraufhin wirkten die schönen Werkzeuge im Nachbarraum alle wie einfallsreiche Folterinstrumente. Man fragt sich: Wurden sie von spitzfindigen Dilettanten des Gewerbes notfalls als das benutzt? Innovationen mitten aus der finsteren Volksseele?«

Was bedeutet dieses beiläufige »... das könnte dich interessieren«? Ist es eine Folge ihrer Bekenntnisse zum Fahrtenmesser? Würde sich Anita dazu äußern, müßte sie sich und gegenüber dem Mann neben ihr eingestehen, daß die Vorstellung einer solchen gefangenen Kreatur in Erwartung des vielleicht fürchterlichsten aller klassischen Märtyrertode bei ihr ein Echo tiefen Entsetzens und schwer auszuhaltenden Mitgefühls auslöst, zugleich jedoch, und das dürfte sie dann nicht unterschlagen, ebenfalls tief in sie eindringend oder besser: aus der Tiefe in ihr aufsteigend, die Gemeinschaft mit der in ihrer Schändlichkeit genossenen Wollust der Zuschauer, der aufgehetzten und abergläubischen Gemeinde, die Blut will und dem Schauspiel entgegenfiebert, einem Rausch, zu dem die Dorfelite womöglich jene schwarze Festkleidung trug. Weiß der Trauerbänkler das von ihr? Hat er deshalb ganz nebenbei den Satz gesagt, und das, ohne von ihr abzurücken?

Was sie antwortet, klingt harmloser: »Mein Vater machte meiner Mutter immer dann, wenn er ihr besonders schmeicheln wollte – und er hatte damit zuverlässig Erfolg – das Kompliment: ›Dich hätte man früher als Hexe verbrannt!‹«

Als sie danach aufspringen will, hält er sie fest. »Noch einen Augenblick Geduld, Anita Jannemann, ein paar Minuten nur. Manchmal fahre ich in einen kleinen Ort in den bayerischen Alpen. Meine Großmutter stammte von dort. Ich besuchte sie oft zwischen sieben und vierzehn. Dann starb sie, und ich suchte mir in meinem Kummer schließlich eine neue, jüngere Großmutter, eine Einwohnerin, die niemals überhaupt davon erfahren hat, daß sie in dem jungen Mann, der sich bei ihr einquartiert hatte und ein bißchen bei der Arbeit half, einen verkappten Enkel beherbergte. Im Grunde habe ich nicht nur sie, sondern auch das schöne, zweieinhalb Jahrhunderte alte Holzhaus mit vielen Schnitzereien über den kleinen Fenstern und an den zwei Balkons als Großmutter adoptiert. Es ist das letzte Haus, hoch gelegen gegenüber den Felswänden, bevor die Bergwildnis beginnt und von der Frau samt dem ererbten Inventar wachsam gehütet. Zu Anfang war sie sehr regsam im Bestellen ihrer Hauswirtschaft gewesen. Als sie dann wirklich alt wurde, saß sie meist mit einer gelben Katze auf dem

Schoß auf der Bank ihres Blumen- und Gemüsegartens. Für mich ein Bild wie aus lebendem Stein gehauen, ein Anblick, der ewig dauern mußte, die Frau verschmolzen mit ihrem Haus, eine geschnitzte Relieffigur, in die Ferne spähend. Ab und zu kam jemand aus dem inneren Dorf zu ihr herauf, versorgte sie mit dem Nötigsten, half bei Reparaturen. Da sie über ein ausgezeichnetes Gedächtnis verfügte, erzählte sie mir, während sie mit scharfen Augen die Felsen musterte, ob sich Tiere auf den Graten oder am Himmel zeigten, und mit immer krummeren Fingern über das Katzenfell fuhr, aus ihrem Leben und von den sagenhaften Ereignissen des Ortes. Ihre Stimme wurde von Mal zu Mal krächzender beim Berichten und Fabulieren, krähenähnlicher, in gewisser Weise wohlklingender, jedenfalls passend.«

Er breitet plötzlich vor Begeisterung die Arme aus, nein, sie sind unwillkürlich hochgeschossen. Paßt das zu ihm? Mein Gott, denkt sich Anita nicht ohne Schadenfreude, wie ein Kanzelredner! Erst als die Arme still in der Luft stehen, registriert er selbst die kleine Exaltation, sieht erstaunt von unten die beiden Hände an und holt sie rasch wieder herunter. Keine Zeit aber für Verlegenheiten.

»In meiner Erinnerung empfinde ich sie bis heute als freien, furchtlosen Menschen, inzwischen fast so alt wie deine Caroline Herschel an deren Lebensende, aber ein glückliches Wesen. Sie bemerkte gar nicht, daß sie allmählich ihr Kurzzeitgedächtnis verlor. Die Umgebung tat es schneller. Eine traurige, eine tragische Veränderung. Vielleicht sind früher manche Eremiten in die Wüste gegangen, um ihr Altern allein mit sich und ihrem Gott auszumachen? Sie aber wird, gegen ihren Willen, das Haus verlassen müssen, da sie in letzter Zeit als dement gilt. Die Verwandtschaft besteht aus Sorge um sie und das feuergefährdete

Haus darauf, daß sie in ein Pflegeheim überwechselt oder ebendorthin transportiert wird, ob sie nun will oder nicht. Und sie war doch eine Königin der Unabhängigkeit! Natürlich wehrt sie sich. Wenn ihr schon die Gegenwart entgleitet, soll ihr das alte Gehäuse, das sie als letzte Station vor der Wildnis liebte, jetzt, man könnte sagen, ein schützender Chitinpanzer sein. Das Weigern wird ihr aber nicht helfen.«

Die Lichtnelkenblüte stürzt ab. Er sieht es nicht. Anita nimmt in der Stimme des falschen Brammertz einen ihr neuen, zornigen Ton wahr. Er drängt sie, mit ihm weiterzugehen, scheint auch ihren prüfenden Blick in sein Gesicht verhindern zu wollen, und sie geraten nun in unmittelbare Sichtweite des Paars auf der Trauerbank, das ihnen, offenbar in ungeduldiger Erwartung, entgegenblickt. Der Architekt raucht, Emmi versucht, ein bißchen kleinmädchenhaft, einen Zug aus seiner Zigarette.

Die Frage aber! Die Frage also auf den letzten Metern. Das muß jemand extra aus gutem Grund nach genauem Plan so arrangiert haben.

»Anita, die Frau kann ich nicht vor dem Umzug in die Gefangenschaft retten, falls ihr nicht ohnehin vorher das Herz bricht. Ich will aber versuchen, daß es mir mit ihrem Haus gelingt, das verkauft, abgerissen oder ausgeweidet und einschneidend umgebaut werden soll. Ich möchte die Gemeinde überreden, es umzuwandeln in eine Art, entschuldige, eine Art Langzeitgedächtnis des Ortes, der wie alle dieser Art hektisch auf Wintertourismus setzt, alles unter weißer Decke verschwunden, zum Trost nicht nur meiner zweiten Großmutter, auch zum Nutzen des gesamten Dorfs und der Umgebung.«

Er bleibt noch einmal stehen, um Zeit zu gewinnen, allerdings darf es nach seiner Berechnung nicht zu viel sein. Anita richtet ihren Blick auf den Kugelschreiberfleck, der sich offenbar bei all seinen Hemden in der rechten Ecke der linken Tasche wiederholt. Unveränderliches Kennzeichen, Muttermal.

»Ich weiß, wie man so etwas in die Wege leitet und zu möglichen Geldgebern Kontakt aufnimmt, weiß andererseits natürlich nicht sicher, ob ich ausgerechnet bei dieser Idee Erfolg haben werde. Man benötigt eine geschickte Strategie. Man könnte das Haus nach der Besitzerin nennen. Solche Sachen. Das würde der Familie schmeicheln, sie günstig stimmen. Oder nach einem bäuerlichen Heimatdichter. Oder nach einem heroischen Retter bei einem Lawinenunglück. So etwas läßt sich finden. Wegen möglicher Nachlässe aus den Beständen anderer Häuser der Region habe ich schon ein bißchen vorgefühlt. Alte Arbeitskleidung, ländliche Musikinstrumente, frühe Fotos und Skizzen von verkehrstechnischen Erschließungen samt der Leute, die dafür, oft unter Lebensgefahr, ihren Körper eingesetzt haben, solche Sachen. Du, Anita, kannst nicht nur gut zuhören, du verstehst als ehemalige Brückenbauerin, diplomatisch und psychologisch versiert, wenn du nur willst, mit Leuten zu reden. Ich meine jetzt die Dorfbevölkerung, die Verwandten. Das sind harte Nüsse.«

»Dieses blödsinnige Etikett der Schweizer, das Wort ›Brückenbauerin‹, habe ich immer gehaßt«, sagt Anita. Sie sagt es prompt und versucht, eine mißmutige Grimasse zu schneiden.

Er schiebt sie energisch auf das ihnen lächelnd entgegensehende Paar zu. Sein Griff um ihren Ellenbogen herum ist so fest, daß sie, wären der Architekt und die Tante nicht so nah, vor Wut aufschreien würde. Sie sind nun alle dicht beieinander. Anita kann, auch wenn sie wollte, auf das nun folgende nicht mehr impulsiv antworten.

»Sag im Moment nichts dazu: Ich frage dich, ob du, dringend erwünscht, meine, hm, Mitstreiterin werden willst, weiblicher Compagnon. Ernstes Angebot für einen neuen Job, Anita. Keine Probezeit, ordentliche Entlohnung zugesichert. Bitte jetzt nichts sagen, Anita!«

Rechtzeitig, haarscharf kalkuliert, keine Sekunde zu früh oder zu spät, hat der falsche Brammertz, hat Konrad Brammertz seine Frage gestellt.

Die beiden auf der Bank erheben sich. Sie gehen, nein, schreiten ihnen, in ihrer Freude geglättet und verjüngt, Arm in Arm entgegen. Sonst ist Emmi doch stets, nach Art alter Frauen mit den Armen rudernd und eher rechtwinklig zur Zielrichtung, nur mühsam vorangekommen. Keine Rede davon! Man merkt gar nicht, ob und wenn wie sehr der Mann Emmi stützt. So hält man den Lauf der Planeten an.

»Wir werden heiraten!« beginnt der echte Brammertz, noch bevor Anita ihren Vorschlag ausgesprochen hat.

»Wir werden heiraten. Ja, heiraten, Lalita«, vollendet Emmi, »und unsere Frau Bartosz, die muß uns ein schönes Hochzeitsfest machen. Sie hat ja jetzt ihre Elzbieta, ich meine Edyta. So heißt sie doch?«

Wie grün ihre Augen sind und voller Tränen.

»Unvergeßlich muß es werden. Einfach unvergeßlich, Rarita.«

14.
NOCH EINMAL MARZAHN

Ende September erhält Anita einen dicken Umschlag, fleckig, ohne Absender. Die Adresse, flüchtig aufs Papier gesetzt, gibt keinen Hinweis. Dem eigentlichen Inhalt dagegen ist ein Brief in perfekter Handschrift ohne die geringste Unregelmäßigkeit beigefügt. Sie verrät den Verfasser: Typisch arroganter Vorwurf an die schlampige Welt! Allenfalls gegen Ende scheinen sich die Buchstaben etwas zu verflüssigen. Sie liest ihn dem falschen Brammertz vor, der auf der Reise in die bayerischen Alpen, ab und zu leise flötend, neben ihr am Steuer sitzt.

»Meine Liebe,

Sie haben sich also für die Einfalt entschieden.

Oder sollte ich besser sagen: Sie sind dorthin heimgekehrt? Ich muß es hinnehmen. Jemand hat Sie mir abgejagt. Nun gut, werden Sie glücklich mit Ihrer Entscheidung. Ich wünsche es Ihnen, auch wenn ich gehofft hatte, was Sie überraschen wird, aus Ihnen trotz Ihrer nicht mehr allzu umwerfenden Jugend eine gute, wenn auch, und warum nicht, störrisch bleibende Schülerin zu machen. Nie, dachte ich mir, wird diese Person zu einer von den Frauen gehören, die, das Notsignal ihres Alters auf dem Kopf, mit rot gefärbten Haaren und Herrenschnitt pro Woche in kulturelle Veranstaltungen rennen und beim Pausengeschwätz durch

Pseudobegeisterung oder keifendes Verdammen Macht ausüben wollen, Macht, nach der niemand fragt, Macht, die ihnen auf allen anderen Gebieten genommen wurde.

Verzeihen Sie den misogynen Ausrutscher. Keine andere Frau als Sie wird es lesen, andernfalls würde ich mich gar nicht trauen, die Wahrheit zu sagen.

Nebenbei habe ich die Beobachtung gemacht, daß gerade bei Damen, wenn sie sich endlich zu ihren weißen Haaren bekennen, in der hellen Flamme über ihrem Kopf für einen kurzen Moment alle ihnen mögliche Inständigkeit zum Ausbruch kommt. Bevor sie dann, Gott sei's geklagt, nach allzu kurzem Lodern für immer untergeht. Doch das, zum Teufel, ist für lange Zeit noch nicht Ihr Problem, Anita, ich weiß. Wissen Sie, daß ich Sie ein wenig ins Herz geschlossen hatte?

Sie aber! Haben Sie eigentlich jemals Drogen genommen? Beinahe hätte Sie einmal ein Auto voll mit Rauschgift umgebracht, erinnern Sie sich, schmächtige Anita? Ich denke nicht unbedingt an die schweren Geschosse Opium und schon gar nicht an Heroin. Für Sie waren erst recht synthetische Drogen nie eine Versuchung, vor allem nicht das dubiose Crystal Meth. In diesem Fall warne ich nachdrücklich!! Ich warne so sehr, daß ich zu dem mir ungewohnten Mittel des doppelten Ausrufezeichens greife. Von Anfang an haben Sie auf mich den Eindruck einer leicht Berauschten in Permanenz gemacht. Bei Ihnen stelle ich mir vor, daß Sie in Ihrer Empfänglichkeit für Gerüche und Übersteigerungen, doch doch, habe ich registriert, Experimente mit Legal Highs unternahmen und schon sehr früh intensiv an diesem und jenem schnüffelten. Auch das nur nebenbei. Sie haben mich schon bald durch Ihre stummen Reaktionen gereizt. Man kann Ihnen so vieles am Gesicht, an den Augen ablesen! In dieser Hinsicht sind Sie ein Kind geblieben, trotz mehrfach gefälteter Seele. Ich hatte etwas mit Ihnen vor, ohne genau sagen zu können, was. Es gibt zwischen uns gewisse Übereinstimmungen, ähnliche Charakterzüge. Sie verstanden mich besser, trotz einer Tante Emmi in der Hinterhand, als Sie sich und mir gegenüber zugaben, nicht wahr? Gut, Sie wollten nicht. Sie haben mich verlassen, wie mich mein kleiner Erzengel Gabriele verlassen hat, sind heimgekehrt in die Beschwichtigung, ins Heimatmuseum. Wahrscheinlich zu Ihrem Heil. Glückwunsch.

Um den kleinen Laden machen Sie sich keine Sorgen. Ich habe bereits jemanden dafür vorgesehen. Es ist ein junger Grieche, atemberaubende Schönheit, verlockender als jeder Caravaggio-Knabe. Von mediterraner Kultur streng veredelte Sinnlichkeit. Ich habe ihn in einem Elektrosupermarkt kennengelernt, wo er als Packer und vertretungsweise als Verkäufer, in meinem Fall von Heizlüftern, arbeitete. Man riskierte kaum, ihn mit einer Frage zu behelligen. Er ist älter als Gabriele, über die Dämlichkeiten der Pubertät hinaus und von leuchtend gereifter Unschuld, von, so wage ich zu sagen, dauerhafter Unberührbarkeit. Ich werde keinen weiteren Kontakt zu oder mit ihm haben. Besorgt alles Frau Lüdtke. Nie will ich versuchen, einen so jugendstarken Gott der Sanftmut zu demütigen. Es genügt mir zu wissen, daß es ihn gibt. Zufrieden? Gehen Sie für eine Tüte Lakritz bei ihm vorbei und bestaunen Sie ihn! Er ist freundlich.

Mein Gesicht sieht inzwischen noch schrecklicher aus als in jener Nacht. Ich werde mich in eine andere Gegend zurückziehen müssen, habe auch schon begonnen damit. Das kostbare Porzellan darf nicht durch einen Skandal zerschlagen werden. Als Geschäftsmann hat man aufmerksame Feinde. Wie gesagt, Frau Lüdtke und Herr Knecht sind in allem meine autorisierten Stellvertreter, mit denen ich in regelmäßigem Kontakt stehe. Knecht übrigens, falls Sie mal medizinische Hilfe benötigen, ist einer der sehr seltenen Ärzte, die ihre Patienten nicht nach deren ersten Sätzen im Netz von Diagnoseklischees der Zunft zappeln lassen. Sodbrennen, Schlafstörungen, unruhig schweifende Augen? Schon sind Sie fixiert. Danach wird bei allem Gegenläufigen einfach weggehört. Es stört die Abwicklung.

Wir sehen uns, Anita, sicher nie wieder. Die stolze Einkaufspassage Aquis Plaza am Kaiserplatz werde ich so schnell nicht bewundern müssen. Nur deshalb erlaube ich mir, wie Sie es von Ihrem Mario kennen, Ihnen einige beiläufig entstandene Notizen vorzulegen, damit Sie sehen, daß mein Hauptinteresse nicht den Antiquitäten und den jungen Burschen gilt oder galt. Eine spezielle Art von Besessenheit, um mich, wie Sie feststellen werden, hier selbst zu zitieren, hat mich immer stärker gepackt. Ich hoffe, Sie nicht damit zu langweilen, aber Sie wissen eventuell, daß die allermeisten Menschen an nichts so sehr hängen wie am Ipsefactum, und sei es noch so stümperhaft. Ohne überängstlich zu sein, bezweifle ich, für die Ausarbeitung meiner Gedanken, die mir sehr teuer sind und die ich irgendjemandem (am liebsten Ihnen) ans Herz legen möchte, noch genügend Zeit zu haben. Deshalb notiere ich in dieser sehr unausgewogenen Form. Sehen Sie also, wenn's beliebt, ab und zu und nur portionsweise in diese Sammlung höchst unvollkommener Überlegungen, die für mich lediglich als eine Art Selbstgespräch fungierten. Die Gedanken – gegenwärtig bin ich in all meiner Nervosität zur äußeren Ruhe verdammt, deshalb habe ich sie, in unterschiedlichen Zuständen der Gereiztheit, aufgeschrieben – dürften Ihnen nicht ganz fern, nicht ganz fremd im Ansatz sein.

Sie standen mehrfach im Hintergrund unserer Unterhaltungen.

Leben Sie wohl! Indiskretion ist in dem Geschäft, das ich betreibe, fatal. Jetzt würde sie es auch für mein leibliches Leben sein.

Marzahn«

»Und?« fragt Anita nach einer Weile.

»Guter Verlierer«, sagt der falsche Brammertz.

MARZAHNS FRAGMENTE,

die Anita vorläufig ungelesen in ihre Tasche schiebt. (Sie können, wenn Sie wollen, natürlich genauso verfahren!)

Herbst 2014
Vielleicht schreibe ich das nur, weil ich zum ersten Mal Angst um mein Leben habe. Beim Aufräumen für meine Abreise bin ich auf einen kleinen Text gestoßen, den ich vor vielen Jahren verfaßt haben muß und der mich jetzt sehr zum Lachen gebracht hat, was zur Zeit meinen elenden Rippen weh tut:
Bin ich der Normalfall, bin ich einzigartig? Sobald Wörter, die mir momentan einleuchten, in mein pechschwarzes Inneres fallen, womöglich schnell und scharf am Bewußtsein vorbei, formiert es sich schon. Der Innenteig härtet sich. Sternklare Landschaft, frostig vor Erkenntnis. Nach ein paar Stunden, höchstens, bricht alles zusammen, wogt weg in eine Art Schläfrigkeit. Sie schlürft die so schön artikulierten Überzeugungen, ersäuft deren strahlende Leitplanken. Geht es bei anderen stabiler zu? Beispielsweise bei den großen Denkern und Überfliegern? Tragen sie ihre Systeme, diese stählernen, blitzenden Greifarme, ständig aktiviert in sich oder pfeifen sie die, wenn's ans Grübeln geht, ausdrücklich herbei, als Raster oder Korsett für den fruchtbaren Schädelschlamm zu dessen eleganter Deformation?

Aber das Innere, das Tiefinnerliche! Bildet man sich das nur ein? Dagegen das Äußere, das Höchstäußerliche! Was für eine Verunstaltung gesellschaftlicher Sitten, wenn sich jemand bei Tisch plötzlich wegen Augentrockenheit ›künstliche Tränen‹ einträufelt, sich die Insulinspritze durch den Hosenstoff in den Oberschenkel haut und die Gastgeberin ihr Bratenrezept, während der Batzen noch verspeist wird, in allen Einzelheiten bekanntgibt. Tiefinnerlich könnte ich sie wegen dieses Höchstäußerlichen im aktuellen Moment umbringen. Danach bin ich drei Sekunden von schönen Schamgefühlen heimgesucht.

Großer Gott, was war ich für ein Grünschnabel und junger Greis! Und jetzt? Eine spezielle Art von Obsession hat von mir Besitz ergriffen. Das ist neu. Nicht jede Idee wird schließlich zur idée fixe, nicht aus jedem Einfall zu Mensch, Leben, Kosmos bastelt sich ein imprägniertes Welterklärungsmodell. Ich habe über solche Versuche, unserer Existenz einen schnurgeraden Scheitel zu ziehen, immer gespottet. Nun aber bin ich auf eine wahre Goldader gestoßen. Es ist der Faktor L. Alles springt mich unter diesem Gesichtspunkt an. Vielleicht sage ich besser: Die Dinge sind aus ihrer Zerstreutheit heimgekehrt durch Magnetisierung, heimgekehrt zur eigentlichen Wahrheit (dem Teufel in mir, der jetzt darüber brüllend lacht, gebe ich eins auf die Rübe). Ich jage und lauere mittlerweile, suche und finde, grase ab und halte die Augen offen für Beispiele. Sie fliegen mir an manchen Tagen scharenweise zu.

Das behaupte nun gerade ich, der stets Verteidiger der amöbischen Verfassung menschlicher Lebewesen und einer entschieden gepflegten Ambivalenz der Klügeren unter ihnen ist? Oder muß ich sagen: war? Ich staune selbst, bin wahrlich platt. Wäre ich ein Schriftsteller, und ich kenne genug von diesen Kerlen, würde ich zum Leser sagen: »Mein

Opus (in meinem Fall die Idee) will alle deine Gefühle besetzen, deinen Verstand obendrein. Ich will, daß du dich in Zukunft nach dem Muster bewegst, das mein Buch dir aufzwingt. Mehr als die Wahrnehmung will ich dir die Struktur einbleuen. Ich will der Roman sein, der dir dein Leben erleuchtet und es beherrscht. Ich reiße in deinem Kopf die alten Schranken ein und errichte neue, nämlich meine.« So denken allen Ernstes vermutlich diejenigen Autoren, die noch immer unverdrossen den »Jahrhundertroman« verfassen wollen. Gemeint ist damit, auch beim wildesten, scheinbar schnöde dem Betrieb trotzenden Burschen, ganz infantil: die Unsterblichkeit. Und zwar seine eigene! Wenn er alles niedermacht, der martialische Butzemann, dieses eine verhöhnt er nicht, nicht in Wirklichkeit. Wenn er an nichts glaubt, dann daran eben doch. Er muß es ja nicht gleich zugeben. So viel Kinderglaube könnte, heimlich inbrünstig gepflegt, offen ausgesprochen zur Zeit unter Intellektuellen geschäftsschädigend sein.

Sieh da, schon ist mir wieder ein Beleg für meine Theorie ins Haus geweht.

Weiter. Man kann die allgemein menschliche Neigung zur Verteufelung und Vergöttlichung unseres Nächsten kontern mit der Einsicht, daß man den Leuten immer nur im gerade aktivierten Teil ihrer Möglichkeiten begegnet. Nur ist die Erkenntnis sehr, sehr schwach gegenüber der tobenden Vitalität jenes Steckenpferds mit dem Namen Simplizitas. Wirklich Einfalt? Nein, falsch, Einseitigkeit, absolute Eindeutigkeit.

Tatsächlich tritt diese Leidenschaft aber meist still auf, als Vernunft verkleidet, als rationales Verhalten. Und doch zeigt sich der Trugschluß gerade dem kritischen Auge bei so ernsten Sachen wie beispielsweise der Pflichterfüllung.

Die heißen Triebe, die Aufbäumungen der Lust, die Begierden, die feurigen Kräfte der Rebellion stehen stramm vor ihrer eisernen Visage. Sie ist am Ende immer das mächtigere Wahnbild und hält, wenn man sie beschwört, willig für alles her. Anders und genauso selbsttrügerisch geht der Depressive, der Einsame mit ihr um. Bei ihm ist sie nicht der grimmige Wächter, sondern der Retter in den Nöten des Chaotischen. Der Trübselige trottet zwischen den kleinen pflichtgemäßen Ablaufstationen, da dürfen keinesfalls große Löcher entstehen. Duschen, Frühstück, Tabletteneinnahme, Zeitung usw. bis zum Schlafengehen. Wer zwingt ihn? Wer überwacht ihn? Die Pflicht. Die selbst erfundene diktatorische Instanz, die sich wunderbar als Joker für alles benutzen läßt, eine Fiktion, die bei Erfüllung realen Frieden spendet. So oder so: Ohne die Vision eines tyrannischen Erlasses, und sei es der zur hemmungslosen Ausschweifung (»Spaß«) innerhalb oder außerhalb einer einschlägigen Clique, ist das freie Individuum ein armer Teufel, ein orientierungsloser Tropf.

Abschweifung und Tip für Zustände großer Diffusität zwischendurch: sich ausmalen, was auf dem eigenen Totenzettel stehen könnte. Das bringt Goldglanz auf die Dinge, macht sie zu Reliquien: eingebildete letzte Worte, rührende Spuren allerletzter Handlungen. Das banale Personal seiner Umgebung in der Einbildung sterben lassen! Plötzlich steht es da im Pomp des Unwiederbringlichen. Oder, während man ihm gegenübersitzt, für einen Freund die Urteilsbegründung eines »Lebenslänglich« oder zum Scherz gar eine für die Todesstrafe und die Art seiner Exekution ausdenken. Maßgeschneiderte Auffrischung verwitternder Beziehungen, erschöpften Paaren ans Herz zu legen.

Hübsch, daß man meiner Handschrift das Zittern der ausführenden Organe nicht ansieht.

Ähnlich verfahre man bei illustren, phänomenalen Orten, wenn das andächtige Gefühl sich rar macht. Was für ein Elend, den ehemaligen Zauber wiederholen zu wollen, und der Legendenglanz bleibt aus! Kaltes Glotzen der Dinge statt dessen. (Unsterbliche, rätselhafte Fehlkonstruktion beim Produkt Mensch: riesige Erwartung, riesige Enttäuschung. Sollte man sich nicht verbieten, sollte man einfach aufhören, sich zu freuen? 1. Weil das Freuen auf etwas eine Mißachtung des gegenwärtigen Augenblicks ist. 2. Weil das, dem man freudig entgegensieht, doch immer zur Desillusionierung wird, zumindest unterhalb des Erwarteten bleibt. Tritt aber keine Enttäuschung ein, hat man sich vorher nicht genügend gefreut. Es ist vermutlich ungefährlicher, sich dumm zu stellen, bis das Schöne erscheint, und dann vor sich den Überraschten zu mimen.) Abgesehen davon, daß uns jederzeit am entlegensten Erdenfleck Nachrichten ereilen können, die uns die beste Zuflucht und Emphase zertrümmern.

Zertrümmern. Vielleicht wird es mir sehr bald genauso ergehen. Marzahn in Trümmern.

Eine andere, verwandte Sache ist dies: Ich führe mit mir befreundeten Personen endlich eine bewunderte Landschaft vor, ein Musikstück, ein Gemälde, und die Dinge merken es sofort, stellen sich tonlos, verweigern sich, markieren den Dreijährigen, der dem Fremden die Hand nicht reicht, spielen Märchen, wo der Verrat des Geheimnisses durch Schwinden des Schatzes bestraft wird. Statt der Epiphanie ein Steinhaufen, statt des Liebhabers ein Trottel.

Apropos Steigerung. Warum tut es den Leuten so gut zu

sagen: »Die schönste Stadt der Welt«, »Die schönste Frau des Universums«, obschon sie wissen, daß es nicht stimmt? Der Wunsch nach ejakulativer Entladung im Superlativ wird eben gelegentlich unbezähmbar.

Meine dünne Tänzerin (die tranig im Sinne der Biologie zu Brüsten und Ärschen aufquellenden jungen Mädchen waren nie mein Fall) ist für mich irgendwann ein brüchiges Instrument geworden. Der kleinen Frau Jannemann mit ihrem Kummer über den in der Fremde zu Bruch gegangenen Schleifelder erzählte ich das wohl etwas anders, der kleinen Anita, die den kläglichen Mario mit ihren allzu hohen Erwartungen erbarmungslos aufspießte und festnagelte, so daß er nur noch elend flattern konnte? Kann schon sein. Zu Anfang und etwas länger hatte ich, ohne daß die Ballerina es immer ahnte, durch sie der Wirklichkeit den Schmelz der Liebe entlockt, die Berauschung, das Bengalische, ohne das ich schon als kleiner Junge nicht leben konnte. Dann hörte das auf, weil sie oder ich die Fähigkeit für den jeweiligen Part verloren hatte. Oder lag es überhaupt an der Welt, die mich nicht mehr befriedigte? Wohin also mit der Sucht, die das zerbrochene Porzellan überdauerte? Mir kam es vor, als ginge ich, ohne ein Riese zu sein, durch die Miniaturreiche der Menschen, alles flüchtig, alles spielzeughaft abgerückt. War es nicht eine Wohltat, als der Gladiator mit glänzend gewienerten Muskeln die Bühne betrat? Ich hatte gelernt, mich zu bescheiden. Er stellte sich kurzfristig als der Richtige dafür heraus. Was für ein Kontrast aber zu früher, als ein Lob sofort für mich anschwoll zum Triumph, ein Tadel zur Ouvertüre meines Untergangs. Phantastische Zeiten!

Dabei war die Frau hochbegabt für die auratische Zone, in die man eintritt nach der Kühle des Fremdseins, des Anfangsgrauens vor der feindlichen, stofflichen Haut. Von heute aus erscheint sie mir in diesem Bereich unübertrefflich aufnahmefähig und voll vibrierender Gefühlsenergien gewesen zu sein. Was konnte sie dazu, daß im Kern der Sexualität dann wieder die nackte, verzweifelte Dinglichkeit des Beginns herrschte, die sich temporär natürlich durch Trieb oder Konvention überspielen ließ. Im innersten Kern der Sexualität, im Orgasmus allerdings, in der Auslöschung entstand manchmal das ersehnte Dritte: ein nicht allein erotischer, nicht allein sexueller Zustand, der alles andere, Spiritualität und Materialität, für Sekunden vernichtete, bis auf dieses Dritte ohne Namen.

Oder, Marzahn, sind das jetzt Phantasien eines schmählich zusammengeschlagenen, ziemlich furchtsamen Einsamen?

Einsam? Immer stärker spürte ich in den besten Momenten bei meinen Wanderungen, sei's in der Nordeifel, sei's in der Südeifel, die Sehnsucht (o je, ganz romantisches Freundschaftsgedicht, ist mir bewußt!), die Sehnsucht nach alten mir Zugeneigten, Bruno, Bolko, auch nach den verstorbenen. Wären sie aber eingetroffen, würde etwas in mir sofort einen weiteren Fluchtpunkt gesucht haben, entweder in der Erinnerung, wo Kindheit und Jugend heute Wachs in meinen Händen sind, oder unter einem Stern des Zukünftigen.

Übrigens ist es dem ähnlich, was man aus seiner Pubertät weiß. Da tänzelt das sogenannte »Leben« sehr legendär vor einem her, und man hat große Angst, es zu versäumen. Erst später wird dieses angeblich so saftige Ding, wenn es nämlich hinter einem liegt, zur eigenen Legende. Romantisches Blau der Ferne, ewig grünend, wenn man drauflosrennt oder zurückblickt. Das heißt doch: Eigentlich war es nie in der Gegenwart zur Stelle. Zum Schieflachen. Und jede Generation fällt neu auf den Schwindel rein.

Die Jugend aber beneidet man nicht um Inhalte. Man mißgönnt ihnen nur die Gefühle, die diese Schafsköpfe für bestimmte Gegenstände aufbringen, Gegenstände, die im Rohzustand gar nichts Verzauberndes vorzuweisen haben. Die Kraft zum Idolisieren ist es, um die beneidet man die jungen Laffen. Dabei übt man sich doch selbst darin, je älter man wird, desto plumper, gegenüber dieser Jugend. Was man in diese Rohlinge wider besseres Wissen alles reinträumt! Überhaupt ist man nie neidisch auf eine Sache, immer nur auf das Gefühl, das sie erregt, die Liebe, den Haß usw., den Überschwang, das Drogiertsein. Das ist dumm und gut. Denn wir suchen den Rausch. Keine fünf Minuten hält man es ohne ihn aus, ob als Arbeit oder Vaterlandsliebe, Kunst, Fleischeslust, Schadenfreude, Askese, Haß, Ruhm, ohne diese Besäufnisse, diese konzentrierenden und zugleich das Ich ertränkenden Steigerungen ins Irreale.

Und selbst über einem mißratenen Vater schwebt das Idealbild des Väterlichen, jawohl, die Sehnsucht nach einem himmlischen Patriarchen, auch wenn man sich, wie ich, dabei atheistisch kranklacht. Er da oben ist der strenge Prototyp, an dem der irdische gemessen wird. Aber woher dieses Maß, dieses Idealbild? Ob das Fräulein Jannemann, das nicht ganz so naiv ist, wie es aus Bequemlichkeit tut, eine Antwort wüßte, Anita, die reizende Duckmäuserin?

Wie man nämlich doch immer wieder vergißt, daß die Sehnsuchtsbilder der Kindheit bereits etwas Unerfüllbarem galten und schon damals nur Abbilder erhoffter, undeutlicher Erfüllungen waren! Auch in meiner, Marzahns, Kindheit? Und ob! Es gibt auch im sehr zarten Alter, bei manchen nie wieder so stark, diesen unvernünftigen Trieb, Antrieb, Treibstoff des Sehnens.

Genau deshalb wird meinesgleichen ja später eher zynisch als zahm.

Denn so ist es nun mal: Der Appell, der vom Schein der Dinge ausgeht, der überwältigende Befehl, sie vollkommen ausschöpfend zu genießen, ist unwiderstehlich. Und doch wenden sie uns mitten im Genuß jedesmal den Rücken zu. Purer Stoff plötzlich. Während sie sich mit ihrer verführerischen Aura entziehen, überlassen sie uns nur ihre Dinglichkeit, obschon sie etwas anderes versprachen. Ich sehe das Licht, atme den Geruch eines späten Septemberabends, schlage mir an einem Seeufer den Wanst voll mit weitgereisten Austern und Chablis: Aber selbst die halb finanzierten Küsse dessen, der bei mir ist, läßt mich das betörend Angedeutete nicht bis zur Neige leeren. Da komme mir keiner und behaupte als gewiefter Epikureer das Gegenteil!

Ich denke zu wenig an mein Geschäft. Da ich zur Zeit aus meinem Versteck nicht raus kann, sind die Bilder meiner einsamen Wanderungen sehr stark. Besonders Waldgras und Waldboden spielen sich nach vorn, glühen um die Wette in Flecken auf Lichtungen. Singuläre Momente goldgrüner Ewigkeit mitten im Vergänglichen. Aber dieses macht jene erst erträglich, jawohl, die Vergänglichkeit die Ewigkeit. Warum? Weil man noch nicht in der Ewigkeit lebt. (Marzahn, Marzahn, was stellst du dir denn da jetzt vor? Doch einen Dachschaden zurückbehalten? Ach, laß mich doch!) Das Vergehen in der Zeit, das Zerstäuben macht die Statik des Ewigen, das uns flüchtige Erscheinungen noch überfordert, ja erst zündend.

Ringsum unendliche Natur auf meinen nun zurückliegenden Eifelwanderungen, von denen nur ich selbst weiß und die niemand dem kultivierten Antiquitätenhändler Marzahn zutraut, wie manches andere ebenfalls nicht. Beschränkt und träge sind die Leute, sie nageln mich fest auf dies oder das. Mich doch nicht! Verrecken sollen sie. Natur, die sich nach tausend Richtungen hin öffnet. Beunruhigend nach wie vor, daß schon immer an den ersten Abenden im Mai das Licht auf den Wegen mich ansieht, als würde es dem Duft einer wehmütigen Erinnerung nachspüren, obwohl es doch den ganzen Sommer vor sich hat. Und doch halte ich das Bewußtsein davon nur kurz im Kopf. Schon verfalle ich in die Sturheit der üblichen Gedanken. Wieder herrschen Pragmatik und Vorwärtshetzen von einem Punkt zum nächsten. Etappenerledigung bis auf kurze Aufschwünge dazwischen. Die aber sind durchbraust von allem. Vollkommenes Jetzt für Sekunden. Zu den beiden Zuständen kommt ein weiterer, schmerzlicher. Dieser hier: Ich stoße auch in der freien Natur mit der Stirn gegen die Dinge, gegen Wolken und Horizont, gegen Gras und Bäche, gegen ihre entsetzliche, blöde Endlichkeit. Ob mir die niedliche Jannemann, das heuchlerische Lämmchen, hier folgen könnte? Ich bin fast sicher, sie könnte. Ob sie es bekennend (!) wollte? Vielleicht lade ich dem armen Mädelchen durch mein Vermuten und Unterstellen Unzulässiges auf. Es verdient's aber. War ja beim Beginn meines blutigen Elends dabei, fast.

Zumindest lenkt das Schreiben vom Horchen ab. Ob da was ist oder kommt? Die Treppe herauf, durch den Schornstein? Was bremst da draußen so unverschämt?

Man sucht in der Natur, wenn Frühling ist, spätestens zur Tag- und Nachtgleiche eine Liebesgestalt, so wie jene schwärmerische, leicht zu durchschauende Anita. Am besten der März soll sich schon zu einem fleischlichen Liebhaber bündeln. Krokusse und Buschwindröschen verlangt man höchstens obendrein. Schön und gut, wenn's gelingt und sich jemand einstellt, der geeignet ist, zumindest bis zum behäbigeren Sommer. Die Alten müssen sich tatsächlich mit Tulpen und Hyazinthen begnügen. Aber kein Liebhaber, kein Mario, niemand kann auf Dauer die Verheißung erfüllen. Die ist viel größer als die winzige Gestalt, immer, egal um welche Passionen, um welches Ding es sich handelt, immer, immerzu. Halt! Das heißt nicht, ich wäre unempfindlich geworden gegenüber einer schwarzen Haarlinie, die etwas oberhalb beginnend über nicht allzu straff gespanntes Fleisch und den jungen Bauchnabel hinweg senkrecht nach unten zielt und schließlich, feucht von wohlriechendem Schweiß, nicht zu viel natürlich, Achtung Marzahn, reiß dich zusammen, im tief ansetzenden Hosenbund verschwindet. Nein, heißt es wahrhaftig nicht.

Das Glück der Ewigkeit läge demnach nicht in der persönlichen Wiederkunft unserer Teuersten (falls es sie gibt, das wäre die Frage), sondern in der Verschmelzung mit dem, was sie auf der Erde durchscheinen ließen für uns? Apart.

Knecht regte sich eben am Telefon über die horrenden Auktionspreise für zeitgenössische Gemälde auf. Sie seien noch irrsinniger als die Transfersummen für Weltklassefußballer, die immerhin mit ihren Knochen dafür zahlten. Na und? Genießt der Zeitungsleser nicht bei einer solchen finanziellen Panoramaschau mit wohligem Schauer das Entstehen einer phantastischen Aura? Das ist sein Profit und Anteil. Ich kenne das doch von den Kunden, wenn ich ihnen den für sie unerreichbaren Preis einer kleinen Maria lactans aus altem Holz oder einer schneeweißen Porzellanäffin mit Jungem ins Ohr flüstere, ganz nah, damit ich ihr lüsternes Beben spüre. Ach je, und wie gerne würden sie dann diese Gegenstände wenigstens anfassen! Aber sie können sie doch gar nicht wirklich berühren, die Stoffel. Ein Stück Holz, ein Stück Porzellan, nichts weiter. Im andächtig scheuen Zurückweichen, nur da tun sie's. Da kommt ein gewaltiges Ahnen über sie. Proportional zur Menge der verlangten Tausender weht sie Sakrales an. Ich, Marzahn, bin aber schlau genug, mir zu sagen: Marzahn, dummer Hund, bist auch nicht schlauer! Natürlich habe ich zu meinem Glück dank zäher Betreuungsarbeit Herrschaften, weit über die Stadtgrenzen hinaus, die gerade der hohe Preis gierig macht und in einen Kaufrausch versetzt, den sie sich ohne lange zu fackeln erfüllen. Ich sehe es ihnen sehr schnell an den Augen an.

Ahahaha!

In Museen mit Kunst der Gegenwart genügt ein Ziegelstein, den ihnen eine momentane Autorität philosophisch zur Kunst drechselt, schon gehen sie wie besoffen in die Knie. Tun vor sich, als könnten sie nicht anders. Im Louvre machen sie es aus denselben Gründen vor der unverwüstlichen Mona Dingsda.

Eben ist es mir so vorgekommen, als hätte einer draußen »Marzahn, Marzahn!« gerufen und danach gelacht.

Und wäre es nicht unmoralisch, jemandem die Illusion von der eigenen Kennerschaft zu rauben? Erst recht die eigene Lebenslegende, der man nachtänzelt. Nachhumpelt! Wir schwelgen in solchen Irrealitäten, die uns die mickrige Identität erhellen und aufschwellen lassen. Als Kind Cowboy, später Diva. Man braucht solche Phantome, um vor sich selbst und den anderen zu bestehen.

Und welches Vergnügen, im Gegenüber, und sei es ein ganzes Volk jenseits der Landesgrenzen, das Böse zu entdecken. Aaaah, tut das gut! Das Böse parkt zur Zeit im schönen Leo. Ich kann nicht behaupten, den nächtlichen Schrecken verkraftet zu haben. Ich fürchte mich! Ich schwitze, ich friere. Die Bande ist abscheulich. Die Teufel könnten sich was Neues ausdenken, mich finden, niedermachen, endgültig die Rottweiler von der Leine lassen, weil die Satane mich zum Luzifer verdammt haben und gegen ihn revoltieren wollen. Wohltat der Vereinfachung auf beiden Seiten. Zielscheiben für Gefühlsaufwallungen. Man durchschaut es und genießt es trotzdem.

Und fürchtet sich trotzdem unter Hitzeschauern und Schüttelfrost.

Wer verlangt schon die Wahrheit der schieren Gegenstände? Wir wollen bezaubert werden, alle, auch diejenigen, die mit strengster Analysemiene und einem ehrgeizigen System, das doch letztlich nichts als eine komfortable Ideologie ist, die Flügel spreizen. Obschon sie mit gläubigem Augenaufschlag von Ordnung, Klarheit, Erkenntnis sprechen. Ich lach mich tot.

Wenn ich es nur ohne Schmerzen könnte!

Ob man noch in diesem Jahrhundert Europa überrennt? Untergang der Hochkultur, die dafür reif und an der Reihe wäre. Schon wieder haben siegreiche Revolutionäre die dreifach überlebensgroße Statue eines Tyrannen gesprengt. Ist das ein Jauchzen der Zerstörer, die jetzt auf den Trümmern sitzen mit Fahnen, Bierdosen und Zigaretten in den Händen. Wie oft ich das schon gesehen habe in meinem Leben! Andererseits verehrt die Mehrheit der russischen Bevölkerung neuerdings wieder den schnauzbärtigen Schuster und Schlächter Stalin. Attraktivität der Diktatorenpeitsche. In den freien Ländern werden die Massen dagegen durch große Events zusammengeklumpt und idiotisiert. Wie würde man in diesem Fall das Herrscherdenkmal gestalten und wie es stürzen?

Welcher König hätte ertragen, wenn ihm für die Länge eines einzigen Wimpernschlags ein Untertan ins Auge sähe, der ihn lediglich als Mensch unter Menschen begreift, gar nicht mal mit Frechheit, nur diese viertel Sekunde in Unschuld? Schlimm schlimm! Schlimm für alle, die sich zum Überbild aufpumpen und in den Augen des dunkelhäutigen Zimmermädchens am Morgen im Hotel lesen: Du bist sterblich wie ich! So, und du selbst, Marzahn, mein Lieber, was erzeugte diese Wut in dir, wenn dich deine Verkäufer für einen Augenblick unvorschriftsmäßig ansahen aus ihren hübschen Frätzchen heraus?

Ich, Marzahn, sage mir: In gewissem Ausmaß benötigt man die Rettung durch Selbststilisierung, sei es zum Kaiser, Star, Kauz, Frostmenschen oder Versager. Das soll einem dann gefälligst durchgehend geglaubt werden, damit man nicht hautlos dem Leben ausgeliefert ist. Man trennt sich vom eigenen Chaos und legt Kostüm, Korsett, Maskierung an, sogar vor sich selbst. Dabei ist die einzig reale Wahrheit und Wirklichkeit die, daß ständig Lebewesen in die Welt rausgepreßt werden, rund um die Uhr, und andere, vierundzwanzig Stunden lang, pausenlos verlöschen. Scheußlicher Tatbestand. Da muß Schminke her! Da ziehen wir Überwürfe, Federhüte, Uniformen an. Kleider sind Utopien um den normalen oder häßlichen Körper herum. Da geben wir unseren Sprößlingen orientalische Namen (und lassen sie es später am eigenen Leib ausbaden). Da verwandeln wir Gärten in romantische Idylleneckchen und das Wohnzimmer durch lässig hingeworfene Decken in Salons. So machen wir es das ganze Leben lang und ganz so mit dem langen Leben auch.

Eigenartig, wenn man, wie ich vor einiger Zeit beim Essen mit der kleinen Jannemann, hinter sich hört »honoriger Geschäftsmann«, und die innere Stimme prustet dazu, weil sie die eigene Schäbigkeit kennt.

Soll das Legendäre, nach dem sich alle sehnen und an dem jeder (jeder!) auf seine Weise arbeitet, vor der Flüchtigkeit der Zeit schützen? Man weidet sich doch nach wie vor an den »letzten großen Diven«, den »Ausnahmekünstlern«, den Sportlern, die »vom anderen Stern« sind, faselt berauscht von charismatischen Staatsmännern, von sogenannten Sternstunden jeder Couleur und giert nach standing ovations, mit denen das Publikum den eben erlebten Abend mythologisieren möchte. Dieses Lauern auf den prasselnden Applaus, selbst vor dem Fernsehapparat, selbst auf den CDs, auf die Berichte zu den Bravos und Buhs! Erst das macht das Ganze volltönend, macht es überirdisch für die Leute. Darauf kommt es an, nicht auf die Sache, nackt und an sich. Bin selbst ja anfällig dafür! Ich geb's zu. Doppelt teuer ist mir schließlich das Rokokoschränkchen, wenn ich sehe, wie dem Kunden das Wasser im Mund zusammenläuft (seine Art von Beifall), vor allem nach Nennung des Preises. Aber die anderen: Wie sie laut lachen im Wirtshaus und auf Grillfesten, weil sie einen tollen Abend verbracht haben wollen. Jedes krachende Gejuchze am Nachbartisch bedeutet eine Drohung, ihre eigene Runde könnte ein Mißerfolg sein.

Ich selbst bin keineswegs frei davon. Warum quälte mich, als ich ein junger Dachs war, das Lachen einer Frau in einer dunklen Sommernacht so gottserbärmlich? Es war das berüchtigte Signal, das boshafte Symbol des eigenen Unvermögens, einer weiblichen Person an meiner Seite ein Gelächter zu entlocken, erst recht ein so verheißungsvolles. Es erniedrigte mich. Nur die Schwärze der Nacht verhüllte gnädig meine Deklassierung. Ich hätte dieses Lachen eigenhändig erwürgen können.

Wird aber nicht ein Künstler, wenn ihm schwant, daß er seinen verehrten Meister überrundet, zunächst, bevor das gewöhnliche Triumphgefühl diese Regung überschwemmt, durch den Verlust des Idols insgeheim in Trauer verfallen?

Interessant wäre es schon zu wissen, was diese wandelnden Großlegenden, die durch Entfernung aus der Öffentlichkeit (eisern konsequent einst Marlene Dietrich) oder Maskerade und Schönheitsoperationen (eisern konsequent der Geschäftsmann Karl Lagerfeld), solange es hilft, den Status des Auratischen konservieren, was die wohl, mit sich allein, so verspüren und tun: ausstrecken auf dem Sofa, ironisches Schmunzeln über das eigene Affentheater und den Gehorsam der Schafe? Oder haben sie sich längst unter der Maske verflüchtigt, und da ist nichts, gar nichts mehr, nur ein Hohlraum unter der Kruste? Ist die Lust, die eigene Legende zu demolieren, niemals Versuchung für sie?

Ich kenne jemanden, der früher Heraldiker war, also professioneller Idolisierer gegen Honorar, Erfinder glorreicher Abstammungen und Symbole. Als er es finanziell nicht mehr nötig hatte, wurde er Schriftsteller und machte, in seinem neuen Leben stets im Trenchcoat, erfolgreich aus Rache für die Demütigung in seinen Biographien historische Größen nieder. Konnte nicht genug davon kriegen. Keine Heroisierung, sondern »Entlarvung« kleinlicher Normalität ist jetzt sein Spezialgebiet. Das nämlich verschafft den Leuten ja genauso Spaß, das Runterputzen angeblich herausragender Naturen, an die sie einmal fest und fraglos glaubten. Da ist es wieder: Den Kopf des Diktators mit Stricken von den Betonschultern holen und auf seinem Gesicht frühstücken. Es dürfen auch steinerne, tausendjährige Götter sein.

Verdammt! Die Schmerzen durch die mit dem Abstand der Tage immer grausiger werdende Mißhandlung warnen und mahnen mich, mein jetziger Aufenthaltsort könnte nicht ausreichend sicher sein. (Bald werde ich von jener längst vergangenen Nacht vermutlich sagen: Es war die Hölle. Jawohl, dazu wird sie heranreifen.) Ob sie mich aufspüren? Das glaube ich ja wohl selbst nicht (Doch! Glaube ich doch!), aber welch wonnenbescherendes Pathos entsteht, wenn man sich, ob fatal oder banal, aus der Gegenwart in die Vergangenheit oder Zukunft versetzt! Mit dem schönen Leo und seiner fühllosen Bande habe ich beides, ängstliche Erinnerung und gefürchtete Zukunft. Täten mir nicht weiterhin realiter die Knochen ganz gemein weh, müßte ich mich bei ihm bedanken.

Noch besser ist es natürlich, wenn man ganze Teile seines Lebens begreift als gewaltige, intrigante Inszenierung, von wem auch immer angezettelt. Auch das Unscheinbarste erhält die erhabene Statur des Bedeutungsvollen. Scheinvernichtung des Zufalls. Trick und Zauber des Kriminalromans! Deshalb schläft man so gut nach dessen Lektüre. Lauschig, lauschig. Er ist die Gartenlaube speziell von Intellektuellen, Modell einer sporadischen Heimstatt.

Ist es mit dem Neuen Testament anders? Das hat mir schon immer gefallen: Durch die permanenten Verweise des N.T. auf entsprechende Stellen im A.T. ritualisieren, dirigieren die Berichterstatter von vornherein alles Geschehen rückgreifend in zeremoniellen Schritten aus der alten Schrift ins schmerzhafte Leben, beziehungsweise umgekehrt. Eine Choreografie der Vorherbestimmung und ihrer demonstrativen Erfüllung, nichts ohne den Vollmondschein des Legendären. Negieren des Trivialen. Niemand putzt sich die Nase, verspricht sich oder gähnt in diesem Reich, das durch die stringente Regie der zugelassenen Ereignisse sich selbst sakralisiert.

Apropos Bibel: Apotheose, bisweilen auch Erzeugung des Bösen bei Personen, Tieren, Sachen durch Verbot, Zensur, Tabu, Index. Das Chaos wird geordnet durch strenge Trennung von Schatten und Licht. Geht hier das Künstliche ins Künstlerische über?

Vielleicht ein zu verrückter Gedanke: In Hölderlins Gedicht »An die Natur«, das mir schon öfter gegen Ende die Tränen in die Augen getrieben hat, wird die Zauberwirkung der Natur und deren Untergang in uns dargestellt. Aus der Gegenwart erbaut Hölderlin die Naturlegende nach hinten und zugleich demontiert er sie nach vorn. Nur per Destruktion der Gegenwart kann sie in der Vergangenheit zum Ideal werden. Die Legende braucht immer das Opfer des »Noch nicht« (z. B. göttliche Ewigkeit) oder des »Nie mehr« (z. B. Heimatmuseum, darauf brachten mich die recht bescheidenen Berufspläne der kleinen Jannemann).

Ich habe nun mal diesen genialen Spleen und kann nicht davon lassen: Es existiert das Dreieck Legende (wahlweise Urbild), Ambivalenz, Normalität. Die Normalität ersehnt das Idealbild, das Idealbild benötigt als Kontrast die Normalität. Die Ambivalenz ist landläufig Gegenspieler des Legendären und der Normalität. Man kann aber die Ambivalenz zur Legende und zur Normalität machen usw. Zumindest theoretisch.

Mensch Marzahn, haben sie dir so feste auf den Schädel gekloppt? Marzahn im Griff der Spätfolgen?

Wie es wohl um den wunder-wunderschönen jungen Mann steht, der jetzt nach Frau Lüdtkes Anweisung Scherzartikel und Devotionalien verkauft? (Mal sehen, wie es mit ihm weitergeht. Es ist sein Probejahr.) Was hätten meine beiden scheinheiligen Lämmchen, Gabriele und Anita, Kundin und Leiterin, wohl zu einem neuen Ladentitel namens »Grinsen und Glauben« gesagt?

Die Menschen beginnen mir in meiner Einsamkeit zu fehlen. Wie soll ich mich ohne sie der verlockenden Süße der Bosheit hingeben!

Viel stärker aber wirkt der Faktor L., so nenne ich den Gegenstand meiner Besessenheit, der alles und alle betrifft. Nur leugnen es die meisten, am vehementesten die selbsternannten Realisten, Rationalisten, der Aufklärung Verpflichteten. Na, gehöre ich nicht eigentlich auch zu denen? Schon, aber mir sind die Augen aufgegangen.

Auch in diesem Fall (die ganze Welt als Beleg, Marzahn, du wirst zum Totalitaristen, paß auf!): Knecht will sich scheiden lassen. Warum? Weil seine Frau kein gutes Haar mehr an ihm läßt. Dabei ist es ganz einfach. Sie benötigt für ihr Glück einen Sündenbock. Er müßte ihr nur einen geeigneten anderen als sich selbst offerieren, auf den sie sich wutentbrannt mit Keifen und Zischen stürzen kann. Da hätte die Gute ihren ruhenden Pol. Schon wäre die Ehe gerettet.

In der wirklich heißen Leidenschaft, das ist ihr Dilemma, sind die beiden Liebenden darauf versessen, die Unterschiede zwischen sich abzutragen, als wäre es die verlangte Lösung einer Schicksalsaufgabe, obschon es gerade die Differenz ist, die ihre Affäre ausmacht, nicht allein bei der physischen Attraktivität des Gegensätzlichen, Brüste hier, Muskeln dort. Angleichung nach der Brunftphase wie bei den Stockenten. Hans und Grete betreiben inbrünstig die Zerstörung ihrer Legenden, weil sie einander fressen wollen. Sehr leicht ist vorauszusehen, was am Ende dabei herauskommt. Manche Paare konservieren deshalb vorsorglich ihre Kontraste in festen Rollen, etwa: bulliger Mann, kapriziöses Püppchen. Leider wirkt es auf Dauer lächerlich durchschaubar. Köstlich aber der Einfallsreichtum von Witwen, wenn sie, durch den Tod inspiriert, den Verblichenen auf einmal vergolden. Auferstehung der Toten, permanente Festwirtschaft mit Pomp und Trara.

Was mir einleuchtet: Der Liebhaber, der sich demütig unterwirft unter der Bedingung, sein Idol solle bloß nicht menschlich werden. Schon früh besaß ich den Instinkt und Takt, die familiären Erwachsenen, also die Autoritäten meiner damaligen Welt, nicht nach der Existenz von Zwergen oder von Gott zu fragen. Weder die Gegenstände selbst noch die in Verlegenheit gebrachten Eltern sollten ihren magischen Glanz verlieren.

Warst bereits als Kind ein füchsisch schlauer Marzahn! Bravo!

Ob die brutalen Handgriffe von Leos tätowierter Gang (damit sind sie dann was!) meinen schleichenden Tod verursachen werden? Manchmal ist mir so. Schwindel, Blut im Urin, Nierenschmerzen, was ich Knecht verschweige. Nur keine Panik, Marzahn. Du bist ermächtigt, getreuer Knecht, im Notfall Kontakt zu Anwalt und Bank zu halten. In meine Gesundheit misch dich nicht ein. Mein Körper ist mir wie meine Seele heilig.

Hassenswert: Wenn berühmte Sängerinnen und Sänger in Interviews sympathisch werden wollen. Deprimierende Warmherzigkeit. Die erzählen, als plötzliche Duzfreunde von jedermann, über extra durchschnittliche Hobbys und kreuzbiederes Familienleben. Sind sie sich selbst denn nicht aus der Entfernung in ihrer singulären Idolwirkung viel näher? Sie jedoch, von der globalen Bewunderung ermüdet, wollen das Opfer nicht jederzeit bringen, wollen nicht im luftleeren Raum des eigenen Mythos nach Atem ringen, die schönen Antiquitäten, sondern menschlich sein in Muff, Schimmel und Schmach des Normalen. Die Sängerinnen nach wie vor mit Perlenkette überm Pullover, die Sänger mit Schürze beim Kochen. Sie suchen Zuflucht im Alltäglichen. Aber Vorsicht, Vorsicht! Nach der Erholung in der Ebene soll es wieder schnurstracks dorthin gehen mit ihnen, wonach sie mit dem maßgeblichen Teil ihres Wesens gieren, aus dem Flachland zurück in die Glorie und unter die Starschminke überwältigender Prominenz. Dann soll der Pappa wieder feuriger Liebhaber sein. Verständlich schon, verzeihlich eigentlich nicht. Nicht leicht, nein, überhaupt nicht leicht stellt sich das Durchhalten in der Höhe dar. Es ist aber der Preis, den wir für die Gewährung des Ruhms ohne Erbarmen von ihnen verlangen. Sie mögen ja Profis sein, auch im Hin- und Herschalten der Lebensrollen, gut und schön. Wir, das andächtige Publikum, sind es nicht, sind herzlos sentimentale Laien. Wir honorieren die mittlere Menschlichkeit, aber bestrafen sie am Ende eben doch.

Wenn wir auch die zwangsläufig sich irgendwann zeigenden Schrammen und was nicht alles, Kratzer, Risse auf unseren politischen Ikonen, etwa bei Friedensnobelpreisträgern, offiziell enttäuscht und im Stillen tief befriedigt zur Kenntnis nehmen: Mit Konsequenz ist unserem Gefühl nicht beizukommen. Da ist Höheres, Triebhafteres am Werk.

Ich lebe zur Zeit in einem halbdunklen Bewußtseinszustand, halbwach nur. Es liegt wahrscheinlich an den Tabletten. Diese Notizen sind mein einziger Halt. Merkwürdig stillstehende Tage. Ich weiß nicht, ob ich wünsche, sie würden schneller oder langsamer vergehen. Höchst erstaunlich und neu für mich ist das Tätliche gewesen. Noch nie bin ich ja körperlich derart angegriffen worden. Wie groß doch der Unterschied zur geistigen Attacke ist! Wer physische Leiden zu ertragen hat, sieht mit Neid und Verachtung auf die Dummheit der Gesunden. Man erkennt plötzlich deren kugelrunde, undurchlässige Fasson. Achtung, Marzahn, Rückfall! Wolltest du dich nicht ab jetzt in Demut üben? Interessant ist nicht nur meine Abhängigkeit vom Schmerz, sondern sein Auf- und Abschwellen. Auf und ab. Er weiß, wie man jemanden in Bann schlägt. Auf und ab geht es zwischen Erlösung und meinen scheußlichsten Stunden. Fast könnte ich mir was drauf einbilden, daß ausgerechnet ich so gequält werde. Schöner Trost und Aberglaube. Hält bloß nicht lange an.

Menschenrecht, Freiheit, Brüderlichkeit. Allenthalben zeigt sich, daß man solche demokratischen Visionen, die wie Marschmusik in die Eingeweide gehen, dringend benötigt, auch wenn sich die Leute ununterbrochen damit übernehmen. Ohne solche Leit-Gaukeleien wäre alles noch schlimmer.

Die gigantische Macht des Wortes »Menschheit«. Wie wir trotz besseren Wissens nach dem Begriff (!) unbelehrbar zu Kreuze kriechen! Hahaha!

Ob es dem schönen jungen Lakritzverkäufer so ganz ohne meine Betreuung gut geht? Er in seiner Unschuld weiß von diesen Dingen nichts. Bewußt weiß er nichts, seine antike Natur weiß es vollkommen. Er selbst ist Apotheose der Grazie, die jetzt deutlich mehr verdient als bei den Heizlüftern, und keinen direkten Chef hat.

Und dann gibt es die bürgerliche Hoffnung auf die Kunst als Lebensglanz. Obschon: Ein wenig kritisch aromatisiert darf die Suppe schon sein. Das genügt dem bourgeoisen Publikum. Die Kunst berührt und verändert die Leute nicht, aber als Idee, Illusion der besseren Welt sollen die Musen auf jeden Fall leben und subventioniert werden. In Wahrheit macht sie, die Kunst, die Dinge durchscheinend auf die Urgründe und Urhimmel hin. Die Verehrung einer einzigen Gedichtzeile, eines Zitats, selbst isoliert vom Zusammenhang, ist, bei Glück, der Kristall, in dem sich eigenes Leben verfängt. Natürlich sind auch die großen Werke nicht die Wahrheit an sich. Wahrheit an sich? Noch bei Trost, Marzahn? Natürlich nicht absolute Wahrheit, aber es sind wunderbare Wohnstätten, Altäre, um demütig davorzuknien. Bilder, um sich in sie eine Weile rückhaltlos zu entäußern.

Dabei ist es doch so, daß die Poesie uns unter die Arme greift, wenn wir zu träge sind und uns andererseits erlöst, wenn uns die Eindrücke überfluten. Dann fällt uns eine geliebte Zeile ein, warum nicht eine von Hölderlin, und führt das Erlebnis seinem idealen Dasein zu.

Ach, ach! (Das gilt meinen schmerzenden Knochen, da ich körperliche Leiden bisher kaum gewohnt bin, und ebenso dem Kummer, daß sich die Urbilder mit dem Älterwerden verflüchtigen. Daher das Doppel-Ach.) In der Kindheit kam alles mit Legendenmacht auf uns zu. Was sich später einstellt, ist die Sehnsucht, diese Wucht, die jede Erscheinung für uns besaß, wiederzugewinnen. Es ist aber vorbei damit. Das Stück Hering im Geleewürfel mit einer Scheibe gekochtem Ei obendrauf wird uns nie wieder ein Inbild des Glücks sein. Also folgen wir nun den umwölkten Großverheißungen: Das Leben! Die Liebe! Der Tod! Sie werden uns von der Literatur und den Erwachsenen vor Augen gestellt, als Leitstern, als Gerücht.

Noch etwas später lehnen wir das Metaphysische ab zugunsten einer Vergöttlichung des handgreiflich Realen oder aber der »Strukturen«, wie es gern die Wissenschaftler betreiben, gegenüber den unendlichen Möglichkeiten der Welt. Sie können, und wenn sie noch so sehr die harten, ernüchterten Burschen rauskehren, von den gleißnerischen Idolen (Götzen?) nicht lassen. Sie lehnen die Ur- und Leitbilder ab, jedoch die leere Stelle schmerzt entsetzlich. Es wird nach Ersatz getastet. Wer seine Beute gepackt hat, kennt nichts anderes mehr. Bei dem einen ist es ein Hobby (Knecht, seine kindischen Fußballräusche und das erlesene Porzellan), eine Liebhaberei (ich und die Antiquitäten, die schmachtende Jannemann und ihr Bergsteiger), bei dem anderen, zähneknirschend vor Rechthaberei, ein geistes- oder naturwissenschaftliches System. Bei allen gärt es dämonisch unter der inadäquaten Oberfläche.

Mein Interesse gilt, ich weiß es so recht erst seit eben, der Frage, wie der Faktor L. uns hinter allen Erscheinungen nicht allein zum Narren hält, sondern dirigiert, jawohl, dirigiert!

Vielleicht sind die Erscheinungen nur Masken, Zerrbilder originärer Essenzen? Vielleicht treffen wir uns in Wahrheit nie mit der realen Welt, auch wenn wir glauben, sie zu berühren. Begegnen wir tatsächlich immer nur, ganz gegen unsere Überzeugung, den Irreführungen einer magischen Macht dahinter und reagieren auf ihre bengalischen Beleuchtungen, statt auf die konkreten, knochentrockenen Dinge, wie wir uns einbilden?

Das nämlich ist die Art meiner Vereinigung, eben doch Vereinigung (ohne aber Aufsehen in ihm selbst oder in Klatschmäulern zu erzeugen) mit dem wunderschönen Orientalen, den ich per Fernsteuerung als Verkäufer hinter die Theke des frommen Scherzladens bugsiert habe. Wie schon erwähnt: honigsüßer Mund, zugleich kühlste Zurückweisung durch den edlen, antiken Schnitt des Profils. – O Gott! Mein Verzicht ist groß, aber der Gewinn gigantisch.

Trotzdem gut, daß ich durch die Umstände unerbittlich gezwungen bin, die Askese durchzuhalten.

Man bleibt schließlich Anfechtungen ausgesetzt. Das Angebot samtiger Wangen, da capo: der vielversprechende, kriminell süße Mund, die aufreizende Zurückweisung durch die noble Form. Nein, keineswegs vergessen. Das Fleisch ist schwach, auch das meinige. Glücklicherweise kommt es in diesem Fall mit seiner unkeuschen Anfälligkeit nicht durch. Ich muß im Verborgenen ausharren. Verfluchtes, gesegnetes Exil, Marzahn!

Die Kindheit als A und O. Sprach ich mit der kleinen Anita davon? Die Erwachsenen sollten sich darüber im klaren sein, daß einem Kind alles zum Inbild werden kann, das sich erst ein halbes Jahrhundert später blühend entfaltet. Wir leben in einer flüchtigen Welt, die Kinder dagegen in einer ungeheuer massiven, auch wenn beide, äußerlich betrachtet, scheinbar identisch sind.

Seitdem ich mich mit meiner Idee vom allmächtigen Faktor L. durch die Welt fräse, geht es mir gut. Körperliche Schmerzen und die Angst, die Rüpel mit ihren Halunkenfratzen könnten plötzlich gegen die Tür poltern, einmal beiseite. Abscheuliche Kreaturen, schurkischer Leo! Wenn mich doch niemand aus meiner Klarheit weckte! Ich will mir meinen welterhellenden Geistesblitz nicht rauben lassen. Es ist etwas im Gange mit der Wirklichkeit: Wir werden durch Geisterbilder getäuscht. Die große Frage ist nur, ob das die hiesige oder eine jenseitige Existenz betrifft.

Ich konstatiere jedenfalls, trotz anderslautender Bekenntnisse, allenthalben ein offenes, meist aber verschämtes

Hoffen auf Unvergänglichkeit. Immer riesiger wird das Heer sogenannter ewiger Werke, die den Organismus der gegenwärtig Lebenden mit der Bitte um Weitertragen bestürmen. Darum betteln mich sogar meine Antiquitäten an. Und es ist das gleiche mit den TV-Wettbewerben und ihren kurzlebig gekürten Affen, die das Prominentsein als Fake für Stunden erleben dürfen, Winken, Jubeln der Massen, alles imitiert für einen einzigen Moment, der den berauschten Figuren zu Herzen geht. Epiphanien, jawoll. Was schwebt ihnen dabei vor? Was denn, wenn das Publikum patschend die Hände gegeneinanderprallen läßt? Sie brechen brav in existentielle Tränen aus. Jetzt dürfen sie selbst sein, was sie immer angebetet haben: ein Idol mit allem Rummel-Equipment, wenn auch sehr flüchtig, sehr unecht nur. So viel Gefühl für solchen Quatsch? Es muß noch etwas anderes dahinterstecken.

Wie sie, wenn sie nicht gerade »Halihalo« rufen, ihre Statistiken und Smartphones anstarren, gebannt vom Virtuellen, das ihnen die abgedroschene Realität zu nobilitieren scheint! Auch solche Gerätschaften profitieren, in unendlicher Verkleinerung, von der Übermacht des Legendären.

Gibt es, frage ich mich, einen Urgrund unserer mit den Dingen nicht kongruenten, von ihnen nie einzulösenden Sehnsucht, vorwärts, rückwärts, wie man will? Wir sehen doch nie die reale Welt, sondern stets die Aura von etwas Übermächtigem dahinter. Eine Welt strahlender und dämonischer Täuschungen. Oder ist es ein immerwährender Abglanz?

Existiert diese jenseitige Region, die Welt der leuchtenden Urbilder, Urwesen, wo alles, wie die Mystiker sich zurechtlegten, im Quell der Gottheit stand? Man weiß es nicht. Man ahnt etwas. Erinnern wir uns, weil wir sie einmal gesehen haben, oder wittern wir sie durch die irdischen Gestalten hindurch? Aber wäre dieses Wittern überhaupt möglich, wenn wir sie in irgendeiner Frühzeit nicht als Anhauch gespürt hätten? Immer wenn uns diese Erinnerung verläßt, sind wir der enttäuschenden Materie ausgeliefert. Die riesige Erwartung, die alles als Halo umgibt, und sei es ein von der Werbung aufgedonnertes Brot mit frischer Landbutter, läßt die Gegenstände erglühen. Wenn das Leuchten erlischt, ergrauen wir mit.

Unten ist plötzlich Lärm, ein freches Lachen. Ist das zwischendurch nicht das Näseln des miserablen Leo? Nein? Doch nicht? Was hat die Meute bloß meinen Nerven angetan! Damals in der unseligen Nacht ist es mir in seinem vollen Umfang entgangen. Die Furcht entfaltete sich erst hinterher.

Contenance, Marzahn! Die Irrealität, in der wir real zu leben glauben: Immer sind wir bewegt, getrieben von Illusionen (vielleicht), Urfiguren, Legenden (woher kommen sie bloß?), behaupten aber stur, es gebe nur das Konkrete, das uns in einer registrierbaren Wirklichkeit, dieser angemessen, leben läßt und wo alles mit seinem Augenschein identisch ist. Wir Tröpfe! Es wäre ohne die größeren Entwürfe, die Überbilder, die uns manipulieren, sosehr wir sie leugnen, trostlos. Die Dinge würden Wort halten, uns aber gar nicht interessieren.

Vielleicht könnte man sich mit dem puren Dasein begnügen, speziell in der Natur. Das behaupten die Leute. Aber gerade sie schreit stumm nach Erlösung im Unendlichen. Wegen dieser schwermütigen Sehnsucht meiden viele die Landschaft überhaupt. Sie macht sie zu hilflosen Trauerklößen. Also ab ins rasante Metropolenleben. Die Zivilisation kann den barbarischen Schrei der Natur dämpfen wie

Klimmzüge und Waldlauf. Auch sexuelle Besäufnisse, auch die Poesie, die Kunst können das. Exquisite Füllungen der Eingeweide schaffen das ebenfalls. Aber, das ist der Haken, nicht als Dauerunterschlupf.

Wenn man einmal, wie ich, Marzahn, den lockenden Mechanismus durchschaut, zeigt sich immer stärker, daß wir einer Region angehören, die allmählich ihre Konturen verrät, die ihre Versprechungen noch nicht einlöst, aber auch nicht enttäuscht. Die schöne Glut der Dinge jedoch, an der mir auf meinen finsteren Wegen so sehr liegt, erweist sich als deren irdische Illustration.

Anachronismus? Ineffiziente Dummheiten?

Rührt sich nicht unter der Haut der Erscheinungen etwas anderes, Wesentliches, das nach oben seine Grimassen wirft, Grimassen nur, Verzerrungen, weil die Oberflächenhaut es bremst, so daß es sich nicht in seiner Absolutheit präsentieren kann?

Spintisiert hier ein halb hingestorbener Greis?

O je Marzahn, ich alter Marzahn und Maulwurf! Hat man dich mit einer Fata Morgana kleingekriegt, oder bist du dabei, den Kopf mit blinzelnden Augen aus dem Schlamassel zu heben? Bei vielen gibt es mit den Jahren keine glorreiche Verneblung der materiell zugenagelten Welt mehr, sie sehen hindurch bis auf die nackten Bretter und halten das für die finale Wahrheit der Dinge. Warum aber soll ich mir diese maroden Weisheiten der Mehrheit zu Herzen nehmen, ich, Marzahn, treu seinem Fimmel folgend und eventuell versunken in epiphanischem Murks. Sind die depressiven Phrasen dieser Klugscheißer aber nicht andererseits, sensu strictu, ein Scheißdreck?

Nur durch das Ahnen einer gewaltigen heimlichen Essenz lassen sich unsere Sehnsüchte wider besseres Wissen erklären. Dieses »besseres Wissen« ist aber ein selbstgefälliges, schlechteres, das möglicherweise allein auf einem Verwechseln der Objekte, nein, nehme ich inzwischen an, der Nachahmungen, der Imitationen mit dem in ihnen wirkenden Faktor L. beruht. Unser heißer und frostiger Menschenhaß, unsere Liebe auf den ersten und letzten Blick sind doch nichts als Vergrößerungen über jeden Anlaß hinaus. Wenn wir uns nicht mehr durch den Faktor L. täuschen, entbrennen, erhellen lassen (Verheißungen, die uns großartig zum Narren halten? Einzig seriöse Fingerzeige?), nicht mehr durch die Gewalt jener rätselhaften Dämonie, die alle Gegenstände überblendet, dann haben wir die Lust an diesem und jedem anderen Leben verwirkt. Keine Sorge, Marzahn, furchtsamer, kalter Wirrkopf Marzahn, sei getrost, sie verläßt uns nicht, selbst wenn wir ihr entfliehen wollen.

Meine Zweifel an der Dominanz unserer anfaßbaren, sogenannten wirklichen, präpotenten Welt wachsen von Minute zu Minute.

Wieder verdächtige Geräusche unten im Flur. Sind die Warane, tödliche Rüpeleien im Sinn, unterwegs zu ihrer verletzten Beute? Sadistische Drohmanöver als Vorspiel zu Schlimmerem? Nein, noch nicht? Vorerst nur Einbildungen, die mich allmählich kirre machen, womöglich nach perfidem Plan?

Schnell, elend lädierter Antiquitätenhändler Marzahn, pack deine nötigsten Requisiten zusammen, rasier dich und schleich dich noch eben rechtzeitig davon. Wohin? Warum nicht in eine Gegend, wo ich als Neozoon durchgehe, vielmehr wo man sich meiner, wenn's unbedingt sein muß, väterlich erbarmt.

Da! Horch!